IRMÃOS AMBADE:
UMA ODISSEIA ENTRE MUNDOS

Tayná Ferreira

IRMÃOS AMBADE:
UMA ODISSEIA ENTRE MUNDOS

Prêmio Malê de Literatura

Todos os direitos desta edição reservados à Editora Malê.
Direção: Francisco Jorge & Vagner Amaro

Irmãos Ambade: uma odisseia entre mundos
ISBN: 978-65-85893-35-0
Edição: Vagner Amaro
Capa: Dandarra Santana
Ilustração de capa: Ren Nolasco
Diagramação: Maristela Meneghetti
Revisão: Louise Branquinho

Texto revisado segundo o novo Acordo Ortográfico da Língua Portuguesa.
Proibida a reprodução, no todo, ou em parte, através de quaisquer meios.

Dados internacionais de catalogação na publicação (CIP)
Vagner Amaro – Bibliotecário - CRB-7/5224

```
F383i   Ferreira, Tayná
            Irmãos Ambade: uma odisseia entre mundos /
        Tayná Ferreira — 1. Ed. — Rio de Janeiro: Malê, 2025.
        342p.

            ISBN: 978-65-85893-35-0

            1. Romance Brasileiro 2. Aventura I. Título.
                                        CDD B869.3
```

Índices para catálogo sistemático: 1. Romance brasileiro B869.3

Editora Malê
Rua Acre, 83, sala 202, Centro. Rio de Janeiro (RJ)
www.editoramale.com.br
contato@editoramale.com.br

Irmão, me deixe ser seu abrigo
Nunca o deixarei sozinho
Eu posso ser aquele que você pode ligar
Quando você estiver para baixo
Irmão, me deixe ser sua fortaleza
Quando os ventos noturnos estiverem impelindo
Ser aquele a iluminar o caminho
Te trazer para casa
(*Brother* – Needtobreathe)

Na minha cultura, a morte não é o fim, ela é como um ponto de partida
(T'Challa, Pantera Negra – *Capitão América: Guerra Civil*)

Para os meus terrorzinhos: João Victor, Marya Eduarda e Maytê; também conhecidos como meus irmãos mais novos. Sem vocês, os Irmãos Ambade não existiriam.

E para as crianças e jovens negros que sonham em ser os protagonistas das histórias que leem. Neste livro, nós somos os heróis que salvam o dia.

Sumário

Prólogo 11
Os ancestrais resolvem complicar (ainda mais) o meu dia 15
Um mistério do passado retorna para me dar um "oi" 25
Irritamos profundamente um espírito metido a sabichão 39
Meus parentes mortos fazem uma visitinha à casa Ambade 53
Um festival das bênçãos nem um pouco abençoado 67
Um defunto misterioso resolve causar no mundo dos vivos 79
Por livre e espontânea pressão, abro uma porta entre os mundos 87
A má sorte se torna minha melhor (ou seria pior?) amiga 97
Sou julgada por um martelo mágico 107
Alma perdida 119
Minha alma resolve dar um rolezinho espiritual 135
Niara e Lueji dão uma aula sobre metais dimensionais 149
Temos uma reunião familiar embaraçosa 163
Somos salvos por espíritos enraizados 179
Bem-vinda à vida de celebridade, você vai odiar! 187
O mundo entre mundos 199
Um gênio difícil 209
O Porto das Almas 219
Bolo de cenoura, café e uma corrida maluca 231
O (horroroso e tenebroso) Reino dos Condenados 243
Luto contra um crocodilo arrependido 253
Uma antiga amiga 269
Abrir portas não é tão simples quanto eu pensava 287
Ilusões de cinzas 299

Um ex-amigo revela seu plano dentro de outro plano... 313
De volta ao mundo dos vivos 325
Epílogo.. 337

Prólogo

Quando eu era criança, me disseram que almas gêmeas nem sempre têm relação com amor romântico, pois também existem almas ligadas por outros tipos de amor, como almas amigas ou almas irmãs. Lembro-me de ter ficado confusa com essas palavras na época e muito curiosa para saber se algum dia teria uma. Depois que meus irmãos nasceram, obtive a resposta para essa pergunta: eu não tinha apenas uma, e sim três. Três preciosas almas irmãs.

Ligações entre almas são muito poderosas, dizia minha avó. Quando são verdadeiras, não há nada neste mundo ou em qualquer outro que possa quebrá-las. Eu já havia ouvido essa frase um milhão de vezes, mas, somente agora, diante da possibilidade de perder meu irmão, que compreendi a força de um elo entre almas, porque estava pronta para enfrentar os meus medos mais profundos para salvar a dele.

Era por esse motivo que eu havia sido transportada para aquele calmo e extenso campo de juncos, onde encontraria a ajuda necessária para minha missão desesperada. Ainda um pouco desorientada pela viagem repentina, abri os olhos e fui recebida pelas cócegas que as plantas ao meu redor provocavam em minhas bochechas. Quando olhei para além das folhagens, me deparei com uma deslumbrante abóbada celeste salpicada de estrelas e colorida por diferentes tons de azul e lilás.

Só então meu cérebro lento voltou a trabalhar na velocidade normal. Eu não costumava ser tão devagar, mas acredite quando eu digo que as viagens dimensionais pareciam descolar o nosso cérebro do crânio por alguns minutos.

Me levantei apressada e perdida, virando a cabeça em todas as direções. Foi nesse momento que eu os avistei caminhando pacientemente até mim, e, por hora, o medo cedeu espaço a uma crescente expectativa diante da presença deles.

Um grupo de pessoas negras trajadas com vestes brancas se aproximou, portando sorrisos bondosos e olhos castanhos familiares, envolvidas pela característica aura brilhante daqueles que já não habitavam mais entre os vivos. Através da Visão, pude enxergar a energia espiritual dançando no interior de suas almas, que ondulavam em um movimento frenético. Diante disso, meu peito foi preenchido por uma adorável e calorosa sensação de reconhecimento ao perceber que elas possuíam semelhanças com meus parentes vivos. Concluí que eu estava na presença dos meus ancestrais emeres, viajantes dimensionais, como eu.

Os recém-chegados se reuniram ao meu redor, e uma senhora alta com cabelos brancos presos em um coque frouxo tomou a frente do grupo. Em saudação, ela cruzou os braços e bateu os braceletes tecnológicos em seus pulsos duas vezes, dizendo:

— Seja bem-vinda, Jamila Ambade. Que a bênção ancestral recaia sobre você.

Repeti o gesto, também batendo os meus braceletes e respondi a saudação:

— Que ela também a acompanhe, senhora. Onde... eu estou?

— Você está no Limbo, um lugar que existe como uma linha tênue entre os níveis de realidade físico e espiritual, para onde o seu espírito vem quando está em projeção astral — explicou ela. — Eu sou Zulaika, sua...

— Bisavó — completei em um sussurro surpreso. Um sorriso caloroso iluminou sua face enrugada, exatamente como eu imaginava. — Minha mãe foi muito próxima da senhora. Ela conta histórias sobre você para mim e meus irmãos.

A ancestral me observou em silêncio por um longo momento, seus olhos se prenderam nos curativos que cobriam os ferimentos em minha pele marrom escura. Quando os olhos de Zulaika voltaram para os meus, ela questionou em um tom calmo:

— O que aconteceu, minha criança?

Os olhos sábios da anciã pareciam guardar em sua infinitude segredos e conhecimentos de toda uma vida, me fazendo desconfiar que ela já sabia o motivo de eu estar ali.

— Eu vim pedir ajuda para salvar o meu irmão. O Rei-Muloji roubou a alma dele e a levou para o mundo espiritual. Para resgatá-lo do feiticeiro, preciso viajar entre os mundos.

— E para isso — emendou minha bisavó, andando a minha volta com os braços cruzados nas costas —, precisa se reconectar com a viajante adormecida dentro de si e com todos os ancestrais emeres que viveram antes de você.

Engoli em seco e assenti, hesitante.

— Sim. Me explicaram que a fonte para as viagens dimensionais que cada emere possui é alimentada pelo elo ancestral estabelecido com seus antepassados — continuei. — Sem vocês, eu não poderei usar a minha bênção para trazer o meu irmão de volta.

Um senhor alto como Zulaika, com a pele de um tom marrom mais claro e uma expressão austera, tomou a palavra ao dizer com sua voz profunda:

— Depois de todos esses anos renegando a sua bênção, você está preparada para assumir o manto de viajante e as responsabilidades que virão com ele?

Respirei fundo e cerrei os punhos na tentativa de esconder meus dedos trêmulos, concentrando meus pensamentos no meu irmão e na ânsia de resgatá-lo. Aprumei os ombros e joguei as minhas tranças para trás com um movimento de cabeça, tentando soar firme ao responder:

— Eu preciso tentar.

— Isso não é o suficiente — contestou ele, de imediato. — É preciso *querer*. É preciso *ser* uma emere. Por que teme tanto isso, Jamila?

A pergunta evocou memórias do que eu havia visto acontecer com os poucos emeres que se revelaram em Méroe nos últimos anos. E pensei principalmente em minha mãe, que havia sido julgada e destituída de quase tudo o que mais amava apenas por lutar pelo direito de ser quem realmente era.

— Porque a única coisa que me ensinaram sobre ser emere é ter medo — rebati, com o olhar distante preso no horizonte. — É ser oprimida. Excluída. Amaldiçoada.

— Pois então, eu te mostrarei a verdade sobre ser um emere — insistiu Zulaika, pondo fim na pouca distância entre nós com dois passos rápidos; seu rosto tornou-se uma máscara de determinação. — Ser liberdade e o elo de ancestralidade que une os mundos. É isso o que você deseja ser?

Um sentimento bom floresceu dentro do meu peito enquanto ela falava, enérgico e poderoso: esperança.

— Sim, é isso o que desejo — respondi em meio a um longo suspiro trêmulo, como se estivesse aguardando a minha vida toda para finalmente dizer aquelas palavras.

Um grande sorriso delineou os lábios finos da anciã.

— Então nós te abençoamos em sua jornada, Jamila Ambade — cantou ela, colocando dois dedos na minha testa.

O seu toque ativou algo havia muito tempo adormecido dentro de mim, que se agitou e começou a crescer gradativamente como um frenesi insuportável e angustiante. Nossos olhos brilharam ao mesmo tempo e o símbolo dos viajantes se materializou em nossa fronte. Um zumbido alto soava em meus ouvidos e desorientava qualquer pensamento coerente que eu pudesse formar. Senti que estava prestes a me afogar no mar revolto de poder que despertava em meu íntimo, e temi explodir em pura energia a qualquer momento.

Mas estou me adiantando e invertendo a ordem dos fatos. É melhor seguir a sequência dos acontecimentos ao fazer o longo relato da nossa maluca e arriscada odisseia extradimensional.

Os ancestrais resolvem complicar (ainda mais) o meu dia

Logo que entrei naquela casa fria e silenciosa, eu soube que algo de errado iria piorar o meu dia. A perspectiva de uma tarde calma de treinamento foi o único motivo pelo qual havia sobrevivido à péssima manhã na escola, mas os ancestrais tinham planos ainda mais estressantes para mim.

Uma elegante mansão, localizada em um dos bairros nobres de Méroe, havia sido invadida. Muitos objetos quebrados estavam espalhados pelo chão da sala, sendo a maioria peças metálicas de invenções não terminadas, indicando que aquela casa pertencia a ferreiros de Nzinga. Um casal de mãos dadas estava sentado e encostado na parede, de olhos arregalados e estáticos, com a boca aberta em um eterno grito silencioso. Estudei seus olhares vazios e, aterrorizada, percebi que eles ainda respiravam.

Um bando de valax se aglomerava no parapeito das janelas quebradas, grasnando com seus bicos pretos longos e agitando as asas vermelhas, ansiosos para se alimentarem dos rastros de energia espiritual que flutuavam pelo ar. A cena também chamava a atenção das pessoas que caminhavam pelas ruas, as quais faziam compras para o festival que aconteceria mais tarde. Curiosas, elas passavam pelas janelas espichando o pescoço e cochichando entre si, na tentativa de entender o que se passava dentro da casa.

Ao meu lado, Malik apertou a alça que segurava o blaster energético em suas costas e perguntou nervoso:

— Pelos ancestrais, o que aconteceu aqui?

Eu estava prestes a respondê-lo quando Tedros, nosso amigo e parceiro de equipe, retornou de uma rápida inspeção pelos outros cômodos. Ele empunhava seu blaster e tinha o visor dos óculos ativado para que pudesse enxergar espíritos e seres de outra dimensão.

— Sem sinal de espíritos — disse ele. — Acredito que já fugiram e...

A voz de Tedros se tornou distante quando senti uma presença familiar se aproximar. O forte aroma de limão e grama fresca exalado pela sua alma anunciou a chegada de um antigo membro do nosso esquadrão, antes mesmo de ouvir os seus passos e a sua voz. Voltei a cabeça na direção da porta no instante em que ele entrou.

— Daren! — saudei, abrindo um grande sorriso e indo ao seu encontro.

Surpresos, Malik e Tedros se viraram para trás a tempo de ver o príncipe de Méroe e sua guarda real entrarem na casa, tomando cada canto vazio do ambiente bagunçado. Daren vestia o traje tecnológico da guarda, uma armadura feita de dízio revestida por uma pintura dourada que fazia o metal dimensional cinza escuro se assemelhar ao ouro. Havia pontos de luz azul no peito, nos ombros e nas pernas, exibindo a energia espiritual armazenada no traje que os protegia de rajadas de magia, possessões espirituais e até mesmo de roubos da sua energia vital. A insígnia de capitão repousava orgulhosamente em seu peito.

Daren me envolveu em um abraço, o que fez um soldado do nosso lado arquear uma sobrancelha. Não era muito usual membros da monarquia demonstrarem carinho publicamente, mas Daren não se importava com isso, éramos amigos havia muito tempo.

— Você sumiu! Faz meses que não tenho notícias suas ou de suas irmãs. Como vocês estão?

Ele abaixou os olhos por um momento e deu de ombros. Conhecendo-o bem, eu sabia que ele não iria se abrir comigo.

— Estou bem, e cuidando para que minhas irmãs também fiquem. Desculpe por desaparecer, mas foram muitas mudanças em pouco tempo.

Assenti com pesar. Não devia ser fácil lidar simultaneamente com a dor da perda, sua saída da Fundação e a responsabilidade de assumir o posto de capitão da guarda. Tentei decifrar o seu interior através da Visão, mas nem mesmo a sua alma demonstrava seus reais sentimentos. Como sempre, ela estava agitada e estampava cores escuras que se misturavam às claras em uma movimentação inquieta e confusa.

Eu ainda não era uma especialista em ler almas, mas era visível que Daren estava de luto pela mãe, mesmo que sua postura altiva não demonstrasse isso. Olheiras profundas marcavam a pele negra sob seus olhos, sinal de sua preocupação e das noites mal dormidas. A morte da rainha Ima fora repentina, pois era uma mulher jovem que não aparentava estar doente. Sua partida demonstrara que a antiga rainha sabia esconder segredos muito bem, pois, segundo os médicos, ela morrera de problemas cardíacos que vinha enfrentando havia meses.

Eu queria conversar com Daren sobre o que estava enxergando em seu interior, mas nós, abençoados espirituais, não falávamos muito sobre isso com outras pessoas, porque elas não gostavam de saber que víamos mais do que elas deixavam transparecer. Era *muito* embaraçoso.

— Sinto muito pela sua perda, Daren — murmurei com franqueza.

Ele assentiu e esboçou a sombra de um sorriso triste e agradecido. Mas seu rosto voltou a se iluminar quando Malik se aproximou e o abraçou com entusiasmo.

— Olha só o seu tamanho! Parece que você finalmente resolveu crescer, Malik.

Daren tinha razão. Depois de completar quinze anos no mês passado, meu irmão havia adquirido alguns bons centímetros.

— Daqui algum tempo vou ficar do tamanho do Tedros — debochou Mali, fazendo nosso amigo balançar a cabeça em total descrença, no alto de seu um metro e oitenta. — Já tenho quase a mesma altura que a Jami, olhe só para ela. — Ele se colocou ao meu lado, entusiasmado, a fim de ilustrar a comparação.

— Estou olhando — disse Daren, voltando seu olhar para mim e ostentando um sorriso sedutor.

Acabei rindo, enquanto Malik fechou a cara e resmungou:

— Você não perde uma chance, não é?

Daren riu.

— Nunca.

— O que veio fazer aqui? — perguntou Tedros, cruzando os braços. — Ataques e perturbações espirituais não são da alçada da guarda real, e sim da Fundação.

— Estávamos nas redondezas quando ouvimos o ataque — explicou, franzindo o cenho em preocupação ao olhar as vítimas. — O que aconteceu com eles?

Me agachei na frente do casal, estendendo minha mão na direção do peito da mulher. Fechei os olhos e senti seu coração ainda batendo fraco. Procurei mais fundo, tentando alcançar a energia espiritual provinda de sua alma, mas encontrei apenas um vazio silencioso, como se o corpo que tocava não passasse de... uma casca vazia. Perturbada, notei que o mesmo se passava com o homem ao seu lado.

— Tem algo errado — murmurei. — Eles ainda estão vivos, mas eu... não sinto a alma deles.

Tedros franziu a testa.

— Eu não entendi.

— Alguém roubou as almas deles — disse, levantando-me.

— Mas quem? — indagou Daren.

— As únicas pessoas que possuem esse poder são abençoados espirituais. Além de conseguir controlar almas, nós também somos capazes de roubá-las de um ser vivo.

— Então eles estão mortos? — questionou Malik, com os olhos arregalados sob os óculos.

— Não. Isso não mata a pessoa, apenas a deixa em um estado catatônico — expliquei.

— Além de ilegal, isso é desumano — continuou ele, indignado. — A pessoa que fez isso, sem dúvidas, é...

— ...um muloji — completou Daren, como sempre fazia quando éramos parceiros de equipe.

Concordei com um aceno de cabeça. Era comum enfrentar mulojis em nossas missões, mas encontrar pessoas sem alma não. Apesar de serem abençoados espirituais que se desviaram do caminho dos ancestrais, que seguiam apenas os próprios desejos e objetivos, nenhum feiticeiro era ousado o suficiente para fazer isso em Méroe. Não onde agentes da Fundação e da guarda real protegiam cada esquina da cidade com magia e tecnologia.

— É ainda mais perturbador pensar em qual seria o objetivo de um muloji ao roubar almas — disse Tedros, pensativo, observando os corpos.

Ele tinha razão. Almas eram poderosas e sagradas, uma fonte preciosa de poder que serviria para fins terríveis nas mãos erradas.

Nesse momento, quatro espíritos atravessaram as paredes da sala, nos assustando. Guinchando em deboche, eles passaram por nós e voaram rapidamente para fora da casa.

— Matebos! — gritei.

— O que você tinha dito sobre não ter espíritos aqui? — gritou Malik para Tedros.

— Não é hora para discussão! Malik, vá pegar a nave e nos siga. Tedros, vamos! — ordenei, já correndo no encalço deles e deixando a guarda real para trás.

Tedros me acompanhou pela rua larga e apinhada de pessoas, trombando em algumas no caminho e derrubando sacolas cheias de flores e luminárias.

O grupo de espíritos se dividiu. Dois entraram em uma loja lotada e apertada, causando caos e gritos aterrorizados. Tedros correu até lá, enquanto eu segui atrás dos outros dois que viraram a esquina em direção à ponte Mujambo. Soltei um punhado de xingamentos e corri ainda mais, na tentativa de impedi-los de mergulhar no caótico tráfico de Méroe.

— Olha a língua, Jami — a voz de Mali soou no comunicador encaixado em minha orelha. Revirei os olhos e continuei a correr. — E não revire os olhos, tenho certeza de que está fazendo isso. Não é você que vive me dando bronca por xingar?

— Não é hora de devolver os sermões que te dou, Malik — repliquei ofegante, finalmente chegando à ponte. Fiz menção de entrar, mas um carro passou em uma velocidade assustadora, buzinando feito um maldito ao quase me atropelar. — Babaca estúpido!

Meu irmão gargalhou alto no comunicador, enquanto eu observava os carros passando sem parar, aflita. Eu nunca conseguiria entrar na ponte com os carros em ação, mas, por alguma ação divina, o trânsito começou a parar e congestionar.

— Abençoados sejam os ancestrais — louvei, entrando na ponte.

— Abençoado seja o seu lindo e inteligente irmão — rebateu o engraçadinho, em um tom convencido. — Hackeei o semáforo da Avenida das Palmeiras e fechei o sinal. *De nada.*

Concentrada demais na perseguição, decidi não alimentar seu ego gigantesco e inflado para uma vida toda. Os espíritos me viram entre a multidão de carros estagnados e voltaram a flutuar para mais longe.

Ah, mas aquelas pestes não iriam fugir de mim.

Atraindo ainda mais a atenção das pessoas, subi em cima do capô de um carro, fazendo o motorista buzinar e gritar irritado. Pulei para o carro seguinte e continuei ignorando as contestações raivosas, até me aproximar o suficiente dos espíritos. Parei sobre o teto de uma caminhonete e bati os pulsos, ativando os grossos braceletes que os envolviam, produzindo um tinido metálico alto que ecoou pela ponte. Os anéis ao redor do dispositivo se iluminaram, giraram e fizeram ruídos conforme eu conjurava energia espiritual, fazendo com que mandalas azuis brilhantes envolvessem minhas mãos. Estendi os braços na direção dos seres e controlei um deles, prendendo-o no lugar e o impedindo de fugir.

Mantendo-o sob meu comando, constatei que ele possuía pouca energia espiritual em sua constituição. Mas, diferente de outros matebos que já havíamos enfrentado, sua aura espiritual não era azul brilhante, e sim cinzenta, com pequenas cinzas flutuando ao seu redor. O mais intrigante era que, além da energia espiritual, eu sentia uma outra não identificada em seu interior.

Naquele momento, consegui avistar Tedros entrando na ponte, sua pele retinta brilhando sob a forte luz do sol. Ele me alcançou rapidamente com suas pernas gigantes, sem perder tempo ao mirar e apertar o gatilho de sua arma. Um zumbido agudo se desprendeu do objeto quando o cilindro transparente embutido em seu cano girou até adquirir velocidade, disparando uma rajada de energia espiritual na direção do matebo que lutava contra meu controle. A arma sugou o pestinha, armazenando-o dentro do cilindro de vidro.

— Três já foram, falta um — disse Tedros, fazendo uma careta de dor enquanto abaixava a arma. Só então eu notei que ele tinha um ferimento terrível no ombro, onde seu uniforme branco havia sido maculado por uma mancha de sangue.

— O que aconteceu com você? — perguntei, preocupada.

— Esses espíritos são mais fortes do que pensei, conseguiram me acertar. Como eles conseguem mover tantos objetos de uma vez só?

Franzi a testa diante da pergunta boba e sem nexo.

— Matebos não conseguem fazer isso.

Até mesmo um recruta da Fundação sabia que matebos não tinham força espiritual o suficiente para mover muitos objetos; era um dos principais fatos que o *Guia prático para agentes iniciantes* dizia, a primeira leitura obrigatória para os iniciados e aprendizes da organização. O máximo que os matebos podiam fazer era arrastar ou jogar um por vez, ferir uma pessoa viva e com treinamento era incabível.

— Bom, sejam matebos ou não, eles conseguem interferir no mundo físico. Olhe aquilo. — Tedros apontou para longe.

Voltei minha atenção para o espírito restante, que estendia seus braços disformes na direção dos carros parados e os erguia no ar, com seus respectivos motoristas gritando desesperados.

— Pelo santo martelo, eles deveriam fazer isso?! — Malik berrou no comunicador.

— Definitivamente não — respondi chocada.

O matebo jogou os carros em nossa direção. Tedros me entregou a arma e correu em direção aos veículos. Eu sei, uma atitude de gente maluca. Mas, quando os carros estavam prestes a esmagá-lo, seus braceletes emitiram um brilho verde e ele tocou os automóveis, fazendo com que se tornassem intangíveis e não machucassem ninguém.

Diante disso, canalizei minha magia e produzi uma rede tecida de energia espiritual que amparou os automóveis em pleno ar, antes de atingirem os outros carros parados. Devagar, fui descendo a rede até colocá-los de volta no chão. Os motoristas saíram trêmulos, correndo assustados para longe da confusão.

Voltei-me na direção de Tedros a tempo de ver a sua arma sugar o último espírito, concluindo a missão. Ele caminhou até mim sob os olhares curiosos da população, carregando a arma com dificuldade. Pulei para o chão ao seu lado e peguei a arma para que ele pudesse amparar o ombro ferido.

Nesse instante, Daren e seus soldados chegaram à ponte correndo, observando admirados a bagunça de carros e civis assustados. Quando o príncipe notou a arma cheia de espíritos em minhas mãos, relaxou os ombros e soltou um suspiro aliviado.

— Bom trabalho, pessoal. Parece que não éramos necessários aqui.

Tedros produziu um ruído com a garganta, chamando minha atenção. Ele ainda segurava o braço machucado e observava o príncipe com um olhar emburrado.

— A conversa está ótima, mas eu preciso de atendimento médico. Ainda estou sangrando.

Daren assentiu, sério.

— Até a próxima, espero poder ver vocês logo.

Fizemos uma reverência rápida enquanto ele se retirava com seus soldados para gerenciar o caos que se instalara na ponte, dando ordens em voz alta. Levei uma mão ao comunicador e disse:

— Mali, pode vir nos buscar.

— A caminho.

Em poucos segundos, a elegante nave branca e azul com o logo da Fundação pairou sobre a ponte, com a escotilha aberta. Subimos a bordo e tomamos nossos lugares atrás da cadeira de piloto onde estava Malik. Depois de colocar a nave no piloto automático, ele girou a cadeira em nossa direção, dizendo:

— Que espíritos eram aqueles? Nunca havia visto nada igual.

— Acredito que sejam matebos — respondi, olhando a profusão de energia cinzenta que se misturava furiosamente dentro do cilindro da arma em meu colo.

— Eu achei que matebos não tinham tanto poder sobre o mundo físico e que não andavam em grupo — rebateu Malik.

— Sim, isso só torna toda a situação ainda mais anormal. — Suspirei frustrada. Aquele dia havia se tornado ainda mais cansativo. — Vamos voltar à mansão e pegar os feridos, depois seguimos para a Fundação. A mestra Gymbia pode ter as respostas para nossas perguntas.

Mas a minha intuição me dizia que o mistério não iria se resolver tão facilmente, mesmo com o auxílio de Gymbia. Um alerta gritava dentro de mim que um incidente perturbador e um grupo rebelde de espíritos seriam o menor dos problemas que estavam por vir.

Um mistério do passado retorna para me dar um "oi"

Minutos depois, a nave pousou sobre uma das pistas de aterrissagem da Fundação, no alto do complexo de prédios elegantes que se destacavam em meio à modernidade meroana. Um trio de curandeiros, formado por dois homens e uma garota, estava à espera na entrada, prontos para nos atender.

— Onde estão os feridos? — perguntou um deles, logo que desembarcamos.

— Na enfermaria da nave — orientei. — Estão sem alma, não sei se vocês conseguem fazer algo a respeito disso. Cuidem deles e façam o relatório para mestra Gymbia.

Eles assentiram e entraram na nave, enquanto a garota permaneceu onde estava, observando com seus olhos negros o braço ferido de Tedros.

— Sua mestra está no complexo científico esperando por vocês. Eu posso acompanhá-los até lá e cuidar desse ferimento — ofereceu ela, em um tom profissional.

Com todos de acordo, entramos no prédio e seguimos pelos corredores brancos, apinhados por grupos de recrutas e agentes que caminhavam em diferentes direções. Havia também robôs e outras máquinas transitando pelo espaço ou operando algum serviço nos painéis de navegação embutidos nas paredes. Alguns Kambas — espíritos amigáveis e protetores que habitavam a Fundação — voavam ligeiros próximo aos agentes, conversando em sua linguagem rápida e rindo de suas próprias piadas.

Os corredores movimentados e o som das conversas corriqueiras teciam a confortável sensação de lar que a Fundação me transmitia. Eu passava metade de todos os meus dias ali e, por isso, a tinha como minha segunda casa. Como os outros agentes, eu frequentava uma escola de ensino regular durante a manhã, e à tarde, me dedicava ao desenvolvimento da minha bênção através de treinamentos e missões na Fundação.

Passamos em frente às portas da arena de treinamento, um salão quadrangular quase do tamanho de um campo de futebol. Nela havia diversos aparatos tecnológicos para os treinos, como robôs programados em diferentes estilos de luta, máquinas que atiravam laser, dispositivos que lançavam projéteis, paredes e chão que se moviam quando acionados e programas de computadores que eram capazes de projetar diferentes cenários de uma missão. Um grupo de quinze crianças suadas e ofegantes, que deviam ter entre dez e doze anos, ouviam de um mestre-fundador uma lista de motivos pelos quais elas tinham falhado na prova do treino daquele dia. Um sorriso nostálgico surgiu em meus lábios ao me lembrar dos meus dias como uma iniciada e depois como aprendiz, me fazendo perceber como faltava tão pouco para a minha graduação como agente.

Normalmente, as crianças abençoadas aprendiam o básico sobre sua magia em casa, com seus pais e avós, como seus ancestrais fizeram antes delas através das gerações. Esse treinamento ajudava a terem uma vida normal com seus dons, que podiam ser úteis nas tarefas cotidianas ou na profissão que escolhessem. Mas alguns abençoados desejavam fazer mais com seus poderes, ir além do básico e comum. Assim, essas crianças e adolescentes eram enviados à Fundação Ubuntu, onde recebiam um treinamento profissional por seis meses para que, no fim desse período, sua aptidão para aprendiz fosse testada em uma série de provas.

Diminuímos a velocidade de nossos passos quando chegamos ao refeitório, onde a luz do sol entrava pelas imensas vidraças que nos cercavam. O lugar estava lotado, mesmo não sendo horário de refeição, com diversos grupos de agentes reunidos nas mesas para assistir às notícias transmitidas nos grandes painéis projetados no ar. O ataque da ponte havia sido filmado por câmeras profissionais de reportagem, feitas com a mesma tecnologia dos óculos-que-tudo-veem (eu sei, *péssimo* nome. Infelizmente, os ferreiros e inventores eram bons em criar dispositivos, mas não em nomeá-los). Essas câmeras caríssimas conseguiam captar a imagem dos espíritos quase tão bem quanto os olhos de um abençoado espiritual, e assim como os óculos, possibilitavam que todas as pessoas enxergassem esses seres.

Observei apreensiva o salão, tomado por um burburinho frenético que preenchia o ar, acompanhado por olhares espantados e curiosos. Troquei um olhar preocupado com Tedros e Malik.

— A notícia se espalhou antes mesmo da gente ter a chance de entender o que aconteceu. Que grande cagada — resmungou Malik, frustrado.

— Realmente, uma cagada gigantesca — disse alguém, aproximando-se. — Como sempre, os membros da família Ambade mostrando como gostam de se envolver em confusão.

Quando me virei, encontrei Pendra e seu time se aproximando, exibindo o costumeiro e odiável sorriso de escárnio. Ao lado da líder estava Kenan, seu braço direito e pau mandado; e Adeke, um espírito abusado e insuportável que vivia pregando peças em outras equipes.

— Ah, claro que esse grupo de hienas não perderia a chance de aporrinhar a gente — resmungou Malik.

Kenan o dardejou com um olhar faiscante de raiva diante do apelido que odiava.

— Hoje não estou com tempo e muito menos paciência para as suas provocações, Pendra — avisei em um tom impaciente.

Era normal ter uma competição saudável entre os esquadrões na Fundação, principalmente no ano da graduação. Mas a rivalidade que existia entre nós e os aprendizes do mestre Ajok era mais complexa. Pendra e Kenan pertenciam a linhagens antigas da cidade, e quanto mais antiga a família era, mais ricos e influentes seus integrantes eram na política de Méroe. Dessa maneira, Pendra e Kenan acreditavam que seu sangue antigo lhes dava poder para agir com arrogância diante das outras equipes da Fundação, como se fossem superiores a todos.

— Por que está com tanta pressa para ir fazer o relatório para a sua mestra? Não acredito que vão ganhar muitos pontos por esse fiasco — debochou ela, encarando o espírito ao seu lado em seguida. — Quanto você acha que eles conseguirão, Adeke?

— Dois? — respondeu o espírito, fazendo seus amigos gargalharem alto como um verdadeiro bando de hienas.

Eles deveriam ser bem desocupados para ficar bisbilhotando a pontuação das outras equipes ao invés de cuidar de suas missões. Era uma perturbação sem fim em relação a esse assunto.

Deixe-me explicar melhor: de acordo com a pontuação das missões desempenhadas ao longo dos anos de treinamento, eram atribuídas posições para os grupos no ranking de times. No dia da graduação, os agentes que pertenciam aos esquadrões que estavam nas primeiras posições adquiriam mais poder de escolha sobre suas carreiras como agentes: poderiam formar sua própria equipe, escolher de qual ele iria fazer parte, quais missões desempenharia, etc.

— Por que você não se preocupa com a pontuação das suas missões, Pendra? Não pedimos para você supervisionar o nosso trabalho — rebateu Tedros, entredentes, não sabia se era pela dor no braço ou pela raiva. Apostava que pelos dois.

— Eu não preciso me preocupar com os pontos do meu esquadrão — rebateu a senhorita hiena chefe. — Estamos no topo do ranking.

Diante das palavras de Pendra, Malik lançou um olhar incrédulo a eles e sorriu, debochado.

— Não está acreditando, inventorzinho? Dê uma olhada no painel da arena de combates. — Kenan encarou meu irmão com desprezo. — Vamos ser a equipe a se formar em primeiro lugar.

— Ótimo, bom para vocês. Pode deixar que da posição do meu esquadrão cuido eu — rebati, colocando um ponto final naquela conversa desnecessária.

Demos as costas para eles e nos dirigimos para a saída, enquanto Pendra gritava sobre o burburinho do salão:

— Se eu fosse vocês, trabalharia duro nos próximos dias. Falta pouco para a graduação, mas talvez dê tempo de vocês alcançarem uma posição decente!

Ignoramos o grupo de babacas e seguimos por um longo corredor adjacente, em direção ao complexo científico, mais conhecido como Matuê. Ele era um dos quatro complexos que formavam a organização, entre os quais os abençoados eram divididos de acordo com a sua bênção. Enquanto o Matuê era destinado aos cientistas, o complexo Maku abrangia os forjadores e inventores; o Muango, os materialistas; e o Muxima, os conjuradores espirituais.

Dentre os quatro complexos, o Matuê era conhecido entre os agentes da Fundação como o mais moderno e organizado. Seu espaço gigantesco era formado por dois andares revestidos de pisos brancos com alguns detalhes em verde-água, o que contribuía para a grande luminosidade do ambiente. Havia também painéis holográficos projetados no ar, computadores e tanques de laboratório, todos bem organizados.

Os cientistas, trajados com seus jalecos, se espalhavam pelo lugar. Quebravam a cabeça em frente a lousas cobertas por cálculos complexos ou debruçavam-se sobre suas bancadas de trabalho, concentrados nas análises que realizavam com instrumentos que eu não fazia ideia de como chamavam. Em nossa sociedade, eles eram os abençoados com sabedoria e inteligência para descobrir e entender o conhecido e o desconhecido que desbravávamos em nossas missões. Por esse motivo, eles eram o cérebro da Fundação, a nossa "cabeça", como revelava o significado do nome do seu complexo.

A cientista da nossa equipe e minha melhor amiga, Niara, se encontrava próxima ao corrimão do segundo andar, concentrada em algo que escrevia em seu tablet. Como de costume, seu cabelo estava preso em um longo rabo de cavalo que caía em caracóis brilhantes e bem definidos sobre o tecido verde-água de seu jaleco. Lá de cima, ela tinha uma visão ampla de todo o recinto e, por isso, percebeu nossa presença logo que entramos.

Nia tinha olhos que chamavam a atenção não apenas por sua cor, um âmbar profundo que combinava perfeitamente com o tom acobreado de sua pele, mas também porque expressavam a sua inteligência e perspicácia. Por isso, quando ela os semicerrou ao observar a nossa aproximação, eu percebi que lia em nossa postura tensa que a missão não havia saído como o planejado.

Nossa mestra surgiu ao seu lado e seguiu seu olhar até nós. Gymbia era uma das minhas pessoas preferidas. Mesmo sendo rigorosa na maior parte do tempo, eu sabia que, no fundo, ela fazia de tudo para sermos um esquadrão de grande sucesso, assim como fora o seu quando era uma agente de campo. Gymbia era gorda, sua pele era de um tom marrom quente e seus cabelos fartos estavam presos em uma nuvem fofa sobre a cabeça. Ela usava uma longa túnica branca sob um tecido em tons de laranja e vermelho que envolvia o seu tronco e estava preso no ombro direito.

— Finalmente vocês chegaram — exclamou indignada, enquanto subíamos as escadas. — Eu dei uma missão simples a vocês, que agora está causando um alvoroço em toda a cidade.

Ela apontou para um dos painéis embutidos nas paredes, onde era transmitida a reportagem da nossa luta na ponte. Pressionei os lábios quando desejei soltar um monte de palavrões ao ver um repórter narrar o acontecido:

— *Hoje, às quatro da tarde, na ponte Mujambo, dois agentes da Fundação causaram pânico e caos em uma aparente caçada por seres espirituais.* — A matéria cortou para o momento em que os carros foram erguidos no ar pelos espíritos. — *Diante de tamanha destruição e da aparência jovem dos agentes, pode-se chegar à conclusão de que a organização enviou dois adolescentes despreparados para lidar com as ameaças.*

— Ah, pelos ancestrais — resmungou Malik com desdém, observando o jornalista com um olhar irritado. — Nós não destruímos nada, esse cara tá exagerando! Eu queria saber se ensinam desonestidade na faculdade de jornalismo ou se esses caras já nasceram assim.

Como sempre, meu irmão não soube identificar o momento de ficar calado. Gymbia lançou um olhar irritado em sua direção, fazendo ele ficar quieto no mesmo instante.

— O que aconteceu naquela ponte? — exigiu a mestra, encarando cada um de nós com um olhar penetrante.

— Sendo sincero, mestra, nem a gente entendeu muito bem — respondeu Tedros, sentando-se na bancada de Niara para que a curandeira analisasse seu ferimento.

Um silêncio tenso se abateu sobre nós enquanto Gymbia aguardava por uma explicação mais elaborada. Mesmo sendo a mais jovem entre os grandes mestres, nossa mestra era um dos nomes mais renomados da Fundação. Com apenas quarenta anos, ela já havia realizado feitos que mestres mais velhos não foram capazes. Assim, quando se tratava do treinamento do seu grupo — o qual havia escolhido cuidadosamente durante as provas de admissão anos atrás —, ela era rígida e exigente. Por isso, respirei fundo e pensei bem no que iria dizer a seguir.

— Mestra, nós também temos uma gravação — comecei. Fiz um aceno para Malik, e ele deu alguns cliques em seu relógio, projetando no ar o vídeo da nossa batalha. — Vê como estes dois carros são levantados sem dificuldade alguma? Aqui neste ponto havia três matebos fazendo isso

— Impossível, matebos não possuem tamanho poder sobre objetos do mundo físico — rebateu.

— Um deles que fez isso em mim — explicou Tedros, mordendo os lábios grossos enquanto a curandeira enfaixava seu ombro e parte do braço.

Gymbia não disse nada, estranhamente quieta e pensativa, estudando a gravação projetada pelo relógio.

— Vocês conseguiram capturá-los? — perguntou Nia.

Assenti, levantando a arma que ainda segurava. Niara dirigiu-se à sua bancada cheia de instrumentos, folhas de pesquisas e relatórios das nossas missões. Ela encaixou duas pecinhas pretas curvadas atrás de suas orelhas e clicou, fazendo a lente de um óculos aparecer sobre seus olhos. Malik e Tedros também acionaram os seus.

— Vamos analisar esses espíritos. Jami, põe os pestinhas lá dentro — pediu ela, apontando para um tanque de laboratório próximo.

— Deem espaço por precaução — pedi, desencaixando o cilindro de vidro da arma onde os espíritos se alvoroçavam irritados.

Encaixei uma das extremidades do cilindro em uma abertura circular do tanque e o barulho do encaixe reverberou pelo espaço. Apertei a alça em minha mão e rodei, fazendo a boca encaixada abrir e liberar os seres dentro do receptáculo, chiando furiosos e se batendo contra as paredes de vidro.

— Isso é vidro reforçado com bênçãos poderosas, vocês não conseguem quebrar — disse Niara a eles, dando um soquinho na superfície sólida.

Contrariando a certeza inabalável da cientista, um dos matebos se chocou outra vez contra o vidro, produzindo um barulho maior e estremecendo levemente a estrutura do tanque. Nia arregalou os olhos e começou a fazer anotações no tablet, dizendo:

— Caramba, eles são muito fortes para simples matebos.

Malik levantou a mão, pedindo a palavra como um garoto na escola. Indiquei com a cabeça para que falasse.

— Talvez seja uma classe de espíritos que ainda não conhecemos.

— Não — contestei, espalmando a mão no vidro a fim de sentir a pouca energia espiritual que emanava dos seres. — São matebos, não tenho dúvidas. Posso sentir isso. Eles possuem um baixo nível de energia espiritual, o que indica que não tiveram contato direito com o outro mundo. E como é de sua natureza, eles estão com raiva, muita raiva.

— Sabemos que espíritos raivosos como esses podem ser de ótima serventia para eles — disse mestra Gymbia, com uma sombra de preocupação nos olhos castanhos.

Troquei um olhar preocupado com ela, ao passo que Malik levantou a mão novamente com uma careta confusa.

— Dá para parar de suspense e me falar logo o que tá rolando? Eu sou um Forjador, especialista em metal e tecnologia, não em classes de espíritos — pediu ele.

— Como sua irmã disse, matebos não são poderosos e muito menos inteligentes — explicou a mestra. — São espíritos errantes condenados a vagar eternamente pelo mundo físico porque não têm o direito de fazer a Travessia para o mundo espiritual. Por isso, sua única missão é aterrorizar os vivos e atrair desgraça para a vida de suas vítimas, por meio de pequenas interferências que muitas vezes julgamos ser um simples golpe de má sorte. Mas, quando são vistos em grupos, é porque foram unidos *por alguém*, que está os utilizando como arma para algum objetivo maléfico. Assim, o controlador fica ligado a esses espíritos, dando-lhes acesso ao seu dom, como uma fonte de poder que os permitem interferir com grande efetividade em nosso mundo.

Mali fez menção de levantar a mão mais uma vez.

— Eu juro que, se você levantar essa mão de novo, vou te jogar lá embaixo — ameacei.

Ele achou graça e riu, fazendo um gesto de rendição.

— Beleza, entendi. Mas quem seria esse *alguém*?

— Sem dúvidas, é algum muloji — respondi, com uma sensação estranha queimando em meu peito, como um aviso. — Talvez o mesmo que roubou as almas daquele casal.

— Também acho. E o roubo de almas de hoje não foi o único — disse Nia, dando alguns toques em seu aparelho e projetando três relatórios de missões confidenciais datados de dois dias atrás. — A nossa mestra teve acesso a esses arquivos, sobre outros ataques que deixaram vítimas sem almas. O conselho de Fundadores está abafando o caso, tanto entre os agentes da própria organização, quanto entre os cidadãos de Méroe.

Gymbia assentiu e completou:

— O objetivo inicial dos Fundadores era encontrar o responsável por esse crime o mais rápido possível e mantê-lo sob nossa custódia até ele ser levado para julgamento, mas, depois de hoje, esse plano já pode ser descartado. Esses espíritos estranhos chamaram a atenção para o caso, e amanhã isso estará em todos os jornais.

Depois de alguns minutos de consideração mental, a mestra se virou para o meu irmão e ordenou:

— Malik, faça uma varredura energética.

Mali pegou um Reconhecedor de Partículas Extradimensionais sobre a bancada. O instrumento consistia em uma barra de metal kalun que possuía um sensor azul brilhante ao longo dela. Quando passado diante de seres vivos e não vivos, o sensor indicava de qual nível de realidade provinha a energia contida no que estava sendo analisado.

— Indeterminado — disse quando o sinalizador passou de azul para vermelho.

Todos arregalamos os olhos, chocados. A enfermeira que cuidava de Tedros parou o que fazia para encarar o dispositivo com incredulidade.

— Pode estar... quebrado — palpitou Nia, dando de ombros sem muita convicção.

— Não. A criação de um forjador nunca falha — rebateu meu irmão de imediato, com o orgulho ferido presente no seu tom de voz.

— Isso significa que é uma energia desconhecida? Totalmente nova? — indagou Tedros, descendo da mesa e se aproximando com o braço enfaixado.

A enfermeira juntou seus pertences e saiu com rapidez. Sem dúvidas, indo até os amigos contar a recente fofoca.

— Sim. Não provém de nenhum nível de realidade conhecido — murmurou Niara, encarando seu tablet confusa, como se houvesse nele um quebra-cabeça que não conseguia solucionar.

Aquilo foi um baque para toda a equipe, pois essa informação transformava todo o conhecimento que tínhamos sobre o nosso mundo. No entanto, não foi apenas isso que me abalou: ela trouxe de volta o meu passado. Um passado que eu tentava esquecer.

Com meu coração batendo ensandecido a ponto de pular para fora do peito, observei as cinzas que se desprendiam dos matebos e caíam devagar no chão do tanque. Isso fez com que uma memória que eu havia trancafiado no fundo da minha mente retornasse, implacável e assustadora: uma mão cinzenta e cadavérica saindo de um portal, acompanhada por um vento congelante que tinha soprado um punhado de cinzas sobre mim. Em conjunto com a memória, eu senti as vibrações da mesma energia que havia emanado do portal naquela noite tocar e arrepiar a minha pele, a *mesma* energia desconhecida que eu sentia emanar dos espíritos no tanque.

Assustada com o repentino afloramento da lembrança que odiava, dei um passo brusco para trás, pisando no pé de Malik. Ele agarrou meu braço e me ajudou a manter o equilíbrio, impedindo-me de cair no chão.

— Jami, você está bem? Ficou pálida do nada — perguntou, preocupado. Porém, eu estava atormentada demais para respondê-lo no momento.

Encarei nossa mestra, lhe fazendo dezenas de perguntas com o olhar. Ela me observava com um semblante sério e impassível, que escondia os pensamentos que povoavam sua mente. Sem dúvidas, Gymbia sabia que eu havia me recordado daquela noite, porque ela era uma das poucas pessoas que conheciam a verdade sobre o que realmente tinha acontecido naquele maldito laboratório. Porém, Gymbia escolheu fugir do assunto, como todos sempre faziam.

Ela nos deu as costas e começou a caminhar até as escadas, dizendo:

— Obrigada pelo relatório e por todos os palpites, agentes. Levarei as hipóteses para a reunião dos Fundadores.

— Vai ter uma reunião?! — perguntamos em uníssono.

— A coisa é tão séria assim, mestra? — indagou Tedros.

— Nos deparamos com algo desconhecido, crianças. É claro que faremos uma reunião. Não precisam se preocupar.

Mesmo contrariada e desconfiada, assenti junto com os outros. Depois de onze anos tendo a verdade escondida de mim, eu sabia que não seria agora que alguém me daria explicações concretas sobre aquela noite.

— Estaremos prontos para qualquer ajuda que precisar, mestra — ofereceu Nia.

— Vocês já fizeram o bastante por hoje, deixem o resto comigo e vão para casa.

Ninguém queria ir para casa e deixar a missão mal resolvida. Gymbia *nunca* permitia que fizéssemos isso. Trocamos discretamente olhares desconfiados enquanto respondíamos um "sim, senhora" em uníssono.

— "Não precisam se preocupar"?! — imitou Malik, indignado, assim que ela desapareceu de vista. — Os *Fundadores* estão se reunindo!

Meu irmão tinha razão para estar preocupado. Os Fundadores eram o alto escalão da organização, que antes foram agentes grandiosos e hoje a comandavam sentados nas cadeiras daqueles que criaram a instituição. Quando havia uma reunião, era por um motivo muito importante.

— Notaram o quanto ela está tensa? — questionou Tedros, com o olhar pensativo ainda preso por onde nossa mestra havia saído.

— Sim. — Mordi meu lábio inferior e passei a mão por uma trança, pensativa. — Acredito que ela e os outros mestres não tem ideia do que fazer. Eu sinto que há algo mais acontecendo por trás do ataque de hoje.

— Precisamos descobrir o porquê — disse Malik, com um olhar terrível de "estou a ponto de aprontar algo" estampado em sua face.

— A mestra ordenou que... — tentou Tedros.

Malik bufou em deboche.

— Eu sei o que ela nos mandou fazer, mas estamos diante de algo totalmente novo, que pode estar relacionado à experiência da minha mãe. Com essa possibilidade, vocês não acham que eu e a Jamila merecemos saber mais? Ter uma resposta sobre algo que afetou tanto as nossas vidas?

Tedros e Niara não ousaram respondê-lo ou encará-lo. Diante disso, Malik lançou um olhar suplicante em minha direção.

Sempre fui muito responsável e cuidadosa ao longo da minha carreira de agente, devido ao inferno que tinha visto minha mãe passar durante a minha infância. Não era fácil ser uma pessoa como eu e ela em nossa sociedade. Conforme crescia, sentia em minha própria pele o peso de carregar um estigma que poderia acarretar muitos problemas, não só para mim, mas para toda a minha família. Por isso, ao longo dos anos, eu havia me tornado muito boa em esconder os meus verdadeiros poderes, como minha mãe fazia. Assim, eu sempre era muito contida e racional, buscando não chamar a atenção e me afastando de situações como aquela, que faziam emergir sentimentos e lembranças de um passado que poderia romper todo o muro de segurança que eu tinha construído para aprisionar minha verdadeira magia.

Mas, daquela vez, a minha necessidade de saber mais sobre aquela noite fatídica foi maior do que eu.

— Concordo com Malik, precisamos investigar — eu disse por fim, fazendo todos me encararem como se uma segunda cabeça tivesse crescido sobre o meu pescoço.

— Pelo santo martelo! A minha irmã acabou mesmo de *concordar* comigo? — exclamou Malik, incrédulo.

— Não fique tão contente, isso não vai se tornar um costume — repliquei, fazendo-o me lançar um meio sorriso sarcástico.

Niara me escrutinou com o olhar por alguns segundos, até se aproximar e plantar os pés a minha frente em uma postura resoluta.

— Você está muito estranha — observou ela. — Desembucha logo, o que está escondendo da gente?

Três pares de olhos curiosos se prenderam em mim. Respirei fundo, nervosa. Eu nunca tocava naquele assunto, nem mesmo com eles.

— Há onze anos, na noite do ritual, vi algum ser com a energia desses matebos sair da porta que minha mãe abriu.

Niara e Tedros ficaram surpresos. Eu não sabia dizer se devido à estranha revelação ou pelo fato de eu ter tocado em um assunto que evitava havia anos. Diferente deles, Malik ficou tenso e muito desconfortável. Mesmo que ele lidasse melhor do que eu com o que havia acontecido em nossa infância, a lembrança era igualmente amarga para nós dois. Respirando fundo como se tomasse uma decisão difícil, ele se colocou ao meu lado e disse no tom de voz seguro e firme de um verdadeiro especialista em quebrar regras:

— Se os mestres não conseguirem uma explicação para toda essa situação, eles vão prender os espíritos no Muxima e dar o assunto como terminado. Não vão querer assustar os agentes e muito menos a população com um assunto tão preocupante, e ficaremos sem respostas. Gymbia tirou a gente da jogada, mas não nos proibiu de investigar.

Como eu já imaginava, Nia se animou diante da ideia de iniciar uma investigação de difícil resolução. Seu modo "cientista maluca" foi ativado com sucesso, e seu sorriso enorme de sabichona apareceu em seus lábios. Já Tedros parecia contrariado diante da ideia de desobedecer uma ordem da nossa mestra. Ele cruzou os braços e deu de ombros, tentando arrumar uma desculpa que nos fizesse desistir da ideia, dizendo:

— Talvez os mestres descubram a origem da energia dos espíritos e tudo se re...

— Mas o fato dela ser desconhecida é algo muito importante que não deveria ser ignorado — cortei, chegando mais perto dele, fingindo a minha expressão mais sofrida. — Você me conhece tão bem quanto meus irmãos e sabe que eu nunca iria contra uma ordem se não fosse por algo de extrema importância.

Tedros me observou angustiado. Vivíamos discutindo e discordando por coisas bobas, mas ele sempre acabava cedendo, mesmo quando eu não estava coberta de razão.

— Tá, tudo bem — concordou a contragosto, soltando um longo suspiro.

Nós três comemoramos animados.

— Por onde vamos começar? — perguntou Malik.

— Se a ciência não tem a resposta, os mitos devem ter — respondeu Nia, com olhos brilhantes de empolgação. — Vamos para o lugar onde *todo* o conhecimento de Méroe está armazenado: na memória da Fundação.

GUIA PRÁTICO PARA AGENTES INICIANTES

por Aqualtune, espírito enraizado da instituição.

CAPÍTULO 1: VOCÊ CONHECE A FUNDAÇÃO UBUNTU?

A Fundação Ubuntu foi criada há muitos séculos por ancestrais poderosos que hoje são representados pelos membros mais sábios da organização, chamados de Fundadores. Ela é um espaço de liberdade — física, espiritual e criativa — para que os abençoados desenvolvam seus poderes e os munkis (pessoas sem poderes), as suas habilidades. Além disso, o trabalho da Fundação é voltado para a mediação da paz entre os seres do mundo espiritual e do mundo físico, visando preservar a harmonia da nossa realidade e evitar conflitos entre humanos e espíritos. Essa é uma responsabilidade de extrema importância para nossa sociedade, pois desequilíbrios provocavam danos terríveis, como acidentes, doenças e outras terríveis variedades de má sorte.

Como indicam os nomes dos complexos que formam a instituição — Muango (coluna), Matuê (cabeça), Maku (mão e braço) e Muxima (coração) —, o lema principal da Fundação é "juntos como um só corpo", uma vez que os nossos antepassados nos ensinaram que todo trabalho deve ser feito em equipe, pois a Fundação é como um corpo humano: ela precisa de todos os membros trabalhando em conjunto para realizar o seu trabalho sagrado com perfeição.

Irritamos profundamente um espírito metido a sabichão

Enquanto andávamos pelos corredores, a equipe discutia avidamente possíveis teorias para explicar os acontecimentos daquela tarde. Ainda perturbada pela memória que havia ressurgido, minha mente viajou para longe do presente, me levando de volta para a noite que mudara a minha vida. Fui transportada para onze anos atrás, no momento em que eu, Malik, e minha tia chegávamos à Fundação, correndo depressa até o complexo Muxima.

O complexo não era muito diferente de como era hoje. Havia símbolos ritualísticos talhados em suas paredes azuis, um espaço para treinamento de combate e outro para o aprendizado de rituais, com prateleiras cheias de livros e mais símbolos desenhados no chão. Duzentos e setenta e cinco anos antes, os abençoados espirituais dividiam aquele complexo com os emeres, os abençoados com o poder de viajar pelos níveis de realidade. Por muitos séculos, os viajantes foram agentes da Fundação, até serem expulsos e apagados da história da organização após a Guerra Dimensional, quando os emeres se dividiram e lutaram uns contra os outros por ideais divergentes. Mas, uma das punições mais cruéis que os viajantes receberam pelo caos e as mortes que causaram durante os sete anos de guerra, foi a proibição de utilizar os seus poderes, tendo sido criada a barreira entre mundos como um meio de assegurar isso.

O motivo da minha mãe ter decidido ficar até mais tarde na Fundação naquele dia estava relacionado a essa punição, porque ela era uma emere que sofria as consequências das ações de seus ancestrais. Por isso, ela precisava utilizar os seus dons de viajante às escondidas na calada da noite, quando a Fundação estava vazia e ela poderia deixar de ser apenas uma conjuradora espiritual. Minha mãe passava horas no complexo fazendo pesquisas e aprimorando sua bênção, a fim de encontrar uma maneira de restaurar as viagens dimensionais que foram proibidas e interditadas com a criação da barreira. Após anos de investigação, ela encontrou um meio, mas o seu erro foi não ter compartilhado a descoberta com sua irmã e parceira de pesquisa. Por esse motivo, tia Farisa correu para a Fundação quando descobriu, arrastando eu e meu irmão com ela sem dar uma mínima explicação do que estava acontecendo.

Quando chegamos, mamãe já havia iniciado o ritual. Ela flutuava de braços abertos e olhos fechados sobre círculos bem elaborados desenhados no chão, enquanto os símbolos entalhados em seus braceletes brilhavam intensamente e uma pedra azul girava ao seu redor. Uma fissura cinzenta estava se abrindo no ar, da qual saiu uma lufada de ar frio acompanhada por um punhado de cinzas, que se espalharam pelo chão do complexo.

"Isso é uma porta!", pensei chocada, incapaz de desviar os olhos. "Mamãe está... tentando viajar?"

Naquela época, eu não sabia direito o que era ser um emere, porque esse era um assunto no qual ninguém jamais tocava, nem a minha mãe, mesmo que a sua habilidade fosse um conhecimento restrito a nossa família. O poder de viajar era mal visto pela nossa sociedade, um agouro de desequilíbrio entre o mundo espiritual e físico. Por isso, eu sabia apenas algumas informações básicas e fragmentadas sobre o dom de viajar, que eu ouvia às vezes em fofocas na escola ou quando ia à feira com minha avó. Eu não fazia ideia de como era a real aparência de uma porta, mas todo o meu espírito vibrava diante da presença dela e minhas mãos formigavam ansiosas para tocá-la. Porém, eu estava tão assustada que não tive coragem para fazê-lo. Ao invés disso, me afastei da cena e agarrei o pequeno Malik, protegendo-o com meu corpo.

— Dandara, pare agora! — gritou minha tia.

Sobressaltada, minha mãe abriu os olhos e se virou na direção do grito.

— Você não deveria estar aqui! — exclamou surpresa, até que seus olhos caíram sobre mim e Malik, encolhidos perto da porta. Seu olhar foi inundado por um terror absoluto. — E ainda trouxe meus filhos! No que estava pensando, Farisa?

Os lábios da minha tia se curvaram em um sorriso de escárnio.

— Eu *não vou* deixá-la colher os frutos da nossa pesquisa sozinha.

— Como pode trazer duas crianças para cá? Você sabe que não é seguro!

— Se eu não puder fazê-la parar, a presença dos seus filhos vai. Se você não quer machucá-los, interrompa o ritual, Dandara. A escolha é sua. Se perdê-los, você finalmente entenderá a dor da perda de uma mãe.

Eu não conseguia ver os olhos da minha tia porque ela estava de costas para mim, mas a Visão me revelava sua alma colorida por um violento tom de vermelho que vibrava com ferocidade, o que não era um bom sinal. Esse fato e as suas palavras carregadas de ódio me deixaram assustada, porque eu nunca a havia visto naquele estado de fúria, muito menos com a própria irmã. A Jamila de seis anos não conseguia entender o que tinha acontecido para deixá-la tão amarga.

Minha mãe fechou os olhos e soltou um longo suspiro, como se não conseguisse olhar para a irmã naquele estado. Sua face se contorcia em aflição, como se a visão de Farisa lhe causasse *dor*.

— Você estava se desviando do nosso verdadeiro objetivo, irmã — disse mamãe.

— Esse deveria ser nosso único e verdadeiro objetivo! Eu pensei que você a amava!

— Não duvide do meu amor por ela, Farisa! — rebateu, com um olhar tão gélido e sombrio que me causou arrepios. — Eu já estou cansada de explicar que é impossível realizar o que você deseja.

Tia Farisa a encarou com ódio e deu mais dois passos decididos em sua direção, o queixo empinado em afronta.

— E eu já estou cansada de ouvi-la, porque eu sei que sou capaz de fazer isso.

Minha tia acionou seus braceletes batendo os pulsos duas vezes, fazendo a magia verde brilhante correr do metal até suas mãos.

— Farisa, pare — pediu minha mãe, em tom de aviso, mas ela a ignorou.

Quando minha tia se aproximou do círculo onde a pedra ainda rodeava de um lado para o outro em uma velocidade assustadora, ela se chocou contra uma barreira invisível e foi jogada para longe. Nesse momento, meu olhar foi atraído de volta para a fenda no ar, de onde uma mão cadavérica surgiu, com dedos longos se esticando e se flexionando como se ansiasse por alcançar algo. Malik choramingou, aterrorizado, ao passo que eu apontei e gritei:

— Olhem aquilo!

Por um momento, as duas foram interrompidas do embate e se viraram para a fissura. Mamãe arregalou os olhos. Farisa se levantou ainda mais enfurecida, os olhos se tornando inteiramente verdes, a energia de sua magia engolindo suas íris castanhas.

— O que você fez? — perguntou ela à irmã.

— E-eu n-ão sei, era para ser o mundo espiritu...

— *Emere* burra — cuspiu Farisa, proferindo a palavra com um asco profundo.

Sua bênção respondeu às emoções do seu espírito e ficou mais intensa, com triângulos verdes giratórios aparecendo ao redor das suas mãos, entrelaçando-se e girando com rapidez. Realizando movimentos elaborados com as mãos, ela fez o que uma materialista sabia fazer de melhor: manipular a matéria ao seu bel prazer. O chão sob os pés da minha mãe rachou, quebrando o círculo branco desenhado. Ela estendeu o braço na direção da pedra giratória, que caiu no chão e passou de sólida para uma pasta disforme.

— Não! — gritou mamãe, quando a fenda começou a se fechar e a pedra giratória diminuiu a velocidade. Furiosa, ela flutuou em uma velocidade assustadora na direção da irmã, chocando-se contra ela. — Farisa, eu não quero lutar com você, somos irmãs!

— Irmãs ajudam uma à outra em tudo que elas precisarem! Você falhou comigo! Falhou com ela!

Farisa conseguiu se libertar da minha mãe e a jogou na parede oposta, fazendo-a gritar de dor. Malik começou a chorar assustado e eu o envolvi em meus braços, impedindo-o de continuar assistindo.

— Você vai destruir o laboratório inteiro. As crianças... — gemeu mamãe, tentando se levantar e vir em nossa direção.

Farisa a ignorou completamente. Presa em seu transe de revolta, a magia da nossa tia continuou a aumentar em uma proporção assustadora. Todo o ambiente cedeu diante do seu poder, curvando-se sob a sua fúria. A matéria dos objetos ao nosso redor perdeu a consistência, o que antes era sólido, tornava-se líquido ou gasoso. A estrutura do salão começou a tremer, com rachaduras gigantes se espalhando pelas paredes e pelo chão do complexo. O mundo físico estava em crise em conjunto com sua abençoada.

Quando o teto rachou sobre mim e meu irmão, agi rápido e sem pensar: ainda o abraçando, desejei mais do que tudo sair dali. Senti um leve solavanco e ouvi um estalo, o que fez com que eu abrisse os olhos assustada. Chocada, percebi que não estávamos mais dentro no complexo Muxima, e sim do lado de fora. Malik parou de chorar com um último soluço, seus olhos arregalados e molhados presos em mim, surpresos.

Alguns minutos depois, minha mãe saiu da sala mancando e apoiando a irmã desacordada em seu ombro. Ela me observou com assombro, enquanto sua alma era colorida por um tom mostarda escuro, ansioso e angustiado.

— Como você fez isso? — mamãe indagou em um sussurro assustado, mesmo sabendo *como* eu havia feito.

— Eu não sei — murmurei com os lábios trêmulos.

Minha mãe não deveria ficar assustada, não deveria me fazer perguntas. Era sempre ela quem me acalmava e tinha uma resposta para tudo. Naquela noite, ela temeu que eu carregasse a mesma maldição e tivesse que enfrentar o mesmo preconceito. Por isso, ela pediu aos ancestrais que estivesse errada, que eles não me condenassem ao mesmo árduo destino. Infelizmente, como foi comprovado daquele dia em diante, eles não a ouviram.

Por sorte, todos sobrevivemos naquela noite, mas nossa família nunca mais foi a mesma, pois o acontecido marcou o relacionamento das duas irmãs como uma cicatriz incurável.

Fui trazida de volta ao presente quando Nia abriu a porta da biblioteca e Malik começou a reclamar:

— Precisávamos mesmo vir aqui? Não gosto daquele espírito exibido.

Os cantos dos lábios de Tedros se curvaram em um pequeno sorriso debochado.

— É sempre você que provoca ele primeiro.

— Tá defendendo aquela alma velha por quê, Tedros? — rebateu ofendido, com uma careta emburrada.

Tedros riu e bagunçou os cachos de Malik, passando um dos braços por seu ombro.

A biblioteca era uma das áreas comuns da Fundação. Diferentemente dos complexos, aquele espaço era compartilhado por todos os agentes. O salão circular era enorme e possuía um teto tão alto que não era possível enxergá-lo, com prateleiras que pareciam infinitas. O conteúdo delas era organizado em livros físicos e arquivos digitais, e os documentos que eram muito antigos ou raros haviam sido digitalizados e armazenados na rede disponível nas estações de pesquisas de toda a organização. Ali na biblioteca, podíamos acessá-la por meio das pequenas plataformas circulares com um sofá e uma mesa para pesquisa no centro, que flutuavam pelo ambiente à disposição dos alunos. Uma delas se aproximou de nós logo que entramos.

Enquanto os outros sentaram-se no sofá confortável que rodeava a pequena mesa no centro, espalmei minha mão na tela sobre ela para liberar o acesso à pesquisa. Ao ler minha digital, a tela se iluminou e o holograma de um nkonti — um espírito memorizador de histórias e informações que vivia na rede da Fundação — se projetou dela. Eles eram os responsáveis por alimentar a rede, mantê-la organizada e auxiliar os agentes durante as pesquisas.

— Seja bem-vinda, Jamila, aprendiz 01C-A. Em que posso ajudá-la?

— Olá, Budrin. Na verdade, *nos* ajudar — corrigi, apontando a equipe com um movimento de cabeça.

O espírito fez uma careta de desinteresse e abriu um sorriso amarelo.

— Ah, os aprendizes de Gymbia — murmurou aborrecido, quase me fazendo rir.

O memorizador simplesmente odiava ter que nos atender quando íamos até a biblioteca, porque nossas conversas sempre terminavam em discussão. Budrin era um espírito muito debochado, que gostava de utilizar um ridículo tom de superioridade quando conversava com agentes de níveis primários, como nós. Diferentemente do restante do grupo, que conseguia ignorar isso, Malik não aceitava levar desaforo para casa, e por isso sempre trocava farpas com o nkonti.

— Queremos acesso aos arquivos que envolvem pesquisas e relatórios de missão sobre energias dimensionais — pedi.

— Qual dos dois tipos de energia? Espiritual ou Material? — perguntou ele, ativando a mesa flutuante que se elevou no ar com suavidade e se aproximou de algumas prateleiras mais altas. — Aqui nessa seção eu tenho livros sobre bênção espiritual e...

— Não queremos informações sobre a energia espiritual e nem a material. Precisamos saber se existe outra além dessas — cortou Niara.

O holograma semicerrou os olhos, desconfiado.

— Não entendi a pergunta. Que outra energia seria esta?

— Nos diga você, já que é um espírito tão sabido — desafiou Malik, abrindo um sorriso presunçoso e estendendo os braços preguiçosamente pelo encosto do sofá.

O nkonti apertou ainda mais os olhos e seu holograma piscou por um instante. Isso acontecia quando Malik começava a tirá-lo do sério. Mas, para nossa sorte, ao invés de responder com outra alfinetada, ele clicou na tela da mesa e abriu um arquivo que se projetou no ar.

— Eu não sei o que estão querendo dizer, mas aqui está o que existe sobre este assunto. — Dezenas de arquivos e imagens de missões pipocaram na tela enquanto o espírito começou a relatar o seu conteúdo: — Nossa realidade é formada pelo que chamamos de *níveis de realidade*, dimensões sobrepostas umas às outras e interligadas pela Teia Sagrada da Deusa Única. Existem apenas dois níveis: o físico, o mundo da matéria; e o espiritual, o mundo além-vida. A dimensão espiritual foi descoberta por Makaia, após encontrar uma passagem para esta dimensão. Lá, ela aprendeu a manipular a energia presente naquele mundo: a energia espiritual.

"Em contrapartida, o mundo físico é constituído pela energia verde. Todos os seres vivos e não vivos, como os animais, o ar que respiramos e a água que bebemos, a possuem. O mundo físico é a energia verde, e a energia verde é o mundo físico. A rainha Núbia do reino de Matamba foi quem descobriu a habilidade de manipular a matéria e os elementos do nosso mundo. Até hoje, não existiu outro materialista que a tenha superado em força e habilidade."

— Já sabemos de tudo isso — protestou Tedros, impaciente. — O que desejamos saber é se há outros tipos de energia.

— Vocês não ouviram o que eu acabei de dizer? *Não* existem outros níveis de realidades, *não* existem outros tipos de energia, apenas *dois* — rebateu Budrin, irritado, frisando as palavras como se fossemos burros demais para entendê-lo.

— Acontece que uma nova energia apareceu, e essa informação não parece tão correta agora — expliquei com tranquilidade, na tentativa de acalmá-lo. — Vimos hoje alguns matebos manipularem uma energia cinzenta, que os arquivos não citam como originada de nenhuma das dimensões que conhecemos. Se ela não é do mundo físico ou do espiritual, de onde veio?

O espírito ficou nos encarando em silêncio com uma expressão irritada. Ele odiava não possuir todas as respostas do mundo. Malik estava se divertindo muito com a situação, observando-o com um sorriso gigantesco que estava a ponto de se transformar em uma gargalhada maldosa.

Frustrada, arrastei a mão pela tela e joguei o holograma de Budrin para a borda da mesa, resolvida a fazer a pesquisa manualmente. Mesmo que no fundo eu não desejasse ler aquele maldito arquivo, a minha intuição me dizia que apenas ele poderia solucionar o nosso mistério. Digitei o termo na barra de busca e encontrei o arquivo que desejava: "Arquivo confidencial: projeto Ambade".

Uma mensagem escrita *Bloqueado* em vermelho apareceu na tela. Continuei clicando furiosamente.

Bloqueado.

Bloqueado.

Bloqueado.

Grunhi irritada.

— A única coisa que vai conseguir se ficar nesse jogo sem fim, é travar o sistema de navegação — alertou Budrin, com um detestável sorriso irônico.

— Olha aqui — ralhei, com o dedo em riste na frente de sua face virtual desdenhosa —, nós *precisamos* desse arquivo. Não é como se fosse proibido acessá-lo.

— Realmente não é. Nenhum conhecimento é proibido na Fundação, apenas o uso deles para fins ilegais — rebateu, levantando uma sobrancelha sugestivamente e me encarando com um olhar acusador.

— Se você quer dizer algo desrespeitoso sobre a conduta da minha mãe, não fale em códigos, sua alma ensebada, seja direto — irritou-se Malik, avançando sobre a mesa.

Espalmei uma mão no seu peito, impedindo-o de se aproximar, sem desviar o olhar do nkonti.

— Quem está com a pasta? — exigi em um tom firme.

— O conselho — Budrin respondeu com desinteresse.

Abri um sorriso vitorioso.

— Na mosca! — comemorou Tedros, se desencostando do sofá.

— Se a pesquisa da sua mãe está com o conselho, é porque alguma coisa nela pode realmente responder a questão sobre a energia desconhecida — disse Nia, com os olhos presos em um ponto qualquer da biblioteca, enquanto as engrenagens de sua mente giravam sem parar.

— Mas isso não faz muito sentido. A pesquisa da minha mãe era sobre meios de abrir uma porta ou uma ponte para o mundo espiritual. Ela não estudava energias dimensionais diferentes. Na verdade, acho que ninguém imaginava a existência de outro tipo de energia além da verde e azul — argumentou Malik.

— Não que a gente saiba — rebati, cruzando os braços e dando de ombros. — Não sabemos quase nada do que mamãe fazia no Muxima ou a extensão da pesquisa dela. Criar uma passagem entre mundos talvez fosse um primeiro passo para encontrar *outros* mundos.

— Isso é muita doideira — disse Tedros, com descrença.

— Como combater espíritos no almoço e ir jantar normalmente com sua família à noite? — rebateu Niara, abrindo um sorriso provocador.

Tedros considerou por alguns segundos, com uma careta confusa que o fez parecer um grandalhão adorável e fofo.

— É, você tem razão — ele disse por fim, dando de ombros. Mesmo sendo muito cético, às vezes ele aceitava muito bem quando as coisas faziam sentido. Ele lidava com esquisitices demais todos os dias para ficar questionando a ordem do mundo.

Soltei um longo suspiro trêmulo. Depois de anos evitando a pesquisa da minha mãe, a verdade estava vindo à tona. A chance de ela estar certa durante esses anos me assombrava, porque isso significaria que ela havia sofrido todo esse tempo com as consequências de um castigo injusto.

— Vocês conseguem imaginar o rebuliço que essa descoberta vai causar em toda a cidade? Isso muda substancialmente aquilo que acreditamos — disse Niara.

— Não, Nia. Aquilo que escolhemos *ignorar* por centenas de anos — rebati, cerrando os punhos e cravando os olhos em qualquer outro lugar da sala.

Um misto de sensações boas e ruins entrava em conflito dentro de mim. Preocupado, Malik colocou a mão em meus ombros.

— Jami, tudo bem?

Me virei para ele e olhei bem fundo nos seus olhos, angustiada, porque ele era o único que poderia entender como o meu espírito estava aflito naquele momento.

— Isso muda não só a forma como enxergamos o mundo, mas a história da nossa família, que foi totalmente influenciada por causa dessa maldita pesquisa. Se disseram que tudo é verdade depois do que passamos...

— Ei, ei. Vai com calma — pediu com suavidade, envolvendo meu rosto em suas mãos —, vai ficar tudo bem. Seja qual for o resultado dessa missão, passaremos por isso juntos. Como sempre fizemos.

Sorri, confortada com a consciência de que eu sempre o teria ao meu lado. Pena que o destino tinha planos diferentes dessa vez.

Fomos tirados do nosso pequeno mundinho quando a voz do diretor soou nos alto-falantes instalados nos corredores de todo o prédio:

— Todos os agentes, por favor, se dirijam ao refeitório.

— Vamos — disse Niara, levantando-se rapidamente da mesa. — Espero que eles tenham respostas.

***

Uma grande quantidade de agentes se apertava nos bancos e cadeiras das mesas dos refeitórios, encarando com muita expectativa a minha mestra e o diretor sobre o pequeno palanque.

— O conselho de fundadores se reuniu esta tarde para discutir os acontecimentos da ponte Mujambo, e decidimos investigar a origem dos matebos. Logo que tivermos mais respostas, compartilharemos com todos. Sobre a escalação para a patrulha na festa, deixamos a missão com os seguintes agentes...

Descrente e com uma indignação profunda, observei o diretor passar de um assunto a outro com uma incrível rapidez, começando a listar os esquadrões que estariam de serviço no festival. Quando mestre Gymbia desceu do palanque, me levantei da mesa onde estava sentada com Tedros, Niara e Malik.

— Jamila, não faça... — tentou Tedros, tocando meu braço.

Mas eu o ignorei e cruzei o salão até alcançar a minha mestra, a qual me viu se aproximando e soltou um suspirou cansado, já prevendo o que viria a seguir.

— Mestra, o que exatamente foi isso? Eu esperava que vocês pudessem nos dar mais detalhes sobre o que foi discutido no conselho.

— Os detalhes que temos são esses: não sabemos de onde eles vêm. Precisamos investigar mais.

— Eu sei que vocês estavam com a pasta do projeto da minha mãe. Se pegaram o arquivo para a reunião, é porque vocês já possuem alguma consideração concreta de que está ligado à pesquisa dela — rebati de pronto.

Mestre Gymbia semicerrou os olhos e me estudou por um breve instante, até finalmente dizer:

— Vá para casa descansar. Você teve uma tarde agitada.

— Mas...

— Pelos ancestrais, Jamila, por que ficou tão interessada nesses espíritos? O que está querendo provar com toda a esquisitice que aconteceu hoje?

"Você sabe o que quero provar: que minha mãe estava certa", disse em minha mente. Porém me mantive em silêncio. No entanto, não precisei dizer em palavras, porque Gymbia leu o pensamento em meus olhos.

— Não jogue o trabalho de oito árduos anos no lixo, minha aprendiz — sussurrou, chegando bem perto. — Eu poderia dizer que sei como é ser uma de vocês e ter que se esconder, mas estaria mentindo. Você se saiu bem, Jamila, foi mais longe do que um emere jamais poderia ir na Fundação graças a sua bênção espiritual. Por favor, lembre-se do porquê você mantém tudo isso bem escondido.

Ela me deu um beijo terno na testa e me lançou um último olhar.

— Vá para casa e descanse. Esta é uma ordem da sua mestra — frisou em um tom severo, que não deixava espaços para mais argumentos. Em seguida, ela me deu as costas e se foi.

Minha equipe se aproximou de mim, observando Gymbia sumir pelos corredores.

— Então, o que ela disse? — questionou Malik, ansioso.

— Absolutamente nada — resmunguei zangada.

— Mas, se o diretor disse que os fundadores vão cuidar da investigação, é porque algo muito estranho e importante está acontecendo — palpitou Niara.

Malik soltou um assobio baixo.

— Caraca, a coisa deve ser séria mesmo.

Notando minha inquietação, Nia me estudou por um momento, até falar com um tom preocupado:

— Gymbia tem razão, você precisa de um descanso. Podemos voltar a investigar depois das celebrações.

— Não. Vamos deixar esse assunto de lado — rebati em tom de derrota.

— O quê?! — exclamou Malik, indignado.

Fechei os olhos e esperei o que estava por vir. Meu irmão não sabia aceitar desistências muito bem, era teimoso demais para isso.

— Jamila, não podemos! Passamos a vida toda sonhando com a chance de inocentar a nossa mãe, provar que...

— Provar o quê, Mali? Pra quem?! — rebati nervosa, tentando controlar o tom da minha voz para não me alterar com ele em pleno refeitório. — Já se passaram mais de dez anos, e sofremos demais por isso. Estou cansada dessa história, deixe tudo como está. Nada vai apagar ou mudar o que nós sofremos, então não vale a pena.

Dito isso, saí pisando duro do refeitório. Mas quando ele queria algo, Malik sabia ser implacável e muito irritante.

— Não vale a pena?! — repetiu furioso, me seguindo a passos largos pelos corredores. — Pelos ancestrais, Jamila, não valeria a pena buscar a verdade para libertar você e a mamãe de uma vida em que tenham que reprimir seus poderes eme...

— Fica quieto, Malik! — ralhei alto, parando abruptamente e fazendo-o trombar em mim.

Algumas pessoas curiosas nos fitaram com interesse.

Respirei fundo e tentei me acalmar quando voltei a encará-lo.

— Esqueça isso, irmão, por favor. Só quero ir pra casa e ignorar toda essa confusão. Você sabe que, para isso acontecer, teríamos que trazer toda a nossa história dolorosa à tona novamente e passar por um mar de problemas sem fim, como aconteceu antes. Eu nunca mais quero passar por aquilo, não sou capaz de enfrentar tudo o que nossa mãe enfrentou. Por favor, Mali, apenas... esqueça.

Ele abriu a boca para argumentar, mas desistiu. Por fim, abaixou a cabeça e assentiu, arriando os ombros.

— Obrigada — sussurrei, enlaçando seu braço no meu e voltando a andar. — Agora vamos pra casa.

GUIA PRÁTICO PARA AGENTES INICIANTES

por Nziki, gênio mensageiro da Deusa Única e aliado da F.U.

CAPÍTULO 2: A TEIA SAGRADA E AS ENERGIAS DIMENSIONAIS

A nossa realidade é formada pela intrincada união de incontáveis fios energéticos que estão presentes em tudo o que existe, em seres vivos e não-vivos, formando uma grande teia. Esses fios e suas diferentes energias constituem os mundos do nosso universo, desde suas estruturas físicas e elementais (a terra, o ar, a água) até aqueles que a habitam (humanos, espíritos, animais, etc.). Assim, o universo e seus mundos são energia, que também é a nossa energia vital, chamada de "mooyo". Esses mundos encontram-se inteiramente interligados por essas energias, de modo que, como numa teia de aranha, um não pode vibrar um único fio sem gerar movimento em todos os outros. Ou seja, o que acontece em um mundo, interfere no outro. Também chamados de "níveis de realidade", a Teia é formada por dois mundos:

1. **O mundo físico:** o nível da matéria, constituído pela energia verde.
2. **O mundo espiritual:** lar dos seres espirituais, constituído pela energia azul.

Meus parentes mortos fazem uma visitinha à casa Ambade

Como de costume, eu e meu irmão pegamos um transporte em um ponto ao lado da Fundação para chegarmos em casa. Conforme o ônibus, movido a energia espiritual, cruzava a cidade deslizando rápido sobre o campo magnético, observei os gigantescos prédios modernos darem lugar às casas e sobrados do bairro da Liberdade, um dos mais antigos de Méroe. Ele era localizado na parte antiga da cidade e fora fundado antes mesmo de Méroe receber esse nome, quando a cidade não passava de um pequeno vilarejo montado pela resistência de Nzinga na luta contra o Rei-Muloji.

Quando o ônibus adentrou o bairro, o ruído incessante do trânsito e o burburinho da multidão de pessoas que apinhavam as ruas foram substituídos pelo som das crianças brincando e conversando no caminho de volta da escola. As cores vivas das casas e dos pequenos prédios saltaram diante de meus olhos, juntamente com o verde vibrante das árvores e das pequenas hortas nos quintais. Malik e eu desembarcamos e seguimos a pé, chegando em apenas cinco minutos ao amontoado de sobrados coloridos que formavam a morada da numerosa família Ambade.

Como muitos do nosso bairro, minha família ainda seguia o antigo costume meroano dos membros morarem no mesmo terreiro, mesmo após o casamento. Dessa forma, os sobrados da minha família cresceram e foram reformados ao longo das décadas, acumulando histórias e memórias de gerações em suas paredes pintadas com padrões geométricos, flores e mandalas.

Malik abriu o pequeno portão de ferro e entramos no pátio calçado com pedras, encontrando a casa em polvorosa. Meus tios estavam montando tendas, trazendo mesas e cadeiras para fora, enquanto nossos primos e primas corriam pelo quintal feito pequenos diabretes, rindo e gritando alto. Minhas tias ordenavam aos berros que eles ficassem quietos para que elas pudessem terminar de pintar o chão do pátio, sendo ignoradas pelos pestinhas. Conforme ditava os costumes do festival das bênçãos, os familiares vivos deviam pintar um caminho para guiar os espíritos de seus ancestrais até a nossa casa.

No dia das bênçãos, o laço entre os mundos se tornava mais estreito, pois era a data em que os vivos e os espíritos se uniam para celebrar as bênçãos que seriam concedidas às crianças natsimbianas. E como acontecia todos os anos, os espíritos de nossos antepassados já estavam chegando para as comemorações, brilhando singelamente sob a luz do sol da tarde. Eles observavam com interesse e comentavam entre si as pequenas mudanças que aconteceram na família e na casa no último ano.

— Então, já tem muitos deles por aqui? — perguntou Malik, enquanto se desviava de um pestinha lambuzado de tinta que passou correndo.

— Alguns.

Como fazia ano após ano, procurei avidamente entre eles, mas não avistei aquela que eu mais desejava encontrar. Por algum motivo, seu espírito não vinha ao nosso mundo nem mesmo no dia do festival.

— Ela não veio de novo? — perguntou Malik, que me observava com um olhar consolador.

Neguei com a cabeça e suspirei.

— Os espíritos têm o seu próprio tempo — disse, repetindo uma frase da nossa avó. — Quando estiver pronta para vir, ela virá.

Em seguida, meu olhar recaiu sobre o espírito de minha tia-avó Ozira, que estava pregada ao lado de um canteiro de rosas com o mesmo semblante tristonho de todos os anos. Em vida, ela sempre gostara de usar flores em seu volumoso cabelo crespo, e agora na morte, ainda havia várias entre os seus cachos.

— Olá, tia. Como vai? — saudei, me aproximando.

— Oi, Jamila. Oi, Malik. Feliz dia das bênçãos — disse em um tom monótono, sem desviar o olhar da roseira.

— Feliz dia das bênçãos — desejei, e em seguida me virei para Malik. — É a tia Ozira, ela te disse oi.

Malik olhou para a direção contrária e acenou para o vazio, dizendo:

— Oi, tia.

— Ela está do outro lado — corrigi, rindo e virando-o para a direção correta.

— Sempre vou sentir falta do cheiro das flores. Ah, que perfume doce elas tinham. — Ela soltou um longo e dramático suspiro triste, inconformada com o fato de que na vida após a morte os espíritos perdiam o paladar, o olfato e o tato.

— Onde está o tio Lário? — Percorri o pátio com o olhar, tentando encontrá-lo. — Vai vir mais tarde?

Por um breve instante, os olhos dela se iluminaram e um sorriso surgiu em seu rosto, afastando a sombra de desgosto.

— Seu tio não virá este ano, porque chegou o momento dele reencarnar. — Seus olhos vagaram até a minha prima grávida de três meses, que terminava de pintar todos os membros vivos de nossa família em um mural gigantesco.

Surpresa, arregalei os olhos.

— O quê? O que ela te disse? — perguntou Malik, ansioso.

Abri a boca para contar a ele, mas ao longe observei um espírito se aproximando rapidamente, vestindo um chapéu e um terno inconfundíveis. Ele me dirigiu um sorriso entusiasmado, ao passo que eu soltei um gemido de desânimo.

— Pelos ancestrais, o vô Dalmar está vindo na nossa direção — disse, ao ouvir a forma translúcida do pai do meu pai gritar o meu nome.

Não era fácil ser uma das poucas integrantes da família a possuir o dom da Visão durante o dia das bênçãos. Como não eram todos da família que haviam herdado esse poder, eu era uma das "sortudas" que se tornava alvo dos meus parentes mortos para ouvir suas conversas fiadas. E meu avô era mestre em jogar conversa fora *por horas*.

— Vamos bater em retirada — Mali fez menção de correr na direção do espírito.

— Direção errada, Malik! — berrei, já correndo para o lado contrário. Ele xingou alto e derrapou no piso ao fazer a volta bruscamente e me seguir.

Entramos no casarão principal e a voz suave de vovó chegou aos meus ouvidos, vinda da sala. Percorri os corredores em direção ao cômodo, observando como a casa havia sido enfeitada com flores, comidas, perfumes e fotos dos familiares falecidos, como oferendas e uma mensagem de boas-vindas aos antepassados que chegavam.

Ao me aproximar da entrada, meu coração se aqueceu com a cena que me deparei. Maravilhada, me encostei no batente da porta a fim de observá-la. Minha avó Zarina estava sentada no sofá, contando uma história para os netos e bisnetos que se aglomeravam à sua frente, sentados no chão. Seu falecido marido, meu avô Gavin, estava ao seu lado no sofá, observando-a com o mesmo olhar encantado e amoroso que sempre dirigia a ela, fosse em vida ou na morte.

— Há muitas eras, um terrível Rei-Muloji conquistou todos os reinos humanos existentes e os uniu sob o seu governo tirânico. Utilizando sua magia como instrumento de opressão, ele decretava quem podia e não podia utilizar os dons concedidos pelos ancestrais, punindo severamente os abençoados que o desobedeciam. Até que um dia, duas grandes mulheres o enfrentaram, encabeçando uma poderosa rebelião.

— Makaia e Nzinga! — gritaram as crianças em uníssono, extasiadas.

O costume de contar a história da Guerra dos Metais era uma tradição que vovó não conseguia abandonar no dia das bênçãos, e todos os anos, aquela cena enchia meu espírito com uma nostalgia doce. Mesmo que fosse uma história que todos sabiam de cor, as crianças sempre paravam para ouvi-la, enredadas por sua oratória calma e suave como num feitiço de encantamento.

— Isso mesmo. Com a ajuda de Makaia, a jovem Nzinga reuniu os rebeldes sob a sua liderança e empreitou diversas batalhas contra o Rei-Muloji e os invasores do outro mundo, até conseguirem tomar pouco a pouco as terras que formavam seu império, concedendo liberdade ao povo e reduzindo o poder do inimigo. Durante essa empreitada, ela foi acompanhada por seus amigos: Makaia, a...

— ...rainha Núbia de Matamba, que havia perdido seu reino para o Rei-

Muloji... — sussurrou Malik, ao meu lado, com um sorriso zombeteiro e um olhar nostálgico preso em nossa avó.

— ...e o talentoso explorador Mujambo. Quando não lhe restava mais reino algum, o Rei-Muloji enfrentou Nzinga e seus quatro grandes aliados em uma última e terrível batalha, no fim da qual ele desapareceu depois de ser derrotado. Até hoje, ninguém sabe o que realmente aconteceu com ele. Já Nzinga e seus aliados tiveram uma vida longa, e quando ascenderam ao plano ancestral, eles passaram para os seus descendentes a missão de proteger os mundos e impedir que pessoas como o Rei-Muloji voltassem a causar desequilíbrio. Para isso, eles abençoaram seus descendentes com poderes e braceletes como este — ela tocou os metais ao redor de seus pulsos —, forjados pelos inventores da rainha Nzinga, que receberam dela o segredo do ferro dízio. Assim, foi celebrado o primeiro festival das bênçãos, que é repetido todos os anos em honra aos ancestrais que presenteiam vocês, nossas crianças, com magia.

— E hoje eu serei escolhida pelos ancestrais também! — animou-se Dália, levantando-se e dando pulinhos de alegria, os cachos do seu cabelo crespo balançando. — Eu tenho certeza, vovó, consigo sentir.

A matriarca abriu um sorriso doce para a bisneta.

— Tenho certeza que sim, meu bem.

— Eu não sinto nada — disse uma vozinha trêmula, que fez meu coração apertar no peito.

Era Oyö, nossa irmã caçula de nove anos. Seus ombros estavam rígidos, e ela mordiscava os lábios enquanto remexia as mãos unidas em seu colo. Como as outras crianças que passariam pela cerimônia ao atingir essa idade, ela vestia uma calça e uma blusa fina de mangas longas, pretas e sem estampa. Essa cor sagrada simbolizava o rito de passagem celebrado no festival: aqueles que fossem abençoados nunca mais seriam os mesmos, pois passariam para uma nova fase de sua existência, transformados pelo toque dos ancestrais.

Porém, diferentemente dos nossos primos, Oyö estava ainda mais atormentada do que nas semanas anteriores com a chegada do dia das bênçãos. Ela tinha cismado que poderia ser a primeira Ambade a não receber uma bênção por não manifestar nada de peculiar até o momento, como em geral acontecia com as outras crianças da família.

Malik e eu trocamos um silencioso olhar preocupado.

— Vovó, e se eles não me escolherem? — perguntou ela, com um olhar aterrorizado.

— Se eles não a escolherem, você irá encontrar outro dom além das bênçãos. Você pode ajudar a sua família e a sua comunidade de inúmeras maneiras, sendo abençoada ou não. Não se preocupe, meu amor, seja qual for o seu destino, ele será brilhante. Eu vejo isso.

Oyö deu um pequeno sorriso, parecendo menos tensa. No entanto, ainda era visível que seus ombros estavam rígidos, e mesmo não vendo seus olhos, eu sabia que havia apreensão neles. Oyö desejava mais do que tudo ser abençoada, e se estivesse ao meu alcance, eu realizaria seu desejo com todo fervor.

Cansada de ficar escondida, entrei na sala tomando cuidado para me desviar do pequeno aglomerado de crianças, que se levantaram extasiadas quando viram Malik. Os pestinhas simplesmente o adoravam.

— Maliii! — gritaram, correndo em sua direção, enquanto eu me aproximava da vovó.

— Ei, ei, vão com calma! — pediu ele, enquanto era derrubado no chão e um bolo de crianças se formava em cima dele.

— Sua bênção, vó — pedi, beijando sua mão.

— Que os ancestrais a abençoem, minha neta. — Ela me presenteou com um sorriso bondoso que ressaltou as rugas ao lado de seus olhos. Em seguida, se virou para a confusão de netos que esmagavam Malik. — Parem já com isso, crianças. Vão para fora ajudar as mães de vocês!

Eles a obedeceram de pronto, saindo correndo dando risadinhas de um Malik desnorteado pelo terrível ataque. Oyö se aproximou e se sentou ao lado dele no tapete, dando um beijo em sua bochecha amassada.

— Vocês já estão todas lindas e cheirosas — disse Malik, fazendo cócegas em Oyö e observando nossa avó, que estava trajando um lindo boubou amarelo ouro que combinava perfeitamente com o marrom escuro de sua pele e os brincos dourados em suas orelhas.

— Diga a ele que também estou elegante, meu amor, e que mereço um elogio — brincou meu avô.

— O senhor também está lindo, vovô — brinquei. — Sua bênção.

— Olá, minha neta. Que os ancestrais a abençoem.

Os olhos de Malik se arregalaram e sua animação dobrou duas vezes de tamanho. Ele se levantou do chão em um pulo.

— Por que não me disseram logo que o vovô estava aqui? Estou criando uma invenção nova na Fundação, e não sei se escolhi o metal certo e...

— Mali, antes que você monopolize o vovô com essa conversa de "inventor para inventor", deixe eu matar as saudades dele primeiro — cortei, fazendo-o bufar impaciente.

Vovô gargalhou, mas dirigiu sua atenção a mim.

— Estava com saudades do senhor. Como vai o mundo espiritual?

— O mesmo de sempre: muitos espíritos, diversos lugares incríveis para se explorar e dispositivos novos para criar.

Desde que morrera, havia dez anos, não tinha um festival em que ele não vinha visitar a vovó e atualizá-la das aventuras que vivia no mundo espiritual. Vovô não reencarnaria mais, e por esse motivo, esperava pacientemente sua esposa concluir a sua vida para se juntar a ele em Mputu.

— Vocês chegaram tarde hoje. Dia difícil na Fundação? — perguntou vovó.

Soltei um longo suspiro e deixei minha mochila sobre o sofá, me sentando ao lado dela.

— Um dia corrido e bem cansativo. As coisas estão ficando estranhas na Fundação depois do ataque de alguns matebos esquisitos na ponte Mujambo.

Vovó assumiu uma expressão grave. Ela estava pronta para perguntar mais quando mudei o rumo da conversa rapidamente:

— E como você está hoje, vovó?

Ela deu um longo suspiro e o brilho em seus olhos diminuiu.

— Estou bem, minha querida, no máximo possível.

Vó Zarina era a quimbanda da cidade, devido a sua forte espiritualidade que a tornava muito próxima dos ancestrais, nossos guias. Por esse motivo, ela era encarregada de aconselhar a rainha e adivinhar o que os espíritos antepassados esperavam do seu reinado e da sua comunidade. Dessa maneira, ela ia ao palácio com frequência e era muito próxima da família real.

— Tudo bem se sentir triste às vezes. Todo mundo perdeu uma rainha, mas você perdeu uma amiga também — disse, acariciando sua mão enrugada.

Ela sorriu e fez um carinho no meu rosto.

— Eu sei, querida. Vou ficar bem, não se preocupe comigo.

Apesar dos nossos antepassados não viverem mais no mundo material, seus espíritos ainda exerciam influência sobre a vida de seus entes queridos. Por esse motivo, era importante cultuá-los e manter sua memória viva no seio familiar, de modo a deixá-los felizes e satisfeitos conosco. Além disso, ao mantermos contato, tínhamos acesso ao conhecimento e à sabedoria adquiridos por eles durante a sua encarnação, o que poderia nos guiar ao longo das nossas vidas. Era a minha avó quem realizava os ritos de revelação, cujo objetivo era esclarecer as causas da zanga e do aborrecimento dos antepassados para com seus descendentes. A partir disso, ela aconselhava como a rainha deveria proceder para aplacar a ira e satisfazer a deusa ou um espírito enfurecido.

— Onde está a mamãe? — indaguei.

— Escondida por aí — respondeu vovó em um tom de repreenda, que me fez pressionar os lábios para não rir. — Ela adora ignorar os parentes no dia do festival, como você já sabe.

Inesperadamente, sua atenção se desviou de nós para a porta dos fundos e disse:

— Estou vendo você, Amina.

Ouvi um bufar indignado, e quando me voltei na direção em que vovó olhava, encontrei minha segunda irmã mais nova. Com um visível ar de derrota que nos fez rir, Amina caminhou em nossa direção. Malik já estava a ponto de dizer alguma zombaria maldosa, quando ela lhe lançou um olhar mortal e disse:

— Cala boca, Malik.

Amina tinha treze anos e possuía o mesmo tom de pele que o meu, um marrom terroso e escuro. Seu cabelo crespo estava preso em marias-chiquinhas, que pareciam duas nuvens fofas. Ela vestia um macacão jeans e uma camiseta roxa por baixo.

— Você está atrasada. Já deveria estar em casa se preparando para a festa e ajudando suas tias a terminarem a decoração.

— Eu ajudei com os altares de oferendas mais cedo — rebateu Amina, tentando soar convincente.

Oyö riu baixinho, denunciando a mentira da irmã do meio. Vovó semicerrou os olhos e cruzou as mãos displicentemente sobre o colo. Diante disso, Amina suspirou e confessou:

— Tá, não ajudei.

— E o que era mais importante do que estar com a sua família no dia das bênçãos? — questionou vovó, os olhos pousando sobre as botas propulsoras que Amina tentou esconder sob o sofá quando se sentou.

— Não acredito que estava competindo de novo, Mina — repreendi, já deduzindo por onde ela havia andado. — Quantas vezes teremos que explicar que o seu dom não serve para usar naquele maldito clube clandestino?

— E para que ele serve? Para ser uma agente da Fundação como vocês? — rebateu petulante, abrindo um sorriso irônico.

Diferentemente de mim e Malik, Amina nunca quis ser agente, pois nutria uma mágoa profunda pela Fundação devido a expulsão da nossa mãe após a noite do ritual. Assim, ela desenvolvia sua bênção em casa, em um treinamento caseiro com nosso pai, que também era um materialista. Ela ainda não tinha decidido o que queria ser no futuro e como usaria sua bênção para ajudar a sua cidade, mas meus pais tentavam não pressioná-la.

— Para ser uma pessoa melhor do que essas com quem anda, que usam a magia ancestral para ganhar dinheiro de forma desonrosa — rebati, já ficando irritada.

— Desonroso é a sua Fundação que... — começou ela.

— Já chega — atalhou vovó, em tom sério e decisivo. — Eu não tolero você falar assim com a sua irmã mais velha, Amina. Vá para o seu quarto.

— Mas vó...

Com apenas um olhar severo dela, Mina se levantou e saiu da sala pisando duro.

— O que vamos fazer com ela? — perguntei, soltando um suspiro cansado.

— Deixar ela de castigo por uma semana? — sugeriu Malik no mesmo instante, animado. — Fazer ela lavar a louça por um mês?

Oyö e nossos avós riram.

— Bom, enquanto vocês decidem o que farão com a nossa pequena rebelde — disse, me levantando do sofá e indo em direção à saída da sala —, vou tomar um banho e me preparar para a festa.

***

Depois de tomar banho e me vestir com a roupa que escolhi para o festival, mamãe foi até o meu quarto para refazer as minhas tranças.

— Você está muito quieta — disse ela, observando-me pelo espelho à nossa frente enquanto trançava com uma habilidade incrível. — Como foi o seu dia?

Sua voz interrompeu meus pensamentos, que estavam voltados para os acontecimentos daquela tarde. Mesmo que tentasse esquecer o casal sem alma e os matebos, eu não conseguia.

Soltei um suspiro cansado e apontei a prova com uma enorme nota vermelha sobre a penteadeira. Mamãe a observou e, em seguida, me encarou através do espelho, arqueando uma sobrancelha. Uma pergunta silenciosa pairava em seus grandes olhos cor de terra, característicos da família Ambade.

— Eu sei que é uma péssima nota. Tive um dia horrível na escola por conta disso — rebati frustrada.

— Não tem problema tirar uma nota ruim às vezes, filha. O problema é essa péssima nota ser resultado do seu cansaço. Você está com uma expressão exausta, Jamila. Eu te pedi para não se sobrecarregar assim. Está tão tensa nesses últimos dias que não a vi pegar no pincel uma única vez nas últimas semanas, e eu sei que quando você não pinta, é porque as coisas estão muito ruins. — Seu olhar percorreu o canto do meu quarto que eu utilizava como ateliê, onde estavam minhas telas inacabadas, os pincéis intocados e as tintas secas.

Eu amava pintar. O meu dom da Visão permitia que eu visse o mundo através de cores e tons lindos que eu tentava reproduzir com o meu pincel. Eu desejava que as pessoas pudessem enxergar o mundo sob a minha ótica para testemunharem o belo mar de cores que estavam ao seu redor, mas não eram capazes de ver. Porém, nas últimas semanas, a inspiração havia simplesmente me abandonado.

— É que as coisas não estão fáceis na Fundação. Parece que tudo está ficando mais intenso conforme a minha graduação está chegando. Hoje mesmo apareceram alguns matebos estranhos na ponte Mujambo.

Minha mãe franziu a testa e parou de trançar, curvando-se levemente na minha direção.

— O que você quer dizer com "estranhos"?

— Você não assistiu ao jornal de hoje? Um jornalista usou o que aconteceu para atacar a Fundação mais uma vez.

Ela fez um movimento irritado com a mão e voltou a trançar.

— Eu não assisto aquela palhaçada. Na verdade, eu nem vi TV hoje. Com o caos que a casa está com os preparativos para o festival, eu passei quase o dia todo escondida aqui dentro. Você vai ter que me explicar, querida.

Narrei detalhadamente o que havia acontecido naquela tarde, conforme eu observava pelo espelho seu olhar ficando cada vez mais sério. Quando contei sobre a aparência dos espíritos, ela empalideceu e suas mãos pararam sobre minha cabeça, congeladas em puro choque.

— Como os espíritos... daquela noite — sussurrou assombrada.

Me virei na cadeira e envolvi suas mãos nas minhas, observando-a com preocupação.

— Mãe, tá tudo bem? Você sabe alguma coisa sobre esses espíritos? Eu não queria ter que tocar nesse assunto com você, mas... não consigo parar de pensar nisso.

— Eu... não sei nada sobre eles, filha. Isso só é... muita coisa para processar e... — Ela soltou um longo suspiro trêmulo. — Nunca achei que ouviria falar sobre esses espíritos novamente.

— Eu sei. Mas a estranheza de toda essa situação não para por aí: os Fundadores estavam com a sua pesquisa na reunião de hoje. — Mamãe franziu a testa. — Sobre o que era essa pesquisa? Você e... sua irmã encontraram algum novo tipo de energia? Por isso o projeto de vocês foi arquivado?

Ela não respondeu. Seu olhar confuso estava preso em um ponto do quarto, como se sua mente viajasse para um lugar distante. Quando voltou a falar, ela me dirigiu um olhar franco e apertou minhas mãos.

— Filha, como eu já lhe contei, aquela pesquisa era focada na energia espiritual, nos poderes emeres e na habilidade de viajar para a dimensão espiritual. Essa hipótese sobre outra energia dimensional é algo m-muito...

A mais velha se atrapalhou com as palavras e ficou em silêncio, incapaz de definir o quão grandiosa e assustadora era aquela possibilidade. Ela parecia realmente chocada e curiosa com o relato, mas eu não sabia dizer se havia algum tipo de reconhecimento em sua face.

Enfim, eu ainda estava na estaca zero.

Me virei de frente para o espelho novamente, e o movimento a tirou do transe. Ela voltou a trançar meus cabelos.

— Bom, eu busquei informações sobre isso na biblioteca, mas não encontrei nada.

Mamãe abriu um sorriso confortador através do espelho.

— Eu sei que essa situação mexeu muito com você, Jamila, mas já está lidando com muita coisa ao mesmo tempo, deixe que a Fundação resolva esse problema. Como você disse, ainda faltam alguns dias para a graduação, porém você já está se cobrando como se fosse uma agente formada — repreendeu ela, aplicando um óleo perfumado em meu cabelo.

— Me cobro e ainda sinto que não estou fazendo o suficiente.

— Isso acontece porque você exige muito de si mesma. Quer sempre resolver todos os problemas que surgem, ajudar todos à sua volta custe o que custar. — Ela envolveu meus ombros e me abraçou, seu rosto ficando colado ao meu, seus olhos amorosos me encarando através do espelho. — Você não tem que carregar o peso do mundo em seus ombros, meu amor.

Ela me deu um beijo estalado na bochecha. Em seguida, ela se endireitou e me puxou da cadeira, me fazendo ficar de pé.

— Levanta, quero ver como você ficou. — Ela me posicionou na frente do espelho e me admirou com um sorriso orgulhoso, fazendo um pequeno sorriso envergonhado surgir em meu rosto. — Linda igual à mãe.

Gargalhei alto, observando nosso reflexo no espelho. Mamãe e eu éramos realmente muito parecidas. Nosso tom de pele era do mesmo marrom escuro e tínhamos quase a mesma altura, ela era apenas três centímetros mais alta. Eu havia herdado seus longos e volumosos cabelos negros cacheados. Os meus estavam entrelaçados em tranças twists que iam até a minha cintura, enquanto os dela estavam soltos, cascateando até o quadril largo. Os olhos dela tinham um brilho inteligente e sagaz que, unido a sua postura altiva e o constante sorriso zombeteiro no canto dos lábios grossos, lhe atribuíam um ar atrevido.

Ela deu uma última arrumada na saia longa do meu vestido branco, feito com um tecido leve e esvoaçante. Tocou meus ombros nus e me lançou um sorriso matreiro, idêntico ao do filho e de seu falecido pai.

— Vai deixar todos os gatinhos de boca aberta.

— Mãe! — exclamei envergonhada.

— O quê? — rebateu em um tom inocente, dando de ombros e mexendo nos brincos gigantes em sua orelha. — Só estou falando a verdade.

— Pelo ancestrais — resmunguei, revirando os olhos. Ela não tomava jeito mesmo.

Mamãe riu, preenchendo o ambiente com aquele encantador som melodioso que aqueceu meu coração.

Nesse momento, Malik entrou no quarto feito um furacão, se exibindo como sempre gostava de fazer. Meu irmão era muito, *muito* vaidoso.

— E então, como eu estou? — perguntou, dando várias voltas.

Ele passou as mãos pelos cachos no alto da cabeça e pelas laterais raspadas, exibindo o corte de cabelo que fazia sempre. Ele estava usando um dashiki vermelho, que contrastava perfeitamente com sua pele negra acobreada, como o brilho ardente das chamas de uma forja que costumava operar. Vestia também uma calça jeans clara e o costumeiro tênis preto de cano alto.

— Também está lindo como a sua mãe — disse mamãe, inflando ainda mais o ego gigantesco de Malik, que sorriu satisfeito com o elogio.

— Então estou realmente glorioso, porque a senhora está um arraso — respondeu ele, pegando a mão dela e a fazendo dar uma voltinha, o vestido de um tom forte de vermelho esvoaçando ao seu redor.

Por fim, Malik plantou um beijo estalado em sua bochecha, fazendo-a rir alto em deleite. Mamãe amava demonstrações de carinho, dar e receber beijos. Ela também adorava fazer as pessoas rirem, mas ninguém a fazia gargalhar tão alto como Malik. O que mais me encantava em assistir aos dois era constatar o quanto meu irmão amava fazê-la rir.

Segurei a saia do vestido e caminhei em direção à porta.

— Vamos logo para a festa, antes que o ego de vocês dois fique grande demais para o espaço apertado desse quarto.

Os dois riram e me seguiram, fazendo provocações enquanto seguíamos pelo corredor.

Saímos no pátio enfeitado, onde tocava música e todos os nossos parentes vivos e mortos estavam reunidos, comendo, cantando e conversando com animação. Envolvida pela energia quente, caótica e acolhedora da minha família, sorri satisfeita. Era sempre muito bom estar em casa.

Um festival das bênçãos nem um pouco abençoado

Após as comemorações em família, próximo da meia-noite, todos se dirigiram ao Parque das Estátuas no centro de Méroe, onde aconteceria o ritual das bênçãos.

Ao passo que avançava com minha família pelo espaço, observei que, como mandava o costume, o extenso gramado havia sido enfeitado para a cerimônia. Lanternas coloridas foram penduradas nas árvores, posicionadas entre os arbustos e ao longo dos caminhos de pedra que serpenteavam pela grama. Havia tendas com tapetes e almofadas fofas para sentar. Mesas fartas de comidas doces e salgadas incrementavam o ar com seu perfume convidativo, com diferentes tipos de bolos, pamonha, cocada, paçoca, feijoada e outros pratos deliciosos.

O ambiente era preenchido pelo coro dos músicos e o som de seus tambores. Havia muitos meroanos dançando animados em pares e em rodas, enquanto outros se espalhavam pelas mesas de comida. As crianças brincavam aos risos e gritos, a grande maioria delas usando as vestes pretas. Um menino levado passou voando por mim em um planador, enquanto sua mãe gritava desesperada atrás dele, o que me fez rir.

As roupas da população tornavam o parque ainda mais vivo e festivo, formando um rico mar de cores que deixou a pintora dentro de mim extasiada. As vestes eram uma mistura entre o tradicional e o moderno, estampadas com grafismos, mandalas e formas geométricas abstratas, com um padrão de cores que expressava de qual ancestral divinizado a pessoa que o vestia era descendente. Branco, a cor dos espíritos, era relacionado a Makaia. Cinza escuro e vermelho representavam Nzinga, a cor do ferro e do fogo das forjas. O verde e o marrom, ligados à terra e às matas, eram referentes a Núbia. Por fim, para o cientista e explorador Mujambo, era atribuída a cor verde-mar.

Os espíritos também já marcavam presença no local, e cumprimentei alguns enquanto passava. Os bassímbis, espíritos da natureza, observavam a movimentação próximo de suas árvores e de suas fontes de água, sem vontade alguma de se aproximar dos humanos. Digamos que, de todas as classes de espíritos, eles eram os mais antissociais. Já os bakulu, nossos antepassados ilustres, flutuavam calmamente entre as pessoas, saudando aqueles que conseguiam enxergá-los e conversando com orgulho entre si como certa criança havia crescido desde o último festival ou como a aura espiritual de certo descendente tinha evoluído.

Parei de andar por um instante para absorver a beleza do parque enfeitado e da energia boa que emanava dos presentes, a qual me envolvia como um abraço quente e aconchegante. Soltei um suspiro satisfeito de deleite e abri um sorriso largo. Eu *adorava* aquele festival. Ele era comemorado em todos os reinos e cidades do nosso continente, Natsimba, mas ninguém sabia aproveitá-lo melhor do que a população de Méroe.

Continuamos avançando até o centro do parque, onde havia um grande círculo calçado de pedras, sobre o qual estavam organizadas as imensas estátuas dos ancestrais divinizados, de costas uns para os outros e de frente para o povo. No meio do monumento ficava a fonte energética sagrada, que trazia energia do mundo espiritual para alimentar a tecnologia de Méroe, como os metrôs e a rede elétrica. Ela projetava um raio de luz que produzia um domo invisível em volta da cidade, protegendo-a da entrada de almas malévolas e monstros espirituais. Com a realização anual do festival, o elo ancestral com o mundo espiritual era fortalecido, recarregando a fonte e o domo com energia para continuarem ativos.

Como pedia a tradição, os objetos sagrados dos quatro ancestrais foram trazidos do palácio para renovar a ligação da fonte com o mundo espiritual, e também para guiar os seus espíritos até a cerimônia, pois acreditava-se que eles ainda possuíam um pouco do poder de cada ancestral. Desse modo, a rainha Nzinga estava com sua coroa de ferro na cabeça e seu martelo de guerra na mão direita. Makaia segurava seu lendário cetro de poder, com o qual manipulara energia espiritual pela primeira vez, quando ainda não existiam braceletes energéticos. Núbia empunhava uma espada e Mujambo, seu arco e flecha. Para assegurar a segurança dos cinco objetos, eles eram vigiados por centenas de guardas reais e agentes da Fundação, que se enfileiravam ao redor do pátio.

Quando o som de uma trompa soou pelo parque, anunciando que havia chegado a hora do festival, a dança e as conversas pararam. Todos se dirigiram para uma tenda gigantesca próximo das estátuas, onde as crianças que passariam pelo ritual se reuniram em volta de uma esteira, ao passo que familiares se aglomeraram ao redor, lutando silenciosamente por um bom lugar para assistir à cerimônia. Por sorte, os Ambades eram numerosos o suficiente para forçar passagem entre a multidão e conseguir um espaço ótimo na segunda fila, de onde eu pude ver que Oyö estava muito nervosa. Ocasionalmente, ela varria a multidão de familiares à nossa procura. Por isso, mamãe, papai e eu mantemos um sorriso tranquilo e encorajador no rosto, na tentativa de tranquilizá-la de longe.

Enquanto isso, Malik e Amina estavam alheios ao sofrimento da caçula, cochichando entre si e trocando um punhado de pequenos retângulos azuis brilhantes que identifiquei serem créditos.

— Eu aposto que ela vai se tornar uma Forjadora — sussurrou Malik, com um ar fingido de superioridade e sabedoria, enquanto comia uma cocada.

Amina refutou sua hipótese com um abanar de mão e gargalhou alto, o que fez mamãe repreendê-la com um olhar severo. Logo que a atenção dela se voltou para Oyö novamente, Mina dirigiu um sorriso debochado para nosso irmão e disse:

— Corta essa, Mali. Oyö vai ser uma abençoada espiritual, como a Jami e metade da nossa família. Você vai perder essa aposta muito feio.

O característico sorriso zombeteiro de Malik apareceu no canto de seus lábios grossos. Ele estava a ponto de rebater quando os interrompi, sussurrando para que nossos pais não ouvissem:

— O que diabos vocês estão fazendo, terrorzinhos?!

Amina sorriu diante do costumeiro apelido que eu havia dado a eles e me respondeu em um tom insolente:

— Eu acho que está bem claro o que estamos fazendo, Jami.

Semicerrei os olhos e apontei um dedo acusador em sua direção.

— A coitada da nossa irmã caçula está super nervosa, e vocês têm a coragem de apostar sobre o destino dela?

— Temos — responderam os dois em uníssono.

— Vocês são péssimos irmãos.

— Obrigado, é um imenso prazer — replicou Malik, curvando-se em um agradecimento teatral exagerado.

Nossa atenção foi atraída para a tenda novamente quando vovó entrou acompanhada por quatro abençoados adultos, todos usando máscaras de madeira e longas vestes brancas com mangas largas, que esvoaçavam conforme caminhavam. A máscara da minha avó tinha uma expressão severa, com olhos redondos, a boca aberta e pinturas brancas espiraladas. O objeto era um símbolo da sua autoridade como líder espiritual da cidade, enquanto as máscaras dos outros abençoados ajudariam na tarefa de invocar as almas ancestrais que se manifestariam em seus corpos.

Como seus companheiros, vovó havia trocado o seu boubou amarelo por um longa veste branca com mangas grandes que pendiam de seus braços. Como de costume, ela usava um turbante na cabeça, que além da função estética, também servia para proteger sua mente, a fonte dos seus pensamentos e do cultivo da fé ancestral.

Ela fez um aceno para os músicos, que voltaram a tocar os tambores em um ritmo calmo, acompanhando a sua voz quando ela iniciou a cerimônia.

— As bênçãos são um elo sagrado e muito antigo estabelecido através deste ritual milenar para mantermos o contato entre o humano e o divino, o físico e o espiritual. Esse elo é vital para nossa sociedade, pois os nossos ancestrais fazem parte de nós, seja no passado, no presente ou no futuro. É por isso que devemos sempre prestar homenagens, oferendas e contar as suas histórias. Mantê-los vivos em nossa sociedade é essencial para que eles nos orientem, cuidem de nossas famílias, e para que hoje abençoem as nossas crianças.

Ela abriu os braços em um movimento abrangente na direção dos pequenos.

— Por isso, nós invocamos a presença de nossos primeiros ancestrais esta noite. Nos agracie com a sua presença, Nzinga, senhora das forjas — continuou ela, aumentando o tom de voz. O ritmo dos tambores se tornaram mais frenéticos e os abençoados mascarados começaram a dançar e a entoar cânticos na língua antiga, clamando pelos ancestrais. — Nos ilumine com a sua sabedoria, Makaia, senhora dos espíritos. Manifeste a sua força, Núbia, grande guerreira. Guie-nos pelos caminhos da vida, meu senhor Mujambo. Venham abençoar nossas crianças!

— Venham abençoar nossas crianças! — entoamos, unindo nossas vozes à de vovó e ao som dos tambores. — Venham abençoar nossas crianças!

Nosso coro foi se tornando cada vez mais rápido, seguindo o ritmo frenético dos tambores e da dança dos mascarados, produzindo uma vibração que se unia em uma interação dinâmica e conduzia a nossa energia vital até os ancestrais que tentávamos contatar.

Então, os mascarados pararam de dançar e seus corpos ficaram rígidos. As luzes das lamparinas penduradas na estrutura da tenda se apagaram por um segundo e os olhos dos abençoados brilharam nas cores de seus ancestrais.

Eles estavam entre nós.

Abaixamos a cabeça e batemos nossos pulsos em saudação aos grandes espíritos, fazendo o tinido metálico de nossos braceletes reverberar pelo parque. Usando o corpo dos mascarados, eles repetiram a saudação e se sentaram sobre o tapete de palha trançada, de pernas cruzadas e com a postura perfeitamente ereta.

— Vamos começar a escolha — disse Nzinga, por meio do mascarado com olhos vermelhos.

Vovó assentiu e projetou uma lista holográfica de um pequeno dispositivo em forma de disco que retirou de suas vestes. O objeto flutuava ao seu lado conforme ela chamava uma criança por vez. Elas deveriam subir sobre o tapete, se posicionar no meio dos ancestrais e se apresentar em alta e clara voz.

— Meu nome é Osahar Nkosi, filho de Aisha, neto de Bintu — disse o primeiro garoto a ser chamado. — Em minhas veias corre o sangue da minha ancestral, Nzinga, e hoje, na presença de seu espírito, peço que ela revele se fui agraciado com uma das quatro bênçãos.

Um silêncio tenso se seguiu por alguns segundos, à espera de que sua ancestral respondesse.

— Salve, Osahar Nkosi, herdeiro do meu sangue — disse Nzinga. — Sua alma é bela e límpida como a mais cristalina fonte d'água, e por isso revelo que em seu interior habita a bênção de Núbia.

Maravilhado, o garoto se virou para a mascarada com olhos verdes brilhantes, que lhe estendeu a mão. O menino se aproximou dela e se curvou em respeito. Núbia molhou o dedo em uma cumbuca à sua frente, onde havia uma tinta verde. Ela traçou o seu símbolo na testa do garoto, recitando as seguintes palavras:

— Eu, Núbia, abençoo Osahar Nkosi com a magia da terra e da floresta, do ar e da água.

A partir do símbolo em sua testa, diversas pinturas mágicas da mesma cor cobriram o restante do seu corpo, desde o rosto até as pernas. Aquilo era chamado de "o toque dos ancestrais", o símbolo daqueles que foram recentemente abençoados. Agora, o pequeno Osahar tinha o poder sobre os elementos e a matéria.

Em seguida, ele ficou ao lado da minha avó e se virou de frente para o povo, enquanto ela falava:

— Que a bênção de Núbia traga prosperidade e felicidade a sua família e a nossa comunidade. — Ela assoprou sobre a cabeça da criança, que voltou feliz e saltitante para a sua família.

Assim seguiu o ritual, repetindo as mesmas ações por horas. Aqueles que descobriam não serem abençoados eram saudados pelos ancestrais e guiados de volta para a sua famílias, alguns tristes e decepcionados, enquanto outros não pareciam tão abalados.

Até que finalmente chegou o momento em que vovó anunciou em voz alta:

— Oyö Ambade.

A pequena, que antes estava mais relaxada e assistia deslumbrada à cerimônia, voltou a ficar séria e terrivelmente tensa. Oyö se dirigiu com passos vagarosos até o centro da esteira, trêmula e de punhos fechados. Incapaz de observar a face dos mascarados, ela se manteve de cabeça baixa.

— M-meu nome é Oyö A-ambade, filha de D-dandara, neta de Zarina — disse ela, em um tom baixo. — Em minhas veias corre o sangue da minha ancestral, Makaia, e hoje, na p-presença de seu espírito, peço que ela revele se fui agraciada com uma das bênçãos.

Prendi a respiração. Mamãe agarrou minha mão e esmagou meus dedos entre os seus, ainda mais nervosa do que eu. Amina roía as unhas, enquanto Malik e papai não se permitiam ao menos piscar. Parecia que o mundo todo tinha parado.

Os olhos brilhantes de Makaia se prenderam na figura assustada da minha irmã quando ela começou a falar:

— Salve, Oyö Ambade, herdeira do meu sangue. Sua alma é pura e infinitamente bondosa, e sob a costumeira calmaria que habita o seu ser, também há coragem e valentia. Você é um espírito raro, criança.

Meus pais trocaram um longo olhar emocionado e uma chama de esperança nasceu em meu interior. Ansiosa, esperei pelas próximas palavras da minha ancestral.

Mas elas nunca vieram.

O brilho nos olhos dos mascarados sumiu de repente e os quatro corpos tombaram sobre o tapete, desacordados. De repente, as luzes dos postes e das lâmpadas penduradas no teto da tenda se apagaram e o ar mudou ao meu redor, tornando-se denso e sufocante.

Senti a presença de uma estranha energia vibrar e se esgueirar entre nós, como uma serpente traiçoeira. Não fui capaz de identificar de imediato se era energia azul ou verde, até reconhecer que não era nenhuma das duas: era a energia desconhecida que eu havia encontrado nos matebos mais cedo. A sua força parecia aumentar gradativamente, como se anunciasse um mau presságio que tornava-se mais próximo a cada segundo. Os espíritos em meio à multidão também pareceram senti-la, pois olhavam ao redor e uns para os outros agitados e assustados.

Depois de alguns segundos tensos e silenciosos que, na verdade, pareceram uma eternidade, uma nuvem cinzenta de espíritos invadiu o parque. A população imergiu em pânico absoluto, gritando, correndo e trombando uns nos outros.

No mesmo instante, mamãe segurou a minha mão mais forte e Amina se agarrou no meu vestido para não ser carregada pela caótica multidão de pessoas desesperadas.

— Não se soltem! — Ouvi a voz de papai gritando sobre a balbúrdia.

— Temos que encontrar Oyö! — gritou Malik, em algum lugar próximo a mim.

— Mantenham a calma, por favor! — gritavam vozes severas, junto com o som de metal sendo desembainhado.

Dezenas de pequenos pontos de luz se acenderam em meio à multidão, afastando um pouco da escuridão, quando os braceletes dos soldados e dos agentes foram acionados, em conjunto com suas armas e dispositivos. Parte deles começou a lutar contra os espíritos, enquanto o restante ajudava a população a se afastar da batalha.

No entanto, aquela iluminação não era o suficiente para eu conseguir encontrar Oyö. Depois que conseguimos sair da tenda, começamos a berrar o seu nome, mas era impossível ouvir algo em meio à balbúrdia dos cidadãos. Mas, antes que eu pudesse pensar no que fazer, uma esfera gigante de luz apareceu sobre a cabeça da estátua de Nzinga.

O ataque dos espíritos cessou por um instante. Quando as pessoas perceberam a esfera de luz, elas pararam de gritar e ergueram a cabeça para observar, estupefatas.

A esfera era escura e rodeada por partículas de cinzas, com uma fina camada externa branca que irradiava uma luz sobrenatural sobre nós. Com essa pouca iluminação, eu pude constatar que as almas invasoras realmente eram matebos de cinzas, que pairavam sobre a população com seus longos dedos finos prontos para o ataque.

Troquei um olhar preocupado com Malik.

— Fazia muito tempo que eu não via esta maldita cidade — disse uma voz masculina retumbante, vinda da esfera de luz.

Quando observei a esfera com mais atenção, semicerrando os olhos devido à luminosidade, consegui distinguir uma forma humana flutuando dentro dela.

— Esta cidade foi construída sobre as cinzas do meu antigo e glorioso império, crescendo e prosperando ao longo dos séculos como um lembrete constante da minha derrota. Mas hoje é um dia importante, sabem por quê? — Ele flutuou até a estátua de Nzinga, encarando sua face de pedra. — Porque Méroe finalmente terá o destino que merece: a destruição.

Sob uma onda de exclamações de choque, o invasor produziu um tipo de magia que eu nunca havia visto, que possuía a mesma coloração dos espíritos e das partículas de cinza. Com apenas um movimento de sua mão, um raio de magia cortou a cabeça da estátua, que caiu no chão e se despedaçou com um grande estrondo.

A multidão voltou a gritar de medo. No entanto, uma voz poderosa surgiu do meio do povo, fazendo todos se calarem.

— COMO OUSA?!

Todas as cabeças se voltaram na direção da voz, e a população abriu espaço para uma figura alta. Caminhando de cabeça erguida com a mão pousada na espada, Daren se aproximou da estátua acompanhado por dezenas de soldados, que se posicionaram ao redor do pátio, junto com os agentes da Fundação e os outros guardas que já estavam lá.

— Quem é você, pequeno verme? — perguntou o invasor, em tom de deboche e afronta.

— Eu sou o príncipe de Méroe e capitão da guarda real. Quem é *você*? — rebateu, dando mais um passo em direção ao pátio e desembainhando a espada de lâmina curva em forma de foice.

— Eu sou *o feiticeiro*. O único e verdadeiro líder deste continente. O início e o futuro de Natsimba — rosnou a forma na esfera de luz, em um tom irritantemente superior. — E você deve obediência a mim, *verme*.

Ele iniciou uma série de movimentos bem elaborados, fazendo a energia cinza se acumular entre suas mãos. Em seguida, lançou uma esfera de energia na direção de Daren, mas em um movimento rápido, um soldado se jogou na frente dele. O restante da guarda puxou o príncipe para trás e ativou os escudos na interface embutida nas manoplas de sua armadura, formando uma sólida parede entre o pátio e a população. Os agentes da Fundação se uniram a eles partiram e para o ataque, utilizando sua magia para tentar atingir o invasor.

Dessa forma, o caos retornou. Todos voltaram a correr para salvar suas vidas, empurrando-se e passando por cima daqueles que caíram. Os bakulu que ainda permaneciam no local tentavam impedir os matebos de se aproximarem de seus descendentes, ao passo que os bassímbis voltaram a se esconder nas fontes d'água e nos troncos de árvores.

Agarrei-me a minha família e tentei não ser separada deles em meio à multidão que me carregava para fora do parque, até que uma mãozinha agarrou a saia do meu vestido com força, me fazendo tropeçar e quase cair.

— Oyö! — gritei aliviada, agarrando-a com toda a minha força.

— Precisamos sair daqui! — choramingou ela.

Eu estava pronta para concordar e continuar andando quando minha atenção foi atraída de volta para a luta ao pé das estátuas. O líder invasor e seus espíritos das cinzas venciam os guardas e os agentes, que pareciam estar tendo dificuldades para lidar com a nova magia. Quando eles eram tocados por ela, o espírito na esfera brilhante parecia ser capaz de controlá-los, fazendo-os se virarem contra os seus próprios aliados.

— Mas que raio de magia é essa? — perguntou Malik, também assistindo à cena terrível.

— Eu não sei, por isso precisamos continuar correndo — disse papai, pegando na mão da caçula.

— Vão vocês. Eu vou ficar aqui para ajudar — afirmei.

— Jamila, não! — gritou mamãe.

Mas eu já estava correndo na direção contrária, rápida o bastante para eles não conseguirem me impedir.

— Ei, Jami! Me espera! — Ouvi a voz de Mali gritar às minhas costas, e segundos depois, uma de suas mãos tocou o meu ombro.

— Eu disse para você ir para casa, Malik! — rebati brava, empurrando-o para trás.

No entanto, o pestinha apenas sorriu e apertou o passo para voltar a me seguir.

— E desde quando eu obedeço você?

Quando chegamos até a batalha caótica, me virei irritada para o meu irmão e rebati sobre o ruído da magia e dos dispositivos em ação:

— Você não tem armas para ajudar na luta, eu disse para vol...

Engoli o restante das minhas palavras quando observei incrédula ele levantar a barra do seu dashiki e revelar o seu cinto de armas e dispositivos enganchado na calça jeans. Ele me lançou um sorriso matreiro enquanto tirava seu cetro dele, um bastão de trinta centímetros feito de dízio, um metal dimensional.

— Eu sempre ando prevenido, Jamila. Que tipo de ferreiro eu seria sem o meu cinto?

Ele pegou o cetro com as duas mãos e girou as duas peças que formavam o bastão em direções contrárias, ativando o dispositivo. O objeto emitiu alguns ruídos até projetar a cabeça de um martelo de guerra em sua extremidade, produzido com a energia espiritual que havia sido imbuída na arma. Em seguida, ele apertou um dos pinos do relógio em seu pulso, fazendo surgir um escudo holográfico.

— Tá pronta, maninha? — perguntou, adotando a postura de batalha.

— Vamos logo chutar a bunda desses espíritos imbecis.

Um defunto misterioso resolve causar no mundo dos vivos

Malik se uniu aos agentes da Fundação que perseguiam os matebos de cinzas, atordoando-os com golpes severos do seu martelo. Assim, os abençoados espirituais conseguiam subjugá-los facilmente com sua magia, para que os outros agentes pudessem sugá-los para as cápsulas de suas armas.

Fui ajudar Daren e seus soldados, que batalhavam com o líder. Quando me aproximei, pude observar que a forma dentro da esfera de luz era a alma cinzenta de um homem, que possuía olhos semelhantes a duas poças vermelhas como sangue. Enquanto ele se esquivava dos golpes mágicos dos agentes, me concentrei em sua imagem e tentei fazer uma leitura da sua constituição. Pude constatar que, como os outros espíritos invasores, ele também possuía pouca energia espiritual, comprovando que também era um matebo. Vasculhando o interior de sua alma mais profundamente, senti que ela ondulava e pulsava com fúria, como um céu impetuoso em noite de tempestade. O mais aterrorizador era que não havia cor alguma em seu espírito, apenas um vazio sem fim, um eco profundo do mais puro nada.

A guarda real e os agentes tentavam atingi-lo com suas armas e golpes mágicos, na tentativa de impedir que ele se aproximasse mais das estátuas e dos objetos sagrados. Alguns soldados jogaram suas lanças de dízio na direção dele, mas antes que elas o atingissem, o espírito fez com que parassem no ar e caíssem por terra. Em seguida, continuou a avançar calmamente em direção à estátua de Makaia. Seguindo a direção do seu olhar, entendi que o interesse do invasor estava concentrado no cetro que repousava nas mãos da ancestral.

Ah, droga.

— Malik! Venha aqui e troque esse martelo por algo que consiga alcançar o líder! — gritei, chamando sua atenção e apontando para o ser que flutuava sobre as estátuas.

Meu irmão atendeu a minha ordem. Ele correu até mim girando o seu cetro com ambas as mãos, fazendo o martelo de energia desaparecer e ser substituído por um longo chicote azul brilhante, que vibrava com ondas de choque. Ele brandiu o bastão sobre a cabeça na direção do matebo-líder, conseguindo enlaçar o inimigo. Daren, que estava próximo de nós, agiu no mesmo instante, conjurando dois discos azuis de energia, posicionando-os um de cada lado do espírito, como uma prisão. Conforme Daren aproximava suas mãos uma da outra, os discos pressionavam o matebo, prendendo seus braços ao longo do corpo e o impedindo de realizar qualquer movimento.

— Segurem! — gritei, correndo até a estátua de Makaia, ativando meus braceletes e conjurando minha magia para trazer o cetro até mim.

No entanto, o invasor era mais forte do que eu pensava. Ele lutava contra o aperto do chicote, fazendo Malik deslizar pela grama. Vários soldados agarraram o cetro em sua mão para ajudá-lo, ao mesmo tempo em que os abençoados de Núbia manipularam a terra sob seus pés, fazendo com que eles afundassem nela a fim de impedir que Mali continuasse deslizando. Alguns agentes espirituais foram ao socorro de Daren, fortalecendo a prisão do matebo.

Mas isso ainda não foi o bastante.

Quando o cetro de Makaia foi envolto pela aura azul da minha magia e veio flutuando até mim, a esfera cinzenta do matebo líder foi dobrando de tamanho, até explodir e jogar todos nós para longe. Uma onda de energia das cinzas percorreu o parque, em conjunto com o grito desesperado de um agente:

— PROTEJAM-SE!

Tudo aconteceu muito rápido, em poucos segundos nauseantes. Ao passo que a onda de energia vinha em minha direção, varrendo todo o parque e transformando os corpos caídos em cinzas, procurei desesperadamente por Malik e Daren. Pela graça dos ancestrais, encontrei-os jogados apenas a alguns metros de distância de mim. Sem tempo para me levantar e alcançá-los, produzi um domo de energia, tentando cobrir o máximo da área com agentes caídos, usando todas as minhas forças para protegê-los da magia destrutiva que se aproximava.

Mas isso também não foi o bastante.

Depois que a onda de energia se dissipou, deixei o domo cair por terra com um arquejo exausto. Desolada e horrorizada, observei um cemitério de cinzas espalhado ao redor da área que eu não havia conseguido cobrir. Onde antes estavam dezenas de pessoas, agora havia apenas pilhas de cinzas que se espalhavam com a brisa fria que tomou o parque repentinamente.

Por todos os ancestrais, o que havia acontecido? Que poder maldito era aquele?

— Jami! — Senti alguém sacudir o meu corpo, mas eu estava tão desnorteada que meus olhos não conseguiam se desviar do horror à minha volta. — Jamila! — insistiu a voz.

Daren estava ajoelhado à minha frente, com um semblante afobado.

— Temos que continuar, ele está fugindo com o cetro! — disse, ajudando-me a levantar. — Malik já foi atrás deles.

A última frase me petrificou, e um arrepio gélido percorreu a minha espinha quando ouvi o zumbido elétrico de um planador sendo ativado. Sem ao menos esperar alguns minutos para se recuperar da explosão, Mali pegou o planador que jazia abandonado na grama e pulou sobre o objeto. Flutuando no ar, meu irmão inconsequente foi no encalço dos fugitivos que se afastavam voando velozes pelo horizonte.

Sozinho.

Filho da mãe impulsivo.

— MALIK! NÃO!

Mas era tarde demais. Desesperada, me voltei para Daren.

— Mas que droga! Como vamos alcançá-lo?

Como se respondesse a minha pergunta, vários agentes e soldados passaram sobre nossas cabeças montados em aeromotos, tão velozes que pareciam um borrão dourado no céu. Dois deles estacionaram à nossa frente.

— Precisam de uma carona, alteza? — disse um dos soldados. — Sua irmã, a rainha, nos mandou como reforço.

Sem dar-lhe uma resposta, Daren e eu subimos na garupa das motos, que alçaram voo e sobrevoaram Méroe em uma velocidade vertiginosa, colorindo o céu noturno com rastros azuis brilhantes de energia espiritual.

***

Seguimos o grupo de soldados, que em poucos minutos alcançaram os espíritos fugitivos e sacaram suas armas, iniciando uma chuva de tiros energéticos na direção deles. Aqueles que eram abençoados espirituais estavam na garupa das motos, tentando controlar os matebos com sua magia conforme os pilotos se aproximavam o máximo possível, para facilitar o trabalho dos companheiros.

O matebo-líder flutuava à frente do grupo, sem olhar para trás ou se preocupar com seus comparsas. Agarrado ao cetro, o espírito mantinha a atenção focada na frente, conseguindo impor uma grande distância entre ele e seus perseguidores ao ziguezaguear entre os prédios. A pessoa mais próximo dele era Malik, que parecia ter dificuldade para alcançá-lo com a velocidade limitada do planador.

— Sigam o líder! — gritou Daren aos nossos pilotos, sobre o ronco da moto e o ruído do vento que fustigava nossa face. — Deixem que os demais soldados cuidem dos outros!

No entanto, um matebo que conseguiu fugir do alcance da guarda ouviu as palavras do príncipe. Voando em grande velocidade na direção da moto de Daren, ele tentou se chocar contra o automóvel. Agindo por reflexo, o piloto desviou do espírito, saindo da rota que seguíamos e quase atingindo o letreiro gigante na cobertura de um edifício. Usando sua magia das cinzas, o ser invasor iniciou um ataque ao príncipe e seu soldado, que acabaram se afastando de nós em meio ao embate, recuando até o caos que havia se formado onde a guarda enfrentava o restante do grupo.

— Continuem! Não esperem por nós! — gritou Daren, antes de quase ser atingido por uma esfera de cinzas.

O soldado que pilotava minha moto assentiu e acelerou, aproximando-se de Malik em poucos segundos. Meu irmão notou a nossa presença de imediato e manobrou o planador para ficar ao nosso lado. Ele me lançou um sorriso travesso quando eu o confrontei com um olhar repreendedor.

— Até que enfim alguém apareceu para ajudar — brincou ele.

Aquele sorriso irritante despertou em mim uma vontade imensa de esganá-lo.

— Você ficou maluco, seu grande imbecil? — gritei, afastando com irritação as tranças que batiam em meu rosto. — Acreditou mesmo que ia conseguir derrotar sozinho um espírito com uma magia desconhecida?!

Ele teve a audácia de gargalhar alto.

— Não. Eu sabia que você viria me ajudar. — Ele exibiu um sorriso convencido. — Você pode me bater depois, Jami, agora vamos focar na missão. Eu não consegui me aproximar o bastante com o planador, mas vocês conseguem com essa moto. Você controla ele e eu pego o cetro.

Assenti com um movimento de cabeça, dizendo:

— Certo, vamos lá.

O piloto acelerou, deixando Malik para trás e se aproximando do matebo, fazendo com que ficássemos lado a lado. Segurei no ombro do soldado com uma mão e estiquei a outra na direção do espírito, usando toda a energia da minha magia espiritual para tentar controlá-lo. Se fosse com qualquer outro espírito, eu manipularia suas ações com facilidade e o faria trazer o cetro até mim, mas a energia desconhecida que constituía aquele matebo resistia ao meu controle.

Continuei tentando, esticando ainda mais o meu corpo para perto da alma invasora, enquanto o piloto tentava nos manter próximo a ele. Sem diminuir a velocidade, o espírito na esfera brilhante me lançou um sorriso diabólico, me desafiando com o olhar a retirar o cetro de suas mãos.

Sua atitude fez com que eu tentasse controlá-lo com mais empenho. Meus braceletes brilharam com intensidade e zumbiram devido à grande quantidade de energia que conjurei. Eu estava prestes a escorregar do banco da moto e despencar pelo céu quando o cetro nas mãos etéreas do matebo se mexeu contra sua vontade. Ele me lançou um olhar irritado e tentou se afastar da moto, mas o piloto o seguiu rapidamente e nos manteve ao seu lado. Depois de me arrumar sobre a garupa para não cair, estendi uma mão novamente, mas dessa vez me concentrei no cetro. Sem precisar de muito esforço, o objeto saltou para a minha mão, atraído por uma poderosa força invisível.

Chocada, encarei o objeto em minhas mãos. Eu conseguia sentir uma quantidade absurda de energia espiritual concentrada dentro dele, como nunca havia acessado ou conjurado em toda a minha vida. O seu poder percorria a estrutura metálica da arma e se dirigia aos meus braceletes como pequenos filetes de eletricidade, que pareciam implorar para que eu usasse aquela magia poderosa.

E eu *queria* usá-la.

Movida por um impulso inexplicável, apontei a arma na direção do inimigo que continuava fugindo. Quando percebeu o que eu iria fazer, o matebo se chocou contra o piloto da minha moto.

— Não! — gritou Malik, em algum ponto atrás de mim.

Mesmo que estivesse nos acompanhado ao longo da corrida, meu irmão não estava próximo o suficiente para impedir que o espírito entrasse no peito do piloto e possuísse o seu corpo.

— Um matebo deveria conseguir fazer isso?! — berrou Mali em desespero, tentando acompanhar o ritmo da moto.

Eu estava estupefata demais com a recente reviravolta para respondê-lo, mas a resposta era *não*. Matebos normais *não* tinham esse poder.

O soldado possuído começou a descer com a aeromoto em direção ao chão, sem diminuir a velocidade. O desespero em ver o solo se aproximando em uma velocidade vertiginosa me despertou do torpor e gritei assustada. Quando pensei que iríamos nos chocar contra a terra, o maldito puxou o guidão com todas as suas forças e aterrissou poucos segundos antes de um possível impacto, em uma rodovia que seguia para fora da cidade. Sem parar por um segundo, ele continuou dirigindo à frente, flutuando a poucos metros do chão.

— Pare agora! Para onde pensa que está indo? — disse, apontando o cetro para a sua cabeça.

Nem um pouco abalado pelo tom de ameaça presente em minha voz e pela arma pressionada contra sua nuca, o espírito virou a cabeça completamente para trás, fazendo os ossos do pescoço do guarda estalarem. Ele me encarou com seus olhos vermelhos e disse:

— Que tal termos uma conversinha, Jamila Ambade? Espero por esse momento há muito tempo.

Antes que eu sequer pudesse processar o fato de que ele sabia o meu nome, o matebo mudou a rota da moto bruscamente e fez o caminho inverso. Eu não entendia o que ele pretendia fazer até Mali entrar no meu campo de visão. Ele havia nos seguido com o seu planador, e agora o espírito queria atropelá-lo. Quando percebeu a colisão iminente, meu irmão arregalou os olhos em desespero.

— Desvie, Malik! — gritei, lutando com o matebo pelo controle da moto, fazendo o automóvel ziguezaguear pelo ar.

Mas era tarde demais. Estávamos em uma velocidade muito alta, e o planador não foi rápido o suficiente para sair do alcance da aeromoto desgovernada. Com um estrondo metálico, colidimos contra meu irmão e, devido à força do choque, fui arremessada para longe.

Por livre e espontânea pressão, abro uma porta entre os mundos

Após a cacofonia da colisão e do metal se arrastando pelo concreto, tudo ficou assustadoramente silencioso. Para a minha sorte, caí sobre um canteiro gramado ao lado da rodovia, que amorteceu um pouco a queda. Mesmo assim, senti uma dor excruciante percorrer as minhas costas e minha perna esquerda, que piorava diante da tentativa de qualquer mínimo movimento. Caída de barriga para cima, a única coisa que eu enxergava com minha visão embaçada eram as estrelas do céu noturno brilhando sobre mim, as únicas testemunhas da tragédia que acabara de acontecer.

— Malik? — chamei, sem forças. Quando o silêncio sepulcral foi a resposta, o desespero me forneceu força o suficiente para chamar mais alto. — Malik? Malik!

Lutando contra a dor nauseante, me sentei devagar em meio a arquejos sôfregos. Não sei quanto tempo demorei para recuperar o foco da visão, mas quando consegui, observei a arrepiante cena do acidente iluminada pela gélida luz do luar. Peças prateadas com resíduos de energia espiritual se espalhavam pelo concreto, e a moto jazia no meio da estrada deserta, um bolo amassado de peças metálicas nada parecido com o automóvel de antes. Percebi que o cetro havia escapado da minha mão e rolado para longe, ensanguentado devido aos ferimentos no meu braço.

Meus olhos ansiosos se prenderam na figura do meu irmão, caído desacordado no meio da pista. Seu corpo havia rolado pelo asfalto e sua pele acobreada estava coberta de arranhões sangrentos. Mas o que fez o choro querer irromper da minha garganta foram a fratura exposta em sua canela e a poça de sangue que se formava rapidamente sob seu pé esquerdo, que encontrava-se em uma posição estranha. Ele havia perdido grande parte da pele e do tecido muscular do tornozelo.

— M-ma-malik — balbuciei aterrorizada, reunindo minhas poucas forças para rastejar até ele.

Levei as mãos ao seu pulso, sentindo seus batimentos fracos. Seus olhos estavam fechados e o colorido alegre e dançante de sua alma se apagava gradualmente, sendo substituído pelas cores escuras de dor e sofrimento. Aquilo atingiu a minha alma como o golpe de uma espada, me causando ainda mais dor do que os ferimentos espalhados pelo meu corpo.

O pânico que me devorava internamente como um monstro feroz e implacável despertou uma tremedeira intensa pelo meu corpo. Minha mente foi anuviada por um forte torpor, tornando meus pensamentos densos e agitados como uma nuvem de tempestade. Meu raciocínio estava lento, e por isso eu ainda não conseguia processar o que havia acontecido. Eu observava a cena como se a visse através dos olhos de outra pessoa, como se não estivesse acontecendo comigo, porque era uma realidade surreal e terrível demais para ser verdade.

Quando ouvi um estalo à minha direita, me virei rapidamente, assustada, e me deparei com o matebo flutuando devagar na minha direção. Ele pegou o cetro do chão e me dirigiu um sorriso vitorioso, despertando o ódio dentro de mim.

— Finalmente nos encontramos, Unificadora de Mundos.

— Não se aproxime — ordenei, minha voz soando aterrorizada e vacilante, fazendo menção de ativar os braceletes. Eu estava fraca demais para conjurar energia devido aos ferimentos, mas poderia tentar.

— Se eu fosse você, não faria isso. Mais um movimento seu e eu disparo — rebateu, apontando o cetro na direção de Malik. — Por que está tão irritada? Esse nome não te agrada? Então deixe-me chamá-la pelo seu outro nome: Jamila Ambade.

O tom de voz com o qual pronunciou meu nome foi de afronta e familiaridade, como se dissesse que sabia tudo sobre mim com aquela mínima demonstração de conhecimento.

Sua atitude me irritou ainda mais. Cerrei os punhos e perguntei impaciente:

— Que tipo de demônio você é? Diga logo o que quer comigo!

Ele fingiu uma leve surpresa, voltando a endireitar o corpo que havia roubado.

— Ah, você ainda não sabe quem sou? Pensei que fosse mais inteligente. Afinal, é a Embaixadora de Makaia.

— Pare de me chamar por esses títulos sem sentido! Eu te fiz uma pergunta e quero saber a resposta! — gritei, o ódio correndo em minhas veias como lava fervente.

O sorriso presunçoso do espírito se tornou maquiavélico quando ele flutuou para mais perto e se curvou sobre mim, fazendo com que nossas faces ficassem próximas. Me encarando com seus olhos diabólicos e penetrantes, o matebo respondeu em um tom de voz profundo e aterrador:

— Eu sou o Rei-Muloji. O feiticeiro de sangue, senhor das almas atormentadas.

Diante da revelação, o medo profundo que devorava as minhas entranhas se tornou ainda mais forte.

— I-isso não é p-possível — rebati vacilante, rastejando para longe dele.

— Sim, sou eu, Jamila. — Ele continuou se aproximando de mim, enquanto eu tentava impor uma distância entre nós. — E você sabe que estou falando a verdade, porque tenho certeza de que já leu a minha alma em algum momento durante esse combate, certo?

Engoli em seco e me neguei a respondê-lo. Mas o matebo não precisava de uma confirmação, porque nós dois sabíamos que feiticeiros eram os únicos seres que possuíam uma energia vital tão sombria quanto a sua, corrompida pela prática de atos inumanos, como roubar almas ou a energia espiritual de outras criaturas. E segundo a história contada por nossos ancestrais, o Rei-Muloji cometera as piores atrocidades existentes quando estava vivo, como a que tinha acontecido com o casal que eu havia encontrado mais cedo.

— Você está envolvido no roubo das almas daquelas pessoas — afirmei.

Ele dispensou o assunto com um aceno de mão desinteressado.

— As suas acusações não são importantes neste momento. A vida daquele casal já acabou, não há mais nada que possa ser feito. Você deveria estar mais preocupada em tentar salvar a do seu irmão — ele desviou o olhar para Malik, caído próximo a nós —, a alma dele está descolorindo *muito* rápido.

Observei meu irmão, sentindo meu coração palpitar e minha boca ficar seca. Eu também sentia sua energia espiritual se esvaindo a cada minuto, como o sangue de seu tornozelo. Se ele não fosse socorrido rapidamente, poderia mo...

Balancei a cabeça, decidida a não permitir que aquilo acontecesse.

— A ajuda vai chegar, e assim eu poderei salvá-lo.

— Ninguém virá, meus aliados estão assegurando que todos estejam bem distantes daqui. Mas você pode salvá-lo, se quiser — disse, girando o cetro em sua mão.

— Como?! — questionei desesperada.

Diante da minha pergunta, um sorriso satisfeito se delineou em sua face. Somado ao ar de vitória que ele exprimia, compreendi que tudo aquilo havia sido planejado: o ataque, a perseguição e o acidente naquela rodovia deserta. Malik e eu havíamos caído em uma armadilha.

— Seu feiticeiro sujo! — gritei com raiva, fazendo seu sorriso aumentar ainda mais.

Ele apontou para um ponto no chão próximo a mim e atirou um raio de energia com o cetro, revelando um círculo ritualístico desenhado no asfalto com cinzas, ao lado do qual repousava uma pequena pedra azul. Eu já havia visto um idêntico àquele antes, na noite em que minha mãe tinha aberto uma porta entre mundos.

— Não — murmurei angustiada, os olhos presos naquele desenho que me evocava tantas memórias ruins. — Eu não posso fazer isso.

— Mas vai. A vida do seu irmão depende disso.

— Eu não sei como fazer isso! Nunca fui treinada como emere. Eu não sei *viajar*, sei apenas *conjurar*!

— É por esse motivo que estou aqui, para guiá-la na execução do ritual.

— E por que você acha que eu vou conseguir? A minha mãe, uma emere mais experiente do que eu, não conseguiu. Por que eu seria capaz?

— Porque a sua mãe não tinha um elemento essencial: a arma que auxiliou Aren a construir a barreira. — Ele estendeu a mão que segurava o cetro. —

Unindo o seu dom e a arma de sua abençoadora, dotada de grande poder, ele reuniu energia espiritual o suficiente para realizar o que ninguém mais era capaz de fazer.

Ele desviou o olhar, como se viajasse pelas memórias do passado. Um brilho de orgulho perpassou os olhos vermelhos do matebo, mas logo foi substituído por desapontamento e desprezo.

— Ele era um emere extraordinário e um dos meus descendentes mais poderosos, até ter a ideia estúpida de impedir a viagem entre mundos, que eu tanto lutei para descobrir e desenvolver.

Bufei em total descrença diante da mentira suja.

— Isso não é verdade. Foi Makaia quem descobriu a passagem para o mundo espiritual, sendo a primeira a conjurar sua energia. As histórias não falam nada sobre você, e...

— Mas eu *estava* lá. Nós dois fomos os primeiros a pisar em outro nível de realidade, fui eu quem a ajudei a estudar essa maldita energia espiritual. *Eu!* — berrou descontrolado, com um tom rancoroso, vindo para cima de mim. O cetro soltou algumas faíscas de energia, reagindo à sua onda de fúria. — Para depois ter sido apagado de todas as conquistas que deveriam ter sido creditadas a mim também!

Ele suspirou e se afastou, tentando retomar o controle. Com uma voz mais calma, mas ainda irritada, ele continuou:

— Enfim, depois de mim e Makaia, Aren foi o emere mais poderoso que já existiu. — Arregalei os olhos e abri a boca diante da revelação de que ele havia sido um emere. — Até o seu nascimento. É muito raro o nascimento de viajantes tão poderosos como vocês, capazes de moldar o destino de mundos inteiros com sua magia. Esse é o seu destino, Jamila, e não há como fugir dele. Você é a Unificadora de Mundos, não a sua mãe. Ela pode ter mais experiência, mas não possui o seu poder. Nem mesmo você entende a dimensão dele.

A certeza inabalável com a qual disse aquilo me deixou profundamente incomodada. Desde o início de toda aquela confusão, ele me tratava como se já me conhecesse.

— Como sabia o meu nome? Por que fica me chamando de Unificadora e Embaixadora?

Ele empinou o queixo e respondeu sem pestanejar:

— Porque isso foi previsto há muito tempo pela minha esposa.

— Sua esposa?

— Sim. Makaia, a sua ancestral. Ela previu que uma barreira impediria as viagens e uma descendente nossa a derrubaria séculos depois.

Minha boca se escancarou. Makaia havia sido esposa do Rei-Muloji?! As histórias nunca haviam falado sobre aquilo. Se isso era realmente verdade, então...

Pelos ancestrais. Isso fazia do Rei-Muloji meu ancestral também.

— Eu sei sobre o seu destino muito antes de você nascer, menina. Ela viu esta noite acontecer exatamente como está acontecendo. Você conseguirá fazer o ritual, porque o cetro e a necessidade do momento vão fazê-la encontrar um caminho. — O espírito se aproximou do meu irmão e produziu uma esfera de energia das cinzas com a mão livre. Ele apontou para o peito de Malik, sem deixar de me observar com um olhar sugestivo e malicioso, me oferecendo o cetro. — Caso pense em fazer qualquer gracinha com essa arma, eu levo o seu irmão junto comigo. Você já viu o que o meu poder é capaz de fazer.

Eu queria gritar de ódio. Sentia que ia explodir diante da dezena de emoções que guerreavam dentro de mim, a moral e o desejo de salvar Malik em conflito. Mas, quando eu olhei para o rosto do meu irmão mais uma vez, eu soube que não havia escapatória. Eu sempre escolheria minha família.

Sempre.

Não importava a situação.

Levantei-me com dificuldade, e o mundo girou um pouco. Trinquei os dentes com a dor e respirei fundo, me forçando a ficar de pé e pegar o cetro de sua mão.

— O que preciso fazer?

— Ativar seus braceletes, ficar sobre o círculo e repetir as minhas palavras.

Assenti a contragosto e me posicionei sobre o desenho. Choquei bracelete contra bracelete, acionando-os, e o cetro zuniu na minha mão. Senti a dor dos meus ferimentos diminuir conforme a energia armazenada no cetro percorria o meu corpo, duplicando a pouca energia espiritual que eu era capaz de conjurar, tornando-me mais poderosa.

O Rei-Muloji começou a recitar um cântico, que eu repeti em voz alta e clara:

— Oh, Teia Sagrada que une os mundos como um, sinta a presença da sua energia que habita em mim, vibrando em harmonia com as energias dimensionais que a constroem.

Ao som das minhas palavras, o círculo sob meus pés se iluminou e a pedra azul flutuou no ar, começando a girar à minha volta. Aquilo fez as lembranças do julgamento da minha mãe emergirem da minha memória, e me senti novamente como aquela garotinha assustada de seis anos observando a mãe ser acusada perante dezenas de pessoas no ministério ancestral.

A voz severa da juíza cortou a minha mente como o golpe doloroso de uma faca: *"Você quebrou a lei da barreira, Dandara Ambade. Colocou os seus filhos em perigo e toda a nossa cidade ao empreender um ritual tão arriscado."*

Fechei os olhos na tentativa de afastar as recordações e me concentrar no ritual. Continuei repetindo as palavras do Rei-Muloji:

— Oh, Teia Sagrada que provém da nossa criadora, sinta o meu espírito dançante e em constante movimento, feito para viajar pelas diferentes realidades que você liga como uma só.

A velocidade da pedra azul aumentou e começou a zunir. O ruído do objeto cortando o ar perfurava a minha mente junto aos gritos da minha mãe no tribunal, lutando desesperadamente por justiça: *"Mas isso não é justo, meritíssima! Você vai me condenar por tentar libertar pessoas como eu dessas leis terríveis que nos impedem de ser quem realmente somos?"*

O Rei-Muloji me disse a última parte do ritual, e quando comecei a recitá-la, senti a energia do meu corpo aumentar gradativamente.

— Oh, Teia Sagrada que é força e movimento, sinta o meu poder e obedeça aos meus comandos.

"Diga a eles, Farisa", havia implorado minha mãe a sua irmã, que também estava presente no julgamento, *"diga a eles que foi você quem levou os meus filhos até*

a Fundação. Diga a eles que não sou uma péssima mãe. Diga que nós duas estávamos desenvolvendo a pesquisa juntas. Conte a verdade."

Mas eu me lembrava perfeitamente que tia Farisa não havia dito nada. Tinha ficado em silêncio e com uma expressão austera e indecifrável enquanto minha mãe era condenada a viver sem seus poderes pelo resto da vida.

A injustiça da lembrança duplicou a minha raiva. O ódio e o ressentimento se uniram à energia que aumentava a cada segundo em meu interior, tão intensos que eu estava a ponto de explodir em pura energia.

Impulsionada por essa miríade de emoções, recitei a última parte do cântico:

— Com a bênção de Makaia que habita em mim, eu faço com que todos os mundos sejam um novamente!

Ainda de olhos fechados, senti meus pés deixarem o chão e minhas tranças flutuarem em volta da minha cabeça. Abri os olhos no mesmo instante em que um símbolo surgiu à frente do meu peito e uma onda poderosa de energia acumulada em minha alma se desprendeu do meu corpo. Onde antes havia apenas ar, o raio de energia partiu o tecido da realidade e abriu uma fenda de luz, da qual saiu uma enxurrada de matebos das cinzas.

— Isso, meus filhos! Agora vão, cumpram o que foi ordenado! — gritou o Rei-Muloji, gargalhando alto em puro êxtase.

Os espíritos se espalharam pelo ar em diferentes direções, soltando guinchos terríveis de animação diante das peripécias sombrias que iriam aprontar.

Aquilo era um desastre. Um grande e terrível desastre.

O feixe de energia não diminuiu, e eu não sabia como pará-lo. A fenda foi crescendo verticalmente, criando raízes no chão e quebrando o asfalto. Veias brilhantes se espalhavam pelo ar, partindo o tecido da realidade e abrindo mais portas para diferentes lugares. Ouvi sussurros emergindo da fenda principal. Vi flashes de natsimbianos em suas casas, me olhando abismadas do outro lado. Agentes de outras bases da Fundação espalhadas pelo país me encaravam, perturbados. Vi criaturas e mundos que não reconheci, como se pertencessem a... outras realidades.

Eu não havia aberto apenas uma fenda entre mundos. Eu havia derrubado a barreira que os separara e que impedira o trânsito dos emeres entre eles por quase três séculos. Eu havia os *unido* novamente.

Puta que pariu.

O choque dessa constatação foi o bastante para me parar. O raio de energia se extinguiu e eu despenquei no chão de joelhos, gemendo de dor e ainda segurando o cetro em uma das mãos.

Com a pouca força que me restava, levantei a cabeça para olhar na direção do Rei-Muloji, que me observava com os endiabrados olhos vermelhos.

— Eu fiz o que pediu, agora ajude o meu irmão.

Ele abriu um sorriso e desfez a esfera de poder com a qual ameaçava Malik.

— Ah, tola Jamila. Eu nunca ajudaria alguém tão leal a Makaia. Prepare as oferendas para que o garoto faça uma boa Travessia.

Dito isso, ele me deu as costas e entrou em uma das fendas menores, sumindo de vista. Tentei me levantar para impedi-lo, mas o meu corpo desabou sobre o asfalto devido à fraqueza e ao cansaço.

Maldito. Ele não nos desejava uma morte rápida, queria que eu assistisse a vida se esvair do espírito do meu irmão.

Derrotada, virei a cabeça na direção do corpo inerte de Malik. Estendi a mão livre na sua direção, tentando alcançá-lo e desejando ser capaz de curá-lo com apenas o meu toque. Mesmo que não estivesse tão longe dele, não tive força o suficiente para alcançá-lo, e minha mão caiu inerte a centímetros da sua. Quis lutar contra a escuridão e o delírio de dor que me consumiam, mas não fui capaz. Rapidamente, fui tragada para o sono da inconsciência.

A má sorte se torna minha melhor (ou seria pior?) amiga

Um bipe incessante e os cochichos dos meus pais foram os primeiros sons que chegaram aos meus ouvidos quando acordei. Abri os olhos devagar e virei a cabeça para o lado, me deparando com um monitor cardíaco de onde originava-se o bipe irritante. Assimilei aos poucos o ambiente hospitalar, com o branco intenso de suas paredes incomodando meus olhos.

Encontrei meus pais sentados em um sofá azul sob as imensas janelas, inclinados um para o outro e discutindo algo que julguei ser muito sério, devido à expressão severa em suas faces. A luz do sol banhava a figura dos dois, fazendo as peles negras escuras de ambos se destacarem em meio à branquidão do quarto.

Amina e Oyö também estavam presentes, em algum canto que minha visão limitada não alcançava. Eu ouvia suas vozes envolvidas na própria conversa, atrapalhando minha tentativa de captar o que nossos pais cochichavam entre si.

— Amir, Jamila não vai se acalmar enquanto não souber — dizia mamãe. — Você a conhece bem, e sabe como ela é superprotetora com os irmãos. Essa vai ser a primeira coisa que ela vai perguntar a nós.

— Mas e se isso fizer mal a ela? Ela vai ficar muito agitada e...

— O médico disse que Jami está bem e fora de perigo. Precisamos contar aqui no hospital, porque, se houver algum problema, ela pode ser atendida rapidamente.

Eles ficaram um instante em um silêncio tenso. Papai encarava o estofado do sofá, profundamente preocupado, até que mamãe suspirou e tocou seu rosto, fazendo-o olhar para ela.

— As notícias estão correndo muito rápido, ainda mais neste hospital cheio de enfermeiras fofoqueiras. Uma delas pode deixar escapar a verdade para nossa filha. Você não acha melhor ela saber por nós?

Nesse instante, o olhar dela vagou até mim, como se o seu instinto materno avisasse que eu estava consciente.

— Filha! — exclamou eufórica, levantando-se num pulo.

Papai e as meninas a seguiram, reunindo-se sorridentes e afobados ao redor da minha cama. Oÿö apoiou os braços no colchão, e não pude deixar de notar os espirais brancos que marcavam sua pele marrom clara.

— Até que enfim acordou, hein? — exclamou Amina, debruçando-se próximo a minha cabeça. — Achei que teria que ir buscar a sua alma no mundo espiritual.

— Amina! — repreendeu mama, mas papai e eu acabamos rindo da impertinência da pequena.

Minha irmã encarou nossa mãe com indignação e disse:

— Mas estou falando sério, mama. Eu iria mesmo.

— Obrigada, Amina — respondi com um pouco de dificuldade devido à garganta seca.

— Como se sente, filha? Alguma dor? Desconforto? — perguntou baba, tirando uma trança da minha testa.

— Me sinto bem, pai.

Na verdade, eu estava um pouco surpresa pelas dores nas costelas e nas pernas terem diminuído. Observei meus braços, onde os ferimentos já cicatrizavam.

— Ótimos profissionais cuidaram de vocês nos últimos dias, filha. Uma curandeira espiritual te ajudou a recuperar as forças do seu espírito e um médico cuidou dos ferimentos. Graças aos ancestrais, você não teve nenhuma fratura.

Diante das palavras da minha mãe, as lembranças da noite do festival jorraram em minha mente, libertando uma onda desenfreada do mais puro terror e desespero. Ao perceberem minha mudança de expressão e os bipes do monitor cardíaco se tornando mais rápidos, meus pais se entreolharam aflitos.

— Como está Malik? Onde ele está?

Ao invés de me responder, mamãe se virou para minhas irmãs e ordenou:

— Nos esperem no corredor, meninas.

— Mas, mãe...

— Agora, Amina — decretou ela.

Depois de me lançar um último olhar, Mina saiu emburrada do quarto. Antes de acompanhá-la, Oyö me deu um beijo no rosto, com a ajuda do nosso pai, que a levantou para me alcançar. A acompanhei sair do quarto, com a atenção fixa nas curiosas marcas brancas em sua pele.

Assim que minhas irmãs fecharam a porta, meus pais focaram sua atenção em mim. Agora que eles estavam mais próximo, percebi como ambos tinham a face abatida e os olhos cansados, com olheiras profundas se destacando em suas peles negras. Suas almas agitavam-se como um mar revolto, misturando uma confusão de cores que me deixou um pouco tonta. O cheiro terrível de hospital exalava de seus espíritos, como se, ao passar tanto tempo ali, o odor do lugar tivesse se misturado à sua essência.

— Vamos explicar o que houve com seu irmão, mas você precisa segurar a onda desse seu coraçãozinho ansioso, tudo bem? — pediu mama, com um sorriso vacilante e olhos preocupados.

Assenti em concordância. Tentei me levantar, mas não consegui sozinha. Papai me sentou na cama, enquanto mamãe arrumou os travesseiros às minhas costas para me deixar mais confortável.

Em seguida, mamãe suspirou e disse:

— Jamila, já se passaram três dias desde o acidente, e seu irmão está se recuperando bem. Mas, diferente de você, que teve ferimentos leves, ele... — Ela respirou profundamente, trêmula e com os olhos úmidos. Quando voltou a falar, sua voz estava embargada. — A força do impacto do acidente foi mais forte para o seu irmão, e por isso os ferimentos dele foram mais graves. Malik teve uma fratura na bacia, várias pequenas fraturas na perna esquerda e... uma fratura exposta no tornozelo.

— Não! — exclamei.

O choque foi tão intenso que não fui capaz de chorar ou raciocinar direito. Fiquei estática, encarando a face da minha mãe pelos segundos mais longos da minha vida.

— Filha, calma, por favor — pediu baba, afagando meu braço. — Acho melhor pararmos por aqui, Dandara.

— Não! — gritei em desespero. — Eu preciso saber, não ousem esconder de mim!

— Tudo bem, querida, tudo bem — tranquilizou ele. — Seu irmão passou por uma cirurgia complicada devido às fraturas e a grande perda de sangue, mas ele está estável agora. Os médicos o estão acompanhando para que, no momento certo, ele possa sair da UTI e ir para um quarto.

— Grande perda de sangue? — balbuciei, atônita.

— Sim, demoraram para encontrar vocês. Estavam muito longe de onde a guarda lutou contra os invasores — explicou mama. — Mas ele está bem, querida. Está estável e fora de perigo.

Uma onda gigantesca de alívio me atingiu, a ponto de fazer meu espírito ficar leve feito uma pluma e sair voando pelo quarto.

— Ele já acordou?

— Ainda não. Mas o médico nos disse que logo ele acordará — explicou meu pai.

Assenti automaticamente. Em meio ao turbilhão de pensamentos e emoções que me tomavam, me agarrei à informação de que Malik estava fora de perigo e logo acordaria. Mesmo assim, a culpa me corroía por dentro.

— Eu poderia tê-lo salvado — sussurrei, encarando minhas mãos unidas sobre o colo. — Se não tivesse medo de ser quem sou e desenvolvido meus poderes, eu poderia ter nos teletransportado para cá em um segundo.

Como sempre acontecia quando eu falava da minha parte emere reprimida, a sombra da culpa tomou forma nas íris castanhas de minha mãe, ao passo que meu pai ficou silencioso.

— Você sabe que sempre odiei ter que ensiná-la a oprimir seus poderes de viajante. Eu sinto muito, Jamila, sinto tanto que...

— Eu sei, mama. Você fez isso para nos manter seguros. A culpa não é sua, e sim desses miseráveis que insistem em destilar ódio contra emeres e daquela juíza maldita que ameaçou tirar eu e meus irmãos de você.

Um sorriso triste surgiu em seus lábios molhados devido às lágrimas que não conseguiu segurar. Não importava quantas vezes eu repetisse aquelas palavras ao longo dos anos, elas nunca foram o suficiente para fazê-la se libertar da culpa pelo que havia acontecido.

— O que estou querendo dizer, filha, é que lutar contra sua parte emere durante todo esse tempo fez com que você desenvolvesse uma necessidade de se esforçar mais do que os outros, como se precisasse compensar algo por ser quem é. Você se sente culpada, quando na verdade não deveria.

Abri a boca para contradizê-la, mas ela não me deu chance.

— Eu a conheço melhor do que ninguém, Jamila, porque também sou emere, mas principalmente porque sou sua mãe. Por causa dos perigos que te perseguem por possuir esses poderes, você acredita que sempre precisa resolver tudo e proteger a todos. — Ela aninhou minhas mãos nas suas. — Não foi culpa sua, filha.

Ela e papai me envolveram em um abraço, afagaram os meus cabelos e ficaram um longo tempo sussurrando palavras doces para mim.

Depois que eles se afastaram, finalmente perguntei sobre outra questão que me perturbava:

— Que marcas são aquelas na pele de Oyö? O que significam?

Tirando a cor, elas eram idênticas às pinturas que as crianças recebiam durante o ritual das bênçãos. Porém, eu nunca tinha visto marcas brancas como aquelas.

— Elas apareceram depois que você abriu a porta. Por serem parecidas com as marcas das bênçãos ancestrais, acreditamos que... possa ser uma que ainda não conhecemos. Mas não temos certeza. Ela não manifestou nenhum tipo de magia nos últimos dias.

Assenti, um pouco zonza com tanta informação.

— Do que você se lembra do acidente, Jamila? — perguntou meu pai, alguns minutos depois, um pouco hesitante.

— Me lembro de tudo, baba. Da festa, da perseguição, do impacto e do... ritual.

Engoli em seco conforme as lembranças do ritual voltaram à minha mente. Meu olhar vagou para as minhas mãos vazias e me perguntei o que havia acontecido com o cetro de Makaia.

— Filha, você precisa nos contar como tudo aconteceu. É importante — pediu mamãe, em um tom muito preocupado que me deixou alarmada.

Contei devagar como tínhamos perseguido o feiticeiro e como ele havia causado o acidente e me obrigado a abrir a porta entre mundos. Nessa parte, mamãe fechou os olhos e sua face se contorceu em angústia.

— Mãe, e-eu não tinha escolha... eu tinha que salvar o Malik e...

— Está tudo bem. Você fez o que precisava ser feito, colocou o seu irmão em primeiro lugar. Eu faria o mesmo, sem pestanejar — disse com firmeza. Meu pai assentiu em concordância. — E o cetro de Makaia, com quem ficou quando terminou o ritual?

Semicerrei os olhos e inclinei a cabeça, desconfiada com uma pergunta tão específica.

— Ficou comigo.

Meus pais trocaram um olhar preocupado. Havia algo que eles não queriam me contar.

— O que foi? — questionei.

— Nos contaram que, quando chegaram ao local do acidente, o cetro de Makaia estava com você. Além disso, havia um ritual montado e uma fenda para outros níveis de realidade aberta. Uma agente espiritual do ministério analisou sua energia e conseguiu identificar que foi você quem a abriu. Segundo ela, você estava muito fraca porque usou uma grande quantidade da sua magia, a medida exata para fazer um feitiço das portas.

Fechei os olhos devagar e me encostei nos travesseiros, dizendo:

— Deixa eu adivinhar o resto: diante disso e sem outra pessoa na cena do crime, eles deduziram que *eu* ajudei o Rei-Muloji a roubar o cetro e fiz o ritual porque sou uma aliada dele.

Mamãe e papai assentiram.

— Na verdade, não apenas você. Seu irmão também.

Passei as mãos pelo rosto e praguejei consternada.

Papai soltou um longo suspiro, parecendo tomar coragem para revelar o que disse a seguir:

— Vocês estão sendo acusados de roubo e alta traição da nação. Uma agente do ministério veio nos avisar que o seu julgamento acontecerá logo que você receber alta do hospital.

Minha boca se escancarou diante da informação. Aquilo só poderia ser brincadeira. No entanto, o olhar terrivelmente pesaroso e preocupado dos meus pais me dizia que não era.

Pelos ancestrais, a minha onda de má sorte apenas piorava.

***

Depois de passar mais três dias no hospital, fazendo exames e check-ups, finalmente recebi alta. Quando estava de saída, com os meus pais me acompanhando, passamos por corredores apinhados de médicos e enfermeiras que corriam apressados, tentando atender dezenas de meroanos doentes que lotavam as salas de espera. Havia pessoas de todas as idades, pálidas e tossindo, com uma aparência péssima.

Assustada com o cenário caótico, parei de caminhar e procurei o olhar dos meus pais em busca de uma explicação para aquele surto epidêmico.

— Essa é uma das consequências do desequilíbrio entre mundos — disse mama. — E não é a pior delas.

Uma das consequências. *Não era a pior* delas.

Pelos ancestrais, se aquela não era a pior, eu nem queria imaginar quais eram as outras.

Aquela cena me deixou intrigada e me fez recordar dos matebos de cinzas que saíram da fenda que eu tinha aberto. Será que aqueles espíritos eram capazes de afetar o nosso mundo a ponto de influenciar tão profundamente na ordem da nossa sociedade? Eu sabia que eles não eram seres naturais do plano mortal e que isso causaria sérios problemas para a Teia Sagrada. Mas consequências tão graves como as que via naquele momento não me pareciam ser algo proporcional ao poder que matebos normais possuíam no mundo humano.

— Como a abertura de apenas uma porta entre mundos e um punhado de matebos podem causar tantos danos? — perguntei, ainda observando os doentes.

Mamãe ficou um longo instante em silêncio me encarando, escolhendo com cuidado suas próximas palavras.

— Querida, acontece que você não abriu apenas uma porta entre mundos. Você derrubou a barreira que impedia o trânsito dos emeres entre as dimensões, interferindo na ordem de toda a Teia Sagrada, como Aren fez há duzentos e setenta e cinco anos.

A informação me chocou tanto que perdi as forças para me manter em pé, mas papai foi rápido ao me sustentar. Agora tudo fazia sentido. Apenas uma transformação naquela proporção interferiria tão drasticamente no equilíbrio dos mundos e no bem-estar físico e espiritual de tantas pessoas.

Pelos ancestrais, o que eu havia feito?

Depois dessa revelação, eu nem sabia como estava conseguindo sair caminhando do hospital, mas fiquei aliviada ao deixar aquele ambiente. Se antes eu odiava hospitais, depois do acidente, tinha passado a ter um profundo pavor, e observar aquela quantidade de pessoas doentes me deixava ainda mais culpada pelos meus atos.

Porém, meu espírito angustiava-se ao sair dali sem o meu irmão. Mesmo recebendo alta, não pude visitá-lo, pois, como ele ainda estava na UTI, apenas a entrada dos meus pais era permitida. Com aquele surto de doenças, as regras para visitas se tornaram ainda mais rígidas, temendo que piorasse a condição dos pacientes em estado delicado.

Infelizmente, com a liberdade do ambiente hospitalar, se aproximou o inevitável dia do meu julgamento. Eu não sabia como o ministério descobrira sobre a minha recuperação, mas logo que chegamos em casa, um membro do órgão levou a intimação para que eu comparecesse ao julgamento que aconteceria dentro de dois dias. Minha avó e meus pais ficaram indignados, porque eu mal havia saído do hospital e ainda estava de repouso. Tentei acalmá-los, porque eu queria me livrar daquele tormento de uma vez.

Depois de dois dias recheados de ansiedade e pensamentos negativos quanto ao resultado do julgamento, enfim chegou o grande dia. Seguindo as orientações da carta de intimação, esperamos a chegada de um membro do ministério para nos buscar em casa. Na hora marcada, um aerocarro elegante e de última geração parou em nossa porta, do qual saiu uma agente alta e carrancuda com dois seguranças para me escoltar. Sua pele negra retinta reluzia sob a luz do sol e seu cabelo crespo estava preso em um coque bem elaborado. Ela trajava um terninho justo, com um broche dourado com o símbolo do ministério brilhando orgulhosamente sobre o peito, o que fez uma pontada de mágoa e irritação surgir em meu coração. Eu odiava aquele símbolo. Odiava o ministério. Odiava aquela postura arrogante de superioridade que todos os seus membros ostentavam.

— Está na hora — anunciou vovó.

Minha mãe respirou fundo e me estendeu a mão, dizendo:

— Tudo bem, vamos.

— Você não precisa ir comigo, mãe. Não quero te fazer passar por uma situação como essa de novo, não depois de tanto tempo para você se recuperar do seu julgamento.

— Jamila...

— Está tudo bem. A vovó irá comigo e será a minha advogada de defesa, não precisa se preocupar. Você pode ir ao hospital ficar com o Mali.

Minha mãe mordeu os lábios grossos e me encarou com os olhos marejados. Eu sabia que quando ela fazia isso, era porque tinha muita coisa para falar. Ela envolveu meu rosto com as mãos e disse:

— Você é *minha* filha, e não há trauma do passado que me fará deixá-la sozinha em um momento como este. Combinei com o seu pai que ele fará companhia ao seu irmão hoje, ele já foi para o hospital. Eu *vou* com você. Vamos fazer isso juntas, me entendeu?

Assenti, soltando um suspiro trêmulo. Vovó se aproximou e colocou uma mão sobre meu ombro, atraindo nossa atenção para ela.

— Nós três e nossas ancestrais. Elas nos ajudarão a provar a nossa verdade.

A agente retirou algo do bolso e se aproximou, ordenando em seu melhor tom autoritário:

— Mostre os pulsos, senhorita Ambade.

— Isso não é necessário — rebateu mamãe em um tom irritado.

— Segundo as leis meroanas, é necessário em caso de magia emere, senhora Ambade — insistiu a mulher, dardejando minha mãe com um olhar severo enquanto passava as algemas inibidoras em meus pulsos, que se fecharam com um clique seco. Duas luzes vermelhas se acenderam no objeto quando ele aprisionou minha magia dentro de mim, para que eu não fosse capaz de acessá-la enquanto o utilizasse.

Mamãe sustentou o olhar sem ao menos piscar, com sua alma tremeluzindo num vermelho tão intenso que eu achei que consumiria a agente como fogo.

Por fim, entramos no aerocarro e partimos para o ministério, sobrevoando Méroe em um silêncio sepulcral e desconfortável.

Sou julgada por um martelo mágico

Quando o carro sobrevoou o imenso prédio branco do ministério e começou a descer para pousar no gramado, percebi que eu nunca havia voltado para aquele lugar desde que tinha seis anos. Mesmo tendo se passado mais de uma década, ele não havia sofrido nenhuma mudança, continuava exatamente o mesmo. A grande fonte da justiça ainda ficava em frente à construção, com uma estátua de bronze da primeira juíza de Méroe segurando uma balança no alto, da qual brotava a água límpida que enchia o monumento. No entanto, não foi a beleza da fonte que me chamou a atenção.

Assim que um dos guarda-costas abriu a minha porta e eu desci do carro, o caos do mundo lá fora me atingiu com força. O rugido ameaçador da multidão reunida no gramado em frente ao ministério me envolveu por todos os lados, roubando-me o ar e me deixando atordoada. Pelo menos uma centena de cidadãos gritavam furiosos, vociferando ofensas a mim, à minha família e aos emeres. Duas fileiras de agentes do ministério armados com escudos holográficos tentavam conter a massa de pessoas, para que conseguíssemos percorrer a estrada calçada de pedras que se dirigia até as portas do prédio.

— Maldita seja a linhagem dos Ambade, que ainda está tentando mergulhar o nosso mundo em trevas!

— Que os ancestrais amaldiçoem suas futuras gerações!

— O que faremos sem o domo protetor e o motor sagrado? Estamos à mercê de espíritos e monstros invasores! Estamos acabados!

— VERME EMERE! A CULPA É SUA!

— Os ancestrais nos avisaram que *a sua* raça seria o motivo da nossa destruição!

— Traga a ordem do mundo de volta, verme emere! — gritou um homem alto e musculoso. Ele conseguiu se esticar sobre o ombro de um soldado e agarrar o meu braço, coberto pelas feridas que ainda cicatrizavam. Soltei um gemido de dor. — Olhe o que você fez com as nossas crianças, olhe o que fez com a minha filha!

Assustada, tentei me soltar do aperto forte, mas quando me deparei com a criança ao seu lado, o choque congelou todos os meus movimentos e me fez esquecer por um instante como se respirava. A menina com grandes olhos inundados de medo tentava se esconder atrás do pai, na tentativa de evitar que as pessoas vissem as marcas de uma recém abençoada gravadas em sua pele: elas eram cinzentas como os matebos que eu havia libertado. Correndo os olhos pela multidão, encontrei outras crianças com as mesmas marcas, cintilando nas peles negras sob a intensa luz do sol.

Mas o que diabos era aquilo? Não tinha sido apenas Oyö que havia recebido marcas estranhas?

Um dos seguranças que me escoltava se aproximou e me livrou do aperto do homem, me forçando a percorrer o restante do caminho. Subi automaticamente os degraus, passando sob o arco e as colunas imensas da fachada do prédio sem nem perceber o que fazia, sentindo meu braço ainda mais dolorido. Despertei do transe apenas quando os seguranças fecharam a porta às nossas costas, abafando o som caótico da população enfurecida.

Preocupadas, vovó e minha mãe se aproximaram de mim.

— Por todos os ancestrais, mama! O que foi isso?! O que... aconteceu com aquelas crianças? São marcas das bênçãos, mas... de cores que eu nunca vi — exclamei desesperada.

— Não lhe contamos tudo ainda. — Mamãe abaixou o olhar e suspirou. — O roubo e o não cumprimento do ritual das bênçãos geraram mais problemas do que aqueles que você viu no hospital. A fonte energética de Méroe não foi fortalecida como acontece todos os anos, e desse modo o domo protetor caiu.

Um frio repentino congelou meu estômago. Eu ainda não tinha pensado que, com a interrupção do festival, os ancestrais não puderam revitalizar a fonte do Parque das Estátuas. Desse modo, as tecnologias da cidade logo deixariam de funcionar, o domo era apenas a primeira de muitas.

— Estamos vulneráveis, Jamila — disse vovó. — Centenas de matebos das cinzas surgiram e se espalharam pela cidade, implantando o caos por onde passam. A Fundação e a guarda real estão tendo dificuldade em detê-los. Além disso, algumas crianças que passariam pelo ritual parecem ter recebido uma bênção diferente das que conhecemos. Ainda é muito cedo para entender do que ela se trata, mas já há boatos de crianças que conseguem manipular uma... energia de cinzas.

Meus olhos se arregalaram e o medo liquefez os meus ossos em gelatina.

— Cinzas? — repeti num sussurro aterrorizado.

Vovó assentiu, os lábios pressionados em uma linha. Nervosa, imaginei crianças lidando com aqueles poderes perigosos, os acidentes que poderiam causar a si mesmas e às pessoas ao seu redor. Isso geralmente acontecia na fase de descoberta e desenvolvimento da magia, mas com um poder desconhecido como o das cinzas, a situação se tornava ainda mais preocupante.

Era por esse motivo que as famílias lá fora estavam tão preocupadas e furiosas. Elas precisavam de alguém para culpar, e no momento não havia ninguém melhor do que eu, aquela que tinha derrubado a barreira e libertado uma enxurrada de maldições sobre todos.

Mamãe chamou minha atenção pegando em meus ombros e dizendo:

— Filha, não coloque todo o peso do mundo em seus ombros. Respire fundo e se acalme. Vamos enfrentar uma coisa de cada vez, certo? Nós iremos conseguir.

Assenti e lhe dei um sorriso não muito convincente.

Um funcionário do ministério nos guiou pelos corredores até o tribunal. Quando as portas duplas se abriram, minha mãe foi levada até um dos bancos do lado direito do salão, onde estavam mestra Gymbia, Niara, Tedros e alguns amigos de Malik da Fundação. Eles me deram sorrisos confiantes, e Niara falou movendo apenas os lábios: "Estamos com você".

Como minha advogada, vovó permaneceu ao meu lado. Seu cargo como Quimbanda lhe concedia o direito de atuar como tal em julgamentos, fossem estes de ordem espiritual ou mundana. Caminhamos pelo corredor entre os bancos abarrotados de pessoas até o nosso lugar, tentando ignorar a atenção esmagadora de toda a sala sobre mim.

Fiquei ainda mais trêmula quando me deparei com a própria rainha sentada no primeiro banco do lado direito da sala, bem próximo da mesa destinada a mim e vovó. Mesmo sendo a segunda rainha mais jovem da história de Méroe, Ayana já possuía a mesma postura imponente e o olhar severo de suas antecessoras. Sua coluna perfeitamente ereta e as mãos entrelaçadas sobre o colo reforçaram este fato. Seu rico vestido e o longo manto eram vermelhos, a cor atribuída à linhagem real de Nzinga, adornados com detalhes dourados.

Ao lado da rainha estava sua irmã caçula, a princesa Nala, uma das minhas melhores amigas de infância, dos tempos em que eu vivia no palácio com vovó. Na aparência, ela era muito parecida com a irmã mais velha. Possuía o mesmo tom de pele negro claro e de um dourado vivo, como se ela refletisse a própria luz do sol. Os fartos cachos castanhos bem definidos caíam sobre a tiara de rubis em sua fronte, resvalando os seus ombros cobertos por um manto rubro.

Nala era conhecida e amada pelo povo por ser a mais amável e sociável dos irmãos da família real. Enquanto Ayana e Daren eram igualmente sérios, rígidos e fechados, a caçula era sorridente e amorosa, vivendo em um constante estado de alegria que me irritava às vezes quando éramos crianças. Mesmo em momentos sombrios como aquele, ela me dirigiu um iluminado sorriso confiante que conseguiu afastar um pouco da sombra de preocupação que habitava meu espírito.

— O que ela está fazendo aqui? — Endireitei o corpo e voltei a andar ao lado de vovó, referindo-me à rainha.

— Você infringiu uma das maiores leis de Natsimba, minha neta, afetando drasticamente o governo de Ayana. Achou mesmo que ela faltaria a este julgamento?

Engoli em seco, sentindo o pânico impedir que o ar entrasse em meu peito.

— Acalme-se. Pelo menos ela está sentada do seu lado da sala, e não do da acusação. Ayana é uma jovem sábia, ela não tomará uma atitude sem saber o que de fato aconteceu naquele acidente. Por isso ela está aqui.

Olhei para trás por um breve instante, buscando um pouco de coragem no olhar da minha mãe, mas sua atenção estava presa à frente do salão, na mesa elevada do júri onde se sentava o promotor, um escrivão e... *a juíza.*

De imediato, o meu corpo enrijeceu.

Diminuí o ritmo dos meus passos, que se tornaram vacilantes quando a atenção da mulher vestida com uma toga preta recaiu sobre minha mãe e depois sobre mim, como se avaliasse as semelhanças entre nós duas.

— Está tudo bem? — Vovó me avaliou com um olhar preocupado, passando a andar mais devagar.

Mas a voz dela estava distante, e eu não a respondi, porque os ecos do passado preencheram minha mente. O breve caminho até o nosso banco se tornou torturante com as memórias e, de repente, o corredor passou a ser mais longo do que aparentava no início.

— *Dandara Ambade* — a voz da juíza retumbou pela sala, dando início ao julgamento da minha mãe, onze anos atrás —, *você está sendo acusada de realizar o ritual das portas, na tentativa de quebrar a barreira sagrada que proíbe a viagem entre mundos.*

Cada passo que me aproximava daquela mulher tornava a amarga lembrança mais vívida e nítida, que se construía ao meu redor como uma prisão sufocante. Ali, no presente, a juíza já me condenava com seu olhar enojado sem precisar dizer uma palavra sequer, com o preconceito repugnante encravado em sua íris negra e se agitando em sua alma.

— *Também será julgada por negligência materna com seus filhos, Jamila Ambade, de seis anos, e Malik Ambade, de quatro. Segundo a acusação, você os colocou em perigo ao levá-los para o ambiente em que realizou o delito.*

Parei de andar. Aquilo era demais para mim.

— Eu n-não p-posso fazer isso, vovó.

— Jamila...

— N-não. Eu não vou ser julgada por essa mulher. Nunca.

— Jamila, seja cuidadosa com as palavras — sussurrou vovó, virando a cabeça imediatamente na minha direção. — Tudo pode ser usado contra você.

— Essa mulher tentou m-me tirar da minha mãe e deu a ela uma sentença injusta que determinou toda a nossa v-vida. — Girei o corpo em sua direção, me inclinando para encará-la. — Eu não vou permitir que ela faça o mesmo comigo.

— Se dirijam aos seus lugares, por favor — pediu o promotor, levantando-se. — Precisamos dar início ao julgamento.

Voltei-me para o júri, tomando coragem. Aprumei os ombros e encarei profundamente a juíza, ignorando a ordem que me foi dada. Torci para que minha voz saísse firme.

— Não. — Uma onda de exclamações estupefatas varreu a sala. — N-não vou ser julgada por um júri humano. Exijo um julgamento pelos bakulu.

Um burburinho frenético teve início. Irritada, a juíza bateu o seu martelo e bradou por ordem. Em seguida, ela me analisou por um longo instante com um olhar de desdém, que me pareceu vagamente familiar e semelhante ao de outra pessoa que eu não consegui me recordar no momento. Por fim, ela disse em um tom baixo que apenas eu, minha avó e o júri próximo a ela pudemos ouvir:

— Você é igualzinha à sua mãe.

Aquilo fez com que o meu nervosismo se tornasse uma pedra fria de ódio que pressionou o meu peito e fez meu bom senso ir pelo ralo. A raiva falou mais alto quando abri um sorriso de escárnio, cerrei os punhos algemados e retruquei:

— Você nem imagina o quanto.

Eu havia perdido as contas de quantas vezes as pessoas tinham me dito isso, sempre no mesmo tom depreciativo e repreendedor da juíza. Aquelas palavras me enfureciam, porque expressavam como gostavam de condená-la sem nem mesmo conhecê-la direito, embasando sua opinião em fofocas e mentiras espalhadas pelo julgamento injusto que ela havia recebido.

— Levem-na para o salão dos antepassados — bradou a mulher para os seguranças nas portas da sala. Ela bateu o martelo e se levantou. — Jamila Ambade escolheu enfrentar o julgamento dos bakulu.

A mulher me encarou uma última vez antes de deixar a sala por uma saída lateral, dizendo:

— Espero que eles não tenham pena da sua alma.

***

O tilintar das grossas algemas tecnológicas que envolviam meus pulsos e os passos pesados dos soldados que me conduziam pelo longo corredor eram os únicos sons que quebravam o perpétuo silêncio que imperava sobre o Ministério Ancestral. Devido ao nervosismo, não consegui prestar atenção nos ancestrais representados nas pinturas coloridas e brilhantes que se estendiam pelas paredes. Ao longo do caminho, meus olhos se prendiam no piso cinzento com veias azuis, enquanto meus pensamentos e a minha aflição se concentravam no meu irmão. Nem a perspectiva do julgamento que se aproximava a cada passo me apavorava tanto quanto a imagem de Malik em uma cama de hospital.

No momento em que chegamos às pesadas portas de madeira, minha atenção foi capturada pelo olhar austero da figura de Nzinga esculpida na madeira. Fui arrancada bruscamente do transe quando os soldados abriram as portas e me empurraram para dentro de um grande e suntuoso salão. Em seguida, eles as fecharam com um estrondo, me deixando sozinha.

Bom, aparentemente sozinha.

Parada no centro do recinto, fui iluminada por um raio do sol que entrava por uma minúscula janela circular no alto da parede à minha frente. O restante do lugar era iluminado por velas que flutuavam no ar, próximo às paredes circulares do salão e entre as altas colunas que sustentavam o teto, no qual constelações haviam sido pintadas. Uma névoa azul brilhante espiralava pelo ambiente, e intrigada, observei-a se agitar e se espalhar, apagando a luz das velas. Uma iluminação azul sobrenatural foi emitida pelos símbolos entalhados nas colunas e no piso sob meus pés. Quando minha atenção se voltou para frente outra vez, o lugar já não estava mais vazio: os antepassados ilustres do meu povo estavam lá.

A partir da névoa, quatro espíritos diáfanos tomaram forma, envolvidos por uma singela e brilhante aura branca. Sentados com as pernas cruzadas e a coluna ereta, eles flutuavam à minha frente, observando-me com severidade. Reconheci a todos graças aos hologramas históricos armazenados na Fundação, sendo três deles guerreiros e inventores que realizaram grandes feitos para Méroe, já falecidos havia muitos séculos. Mas a quarta me deixou surpresa e boquiaberta. Eu não estava preparada para me deparar com a alma da rainha recém falecida, com uma coroa pousada sobre seu cabelo crespo e volumoso.

— Apresente-se, minha jovem — ordenou ela, com o característico tom imponente que sempre havia utilizado em seus discursos públicos.

— Sou Jamila Ambade — respondi, fazendo uma reverência em respeito aos espíritos.

— Jamila Ambade, você está sendo acusada de ajudar no roubo de um objeto sagrado do nosso povo — disse o outro antepassado, erguendo o queixo e focando seus olhos autoritários em mim —, de confraternizar com o rei-feiticeiro e perturbar a ordem da nossa realidade. Como você se declara?

— Inocente — respondi de pronto, endireitando a coluna e jogando minhas tranças para trás com um movimento de cabeça.

Os espíritos me observaram em silêncio por um curto instante, até a antiga rainha dizer:

— Como pode ser inocente se você foi encontrada na cena do ritual com o cetro ainda quente em *suas* mãos devido à carga de energia que utilizou para abrir a porta entre mundos?

Soltei um longo suspiro frustrado. Infelizmente, eu já esperava por aquela pergunta.

— Eu fui obrigada a realizar o ritual das portas. Quanto mais eu esperasse para fazer o que o Rei-Muloji desejava, mais grave se tornaria o estado do meu irmão.

Não houve nem uma mínima alteração em suas expressões diante da minha declaração, o que dificultava a minha tentativa de saber o que eles pensavam.

— Então você confirma que seu irmão também estava na cena do crime. Qual foi o papel dele nesse plano? — perguntou o espírito da direita, que estava em silêncio desde o início do julgamento.

Seu tom veladamente acusatório indica que ele já tinha uma opinião formada sobre mim, meu irmão e o nosso "papel" nos eventos terríveis da noite do festival, como todo o povo meroano que insistia em nos incriminar. Cerrei os punhos algemados, refreando a vontade de gritar com eles. Explodir em um rompante com nossos antepassados apenas pioraria nossa crítica situação.

— O meu irmão ainda está desacordado sobre uma cama de hospital. Eu fiquei três dias inconsciente e meu corpo também está cheio de dores e ferimentos — rebati indignada, estendendo meus braços para que eles vissem minha pele negra cheia de curativos. — Por que acreditam que faríamos algo que resultaria nisso? Fazemos parte da Fundação desde os dez anos de idade, nunca a trairíamos! Nunca trairia a minha cidade! O meu povo! A minha família!

— Já fomos traídos no passado por uma pessoa como você, minha jovem. Você não seria a primeira viajante a nos trair.

Bufei irritada e fui incapaz de não rir com escárnio. É claro que eles usariam isso contra mim, como se eu tivesse uma doença infecciosa que me impelisse a ser uma pessoa de má índole, um grande símbolo humano de má sorte. Séculos haviam se passado desde a morte de alguns daqueles antepassados que me julgavam, mas o preconceito com os emeres ainda continuava o mesmo, fosse entre os vivos ou entre os mortos.

Não havia saída. Eu precisava provar minha inocência de uma forma definitiva e livrar a mim, meu irmão e o nome da minha família daquelas acusações terríveis. Respirei fundo, tomando coragem para uma decisão mortal e desesperada.

— Se não acreditam em mim, então eu quero que realizem o Kilumbu.

Os espíritos ficaram em silêncio, me analisando por um longo instante.

— Tem certeza do que quer, jovem?

"Não, mas vocês não me deixam outra escolha."

— Sim.

A antiga rainha descruzou as pernas e flutuou de pé, fazendo alguns movimentos elaborados com a mão. Obedecendo seus comandos mágicos, duas colunas apareceram à minha frente: duas bacias de cerâmica repousavam sobre a primeira, uma pequena e vazia, e outra grande com água. Na outra coluna havia um grande e antigo martelo, que me fez prender a respiração e admirá-lo com assombro. Seu cabo longo era bem trabalhado, com símbolos antigos esculpidos em sua cabeça. Era ainda mais lindo do que contavam os griots ou pintavam os artistas, e o seu tamanho me fez pensar que sua antiga dona, Nzinga, deveria ter uma força descomunal para ser capaz de levantá-lo. A rainha — como uma ferreira abençoada pela dona da arma — foi quem o empunhou e o lavou nas águas límpidas da bacia, que se tornaram prateadas.

Outro espírito se aproximou da rainha e colheu um pouco de água com a pequena bacia, a qual ele trouxe até mim. Eu me ajoelhei enquanto ele recitava as palavras:

— Jamila Ambade, filha de Dandara, neta de Zarina e abençoada de Makaia, beba esta água sagrada na qual foi lavado o santo martelo de Nzinga, primeira rainha de Méroe, para que o seu espírito seja julgado pelas acusações feitas contra ti.

Respirei fundo e recitei a minha parte, como mandava o ritual de julgamento:

— Que esta água me faça morrer se o que digo é mentira.

Trêmula e com a mente viajando até a minha família, fechei os olhos e bebi da água que o espírito me oferecia. Assim que o líquido desceu pela minha garganta, comecei a sentir uma dor alucinante que me fez curvar sobre meus joelhos e gritar de desespero. Por todos os ancestrais, se eu era inocente, por que doía tanto? Comecei a me questionar se aquilo havia sido uma boa ideia e se sairia viva daquele salão.

— Ouça-nos com atenção e responda com sinceridade, Jamila Ambade, ou o martelo dirá que está mentindo e a dor duplicará. Diga-me, você quebrou a barreira entre mundos?

— Não foi bem assim, eu...

A dor aumentou em uma intensidade vertiginosa, me fazendo arquejar e perder o ar.

— Seja sincera e *direta* — repreendeu o outro espírito. — O martelo não aceita meias-verdades.

— Sim, eu abri a porta. Eu fiz o ritual — respondi com raiva, tão curvada que minha testa quase tocava o chão.

— E por que você fez isso? Qual era o seu objetivo? — continuou o espírito, ainda flutuando em círculos ao meu redor.

— Eu fui obrigada pelo Rei-Muloji. Fiz para salvar o meu irmão, que estava muito ferido e não poderia esperar para ser socorrido.

O espírito assentiu com um ar grave, e a dor diminuiu gradativamente até desaparecer. As algemas em meus pulsos se abriram e caíram no chão, ao passo que uma queimação intensa se espalhou pela palma das minhas mãos. Virei-as para cima a tempo de ver o símbolo de um martelo aparecer em cada uma, fumegante e vermelho brilhante como se tivesse sido marcado com ferro quente.

O espírito da rainha ficou de frente para mim e fez sinal para que eu me levantasse.

— O santo martelo nos mostrou que você é a responsável pela desfeita da ordem dimensional, pela quebra da barreira entre as realidades. Mas você fez tudo isso sem uma má intenção, e isso a isenta de qualquer castigo que poderia receber. Nós a declaramos inocente, e o Rei-Muloji, culpado. Mostre essas marcas à juíza mortal e à sua rainha, elas entenderão o recado.

Soltei um longo suspiro aliviado. Mas o alívio durou pouco.

— Mesmo assim, o que foi feito está feito — continuou o espírito da guerreira. — As consequências já estão entre vocês, e surgirão outras se o equilíbrio da Teia Sagrada não for restaurado.

— Os planos do Rei-Muloji devem ser detidos — emendou o inventor. — Ou será o fim dos mundos como os conhecemos.

— E o que posso fazer para ajudar? Como posso deter isso? — perguntei, o desespero quase palpável em minha voz.

— Não pode, Jamila Ambade. É apenas uma criança — respondeu a rainha em um tom pesaroso, que fez meu coração ameaçar sair de dentro do peito.

Dito isso, eles se desfizeram em centenas de pontos de luz, sumindo sem deixar rastro, como se nunca tivessem estado ali.

GUIA PRÁTICO PARA AGENTES INICIANTES

por Aqualtune, espírito enraizado da instituição.

CAPÍTULO 3: CLASSES DE ESPÍRITOS

Em nosso universo, existe uma grande variedade de espíritos, que possuem diferentes formas e habilidades. A chance de encontrar com alguns deles durante as missões é alta e, por este motivo, é necessário que você saiba diferenciá-los para saber como lidar com eles.

Ancestrais Divinizados: foram humanos de uma era antiga que moldaram o destino de sociedades ou até de mundos inteiros, e após a sua morte, foram divinizados como entidades imortais pela Deusa Única. São os grandes guias e protetores espirituais das diferentes sociedades natsimbianas.

Bakulu: são os espíritos de antepassados ilustres que fizeram grandes feitos em vida para o seu povo e hoje fazem parte da alta hierarquia espiritual dessa comunidade, possuindo grande poder de intervenção e comunicação com os seus descendentes.

Matebos: são as almas que desempenharam ações ruins em vida e, como punição, não tiveram o direito de realizar a Travessia para o Mundo Espiritual. Dessa forma, permaneceram presas ao plano físico.

Nkonti: espíritos memorizadores, capazes de reter grandes quantidades de informações em sua memória. Por esse motivo, são fixados em aparatos tecnológicos, como computadores e arquivos, a fim de servirem como fontes de busca e conhecimento.

Nkulu: também chamados de gênios, desempenham o papel de mensageiros, servindo aos ancestrais divinizados e aos bakulu, mediando a comunicação entre eles e os vivos quando necessário.

Alma perdida

A marca ardente do martelo em minhas mãos não foi o suficiente para aplacar o ódio e a desconfiança que os meroanos nutriam por mim. Após deixar o salão dos bakulu, apresentei diante de todo o tribunal a prova da minha inocência. No entanto, quando saí do ministério, fui recebida por uma nova enxurrada de maldições e xingamentos da população, indignados com o resultado marcado em minha pele.

Logo que entramos no carro, o telefone da minha mãe tocou, e antes que ela atendesse, pude ver o nome do meu pai na tela. Ela informou de maneira superficial o resultado do julgamento, deixando de fora detalhes importantes, como eu ter enfrentado a juíza na frente de dezenas de pessoas, ter me submetido a um julgamento arriscado e, agora, estar com as duas mãos queimadas que doíam muito.

Porém, toda a dor e preocupação evaporaram quando mamãe virou a cabeça bruscamente na minha direção, com um grande sorriso iluminado no rosto.

— Seu irmão saiu da UTI. Está sendo levado para um quarto.

Uma chama poderosa de esperança dançou em meu peito, me aquecendo com uma alegria que eu não sentia desde que havia despertado.

— Ele acordou?

— Ainda não. Mas isso já é um avanço, querida. Significa que ele teve uma melhora significativa.

Assenti e voltei a fitar as minhas mãos queimadas. Vovó chamou a minha atenção ao tocar minhas queimaduras com delicadeza, dizendo:

— Vamos para casa cuidar disso. Tenho ervas que vão ajudar com a dor e a cicatrização.

Neguei com a cabeça.

— Não, vamos para o hospital, por favor. Quero ver o meu irmão. — Olhei bem fundo nos olhos da minha mãe, com a angústia revirando o meu estômago e a minha alma pulsando em desespero, sentindo falta da parte que estava afastada dela há tempo demais. — Eu preciso vê-lo.

Ela assentiu e ordenou ao motorista no banco da frente que nos deixasse no hospital.

Quando chegamos, mamãe e vovó entraram primeiro para conversar com o médico e se informarem da atual situação do meu irmão. Enquanto isso, fiquei no corredor com o meu pai. Quando ele viu o estado das minhas mãos, uma chama perigosa brotou em seus olhos negros.

— Filha, o que aconteceu? Quem fez isso?

Um arrepio percorreu a minha coluna diante do seu tom baixo, comedido e perigoso. Meu pai era sempre tão calmo que tinham sido poucas as vezes que eu o havia visto bravo com alguém. Quando ele se irritava, era como um furacão difícil de ser acalmado. Apenas mamãe tinha o poder para isso, e eu não desejava ter que enfrentar mais uma tormenta naquele dia infernal.

— Por favor, pai, não me faça reviver aquilo novamente. A mamãe pode te contar tudo melhor mais tarde.

Ele tentou aninhar minhas mãos entre as suas, mas eu as escondi em meu colo e evitei encará-lo. Ele fechou os olhos com força e suspirou, o que fez meu coração se apertar dentro do peito.

— Desculpe, eu...eu... — tentei.

Papai voltou a abrir os olhos, e a tormenta havia sumido. No lugar estava apenas o seu costumeiro olhar de carinho e compreensão, que sempre me confortava como o melhor dos bálsamos.

— Não tem pelo que se desculpar, meu amor. Está tudo bem, eu estou aqui para você. — Ele afagou minhas tranças e beijou minha testa.

Nesse instante, mama, vovó e o médico saíram do quarto. Os três estavam terrivelmente sérios. Senti que havia algo de errado. Se a situação de Malik era favorável, por que havia uma energia ruim em torno da alma deles? Estavam escondendo algo de mim.

— Ele está melhorando, querida. Mas ainda precisa de muito cuidado e paciência — disse mama.

— Você pode entrar para vê-lo agora, senhorita Ambade. — O médico se afastou da porta, dando espaço para mim.

Respirei fundo e me levantei da cadeira, sentindo minhas pernas virarem geleia. Agora que havia chegado o momento, eu não sabia se tinha força o suficiente para dar um passo sequer em direção ao quarto.

— Posso entrar com você se quiser, querida — disse vovó, me pegando gentilmente pelo braço.

Assenti em agradecimento.

— Precisamos ir encontrar as suas irmãs. — Meu pai se levantou também. — Elas se negaram a ficar em casa, e assim que chegamos, encontrei Tedros nos aguardando e...

— Tedros? — repeti surpresa.

— Sim, ele e Niara vieram visitar Malik. Niara já voltou para a fundação, mas Tedros aceitou ficar com suas irmãs enquanto elas almoçam na lanchonete. Vou encontrá-los antes que elas o devorem vivo, e aproveitar para comer alguma coisa.

— Faça Dandara comer algo também — ordenou vovó. — Ela pensa que eu não percebi que nem tocou no café da manhã que eu preparei.

Mamãe tentou argumentar, mas papai não lhe deu chance, já a puxando gentilmente na direção do refeitório. Por fim, os dois se foram de mãos dadas e vovó me levou para dentro do quarto.

Eu imaginava que seria difícil ver Malik em uma cama de hospital, mas a minha imaginação não havia chegado nem perto da realidade. Foi profundamente doloroso vê-lo tão frágil e ferido sobre o leito. Meu irmão havia perdido muito peso nos últimos dias, por isso, as maçãs de seu rosto machucado estavam encovadas e os braços estendidos sobre o lençol bem mais magros, cobertos de escoriações vermelho vivo.

Quando me aproximei da cama, fiquei parada sem reação, como uma casca vazia que não sentia nada e tudo ao mesmo tempo: dor, desespero, desesperança e, sobretudo... medo. A cada tênue respiração dele, seu peito estremecia e pulsava como se seu coração fosse pular para fora do peito.

— O choque foi muito grande, e isso acabou traumatizando os músculos. O médico disse que vai melhorar com o passar dos dias — explicou vovó, se aproximando e afagando minhas costas.

No entanto, a sua voz parecia distante, e eu mal sentia o seu toque sobre a minha jaqueta enquanto observava Malik, me sentindo pequena, impotente e sozinha. A culpa corroía meu espírito e eu sentia um abismo se abrindo sob meus pés. Paralisada ao lado daquele leito de hospital, cheguei à conclusão de que a pior coisa que tive que fazer em toda a minha vida não havia sido enfrentar espíritos e seres de outro mundo. Foi ver o meu irmão inerte, sem um sorriso no rosto, sem falar uma piadinha de provocação. Foi a incerteza se ele sobreviveria para sair daquele hospital.

Nesse momento, o choro irrompeu de dentro de mim. Inesperado, intenso e incontrolável. Fui incapaz de chorar antes porque as lágrimas fariam a tragédia que havia acontecido e o perigo de perdê-lo terrivelmente reais. Mas agora, diante dele, era impossível ignorar que o acidente era um fato.

Vovó me abraçou e eu me permiti chorar em seu ombro.

— Ah, minha neta. Sinto muito por você ter que passar por isso.

Junto com a torrente de lágrimas incontroláveis, vieram as palavras e o profundo sentimento de cansaço que eu escondia sob uma grossa camada de autocontrole por anos.

— Eu sempre fiz tudo certo, vó. — Solucei alto. — Sempre andei na linha, nunca fiz nada de errado para... eles não me d-descobrirem, com medo do que isso poderia gerar para a nossa família. Para os meus irmãos. *Para a mamãe.* Ela não merece passar por tudo isso de novo.

— Nenhum de nós merece, meu amor, inclusive você — ela disse em um tom severo e contido, mas que eu sabia que reprimia toda a fúria que eu via em seus olhos terrosos, característicos dos Ambade. — Mas como sempre fiz, estarei aqui para vocês.

— Eu não sei se consigo passar por tudo isso de novo. Eu estou cansada — sussurrei sem forças. — Tão cansada... de ter que lidar diariamente com esse ódio que as pessoas nutrem pelo que sou. De temer meu verdadeiro eu. De *odiar* a mim mesma.

Porque é isso o que o preconceito faz com suas vítimas: nos faz odiar a nós mesmos e aquilo que temos de mais mágico e poderoso.

— Você não está sozinha, Jamila. Nós estamos aqui para ajudar você e o seu irmão a se recuperarem.

Agradecida demais pela família que eu tinha, enterrei o rosto em seu abraço. Pousei uma das mãos sobre o peito de Malik ao meu lado, para que as batidas de seu coração acalmassem o meu. Para o alívio do meu espírito atormentado, senti os seus batimentos cardíacos sob minha palma. Mas, antes que a tensão do meu corpo pudesse diminuir, também senti um vazio ressoar do seu.

Em alerta, levantei a cabeça do ombro de vovó e me concentrei para ler a alma do meu irmão. Porém, não consegui, porque estava faltando algo dentro dele: seu espírito.

Me desvencilhei de vovó bruscamente, assustada.

— O que foi, meu bem?

— A alma dele, vó. Eu não... eu não... não consigo sentir e nem ver.

A compreensão imediata que intensificou as rugas de preocupação em seu rosto me fez concluir que ela já tinha consciência sobre o fato. É claro que ela sabia, vovó sempre sabia de tudo. Era por esse motivo que ela e minha mãe haviam saído tão estranhas do quarto.

Ela soltou um longo suspiro pesaroso.

— Você tem razão, querida. A alma do seu irmão não está aqui.

Diante daquela informação, o meu espírito afogou-se novamente em desespero.

— N-não po-pode ser. O co-coração dele está batendo, e isso indica que ele não fez a Travessia. Como isso é possível?!

Diante das minhas palavras, me recordei do casal que encontramos em missão: o rosto sem vida, os corpos vazios. A "Travessia" era o termo que usávamos para nos referir ao momento em que o espírito de uma pessoa morta se retirava do mundo físico para o espiritual, onde permaneceria até reencarnar novamente.

Vovó escolheu com cuidado as palavras certas para me fornecer uma explicação.

— Quando você entra em projeção astral, como eu te ensinei, o seu coração deixa de bater? — indagou ela, me deixando confusa.

— É claro que não — rebati, negando com um movimento de cabeça. — Uma alma em projeção astral é apenas a capacidade de projetar o espírito para fora do corpo através de um transe, podendo se movimentar sem sua forma física.

— Isso mesmo. Não é apenas por meio da morte do corpo físico que nosso espírito pode se deslocar pelos mundos. Isso pode acontecer em diversas situações, como em projeções astrais, rituais ou situações de quase morte, como aconteceu com Malik. A alma do seu irmão se desprendeu no momento do acidente e deve ter ficado desorientada devido ao choque do acontecido. Ou... — vovó respirou fundo, tomando coragem para concluir — ela foi roubada.

— Roubada por *quem*? Para que iriam querer a alma dele, vó?

— A mesma pessoa que está roubando todas as almas que estão desaparecendo.

— O Rei-Muloji — murmurei atônita, com um arrepio gelado subindo por minha espinha. Franzi a testa quando um outro detalhe surgiu em minha mente. — Mas ele é um matebo, não tem poder para roubar a alma de um ser vivo.

— Então quer dizer que... — incitou ela, acompanhando meu raciocínio.

Minha mente começou a trabalhar rápido conforme as peças foram se juntando.

— Ele tem um feiticeiro vivo o ajudando nesse plano, que possui o poder de roubar as almas das pessoas. E ele também deveria estar presente no dia do festival, ajudando o Rei-Muloji a realizar o seu plano bem debaixo do nariz da guarda real e da Fundação.

Vovó assentiu com um ar grave e preocupado.

— Eu ainda não sei por que ele está roubando almas, mas algum significado importante isso deve ter. Almas são poderosas, Jamila, e podem ser fontes de poder para os mais variados rituais e ações maléficas.

— Pelos ancestrais — murmurei, perdida diante de tantas informações ruins.

Eu estava trêmula da cabeça aos pés, com uma fraqueza nos membros que poderia me levar ao chão a qualquer momento. Vovó me fez sentar em uma cadeira próximo ao leito de Malik, e eu olhei bem fundo em seus olhos, desesperada.

— Para onde ele poderia ter levado a alma de Malik, vó?

— Eu não sei exatamente, minha querida, mas acredito que seu irmão tenha passado pela porta que você abriu. Eu já tentei localizá-lo aqui, no mundo mortal, mas não consegui. Isso significa que ele não está em nosso mundo. Por isso, precisamos encontrá-lo o mais rápido possível e trazê-lo de volta ao seu corpo, porque ele precisa da alma para se recuperar do acidente. Eu farei de tudo para ajudá-lo a encontrar o caminho para casa, mas... não sei se o meu poder é o suficiente para alcançá-lo.

Soltei um arquejo incrédulo.

— Se a abençoada espiritual mais poderosa de Méroe não pode, quem poderá?

— Uma das emeres mais poderosas de Méroe — rebateu ela no mesmo instante, me deixando sem voz e sem reação. — Como conjuradora, meu poder é limitado em relação a outros mundos, mas o seu não. Viajar por eles, seja de corpo ou alma, é a sua natureza, Jamila.

Ficamos nos encarando por um longo minuto. Vovó tinha aquele olhar determinado e perigoso de quando havia se decidido sobre algo muito importante e grandioso. Eu sabia aonde ela queria chegar.

Comecei a negar com a cabeça antes mesmo dela se sentar ao meu lado e perguntar:

— Lembra-se do que eu lhe disse sobre almas gêmeas?

— Vovó, eu não posso fazer is...

— Você se lembra ou não? — insistiu, agarrando meus ombros.

Sabendo que ela não desistiria, afirmei com a cabeça e disse, evitando seu olhar:

— Almas gêmeas não se resumem apenas ao amor romântico. Elas podem ser almas amigas ou almas irmãs.

Ela envolveu meu rosto entre suas mãos enrugadas, atraindo meu olhar para os seus olhos sábios que brilhavam intensamente.

— Isso mesmo. Uma ligação entre almas é muito poderosa, Jamila. Quando são verdadeiras, não há nada neste mundo ou em qualquer outro que possa quebrá-las, nem mesmo a distância entre duas dimensões. — Seu tom esperançoso fez a minha alma vibrar, me incitando a acreditar que eu pudesse ser a resolução para os nossos problemas. — Se há alguém que pode guiar a alma de Malik para casa, são você e suas irmãs. O laço que vocês possuem é inquebrável.

Meus lábios tremiam conforme o choro ameaçava retornar, e minha voz vacilou quando respondi vovó com a voz entrecortada:

— E o que você acha que vão fazer conosco se eu usar os meus poderes para ir até ele?

Uma sombra perigosa de determinação perpassou sua face, que se tornou uma máscara de pura obstinação.

— Eles não vão tocar em nenhum fio de cabelo da minha família. Não os tema, Jamila. Nós já a fizemos esconder os seus poderes por tempo demais, por medo do preconceito de uma sociedade que não a merece. Liberte-se, minha neta, e deixe que a coragem e a audácia dos Ambade corram por suas veias. Não as reprima mais.

Assenti, com a vista embaçada devido às lágrimas. Vovó me abraçou na tentativa de me confortar, mas, pela primeira vez em toda minha vida, seu abraço não surtiu efeito, tamanha era minha agitação mental.

***

Depois de passar um tempo com vovó e Malik, saí do quarto e caminhei sem rumo pelos corredores brancos do hospital, ouvindo apenas o som da necessidade de consertar tudo martelando dentro de mim. Alheia ao mundo ao meu redor, acabei trombando no corredor com a pessoa que precisava ver naquele instante: Tedros.

Eu acreditava que meu estoque de lágrimas já havia esgotado, mas, assim que a surpresa do esbarrão passou e percebi que era o meu melhor amigo à minha frente, elas voltaram a rolar pela minha face. Eu odiava chorar na frente das pessoas, mas com Tedros sempre podia ser eu mesma, e, no momento, eu agradeci a todos os meus ancestrais por ele estar ali. Sem dizer nenhuma palavra, Tedros passou os braços ao meu redor e me abraçou.

Pensei que sua primeira pergunta seria sobre o julgamento, mas ele me surpreendeu ao questionar:

— Você já comeu?

Neguei, ainda com a cabeça encostada em seu peito.

— Então nós vamos para o refeitório.

— Não posso, Tedros. — Saí do seu abraço e sequei os olhos com as mãos. — Agora que sei como as coisas estão terríveis, preciso pensar no que fazer e...

— Comer — insistiu ele, em um tom firme, pegando minhas mãos com gentileza e as aninhando de encontro ao seu peito. — Antes de tudo, você precisa se alimentar, Jamila. A sua mãe acabou de dar um trabalhão para mim e para o seu pai no refeitório. Não nos faça ter que obrigá-la também.

Abri um pequeno sorriso ao ver a aflição em seu rosto, e meu coração se aqueceu diante da informação de que ele havia cuidado da minha família.

— Tudo bem, va...

— Jamila, oi! — disse uma voz afobada. Quando me virei na direção dos passos apressados, encontrei Daren se aproximando com um olhar muito preocupado. — Como você está?

Eu não tinha resposta para aquela pergunta, por isso apenas dei de ombros e desviei o olhar, desconfortável. Ele suspirou baixinho e colocou uma das mãos no meu ombro, atraindo meu olhar para o seu.

— Eu realmente sinto muito pelo seu irmão. Conte comigo para o que precisar, minhas irmãs e eu não vamos hesitar em ajudar você e sua família. Vocês sempre fizeram tudo por nós, está na hora de retribuir.

Mordi os lábios para não chorar diante da gentileza, mas assenti e tentei sorrir em agradecimento. Eu sabia que Daren não estava apenas se referindo ao fato das mulheres da minha família servirem por anos como conselheiras reais, mas também por Malik e eu sermos amigos dele e de Nala.

Ele tirou a mão do meu ombro e soltou um longo suspirou nervoso, antes de dizer em um tom sombrio, que me deixou ansiosa e em alerta:

— Eu odeio ter que falar sobre isso agora, mas é que a situação pede urgência. Você deve ter visto como está a cidade quando foi até o ministério. A população não gostou muito do resultado do julgamento e ainda continua culpando você, porque...

— Precisam de alguém para culpar — emendei, quando ele não conseguiu.

Tedros, que nos observava em silêncio, deu um passo à frente e encarou o príncipe com uma faísca de aviso no olhar.

— Mas Jamila não é criminosa.

— Não, é claro que não — rebateu Daren rapidamente, em um tom ofendido. — Estou apenas dizendo o que o povo pensa, porque é este o nosso problema. A linhagem dos Ambade sempre foi muito próxima à monarquia, e a sua avó foi conselheira da minha mãe e agora é da minha irmã; e antes dela, a sua bisavó foi conselheira real também. Quando falam dos Ambade, a imagem da realeza surge ligada a eles, pelo trabalho secular que prestam a Méroe. Assim, depois de tudo o que aconteceu e por não termos insistido em sentenciá-la no julgamento, mostramos a nossa posição diante do caso: que estamos do seu lado. — Ele lançou um olhar afiado para Tedros. — E bom... você viu que o povo não recebeu isso muito bem.

Suspirei, sentindo um cansaço gigantesco se abater sobre mim quando percebi o rumo que aquela conversa estava tomando.

— Precisamos de uma solução rápida para que a reputação dos Ambade não suje a imagem da monarquia, ainda mais em um momento delicado como este, em que minha irmã acabou de assumir o trono — continuou o príncipe. — Vocês sabem como as linhagens mais antigas da cidade estão insatisfeitas em terem uma jovem de apenas vinte e três anos no trono. Ela não pode lidar com tamanha crise agora, quando a sua coroação e a morte da minha mãe são tão recentes.

— E o que você está pensando em fazer? — indagou Tedros, ainda sem entender o que Daren estava pedindo.

— Eu não, *vocês*. Jamila tem que provar para o povo que ela e o irmão são inocentes.

— Jami passou pelo julgamento do martelo e não funcionou. O que mais ela pode fazer? — replicou Tedros, irritado.

— Você precisa restaurar a barreira, capturar o Rei-Muloji e trazê-lo até nós. Só assim poderemos provar que ele a atraiu para uma armadilha.

— Ficou maluco?! — Tedros deu um passo à frente e deu um empurrão em Daren. — Ela acabou de sofrer um acidente, passou por um julgamento infernal e você ainda vem pressionar...

Pousei a mão em seu braço e tentei tranquilizá-lo com um olhar. Ele suspirou e deu um passo para trás, ficando ao meu lado.

— Está tudo bem, Tedros. Daren está certo, eu preciso fazer isso. A segurança da minha família está em jogo. Se eu não provar ao povo a minha inocência, vou arruinar o futuro dos meus irmãos e a posição da minha avó na corte quando a rainha mais precisa dela. E a minha mãe... — Respirei fundo quando minha voz embargou.

— Eu não consigo nem imaginar como está sendo para sua mãe vê-la passar por tudo isso. De novo — disse Tedros, abaixando o olhar.

Respirei fundo, tomando minha decisão.

— Eu vou encontrar o Rei-Muloji, Daren. Onde quer que ele esteja. Fique tranquilo.

Ele assentiu.

— Vou tentar abafar o caso enquanto você trabalha, mas não garanto que irei conseguir. A minha guarda também irá continuar cuidando dos matebos invasores, junto com os agentes da Fundação. — Ele consultou o relógio de pulso. — Foi um prazer revê-los, mas os meus soldados precisam de mim. O mundo está uma selva lá fora.

Ele me lançou um último olhar e desejou melhoras para mim e Malik, e se foi tão rápido quanto havia chegado. Assim que ele sumiu de vista, Tedros — ainda muito irritado — me guiou até o refeitório, onde encontrei minha mãe e minhas irmãs sentadas a uma mesinha, comendo biscoitos e tomando café.

— Onde está o papai?

— Foi para casa descansar — respondeu mama.

Mal tive tempo de me sentar à mesa quando Oyö me abordou com uma pergunta:

— O que o príncipe queria com você, Jami? — Ela me estudou por um longo momento, tentando esconder sua curiosidade com seu tom de voz doce e calmo.

Amina parou de mastigar para focar sua atenção em mim. Mamãe se virou na cadeira, esperando a minha resposta com interesse.

— Como você sabe que Daren estava aqui?

Minha irmã arqueou uma sobrancelha e seus lábios se curvaram em um sorriso irônico.

— Ele é o príncipe, Jami. Assim que ele chegou no hospital, a fofoca correu por todo lado. No banheiro, Mina e eu ouvimos duas enfermeiras discutindo sobre o que ele veio falar com você.

— "Eu acho isso uma vergonha" — imitou Amina, com uma voz extremamente fina e irritante. — "O irmão da rainha conversando com a traidora do nosso povo. Linhagens como a dos Ambade deveriam ser apagadas da nossa história."

— Elas disseram isso? — A indignação queimava em minhas veias.

— Isso não importa — cortou mama, com seu olhar cravado em mim. — Você ainda não respondeu a nossa pergunta.

Suspirei e dei de ombros, pescando um biscoito do prato dela.

— Nada. Ele só queria saber como Malik estava.

— Ele já visitou Malik ontem. Mesmo sendo tão próximo do nosso irmão, Daren é o príncipe e líder da guarda real em uma cidade tomada pelo caos. Ele não tem tempo para vir todos os dias ao hospital sem ter uma necessidade importante — rebateu Amina, abrindo um sorriso perspicaz e provocador, com um bigode de leite sobre os lábios.

Semicerrei o olhar em uma acusação silenciosa para ela, que deu de ombros e soltou uma risadinha inocente. Ela estava aprendendo coisas demais com o pilantra do nosso irmão.

— Você está escondendo alguma coisa — sentenciou mamãe, também semicerrando os olhos para mim.

— Não estou, não. — Pesquei mais dois biscoitos do prato dela e enfiei de uma vez na boca.

— Está sim — insistiram as três, em uníssono.

Bufei irritada e continuei mastigando. Diante disso, mamãe abriu um sorriso desafiador e se virou na direção de Tedros, ao meu lado, que ficou tenso e engoliu em seco.

— Tedros, querido — Sua voz se tornou doce e melodiosa. Um grande golpe baixo da parte dela, devo dizer, que fez Tedros cerrar as mãos em punho sobre a mesa e ostentar um olhar de puro desespero. — Você sabe o que minha filha está escondendo.

— Não sei, senhora Ambade.

— Não foi uma pergunta. Você sabe.

— E-eu... eu...

Apesar de ser engraçado ver Tedros suar frio diante do olhar inquisidor da minha mãe, resolvi ir ao seu socorro. Engoli os biscoitos e disse, por fim:

— Daren me disse que a monarquia está passando por problemas devido à confusão que eu causei. Ele pediu a minha ajuda para resolver, e estou pensando no que fazer. Foi apenas isso.

Mamãe franziu a testa e desviou o olhar para o tampo da mesa, pensativa. Diferentemente dela, Amina exteriorizou os seus pensamentos com indignação, batendo o copo com força sobre a mesa.

— Por que esse principezinho acredita que você deve resolver toda essa confusão se a culpa não foi sua? Que cretino! Jogando toda a...

— Amina — repreendeu mama, em tom de aviso.

— ...responsabilidade nas suas costas em um momento como este. Nosso irmão está...

— Amina, chega — ordenou mamãe.

Minha irmã se calou no mesmo instante, limpando o bigode de leite com um gesto brusco.

Em seguida, mamãe pegou na minha mão e me encarou com seus olhos sérios e cansados.

— Conhecendo-a bem, filha, eu sei que já deve estar bolando um plano nessa sua cabecinha — disse ela. — Por isso, deixo claro que não concordo com nada do que está pensando em fazer. Você vai ficar quieta em casa, se recuperando do acidente e *esperando* o seu irmão acordar, porque *ele vai* acordar. A monarquia vai sobreviver a esse caos, confie em mim. A linhagem de Daren faz isso há centenas de anos.

Soltei um muxoxo descontente.

— Eu *odeio* esperar.

— Mas você vai. Prometa para mim que não vai tentar resolver tudo sozinha, como sempre faz.

— Mãe...

— Prometa para mim, Jamila. — implorou, com os olhos lacrimejantes. — Eu não posso perder vocês.

Respirei fundo e, apertando sua mão, sussurrei baixinho:

— Prometo.

— Ótimo. — Ela suspirou aliviada e libertou minha mão. Em seguida, se levantou da cadeira. — Eu preciso voltar para o seu irmão agora. Coma mais e depois vá para casa com a sua avó, tudo bem? Você precisa descansar direito. Eu vou para casa amanhã de manhã, quando o seu pai voltar.

Ela distribuiu beijos em mim e nas meninas e se embrenhou nos corredores.

Logo que mamãe se afastou, Amina se sentou na cadeira ao meu lado e me encarou com seus grandes olhos inquisidores.

— Desembucha logo, Jamila: como está o Mali de verdade? Você está acabada, com uma cara de quem recebeu uma notícia *péssima*. A vovó pode até ser boa em mentir, mas ela quer mentir para outra mentirosa? Aí não cola.

Eu abri a boca diversas vezes para buscar uma resposta, mas, diante do olhar tristonho de Oyö, não consegui soltar uma palavra sequer. Amina seguiu o meu olhar e entendeu a minha preocupação.

— Tá, tudo bem. Não precisa falar. Vamos mudar a direção da conversa então. O que podemos fazer para tirar o Mali dessa? Porque *eu sei* que você não vai cumprir essa promessa que fez para a mama. Tá estampado nessa sua testa franzida.

Quando meus olhos pousaram em minha irmã por alguns segundos, as palavras que ela havia dito no instante em que eu tinha acordado emergiram da minha memória: "Achei que teria que ir buscar a sua alma no mundo espiritual."

A partir disso, uma ideia se delineou em minha cabeça e respondi a pequena menina valente a minha frente:

— Eu vou viajar pelos níveis de realidade para buscar a alma do nosso irmão.

Minha alma resolve dar um rolezinho espiritual

Malik

Eu já havia perdido a conta de quantas vezes tinha encontrado minha irmã mais velha flutuando: de olhos fechados, pernas cruzadas e uma postura perfeitamente ereta. Nesses momentos, eu sabia que apenas o seu corpo estava presente, porque o seu espírito havia se separado dele para dar um rolezinho por aí, enquanto ela recarregava suas energias após um longo dia de missões e treinamentos.

— O nome correto é projeção astral, Malik, e não "rolezinho espiritual" — corrigia ela, sempre que eu errava o nome de propósito apenas para irritá-la.

Por isso, quando minha alma se desprendeu do meu corpo e flutuou como uma pena sobre ele, pensei que estava em projeção astral. Mas logo me lembrei que isso era impossível, porque eu não era um conjurador espiritual. Então, o que estava acontecendo comigo?

Confuso, observei minha forma diáfana e azul. Exceto por esse detalhe, eu ainda possuía a mesma aparência, mas me sentia tão leve que temia ser carregado pelo ar se batesse uma brisa. Só então eu me virei para trás e encontrei o meu corpo estendido no chão, mas não fui capaz de olhar por muito tempo. Assustado, flutuei para longe, como se pudesse apagar da minha mente o que havia acabado de ver.

O que tinha acontecido? Droga, eu havia morrido? Aquilo era muito sangue e...

Eu não conseguia raciocinar direito, minha mente estava imersa em um completo caos provocado pelo medo e pelo choque. No entanto, me forcei a parar de flutuar sem rumo de um lado para o outro e tentar entender o que havia ocorrido, e não foi muito difícil chegar a uma conclusão. Observando a cena ao meu redor cuidadosamente, encontrei o bolo de metal que antes devia ser uma moto. Havia peças do veículo espalhadas por todo canto, e ao lado do meu corpo estava...

Jamila.

O meu desespero triplicou.

— Não, não, não — murmurei, me aproximando dela.

Minha irmã estava caída com o rosto colado no chão, o vestido de festa em farrapos e o corpo cheio de ferimentos. Seu estado não parecia grave como o meu, mas sua respiração era tão superficial que temi perdê-la. O seu braço direito estendia-se na direção do meu corpo, como se... ela tivesse tentado me alcançar antes de apagar. Aquilo fez o meu brilho azul ser maculado por um tom vermelho, que brotou no centro do meu peito e se espalhou pelo restante do meu espírito conforme a realidade se chocou violentamente contra mim: nós havíamos sofrido um acidente. Um *grave* acidente.

Não consegui me mexer por longos instantes. Me sentei no ar ao lado de Jamila e fiquei sussurrando palavras doces a ela, como se o meu carinho fosse capaz de mantê-la respirando, de fazer com que ela aguentasse até a ajuda chegar.

Como se os ancestrais tivessem ouvido as minhas preces, o brilho de faróis e rastros brilhantes de energia cortaram o céu noturno sobre minha cabeça, vindos da direção de Méroe. A minha alma tremulou de ansiedade e esperança, e eu me levantei conforme quatro motos pousaram no local. Reconheci imediatamente que eram soldados da guarda devido ao uniforme tecnológico dourado. Três deles tiraram os capacetes e se dirigiram até Jamila e o meu corpo. Um se abaixou para checar os nossos batimentos cardíacos, e quando voltou a se levantar, dirigiu-se ao único soldado que ainda estava de capacete, em um ponto mais afastado, parecendo muito interessado em algo que havia no asfalto.

— Os irmãos ainda estão vivos, alteza.

Alteza?

O meu espírito vibrou de alívio e foi invadido por tons de verde quando o outro soldado começou a se aproximar. Ele retirou o capacete, revelando a pele terracota, os olhos negros e os grandes cachos castanhos.

— Daren! — exclamei esperançoso, me levantando rapidamente.

Devagar, o olhar do príncipe vagou até mim. Um pequeno sorriso surgiu no canto dos seus lábios, mas não chegou até seus olhos.

— Tudo ocorreu como planejado. Achei que seria mais difícil enganá-los.

A frieza de suas palavras se chocaram contra mim como punhais de gelo.

— O que... — balbuciei, mas não fui capaz de articular nenhum outro som. Eu não sabia o que falar. O estado caótico da minha mente se agravou com as palavras do meu amigo.

Os soldados gargalharam.

— O senhor já faz isso há dois anos. Como poderia não conseguir?

— Ficou craque nesse jogo.

— Jogo? — balbuciei, atônito.

— Calem a boca. Não estamos sozinhos.

Todos se calaram imediatamente. Em alerta, começaram a observar o derredor.

— Eles estão aqui, senhor? — perguntou um dos soldados.

O choque gélido do olhar do príncipe sobre mim me causou um arrepio.

— Apenas Malik.

Balancei a cabeça, como se o movimento brusco fosse capaz de desanuviar um pouco da confusão que embaralhava meu raciocínio. Flutuei até Daren, unindo as mãos em súplica.

— Você precisa nos ajudar, Daren. Estou perdendo muito sangue e Jamila es...

— Vocês não precisam de ajuda. Estão exatamente onde deveriam estar — cortou, sem ao menos olhar para mim.

Ele estava mais interessado no objeto metálico preso nas mãos da minha irmã: o cetro de Makaia, que refletia a luz da lua que incidia sobre a estrada deserta. Ele não tocou na arma, mas a estudou por um longo momento.

— O ritual das portas foi realizado com sucesso — arrematou o príncipe, levantando-se com um sorriso satisfeito em seu rosto.

— Ritual das portas? — Eu só podia ter ouvido errado. O vermelho se intensificou em minha alma junto à raiva que se inflamou como fogo. — Mas que droga está acontecendo aqui?

— O Rei-Muloji retornou, e a sua irmã uniu os mundos mais uma vez. — Ele disse aquilo como se tivesse acabado de chegar à nossa base na Fundação e comunicado que havia terminado uma rotineira missão da nossa equipe, como fizera tantas vezes antes. Aquilo me deixou possesso.

— E você o ajudou nesse plano sujo? — Apontei para Jamila e o meu corpo. — Ajudou ele a fazer isso com os seus amigos?

Daren trincou os dentes e evitou olhar para onde eu apontava.

— Todos tivemos que desempenhar o nosso papel nesse plano e fazer sacrifíci...

— Vai você e esse seu papo idiota para o inferno! — explodi, indo para cima dele. Eu sabia que meu soco não seria capaz de atingi-lo, agora eu era apenas uma alma penada. Além disso, Daren era um maldito conjurador espiritual, um dos melhores desde quando era agente do nosso esquadrão. Com apenas um movimento de sua mão, ele controlou o meu pulso a meio caminho da sua cara de traidor.

— Como eu dizia, Malik — continuou em um tom irritantemente calmo e profundo, me enfrentando com um olhar sombrio. — Todos nós desempenhamos papéis nesse plano e fazemos sacrifícios. Agora, você está fazendo o seu, sendo obrigado a se desprender do seu corpo para cumprir o papel que o Rei-Muloji lhe designou.

Eu estava prestes a mandá-lo para o inferno mais uma vez, quando ele remexeu no bolso do uniforme e revelou uma pequena escultura de dízio. Para o meu horror, reconheci o sorriso brincalhão e o cabelo crespo esculpido no ferro: era um boneco idêntico a mim.

Comecei a recuar para trás.

— Não, não, não.

Daren continuou avançando na minha direção, apontando a escultura para mim conforme seus olhos e seus braceletes brilhavam.

— É apenas por um curto período, Malik. Você é necessário demais para ficar preso em uma escultura de dízio por muito tempo.

— Vai se foder, seu principezinho de merd...

Não tive tempo nem para expressar o meu ódio imenso pelo traidor, porque fui tragado para o interior escuro e frio da escultura de ferro.

***

Era muita humilhação para apenas um dia. Primeiro, havia sido atropelado por uma aeromoto dirigida por um morto. Depois, eu, um *ferreiro* de Nzinga, fui preso em uma escultura feita com o material que costumava forjar. Aquele *definitivamente* não era o meu dia.

Comprimido no interior escuro e frio do metal, eu me sentia como um gênio estúpido dentro de uma lâmpada, implorando mentalmente para que alguém esfregasse o objeto para me libertar. Mas não era assim que funcionava um mbanze. Eles eram pequenas estatuetas esculpidas em metais dimensionais com a finalidade de capturar e reter seres-forças em seu interior. Inicialmente, eram confeccionadas apenas para o uso dos Espiritualistas, servindo como um meio de prender temporariamente almas errantes que causavam problemas no mundo físico, até serem enviadas de volta ao mundo espiritual. No entanto, os feiticeiros também passaram a utilizá-las para fins malévolos: roubar e aprisionar almas de pessoas vivas, a fim de usá-las ao seu dispor.

Eu já havia ouvido vovó aconselhar Jamila a tomar cuidado quando entrava em projeção astral e saía da segurança de nossa casa, pois ela ficava vulnerável a diversos perigos existentes em nosso mundo quando deixava seu corpo, como, por exemplo, ter seu espírito capturado por algum muloji perverso. Eu nunca havia dado atenção a esses conselhos de vovó, porque sabia que eles nunca se aplicariam a mim, um ferreiro e inventor ligado aos metais. Mas como a vida tinha um jeito cruel de nos envolver nas situações mais inusitadas, ali estava eu, preso dentro de um mbanze forjado pelo meu amigo traidor.

Quando meu espírito foi libertado da estátua, não reconheci o lugar no qual me encontrava. Era um ambiente escuro e lúgubre, com paredes rochosas e estalactites descendo da escuridão de um teto que eu não pude enxergar. O ar estagnado e quente envolveu minha forma diáfana como um bafo pegajoso. O silêncio inquietante que recaía sobre o lugar era interrompido apenas pelo som incessante de marteladas, rochas sendo partidas e um chiado como o de metal sendo resfriado. Me concentrei naqueles sons familiares, que soavam longínquos e abafados pelas paredes grossas, na tentativa de ouvir melhor. Minha visão se adaptou ao ambiente e pude perceber que estava em uma caverna, onde veias de um metal escuro cintilavam na parede. A conhecida eletricidade de empolgação percorreu meu corpo diante da visão e, maravilhado, girei sobre o meu próprio eixo na tentativa de absorver a grande quantidade de minério incrustado na parede.

Aquilo não era uma caverna qualquer: era uma mina de metais dimensionais.

— Gosta do que vê? — disse uma voz profunda que reconheci de imediato, vinda das sombras confusas que se acumulavam em uma das extremidades da caverna.

Conforme minha visão foi vencendo o véu de escuridão, divisei o matebo sinistro que havia causado toda aquela confusão sentado em um trono de ossos humanos e de outras criaturas que não consegui (e não queria) identificar. Ao seu lado esquerdo, havia uma coluna onde repousava um livro de capa branca. No direito, um homem magro de pele escura estava de pé, com as mãos entrelaçadas em frente ao corpo. Ele trajava um longa veste marrom e possuía um face sem vida e olhos vazios que despertaram uma angústia em meu íntimo.

A forma espiritual do Rei-Muloji, antes confusa e caótica, agora possuía contornos um pouco mais definidos, me permitindo ver melhor o que antes havia sido sua aparência humana: braços grandes e fortes, pernas longas, cabeça raspada, um nariz largo e lábios grossos. O mais assustador eram os olhos, que não passavam de um poço de energia das cinzas.

Pelo santo martelo. Eu estava diante do mais poderoso e perigoso feiticeiro da história, sobre o qual vovó havia contado milhares de lendas terríveis. Que tinha subjugado nações, derrubado líderes grandiosos, roubado almas e magia de populações inteiras. O primeiro conjurador espiritual a se tornar um feiticeiro.

Assustado, tentei flutuar para trás, procurando desesperadamente por uma saída.

— O-olha aqui, mo-moço...

— Rei-Muloji — corrigiu ele, endireitando os ombros largos e franzindo o nariz.

— Tanto faz — rebati, dispensando o tratamento com um aceno de mão. — Eu não sei o que você quer de mim, mas tenho certeza de que não posso ajudá-lo. Ainda mais nessas condições. — Apontei para minha forma espiritual.

— Não seja precipitado, Malik — rebateu ele, nem um pouco preocupado com as minhas palavras. — Trouxemos você para um lugar onde espíritos têm mais poder de ação do que no mundo dos vivos. Não é mesmo, Daren?

Diante da menção do nome do filho da mãe traidor, me virei para a direção em que o Rei-Muloji havia dirigido suas palavras e o encontrei encostado na parede, os braços cruzados sobre o peito. A raiva voltou a tingir meu espírito de vermelho.

— Para onde você me trouxe?! — perguntei entredentes, cerrando os punhos com força.

— Para Mputu. — Ele se desencostou da parede e se aproximou devagar, pousando a mão sobre o cetro enganchado no cinto de seu uniforme. — O mundo dos espíritos.

Soltei uma risada de incredulidade. Eles estavam pensando que eu era idiota?

— Isso é impossível, não podemos estar no mundo dos mortos. Que eu saiba, você ainda está vivo, e mesmo que tenha armado para Jamila derrubar a barreira, humanos só entram em Mputu se forem...

Virei a cabeça bruscamente para Daren. Se ainda estivesse com o meu corpo, eu tinha certeza de que ficaria gelado devido ao choque da descoberta.

— Você é um emere — o assombro dominava a minha voz.

O silêncio de Daren, que nem tentou negar a minha afirmação, me serviu como resposta.

Pelos ancestrais.

Levei as mãos à cabeça e passei-as pelos cabelos, exasperado. No entanto, não consegui sentir a textura dos meus cachos em minha forma espiritual.

— Por que nunca nos contou? — exclamei inconformado, enquanto o Rei-Muloji nos estudava com um interesse silencioso e astuto.

— Teria mudado alguma coisa? — rebateu Daren, em um tom ríspido.

— Teria mudado tudo, seu imbecil! — Dei um passo em sua direção, ansiando para dar um soco naquela sua fuça estúpida. — Você aceitou ajuda de um morto psicopata para desenvolver os seus poderes quando poderia ter buscado a da minha irmã, *sua amiga*.

Daren soltou uma gargalhada maldosa e cheia de escárnio. Quando sua atenção se voltou novamente para mim, seu semblante se tornou sério e sombrio.

— Jamila é uma covarde — arrematou, os lábios retorcidos e trêmulos de raiva. — Ela nunca foi capaz de me ajudar, porque, diferente dela, eu não temo os meus poderes. Eu nunca quis escondê-los como ela fazia. — Ele se aproximou de mim com passos decididos. Agora estávamos face a face, tão perto que eu pude ver o abismo sombrio através de seus olhos e sentir o ódio que emanava do seu espírito. — Eu queria aprender a usá-los, aprender tudo sobre ser um emere *livre e poderoso*, para ser capaz de libertar todos aqueles como eu. Mas a sua irmã nunca quis isso. Ela teme a liberdade.

Encarei-o por segundos que pareceram séculos, procurando em seus olhos rancorosos alguma sombra daquele que fora o meu amigo. Mas não havia restado nada dele. O frenesi de ódio que consumia o meu peito diminuiu um pouco conforme fui invadido por um profundo sentimento de pena. Eu não tinha ideia de como a mente dele havia se tornado um lugar tão escuro e perigoso para si próprio, a ponto de deixá-lo tão cego pelos próprios objetivos deturpados. Daren ainda se via como herói, quando, na verdade, estava se tornando o vilão.

— Você realmente não a conhece, Daren — rebati com pesar. Seus lábios tremeram ainda mais e ele deu um passo para trás, enojado diante de meu olhar compadecido. — Jamila não teme a liberdade. Ela teme o que o preconceito da sociedade pode fazer com uma emere e com aqueles que ela ama. Diferente de você, ela se importa com as pessoas ao seu redor.

— E essa é a maior fraqueza dela. Os outros nos temem porque sabem que somos mais poderosos. Caso Jamila decidisse se revelar como emere perante a sociedade, ela teria o apoio de todos que importam, de seus amigos e sua família. Eu não. Como milhares de emeres natsimbianos, minha mãe nunca aceitaria um membro da sua linhagem se assumindo como emere. E é por esse motivo que estou fazendo tudo isso, para libertá-los dessa prisão.

— É uma missão muito nobre — interveio o Rei-Muloji, e eu jurava que podia sentir um leve tom de deboche em sua voz —, a qual, infelizmente, a família de Daren nunca entenderia. Como a mãe dele já nos provou.

— Do que ele está falando? — indaguei confuso.

O semblante do príncipe se tornou ainda mais sombrio. Ele cerrou os punhos e desviou o olhar.

— A querida rainha descobriu que Daren estava utilizando os seus poderes — revelou o feiticeiro. — Justo na noite em que ele conseguiu realizar o ritual que me libertou da minha prisão e me levou para o seu mundo. Ela tentou impedi-lo, e Daren não permitiu. Então ele a matou.

Agradeci a Nzinga por estar sem um coração pulsante naquele momento, porque ele não aguentaria o choque daquela revelação e teria parado de bater no mesmo instante.

— Você *matou* a sua *mãe?* — berrei.

— Não foi bem assim que aconteceu, o meu mestre está simplificando as coisas.

Um asco nojento fez a minha aura tremular.

— Pelos ancestrais, Daren!

— Foi um acidente! — Seus olhos saltaram das órbitas, ele cerrou as mãos quando elas passaram a tremer violentamente e veias saltaram em suas têmporas. — Eu tentei impedi-la de se intrometer no ritual, mas a minha magia acabou a atingindo e... e...

— E a matou — completou o Muloji, com uma satisfação mórbida. — No fim, isso acabou sendo muito bom para os nossos planos, porque, com a rainha fora da jogada e a sua irmã inútil subindo ao trono, a monarquia se tornou frágil. O colapso do governo de Ayana depois do ataque desta noite é certeiro. Logo será você quem ocupará o trono, e, tendo Méroe em minhas mãos, colocarei em prática o meu plano de conquistar toda Natsimba.

O Rei-Muloji se virou para o aprendiz.

— Você teve um ótimo desempenho hoje, Daren. Compensou pelo seu erro de deixar aqueles matebos escaparem para o seu mundo quando estava tentando me libertar.

Diante daquela informação, uma luz se acendeu em minha cabeça quando as memórias do ataque à ponte emergiram em minha memória. O casal sem alma, os matebos fujões, o fato de Daren chegar tão rápido à cena do crime.

— *O que veio fazer aqui? Ataques e perturbações espirituais não são da alçada da guarda real, e sim da Fundação.*

— *Estávamos nas redondezas quando ouvimos o ataque.*

Daren havia mentido. Ele tinha chegado rápido porque fora ele quem causara tudo aquilo. Poderia ter sido até ele mesmo quem roubara a alma daquele casal, afinal, ele era um aprendiz de muloji. Além disso, matebos não tinham o poder de roubar e muito menos devorar a alma dos vivos.

— Eu disse que daria certo — respondeu o traidor, chamando minha atenção de volta para o presente. — Jamila faz tudo pela família.

Filho da mãe. Ele havia armado para a gente.

— Tola. O maior erro que pessoas poderosas como nós podem cometer é amar. É uma fraqueza terrível. Mas acredito que seja tarde demais para ela aprender com essa lição.

Inclinei a cabeça e cocei a testa, confuso com as últimas palavras do feiticeiro. De que raios ele estava falando?

Daren engoliu em seco e fitou o chão com severidade, retorcendo as mãos cruzadas nas costas.

— Hã... — Daren pigarreou e passou a língua pelos lábios antes de prosseguir. — Jamila não morreu, senhor.

O espírito no trono foi tingido por um vibrante tom vermelho e seus olhos faiscaram perigosamente. A respiração de Daren ficou pesada, como se o ar da caverna tivesse se tornado denso e respirar fosse uma batalha árdua. Mesmo que meus pulmões de espírito já não exercessem mais essa função, consegui sentir ao meu redor como a atmosfera da caverna mudou e foi energizada pelo crescente ódio do Rei Feiticeiro.

— Eu lhe expliquei que, se ela não morresse depois de realizar o ritual, você deveria se assegurar disso, Daren — disse em um tom duro e austero. — Eu não fui claro?

— Sim, mestre. Mas...

O Muloji se levantou bruscamente do trono, seu espírito agora vermelho e agitado por uma intensa profusão de raiva, fazendo com que eu desse um pulo para trás, assustado.

— Então, por que não cumpriu a missão que lhe dei?! Acreditei que você entendesse o tamanho da ameaça que ela significa para nossos planos! — Daren trincou o maxilar, desviando o olhar para que seu mestre não visse o ódio estampado nele. — Jamila Ambade é poderosa demais para ficar viva!

O príncipe se manteve em silêncio e de cabeça baixa. O feiticeiro o estudou por um longo instante, como se considerasse qual era o melhor modo para puni-lo. Ele se aproximou de seu aprendiz e agarrou o queixo dele com seus dedos longos, apertando com mais força do que eu acreditava possuir um espírito. Parecia que ali em Mputu almas podiam tocar humanos e objetos físicos.

— Não permita que essa proximidade atrapalhe os seus pensamentos. Eu já disse a você durante o seu treinamento que deve deixar esses laços para trás se quiser ser um grande muloji.

Daren o encarou com raiva, os lábios grossos repuxados pela tentativa hercúlea de tentar se conter. Ele nunca havia sido um cara capaz de aceitar ordens tão facilmente, ainda mais de um sujeito tão mandão e violento como aparentava ser o seu mestre.

— E eu já disse que deixei, majestade — rebateu.

O Rei-Muloji o encarou com asco e, por fim, o libertou de seu aperto.

— Está claro que não. Você continua sendo um imbecil governado por emoções inúteis. — Ele deu as costas ao aprendiz e se dirigiu a uma passagem que levava para fora da caverna. — Apresente ao mais novo integrante da nossa equipe qual será o papel dele daqui para frente, e deixe bem claras as consequências se ele não fazê-lo. Enquanto isso, vou encontrar uma forma de corrigir o seu erro estúpido.

Dito isso, ele deixou a caverna carregando o grande livro branco que repousava ao lado do trono. O homem caladão e sinistro o seguiu feito um robô engessado.

Se eu não estivesse tão assustado, teria expressado a minha satisfação com a pequena humilhação de Daren com uma gargalhada. Era o que ele merecia por ser um traidor sujo. Mas eu não estava em posição de provocá-lo, não com o olhar mortal que ele lançava para o lugar por onde o mestre havia saído, enquanto massageava o queixo dolorido.

Além disso, eu estava mais preocupado com a segurança da minha irmã.

— Você precisa fazer alguma coisa — implorei. — Nós dois vimos como Jamila está debilitada e não vai...

O príncipe virou a cabeça bruscamente e me dardejou com seu olhar furioso. Ele ignorou meu apelo, me dando as costas e seguindo até uma parede.

— Toque — ordenou, fazendo um aceno para a parede pedregosa.

Mesmo a contragosto, fiz o que me foi ordenado, pousando a mão sobre um veio de minério.

— Consegue reconhecer esse metal?

Suspirando exasperado, me concentrei no material sob minha mão. Era algo intuitivo que nós ferreiros tínhamos: éramos capazes de reconhecer qualquer tipo de metal dimensional depois de alguns anos de experiência. Mas apenas metal que a humanidade conhecia. E aquele não era um deles.

Retorci os lábios e cocei o queixo quando não consegui chegar a uma conclusão. Diante disso, Daren abriu um sorriso provocador.

— Esse é o ferro cítrio, o condutor da magia das cinzas — revelou ele, me deixando atônito.

Encarei o veio de minério deslumbrado. Caraca, eu tinha acabado de tocar em um metal desconhecido e totalmente novo para a humanidade. Uma descoberta que poderia revolucionar os mundos. Eu podia ouvir as vozes dos ancestrais cantando em meu ouvido diante daquele achado, a energia da empolgação diante do desconhecido percorrer a minha alma, o costumeiro formigamento tomar as minhas mãos ansiosas, até que Daren cometeu o erro de abrir a boca novamente.

— E você, Malik Ambade, é o ferreiro que vai descobrir o segredo para forjá-lo.

Um balde de água fria foi jogado sobre as emoções que fervilhavam dentro de mim, como água resfriando o ferro quente recém-saído de uma forja.

Ele só podia estar de sacanagem.

— Ficou maluco? Por que você acredita que eu sou capaz de descobrir o segredo da forja de um metal desconhecido?

— Porque eu fui o seu amigo e companheiro de equipe por anos. Sei que você é dedicado a sua bênção e é muito talentoso no que faz. Se alguém pode descobrir o segredo da forja, é você. E claro, ele também.

Daren retirou no bolso outra estatueta de dízio, porém estava escuro demais para que eu visse a sua forma. Ele murmurou algumas palavras e libertou a alma de dentro dela. Quando a forma diáfana e triste de meu avô flutuou a minha frente, ofeguei e fiquei congelado no lugar por um instante. Passado o choque, corri até ele e o amparei em meus braços. A estadia na estatueta não havia feito muito bem para o seu espírito, que tremeluzia como uma lâmpada fraca.

— Ele vai ficar bem, é apenas um efeito colateral do feitiço — explicou o maldito filhote de muloji. — Algumas almas são mais suscetíveis aos efeitos do aprisionamento. Como você me contou várias vezes, o seu avô foi um dos maiores ferreiros e inventores de Méroe, e é a sua grande inspiração. Por isso eu não pude deixar de aproveitar a presença dele no festival para capturá-lo e utilizá-lo no meu plano.

"Meu plano"? Onde estava o espírito de equipe dele com o seu mestre sinistro?

— Seu grande desgra...

— Nem pense na hipótese de não colaborar comigo. Se não o fizer, dê adeus ao seu corpo no mundo dos vivos, sua única chance de retornar para a sua família. E também se despeça do seu avô, porque eu ficarei muito feliz e satisfeito em devorar a energia espiritual dele, estou precisando muito recarregar as minhas.

De mãos atadas, pude apenas o encarar com um profundo ódio, enquanto um macabro sorriso satisfeito aparecia em sua face diante da minha impotência.
— Agora venham, vou mostrar a vocês o seu lugar de trabalho.

Niara e Lueji dão uma aula sobre metais dimensionais

— Deixa eu ver se entendi — começou Amina, ao mesmo tempo em que andávamos apressados pelos corredores da Fundação sob os olhares julgadores de agentes e espíritos. — Você foi a julgamento por um crime que foi chantageada a cometer e, por enquanto, conseguiu provar a sua inocência.

Assenti, e ela continuou seu discurso, ofegante:

— Mesmo tendo queimado as suas mãos, a cidade toda ainda te odeia, e agora vamos cometer um crime de verdade para salvar o Mali. É isso?

— Exatamente — respondi.

Ela abriu um sorriso exultante e deu um grito de animação, atraindo ainda mais atenção. Tedros lhe lançou um olhar repreendedor, ao passo que Oyö encolheu os ombros e disse com preocupação:

— Pelos ancestrais, mamãe vai matar a gente.

— Se os meroanos irritados não fizerem isso primeiro — emendou Amina, rindo extasiada com a possível confusão que as minhas ações causariam.

— Não tem "a gente" nessa missão. Eu deixei vocês virem até aqui comigo para ajudar na pesquisa. Quando descobrirmos como me mandar para outro nível de realidade, vocês vão *voltar* para casa — afirmei.

— Lá vem você com essa chatice de irmã mais velha. — Ela revirou os olhos daquela maneira petulante, fazendo-me desejar lhe dar um tapa. — Pelo amor da Deusa, Jamila, aquele tio sinistro vai acabar com você se enfrentá-lo sozinha. Você pode ser uma ótima agente, mas ele tem centenas de séculos de experiência em magia, inclusive de uma energia que não conhecemos.

— E você, uma conjuradora sem treinamento, é a minha salvação? — debochei.

Amina resmungou consigo mesma e dispensou o assunto com um aceno de mão irritado.

— Tanto faz, sua teimosa.

— Para onde vamos? — questionou Oyö, quando paramos em um ponto onde os corredores formavam uma encruzilhada.

Parada ali, finalmente encarei a estranheza de voltar para a Fundação sem meu irmão. A sensação de um vazio me acompanhava desde o momento em que havia posto os pés naquele lugar, e o peso de sua ausência servia como um lembrete constante do porquê eu havia deixado o hospital. Mesmo sabendo que eu não estava pronta para enfrentar o julgamento venenoso no olhar dos outros agentes, havia saído às pressas e ido ao encontro de Niara quando ela tinha ligado para Tedros. Alguns aprendizes passavam sussurrando ao meu lado, outros trocando risadinhas maldosas, enquanto o restante apenas desviava o olhar como se fossem criaturas superiores a mim. Tentei ignorar todos eles e estava indo muito bem, até Pendra surgir em um dos corredores e vir na nossa direção.

Tedros bufou, impaciente.

— Era só o que me faltava.

— Jamila Ambade — disse Pendra, em bom e alto tom para que todos ao nosso redor ouvissem. — Você é realmente muito corajosa para voltar aqui depois do que fez.

— Quem é a bruaca? — questionou Amina, ficando nas pontas dos pés para sussurrar em meu ouvido.

— Pendra. Uma idiota de linhagem antiga.

O entendimento iluminou o rosto dela diante das poucas informações. Era tudo o que Amina precisava para compreender a postura arrogante da garota à minha frente.

— Eu queria muito ter ido ao seu julgamento para vê-la sair arrasada do ministério, mas eu estava ocupada demais limpando a sujeira que você e o seu irmão causaram. — Ela se aproximou devagar, limpando as cinzas do seu cetro, que projetava uma espada brilhante feita com energia verde. — Que sorte a minha mãe ser a juíza e ter me contado tudo em primeira mão.

Aquele golpe me atingiu em cheio. Pendra era filha daquela mulher intragável? Tentei esconder o choque da revelação e manter minha expressão neutra. Eu não daria aquele gostinho para ela. No entanto, Amina me conhecia bem demais para deixar passar despercebido e retrucou:

— Se está tão ocupada limpando a sujeira da minha irmã, por que está no nosso caminho desperdiçando tempo quando deveria estar nas ruas fazendo o seu trabalho, nobre presunçosa?

Pendra rangeu os dentes e seus olhos ficaram injetados como o de um espírito profundamente ofendido. Graças aos ancestrais, naquele instante, Niara surgiu correndo feito uma louca com seu tablet em mãos, alheia à nuvem cinzenta de tensão que havia se formado sobre nossas cabeças.

— Onde vocês estavam? — perguntou ofegante e irritada, afastando do rosto alguns cachos que haviam se soltado do rabo de cavalo. — Estou esperando há uma hora!

Ela estava parecendo uma cientista maluca. Os cabelos fora de ordem, olheiras enormes sob os olhos cansados e uma mancha de café se destacando no jaleco azul marinho todo amassado.

— Nia, você está bem?

— Sim.

— Não — rebateu Tedros no mesmo instante, recebendo um olhar mortal em troca. — Desde que você sofreu o acidente, ela se trancou em uma sala do Matuê e está pesquisando feito uma maluca. Ela só sai para ir ao hospital visitar você e Malik.

Senti uma vibração ansiosa e intensa vinda da alma de Niara, como se ela fosse uma corda tensa esticada ao máximo. Conhecendo bem minha amiga, imaginei que ela devia estar forçando a sua mente até o limite para ignorar o medo que a corroía por dentro. Nia tinha o costume de fazer isso quando não sabia lidar com sentimentos intensos ou situações que estavam fora do seu controle e não podiam ser resolvidas por sua mente de gênio. Meu coração se condoeu em resposta, e sem aviso prévio, eu a envolvi em um abraço apertado que fez Pendra soltar um ruído de nojo e finalmente ir embora.

— Pelos ancestrais, Jamila. Que susto você me deu — sussurrou a cientista, tentando manter o tom de voz irritado, mas falhando quando a emoção a tomou.

— Eu estou bem, Nia. Estou bem.

— Graças aos ancestrais. Eu não suportava mais vê-la desacordada sobre aquela maldita cama de hospital. — Ela se afastou, fungando e secando os olhos. — E agora eu encontrei algumas respostas que podem nos ajudar a derrotar aquele espírito desgraçado. Eu descobri quem ele é.

— Eu também — rebati, deixando-a surpresa.

— Vamos conversar em outro lugar com mais privacidade — disse Tedros, observando os espíritos e agentes que passavam nos observando.

— Vamos para o Maku — disse Nia. — Tem uma inventora que pode me ajudar a explicar melhor para você.

***

Diferentemente do Matuê, que era um ambiente bem iluminado, organizado e silencioso, o Maku era um lugar caótico. O complexo era formado por três andares de plataformas de metal que penetravam o interior da terra, interligadas por escadas e pontes que rangiam sob os passos de seus agentes. Nas plataformas um e dois os inventores criavam e testavam as novas invenções, como armas e dispositivos. Elas eram ocupadas por uma confusão insana de mesas metálicas, máquinas, ferramentas estranhas e criações tecnológicas cheias de fios, luzes e botões que não consegui identificar para o que serviam. Androides de variadas formas e tamanhos andavam pelo local, auxiliando agentes, operando máquinas ou recolhendo as sucatas que seriam descartadas.

A plataforma três era aquela que ficava metros abaixo da terra e alcançava seu interior quente e rochoso, ultrapassando o nível do piso da Fundação. Suas paredes eram de rocha pura, enquanto as dos andares superiores eram feitas de placas de ferro soldadas umas nas outras. Era o lugar em que ficavam as forjas, de onde provinha uma luminosidade alaranjada, os sons agudos de marteladas incessantes e do ferro sendo esfriado. Uma vez, Malik havia me dito que o calor lá embaixo era quase insuportável para quem não fosse um abençoado de Nzinga, que tinham a habilidade de suportar altas temperaturas.

— Certo. Deixe-me atualizá-la sobre o que está acontecendo por aqui desde a noite do ataque — disse Nia, ziguezagueando por mesas e máquinas gigantescas. — Eu procurei o arquivo da pesquisa da sua mãe, mas ele ainda está com os Fundadores. Assim, a única alternativa que me restou foi pesquisar do zero nos registros da biblioteca. Comecei repassando tudo o que havia acontecido no parque, principalmente o discurso do matebo que liderou o ataque.

— Por quê? — questionou Tedros.

— Porque ele poderia ser a chave para a resolução do mistério. No início, a única pista que eu tinha era o fato de ele ser um cara morto com um ego gigantesco. — Nia soltou um murmúrio de desaprovação. — Até que eu me lembrei do ódio que ele demonstrou por Méroe e como havia se autodenominado.

— "O feiticeiro" — relembrou Amina.

— Exato. "O feiticeiro", como se ele fosse o maior entre os mulojis ou o primeiro deles a existir. Por isso, depois de reler uma infinidade de relatos e livros sobre o Regime de Ferro e a Guerra dos Metais, não foi difícil chegar à conclusão de que ele era o Rei-Muloji, que foi derrotado por Nzinga e os primeiros habitantes da cidade.

Niara nos mostrou em seu tablet um vídeo do dia do festival, que havia sido postado em uma rede social. O celular que tinha gravado não devia ser um modelo sofisticado, porque não havia capturado muito bem o espírito flutuante do Rei-Muloji sobre a estátua. No entanto, era possível ouvir sua voz alta e clara dizendo: "Esta cidade foi construída sobre as cinzas do meu antigo e glorioso império, crescendo e prosperando ao longo dos séculos como um lembrete constante da minha derrota."

Todo natsimbiano já tinha ouvido falar sobre ele em lendas antigas. Principalmente os meroanos. Afinal, nossa cidade nascera após Nzinga e Makaia libertarem uma pequena vila do controle do Rei-Muloji, transformando-a na base da resistência durante a Guerra dos Metais.

Nia projetou outro vídeo do seu tablet, retirado do acervo digital da

Fundação, onde uma anciã contadora de histórias narra o ocorrido de acordo com as lendas, dizendo:

— O reinado do Muloji começou depois que ele traiu Nzinga e Makaia, capturando todas as minas de metais dimensionais. Ele deturpou os ideias que elas haviam ensinado para a população sobre o uso da magia espiritual, pregando que ela não deveria ser utilizada em prol do bem da comunidade, mas, sim, para ter poder sobre os outros. Desse modo, ele se opôs abertamente às duas, operando seus primeiros ataques de uma forma bem inteligente: conquistando todas as minas de kalun e dízio que haviam sido descobertas na época. Sem a matéria-prima para a manipulação de energia, Nzinga, Makaia e seus aliados ficaram limitados, ao passo que o Rei-Muloji se tornou mais poderoso com o monopólio dos metais sagrados. Assim começou o seu império de terror, dominando cidade após cidade, reino após reino, por vinte longos anos. Quem possuía a licença para fazer magia eram apenas aqueles que ele permitia, uma elite de estirpe nobre alinhada à sua ideologia opressora.

Impaciente, Nia adiantou um pouco a gravação para uma parte onde a senhora falava:

— Por esse motivo, foi iniciada a Guerra dos Metais. Depois de ficarem anos escondidas no mundo espiritual, Nzinga e Makaia uniram seres místicos de Mputu aos líderes caídos do mundo físico e criaram uma rebelião, dando início aos anos da resistência.

Por fim, minha amiga interrompeu o vídeo e me encarou em busca de uma confirmação. Depois do julgamento, eu havia sido proibida pelo ministério de revelar a verdadeira identidade do matebo invasor para os outros, mas eu estava com os meus melhores amigos, e não me importei em responder:

— Você está certa, como sempre.

Niara fez uma dancinha da vitória e Tedros a observou com uma careta de julgamento.

— O quê? Estou comemorando a minha inteligência, não o fato da gente ter que derrotar o pior dos mulojis. — Ela arrumou o jaleco e endireitou a postura. — Enfim, depois disso, eu pesquisei mais sobre o feiticeiro, a energia cinzenta misteriosa e os objetos sagrados. Alguns dias depois, fizemos um novo progresso após mais noites em claro.

Ela deu alguns toques na tela do tablet, que projetou um texto muito antigo. Niara havia selecionado um trecho, que leu em voz alta para nós.

— "Quando a guerra se alastrava para a derrota de Nzinga e Makaia, a jovem ferreira encontrou a dádiva do ferro cítrio, com o qual ela produziu correntes mágicas inquebráveis que prenderam o feiticeiro nos confins do universo, onde jamais ninguém pode alcançá-lo."

Ferro cítrio. Eu não era especialista em todos os metais existentes no mundo físico, mas nunca havia ouvido falar sobre um com esse nome. Tendo um irmão ferreiro que vivia tagarelando sobre suas invenções havia me feito — mesmo que inconscientemente — adquirir o conhecimento sobre alguns metais comuns e sagrados, mas eu tinha certeza de que nunca tinha ouvido algo sobre cítrio.

Oyö, que estava mais interessada em desbravar as bancadas cheias de coisas estranhas, voltou até nós, curiosa.

— Que metal é esse? — perguntou.

Nia estava prestes a responder quando o barulho de passos subindo uma das passarelas de ferro chegou até nós, junto com o som de um rap tocando muito alto.

— É o que a sua amiga teimosa está tentando descobrir — disse Lueji, aparecendo no topo de uma escada que vinha dos andares inferiores, carregando ferramentas e uma caixinha de som.

Lueji tinha dezessete anos, pele marrom clara e olhos negros sagazes. Naquele dia, ela vestia uma camiseta larga, uma calça jogger e um estiloso tênis de cano alto. Não pude deixar de perceber que agora ela tinha um piercing no nariz. Mesmo com a pouca idade, ela era tida como a maior inventora da Fundação, e Malik sempre gostava de provocá-la dizendo que um dia perderia o posto para ele.

Enquanto caminhava até a sua bancada, com as longas tranças nagô balançando em suas costas, a garota observou uma arma estranha cheia de garras na mão de Oyö e seus lábios se curvaram em um sorriso travesso.

— Eu não aconselho você a segurar isso. Ela é cravada na carne gosmenta de diversos monstros espirituais para sugar o veneno deles.

Oyö deu um gritinho e soltou o objeto imediatamente no chão, fazendo uma careta de nojo e limpando a mão no macacão cor de rosa. Lueji gargalhou alto e se dirigiu para sua bancada.

— Deveria ter vergonha de mentir para uma criança — repreendeu Nia.

— E você deveria parar de perder tempo com uma lenda sem fundamento. É por isso que está aqui de novo, não é? Ou veio para me ver?

Niara cruzou os braços e fechou a cara para a inventora, que abriu um largo sorriso provocador e a observou dos pés à cabeça com um olhar vagaroso e intenso. Um forte rubor coloriu as bochechas da cientista, que desviou o olhar e apertou o tablet com mais força em suas mãos.

Tedros e eu trocamos um olhar divertido diante da cena, ao passo que Amina e Oyö as encaravam com uma interrogação visível nas testas franzidas.

— Qual é a de vocês duas? São namoradas? — perguntou Mina, quebrando o silêncio tenso entre as garotas.

Lueji tombou a cabeça para trás e gargalhou alto, ao passo que Nia virou a cabeça bruscamente para a minha irmã e gritou desesperada:

— Pelos ancestrais, não!

Oyö continuou confusa e um sorrisinho surgiu nos lábios de Amina, que murmurou em um tom provocador:

— Se é o que você diz.

Nia pigarreou diversas vezes e tratou de mudar de assunto, dirigindo-se à inventora:

— Eu não viria conversar com você sem uma razão muito importante, Lueji.

— Se for sobre esse tal cítrio, eu já te disse tudo o que sei. É só uma lenda da Guerra dos Metais — respondeu com desinteresse, começando a parafusar uma peça de dízio em uma invenção esquisita que estava sobre a sua bancada. — Além de mitos, ninguém nunca encontrou mais informações sobre ele.

— Esses mitos são nossas verdades eternas deixadas pelos nossos ancestrais, não apenas histórias sem sentido — argumentei. — Nossa sociedade foi construída com base nessa *verdade*, passada de geração para geração com o objetivo de nos guiar durante a vida. Se a história traz algo sobre isso, é porque precisamos saber.

— E é por esse motivo que acredito que ele não seja um minério comum — emendou Nia, com os olhos de cientista maluca brilhando de empolgação.

— Que seja — rebateu, dando de ombros e sem me dirigir o olhar, ainda focada em seu trabalho. — Eu sou uma ferreira. Trabalho com coisas que posso ver e tocar. Se não há uma fonte que diga que esse cítrio existe e que ele é um metal dimensional, nenhuma lenda sobre ele importa para mim.

— Mas também nunca foi falado que ele *não é* — insistiu Nia, se aproximando da bancada e ficando cara a cara com a garota. — Muitos dos seus amigos ferreiros estão interessados na minha descoberta e me ajudando a encontrar respostas. Por que você não pode pelo menos tentar me ajudar também?

Lueji parou de parafusar e soltou um longo suspiro exasperado antes de fitar a minha amiga obstinada.

— Porque estou ocupada ajudando com o que realmente importa: livrar a cidade dessa infestação maldita de espíritos desconhecidos que *ela* trouxe para o nosso mundo. — Apontou um dedo para mim. — Há centenas de agentes lá fora colocando suas vidas em risco para salvar a cidade, e eles precisam de todas as armas e dispositivos disponíveis nessa batalha. É por isso que não posso me dar ao luxo de ajudar o seu esquadrão, Niara.

E voltou a atenção para o trabalho novamente, na esperança de desistirmos e a deixarmos em paz.

Trinquei os dentes e cerrei os punhos. Se ela iria agir daquela forma irritante, então eu usaria um argumento bem baixo para convencê-la. Era o que ela merecia depois de apontar aquele dedo para mim de forma tão grosseira e ter me culpado por toda a desgraça de Méroe, como muitos outros estavam fazendo.

— Eu esperava mais de você, já que é uma das melhores amigas do meu irmão. Não fale em "batalhas" como se existisse mais de uma, ou como se eu e minha equipe estivéssemos enfrentando uma luta diferente da sua e dos outros agentes.

Lueji continuou me ignorando, mas a maneira como crispou os lábios e segurou a chave de fenda com mais força me indicou que ela estava ouvindo. Assim, continuei.

— Todos nós queremos o mesmo: salvar Méroe para proteger aqueles que amamos. Mas o nosso inimigo está a passos de distância à nossa frente, e por isso precisamos descobrir mais sobre ele para derrotá-lo.

— Olha só, Jamila... — tentou ela, em um tom irritado.

Mas eu não lhe dei chance e desferi o golpe final:

— Malik teria ficado animado em nos ajudar, como os outros ferreiros e inventores estão fazendo.

A garota soltou bruscamente o objeto que segurava sobre a mesa e passou as mãos pelas tranças com irritação, bufando alto.

— Vocês são um pé no saco, sabia? — Lueji me lançou um olhar mal-humorado. — Tá, tudo bem. Confesso que, contra a minha vontade, a pesquisa de Niara sobre o cítrio despertou o meu interesse e não saiu da minha mente. Desde então, tenho refletido e elaborado algumas hipóteses. Primeiro: o Rei-Muloji era um abençoado espiritual como Makaia, sua maior inimiga. Os dois eram super poderosos e nunca conseguiram derrotar um ao outro. Como foi então que, milagrosamente, Makaia e Nzinga conseguiram? Isso nos leva a minha segunda hipótese. A lenda diz que Nzinga utilizou correntes *mágicas* para prender o Rei-Muloji, mas acredito que não foi exatamente magia. O metal com o qual as correntes foram feitas deveria ser o condutor de algum tipo de *energia* que deu a ela poder suficiente para derrotá-lo.

— Ou seja: se o ferro cítrio era um condutor de energia, ele realmente é um metal dimensional — emendou Nia.

Lueji concordou com um aceno de cabeça.

— Acredito que apenas um metal sagrado seria capaz de manter um espírito poderoso como o Rei-Muloji preso por séculos. E se essa hipótese estiver correta, esse ferro pode ser o condutor da energia das cinzas.

Impressionada, Amina soltou um assobio baixo e perguntou:

— Digamos que seja um metal dimensional. Como uma pessoa seria capaz de quebrá-lo? É possível?

— Apenas o poder de abençoados muito fortes, capazes de conduzir uma alta quantidade de energia da Teia Sagrada. Quebrar objetos feitos com metais dimensionais é quase impossível — explicou Lueji.

— Deve ter sido o feiticeiro vivo que está aliado a ele — palpitei. — Conversei sobre isso com a minha avó no hospital. O Rei-Muloji pode ter sido poderoso em vida e possuir um novo tipo de energia sob o seu controle agora, mas ele ainda é um matebo. A sua magia possui limites e ele não tem força espiritual o suficiente para se libertar sozinho. Por isso, penso que ele teve ajuda de um feiticeiro do nosso mundo.

Os rostos de todos se iluminaram quando entenderam aonde eu queria chegar.

— Os corpos sem almas que encontramos — disse Tedros. — Foi esse muloji aliado quem as roubou.

Assenti em concordância.

— Ele deveria estar reunindo poder para a noite do festival, se preparando para estar forte o bastante para o ataque — acrescentou Nia.

— Para ser capaz de fazer o que o Rei-Muloji não poderia sendo um matebo — concluí.

— Mas uma coisa que ainda não entendi foi o fato dele não ter levado o cetro. — Niara franziu o cenho. — Por que ele o deixou com você?

— Para me incriminar. Quando me encontraram, as pessoas logo pensaram que eu era aliada dele.

— Mas como ele sabia que você conseguiria acionar o cetro de Makaia e fazer o ritual? E o que ele ganhou ao te incriminar? — indagou Tedros.

— Eu não sei. Isso só comprova que ele está muitos passos a nossa frente e que sabe coisas que ainda não entendemos. Ele me chamou de "embaixadora dos mundos" e de outros nomes estranhos.

— Encontrei isso enquanto pesquisava. — Nia tocou na tela do dispositivo e o vídeo antigo de uma agente da Fundação entrevistando uma senhora começou a rodar.

"O cetro sagrado de Makaia foi forjado com as primeiras peças de dízio encontradas no mundo físico. Mesmo depois de séculos da morte de sua dona, o objeto nunca foi ativado por nenhum outro abençoado espiritual. Dizem que apenas a próxima embaixadora de mundos poderia fazer isso, detentora dos mesmos poderes espirituais que a ancestral."

Um silêncio chocado se abateu sobre o grupo por um longo minuto, até Amina não aguentar mais e exclamar frustrada:

— E como podemos ter certeza disso tudo que discutimos? Isso é apenas um monte de especulação.

— Mas o fato de vocês terem encontrado aqueles matebos estranhos com poderes até então desconhecidos contribui muito para a possibilidade das nossas especulações serem reais — argumentou Lueji. — A descoberta de uma nova energia muda tudo, abre uma gama infinita de novas possibilidades. E a regra da Teia Sagrada é simples e inquebrável: se há uma nova energia na área, também deve existir um metal que seja o seu condutor. Esse é o padrão sagrado.

— Você tem razão, mas eu tenho um pressentimento de que apenas uma fonte pode confirmar isso: a pesquisa da nossa mãe — disse, pensativa. — Já que o conselho não tira as mãos dela, teremos que recorrer a um meio alternativo. Como mamãe nunca nos contaria, especialmente agora, em meio a toda essa confusão, nos resta apenas uma opção.

Todos me olharam com expectativa, e eu tomei coragem para dizer as palavras que relutavam para sair da minha boca.

— Teremos que conversar com tia Farisa.

A surpresa varreu o grupo. Tedros e Nia arquejaram, Amina soltou um "pelos ancestrais" e Oyö deixou um dispositivo em construção cair no chão, espalhando dezenas de peças para todos os lados. Lueji foi a única que manteve a expressão neutra, sem fazer ideia do motivo daquelas reações.

— Você tem certeza disso, Jamila? — perguntou Tedros, preocupado.

— Sim. Estou disposta a fazer tudo para resolver essa bagunça e ajudar o meu irmão.

— Bom, parece que vocês já têm um plano — disse Lueji, correndo até Oyö com uma cara feia e recolhendo os pedaços do objeto quebrado. — Prometo não dedurar vocês se tirarem essa criança de mãos inquietas do meu complexo.

Oyö encolheu os ombros e murmurou um pedido de desculpas. Nos despedimos da inventora, que apenas soltou uma espécie de murmúrio enquanto voltava para o trabalho, ávida para terminar sua engenhoca.

— Precisamos de um carro — eu disse, logo que saímos do Maku.

— Um carro? — questionou Tedros. — Você não tem licença para dirigir ainda, e não pode nem sonhar em fazer isso agora que está sendo supervisionada pelo ministério.

— É por isso que eu não vou dirigir. *Você* vai — rebati, abrindo um sorriso divertido e começando a andar em direção à garagem.

Eles hesitaram apenas um segundo antes de me seguirem, confusos.

— Mas para onde a gente vai? Você sabe onde ela está? — indagou Mina.

— Sim. Nós vamos para o último lugar que eu queria ter que pisar: o Depósito.

Os olhos de Amina brilharam e sua boca se abriu em choque.

— Minha Núbia toda poderosa, eu nasci pra te ouvir falando isso. Eu vou na frente! — exclamou ela, passando correndo por mim e tomando a direção errada.

— A garagem é para o outro lado — alertei.

Ela parou bruscamente e deu meia-volta.

— Outro lado, certo. Vamos logo, gente! — gritou, com um olhar eufórico que eu sabia muito bem o que significava: confusão.

CATÁLOGO DE METAIS PARA JOVENS FORJADORES

por Adenike, mestra-fundadora da F.U.

Seção 1: Os diferentes metais dimensionais e sua importância.

Os metais dimensionais são condutores das energias que formam o nosso universo. Como determina a lei sagrada da Deusa Única, sempre existe um metal para conduzir cada energia: o kalun, condutor da energia verde; e o dízio, condutor da energia espiritual. Ao moldar esses metais para o uso humano na forma de braceletes, armas e outras tecnologias, se tornou possível que os abençoados conjurassem essas energias, desenvolvendo diferentes habilidades sobre-humanas. Além de condutores, eles também protegem a integridade física do portador, pois essas energias são forças muito poderosas que provocam efeitos colaterais severos aos abençoados que não utilizarem os braceletes.

Temos uma reunião familiar embaraçosa

Enquanto o aerocarro deslizava suavemente pelos ares, admirei a beleza e a grandiosidade de Méroe através do vidro escuro da janela. A cidade era linda de dia, mas à noite, iluminada pelas fachadas dos prédios e por imensos letreiros holográficos, ela se tornava um verdadeiro espetáculo. Infelizmente, não pude deixar de notar que diversos deles estavam apagados, assim como os postes elétricos de alguns bairros. Eram as consequências do ataque do Rei-Muloji se alastrando pela cidade como uma doença infecciosa, afetando nossa ligação com a energia do mundo espiritual.

Em noites como aquela, seria possível divisar o domo protetor quando as luzes da cidade refletissem nele. No entanto, ele já não estava mais lá e, por esse motivo, uma crescente atmosfera de tensão englobava a cidade. Uma balbúrdia de sirenes e gritos tomava as ruas, em conjunto com o som das vozes alteradas dos guardas e agentes que combatiam os invasores que atormentavam a população. Quando sobrevoamos o centro da cidade, tive a impressão de ver um grupo de agentes lutar contra um bicho grande e peludo, que abriu uma bocarra gigantesca em suas costas. Surpresa, reconheci que era um quibungo. *Quibungos em Méroe.* Era surreal. Eles costumavam viver nas florestas verdes ao redor da cidade, mas nunca se atreveram a ultrapassar nossos limites. Além disso, eles odiavam se misturar aos humanos. A queda do domo realmente havia mudado as coisas.

— Como você sabe que nossa tia trabalha no Depósito? — questionou Amina, atraindo minha atenção e me avaliando com um olhar desconfiado.

— Depois do julgamento, ela nunca mais voltou para a casa e...

— Claro, ela traiu a mamãe na frente de toda a cidade. Ela tinha que ser muito cara de pau para voltar — resmungou indignada.

— Enfim, ela nunca voltou para casa e vovó a procurou por anos. Até que, um dia, eu ouvi ela contar a nossa mãe que a encontrou lá.

— Eu competi naquele lugar dezenas de vezes sem saber que ela estava lá. Posso até ter trombado com ela sem saber. É por isso que vocês odeiam quando eu vou ao Depósito?

— É apenas um dos motivos. Você, que vive indo lá, sabe como aquele lugar é perigoso e nem um pouco ideal para uma garota de treze anos.

Dirigi um olhar repreendedor a ela, que desviou a atenção para a janela.

Pousamos em frente ao Depósito no Bairro das Corujas, localizado do outro lado da cidade e conhecido por ser o centro da badalação noturna. Como dizia um ditado meroano, "tudo acontece no Bairro das Corujas".

Em especial, coisas ilegais.

Observei o grande prédio de fachada antiga e castigada pelo tempo. Havia um letreiro roxo neon que exibia o nome: "Depósito Entre-realidades", destacando-se em meio à parca iluminação da rua estreita, lotada de carros de luxo estacionados.

— Deixe isso aqui no carro — disse Amina à Nia, quando ela fez menção de pegar sua mochila onde havia trazido alguns blasters e dispositivos. — Apenas alguns frequentadores autorizados podem usar armas lá dentro.

Mesmo a contragosto, Nia decidiu seguir o conselho da pequena.

Voltei a observar o prédio à nossa frente. A construção não tinha mudado muito desde a única vez em que havia estado ali. Na época, eu era uma recruta ansiosa para provar o meu valor e ser escolhida por mestra Gymbia, por isso, havia cismado em resolver sozinha um caso que estava deixando a Fundação de cabelo em pé. Imagine só, uma recruta de onze anos no pé de um gangue de contrabando interdimensional. Havia seguido as pistas que roubara dos Fundadores até o Depósito, e claro que acabei arrumando confusão ali. Consegui sair viva daquele lugar graças à ajuda de duas pessoas: um desertor da guarda real de Matamba, que havia fugido para Méroe e se refugiado no Depósito; e uma jovem cientista nerd que era obrigada pela gangue a ajudá-los no contrabando. O único ato rebelde que eu tive coragem de realizar na minha vida acabou me levando até as pessoas que se tornaram meus melhores amigos e companheiros de esquadrão: Niara e Tedros, que ingressaram na Fundação depois de um convite meu.

E agora, mais uma vez, entrávamos juntos por aquelas portas de ferro, sendo recebidos pelo zumbido de dezenas de vozes e o ar quente de um ambiente lotado. Havia tantas almas com cores e emoções variadas que senti uma leve tontura. O salão era gigantesco, com um bar sofisticado, onde drinks e dezenas de latas de cerveja eram distribuídos para as pessoas. Também havia um palco onde um cantor esbelto de pele retinta e com um black power poderoso cantava um funk animado, acompanhado pela plateia que dançava e cantava alucinada. Diversas mesas estavam dispostas pelo lugar, ocupadas por grupos que riam, sussurravam e realizavam trocas de dinheiro e objetos misteriosos.

O Depósito era um lugar que financiava todo tipo de atividade ilegal, como, por exemplo, as Batalhas de Poderes. No entanto, aquele bar aparentemente normal e as batalhas eram apenas uma fachada que embaçava os olhos da monarquia diante do real motivo da sua existência e de sua maior fonte de lucro: o contrabando interdimensional. O Depósito era ligado ao mundo espiritual por bolsos e fendas minúsculas entre mundos, através das quais seres da outra dimensão enviavam pequenos objetos raros do seu mundo, que eram vendidos aos contrabandistas e ricaços frequentadores do lugar.

Com medo de perder Oyö no meio de tanta gente, a peguei pela mão enquanto varria a multidão com o olhar em busca de um rosto familiar. No entanto, a falta de luminosidade no salão dificultava o trabalho.

— Mina, como vamos encontrá-la nesse caos? — perguntei.

— Eu não sei, esse lugar é gigantesco. Vamos ter que falar com os monitores. São eles que ajudam a gerenciar o lugar, monitorar as atividades e assegurar que o dinheiro está sendo bem cuidado. — Ela girou a cabeça em todas as direções, ficando na ponta dos pés para tentar enxergar sobre o ombro das pessoas a sua volta, até seus olhos se prenderem em um canto do salão. — Ah, ali está uma. Ei, Lin!

Uma garota alta de pele negra clara e dreads azuis se virou em nossa direção. Ela vestia um colete de couro sem mangas que exibia as tatuagens em seus braços, uma calça folgada e coturnos pretos. Depois de reconhecer Mina de longe, ela se aproximou devagar, estudando o grupo com um olhar atento e desconfiado.

— Oi, pirralha. Não pensei que a veria tão cedo depois dos boatos que ouvi sobre sua família certinha. Veio competir na arena?

Torci os lábios em desgosto. Amina abriu um sorriso nervoso e me olhou brevemente pelo canto dos olhos. Em seguida, tentou disfarçar ao responder:

— Hoje não. Estou procurando Farisa Ambade. Ficamos sabendo que ela trabalha aqui.

Diante da menção do nome, o que antes era a sombra de um sorriso se transformou em um, e seus olhos negros se iluminaram com um brilho malicioso.

— Você a conhece — constatei, atraindo sua atenção.

Ela me observou de baixo para cima, inclinando a cabeça para o lado e colocando as mãos nos bolsos do colete. O movimento revelou a tatuagem enorme que ela tinha no pescoço.

— Não vai me apresentar aos seus amigos?

Mina soltou um suspiro resignado.

— Bom, já que não tenho opção... esses são Tedros e Niara, amigos da família. Essas são Oyö e Jamila, minhas irmãs.

O brilho malicioso dos olhos de Lin se intensificou.

— Ah, a irmã mais velha! Achei que você tinha me dito que ela odiava o Depósito e que nunca colocaria os pés aqui.

Semicerrei os olhos na direção da minha irmã, que fugiu do meu olhar e se voltou impaciente para a colega:

— Olha só, Lin, chega de joguinhos. Você pode nos ajudar ou não?

Ela nos avaliou por alguns segundos, até nós dar as costas e ordenar:

— Venham comigo.

Passamos sob um arco rosa neon e saímos do salão, adentrando o local em que aconteciam as batalhas de poderes, onde dois abençoados lutavam em um ringue, expostos para uma plateia que berrava insultos e fazia apostas altas. Extremamente desgostosa, observei a cena com um profundo asco, porque aquilo era um imenso desrespeito com nossas bênçãos. Elas deveriam ser usadas para ajudar pessoas e a nossa comunidade, não como um meio sujo de ganhar dinheiro e gerar entretenimento para ricaços fúteis.

Percorremos um longo corredor iluminado por lâmpadas coloridas, com uma onda de vozes aumentando conforme nos aproximávamos de sua saída. Para meu espanto, chegamos a uma grande arena, abarrotada de pessoas e espíritos. As arquibancadas eram iluminadas por lâmpadas azuis, e havia três telões espalhados pelo lugar, transmitindo o jogo que se desenrolava no centro do local, onde um campo holográfico flutuava no ar. Dez jogadores deslizavam velozes sobre ele, utilizando as mesmas botas tecnológicas que Amina tantas vezes levava escondida para casa, com propulsores azuis brilhantes nas solas que os permitiam voar a alguns metros do chão. Eles brigavam com ferocidade pela posse de uma bola luminosa, empunhando tacos de metal que possuíam um aro na ponta, energizado com um campo magnético que atraía a esfera brilhante sempre que se aproximava dela. A multidão foi à loucura quando um dos times fez o objeto passar por um dos gols suspensos no ar, em uma das extremidades do campo.

— E as vencedoras são as Leoas do Deserto! — anunciou o narrador.

Seguimos em frente, adentrando um corredor ao lado de uma das arquibancadas. Andamos mais alguns metros até Lin parar em frente à porta e abrir, nos dando espaço para entrar em um escritório sofisticado.

Ao entrar, nos deparamos com uma mulher de pé, em frente a uma janela e de costas para nós. Ela tinha dreads curtos e castanhos, trajava um elegante vestido preto que ia até as suas coxas e moldava com perfeição as curvas do seu corpo.

— Chefe, elas estão aqui — anunciou Lin, fechando a porta.

Devagar, ela se virou em nossa direção, mas seu rosto foi envolto pela fumaça do cigarro que descansava entre seus dedos. O som de seus saltos repicando pelo piso preencheu a sala quando se dirigiu a sua mesa com passos decididos, onde se sentou e apagou o cigarro em um cinzeiro. Longe da fumaça nojenta do tabaco, pude ver o seu rosto, e fiquei um pouco surpresa por ter me esquecido do quanto ela era parecida com a minha mãe. Ambas tinham o mesmo tom de pele escura, os lábios fartos e o gosto por brincos grandes e brilhantes. Mas a principal diferença entre elas estava nos olhos. Enquanto mamãe possuía o característico castanho da família e um brilho de atrevimento e inteligência, tia Farisa possuía íris negras que exalavam mistério e uma malícia ameaçadora.

Era como ver um fantasma do passado, que evocou as piores lembranças que eu aprisionava nos confins mais sombrios da minha mente. As recordações da noite no laboratório e da sua traição durante o julgamento da minha mãe despertaram um ódio violento, que subia pela minha garganta e me asfixiava com uma intensidade feroz. Aquela mulher tinha feito minha mãe perder o direito de usar seus poderes, o trabalho que tanto amava e a reputação impecável que havia construído como conjuradora espiritual. E o pior de tudo, o que nunca me faria perdoá-la: a sentença da minha mãe quase havia feito com que ela perdesse o direito sobre a minha guarda e a de Malik. Mesmo diante dessa injustiça, Farisa não tinha assumido os erros pela pesquisa e pela batalha no laboratório, e havia saído como uma vítima do "descontrole de poderes" de mama.

Nossa tia nos estudou com lentidão e curiosidade. Havia algo em seu olhar irritantemente calmo que eu não conseguia decifrar, como se existisse um mundo de ideias perigosas oculto por suas íris negras. Quando terminou de fazer sua inspeção meticulosa, os cantos dos seus lábios se elevaram em um sorriso astuto.

— Eu estava esperando por vocês. Deixe-me adivinhar: os velhos da Fundação não liberaram o acesso a minha pesquisa, não é?

Estreitei o olhar e crispei os lábios.

— Como você sabe disso?

— Eu escrevi grande parte do que há naquela pasta. Eles nunca iriam querer que outra pessoa lesse o que descobri. Especialmente agora, que ela está sendo comprovada pelos acontecimentos da última semana. — Ela se recostou na cadeira e sorriu satisfeita. — Além disso, eu fui criada como uma Ambade. Eu sei como damos valor a nossa família. Vocês não desistiriam tão fácil do irmão que está hospitalizado.

O fato dela estar tão bem informada sobre o assunto me deixou ainda mais irritada. Além da família e dos amigos próximos, ninguém tinha conhecimento sobre a alma perdida de Malik. E Farisa não era nenhum deles havia muito tempo, então como ela sabia?

— Ainda não entendeu? — provocou, como se lesse meus pensamentos.

Ela abriu os braços, apontando para si mesma e o ambiente sofisticado ao seu redor. — Eu sou a chefe do Depósito. Tenho olhos e ouvidos em cada canto desta cidade, nada acontece sem que eu saiba.

Todos arregalaram os olhos, e mesmo que eu também estivesse tão surpresa quantos eles, tentei manter minha face neutra e não dar o braço a torcer para sua exibição barata.

— Caramba, nem eu esperava por isso: uma tia chefona e mafiosa — sussurrou Amina, soltando um assobio perplexo.

Niara tentou disfarçar o riso com uma tosse forçada, ao passo que nossa tia a ignorou e continuou dando uma de sabichona rica.

— Acredito que a situação do menino seja pior do que eu pensava para a família Ambade ter vindo me procurar. — Ela me encarou com seus olhos perspicazes. — Eu conheço esse olhar de luto, de *perda*. Mais do que qualquer um em nossa família, eu sei pelo que vocês três estão passando. Me digam o porquê de terem vindo aqui, e eu verei como posso ajudar.

Quatro pares de olhos esperançosos se viraram em minha direção, à espera de que eu tomasse a frente e falasse. Respirei fundo e tentei engolir um pouco da raiva e do orgulho que me sufocavam, concentrando meu pensamento em Malik, e não no passado.

— Sim, a situação não está nada boa. A alma do meu irmão foi roubada e eu preciso descobrir um modo de ir resgatá-la em Mputu. Você e a minha mãe desenvolveram uma pesquisa sobre viagens dimensionais e... até tentaram pôr em prática. Eu preciso saber mais sobre essa pesquisa, acredito que ela possa ajudar.

Um sorriso irônico se delineou em seus lábios.

— E para isso precisou vir até aqui? A sua mãe não quis desenterrar a nossa pesquisa nem para salvar o próprio filho?

Cerrei os punhos e sustentei seu olhar, rebatendo em um tom decidido:

— Minha mãe só não quer remexer em um passado que ainda gera muitas consequências para nós. Ela tem medo de piorar as coisas, mas eu não. Farei o que for necessário para Malik se recuperar.

Diante da minha posição irredutível, seu sorriso provocador se estendeu.

— Você não é a primeira a tentar salvar alguém que perdeu, Jamila —

confessou ela, com um tom amargo. Me incomodou a forma como ela usou o verbo no passado, como se Malik tivesse partido. — Eu te entendo.

Um aperto doloroso no peito fez meu coração errar uma batida. Mesmo no tempo em que vivera na casa Ambade, Farisa falava muito pouco sobre a perda da única filha, minha prima e melhor amiga de infância. Ela faleceu um ano antes do incidente na Fundação, quando tinha apenas cinco anos, só um a menos do que eu na época.

— Do que ela está falando? — perguntou Mina, impaciente com todo o mistério.

Depois da traição e da partida de Farisa, ninguém mais da família tinha tocado em seu nome a fim de poupar minha avó do sofrimento, que, após procurar a filha por meses, a encontrou somente para perceber que ela não planejava retornar para casa. Vovó levou anos para se recuperar, porque Farisa havia provocado uma ferida eterna no coração de sua mãe. Assim, decidimos enterrar sua história, e quando notamos, ela já tinha sido esquecida. As crianças Ambade que nasceram após Malik ouviam alguns cochichos raros sobre uma prima que morreu jovem e uma tia que havia cortado relações com a família, mas ninguém tinha coragem de perguntar para os mais velhos. Era um verdadeiro tabu em nossa casa.

— Eu procurei diversas maneiras de trazer a minha Ana de volta, mas nenhuma delas funcionou. O único propósito pelo qual comecei aquela pesquisa foi por ela, para trazê-la de volta para mim. Claro que eu não contei isso à sua mãe, porque eu sabia que ela não concordaria.

— Então trazer pessoas de outra realidade era o real objetivo da pesquisa — afirmei.

Ela assentiu.

— Mas não o único. O nosso objetivo principal era conseguir transpor a barreira e restabelecer a viagem entre mundos. Como uma emere que sempre desejou ser livre, sua mãe topou imediatamente ser minha parceira de pesquisa, sem saber que tudo não passava de uma maneira para chegar até minha filha em Mputu.

— Ela teria te ajudado se tivesse contado a verdade — disparou Amina.

— Não, ela não teria. A nossa pesquisa já era um ato explícito de traição às leis meroanas. Trazer a alma de um ente falecido por vontade própria era ainda pior, porque era um ato de desordem contra todas as leis da Teia Sagrada. Sua mãe nunca faria uma coisa assim, porque ela sabia que afetaria não apenas ela, mas também vocês e seu pai. — Sua face se contorceu com um asco profundo.

— Dandara sempre amou vocês mais do que tudo, e não faria nada para machucá-los. Nem mesmo por mim. A nossa parceria começou a dar errado quando ela descobriu e tentou fazer o ritual das portas sozinha. Tudo saiu do controle naquela noite, quando ela foi a primeira emere a abrir uma porta para um dimensão desconhecida. Você se lembra das cinzas que saíram da fenda, Jamila?

Meus olhos se arregalaram e um sinal de alerta se acendeu dentro mim, ao mesmo tempo em que minha mente viajava para os matebos de cinzas. Troquei um olhar cheio de significado com Tedros e Niara, conforme as peças do quebra-cabeça iam se juntando em minha mente.

— Antes daquela noite, vocês já acreditavam na existência de outros níveis de realidade? — perguntou Nia, ansiosa diante do quebra-cabeça que ia se encaixando.

Ela deu de ombros.

— Era uma possibilidade, mas não o principal foco da pesquisa. Nosso objetivo era derrubar a barreira e alcançar o mundo espiritual, o que já era um desafio grandioso. O fato da sua mãe ter acessado outra dimensão foi um acidente. Mas, durante nossas investigações, percebemos que existiam elementos mal explicados nas histórias antigas. Um exemplo é a citação de um misterioso minério chamado cítrio, utilizado por Nzinga para aprisionar o Rei-Muloji.

— Sim, exato! — concordou minha amiga, eufórica. — Eu li sobre isso. Vocês descobriram algo mais sobre ele?

— Não, ele ainda é uma incógnita para a humanidade. Minha irmã e eu concordamos que ele deveria ser algum tipo de metal especial, talvez até dimensional, que foi extinguido no mundo físico. A porta que Dandara abriu anos atrás, a aparição daqueles matebos estranhos na ponte e o ataque que vocês sofreram reforçam ainda mais essa teoria — concluiu Farisa.

— Já havíamos teorizado sobre isso na Fundação. Me conte mais sobre a pesquisa — pedi. — Vocês descobriram como viajar?

— Dandara e eu marcamos de tentar juntas, mas brigamos quando revelei minha intenção de encontrar Ana, e assim não o fizemos. Então sua mãe tentou fazer sozinha para me poupar "de cometer um erro", e você sabe como terminou. Por culpa do egoísmo dela, nunca conseguimos viajar.

Aquilo fez uma onda intensa dentro de mim me afogar no ódio que eu tentava conter.

— Olha só, eu entendi que houve todo um terrível desentendimento com a minha mãe no passado, mas você nunca pensou que deveria dizer algo a mim e ao meu irmão também? Ao menos um pedido de desculpas?

Ela se manteve impassível, e isso serviu apenas para me enfurecer ainda mais.

— Eu estava assustada naquele dia, sem saber o que estava acontecendo — continuei. — Logo depois daquele desastre, quase fui tirada da minha mãe porque *você* mentiu no julgamento e colocou toda a culpa nela: pela destruição do laboratório, por ter quebrado as leis da barreira, por Malik e eu estarmos no local e quase sermos feridos. Para piorar a situação, você teve a capacidade de quase revelar a todos que eu também era emere. Por muito pouco não fomos levados a um orfanato por ter uma mãe "irresponsável e negligente", enquanto você se passou por vítima e apunhalou a própria irmã pelas costas! Se não fosse o depoimento do meu pai e da vovó, que é tão respeitada na cidade, nem sei o que teria acontecido conosco. — Meu corpo inteiro tremia violentamente devido à dor e ao turbilhão de emoções que aquele assunto me causava, enquanto eu despejava tudo o que havia enterrado dentro de mim durante onze anos. — Você consegue imaginar o quão assustador foi tudo isso para duas crianças?!

Ela não respondeu, e não houve uma mínima alteração em sua expressão neutra. Bufei furiosa, e Oyö tocou a minha mão na tentativa de me confortar. Decidi acabar logo com aquele teatro. Eu só precisava de mais informações para deixar aquela mulher maldita para trás de uma vez por todas.

Funguei e engoli as lágrimas, respirando fundo e aprumando os ombros antes de dizer:

— Você *tem* que me contar como encontrar o meu irmão. Você nos deve isso. Mesmo que você e a mamãe nunca tenham conseguido realizar o ritual das portas para restabelecer as viagens, podem ter descoberto outras maneiras de chegar até o mundo espiritual.

— Você derrubou a barreira sozinha e conseguiu abrir uma porta sem treinamento, Jamila. Não estou entendendo por que está aqui procurando meios para realizar uma coisa que você já fez.

— Eu não sei como eu fiz aquilo — rebati frustrada, dando um passo à frente. — O cetro de Makaia era muito poderoso, foi ele quem fez metade do trabalho. O máximo que já realizei como emere foi me teleportar por poucos metros no quintal da vovó.

Farisa soltou um suspiro irritado.

— Tudo bem. Se você não consegue se teleportar e abrir portas, vai ter que viajar do modo tradicional: pelos Portos.

— Pontes, portas, portos — resmungou Tedros, coçando a cabeça com um olhar perdido. — Isso está me deixando perdido.

Minhas irmãs e Nia assentiram em concordância, com a mesma expressão confusa.

— Portas e pontes são produzidas apenas por emeres — explicou Farisa. — As pontes eram os caminhos entre mundos que ficavam sempre abertos para receber seres dimensionais ou enviar viajantes, diferentemente de uma porta, que fica ativa por apenas alguns minutos. Antes existiam várias pontes, mas todas sumiram após a criação da barreira e suas localizações se perderam com o passar do tempo. Os portos foram os únicos a não serem afetados, porque eles não são criações emeres, existem desde o início dos mundos. São para onde as almas dos mortos se dirigem para fazer a Travessia depois da morte.

— E onde ficam esses portos? — questionou Tedros.

— Eu não sei. Apenas os espíritos viajantes conseguem encontrá-los, como emeres, gênios e espíritos recém-falecidos. Eu aconselho que procurem por um gênio, pois eles costumam transitar entre os mundos por meio dos portos, trazendo mensagens do mundo espiritual para os humanos.

— Pelos ancestrais, e como achamos um gênio? — Passei a mão pelas minhas tranças, exasperada. — Eles são rápidos, astutos e possuem o poder de se metamorfosear. Não são fáceis de serem encontrados.

— Exato — disse minha tia, abrindo um sorriso divertido. Onde ela estava vendo graça em um assunto tão complicado? — Mas isso se aplica aos gênios mensageiros que possuem plenitude sobre seus poderes. Para a sorte de vocês, conheço um que perdeu o cargo e não é tão poderoso quanto os seus iguais, assim não será tão difícil de encontrá-lo. Ele vive no Bairro das Camélias, escondido e esquecido pelos seus. Seu nome é Obin.

— Obin. Certo, vamos encontrá-lo. — Ansiosa para dar o fora dali, fiz menção de sair da sala. Mas eu sentia que algo estava errado, ela havia nos fornecido muitas informações com uma boa vontade questionável. Por isso, me virei para ela novamente. — Por que está nos ajudando?

— Porque é do meu interesse que seja regularizada a volta das viagens, isso beneficiaria muito os meus negócios. E o mais importante: vocês irão poder trazer a minha filha de volta.

A ideia foi tão chocante e absurda que me fez gargalhar alto. Trazer uma pessoa já falecida há tanto tempo era impossível. Porém, quando Farisa continuou séria, o riso morreu em minha garganta.

— Tá brincando, não é?

— Não — respondeu ela, com uma determinação sombria e um tom de voz gélido.

A indignação e a surpresa se espalharam pelas feições do grupo. Tedros já balançava a cabeça em uma negativa, Oyö e Nia estavam chocadas demais para dizer algo, e Amina estava de braços cruzados com uma careta zangada de quem desejaria muito dar um tapa na própria tia a fim de trazê-la para a realidade.

Encarei Farisa por um longo instante, e o luto presente em seu olhar era forte como se Ana tivesse partido ontem. Aquele detalhe me fez concluir que ela não desistiria da ideia. Que, na verdade, nunca havia desistido, mesmo depois de tantos anos.

— Ela se foi há muito tempo, Farisa. Agora eu compreendo a dor que é perder alguém que se ama. Mas a morte para nós, natsimbianos, não é o fim. É uma transformação e um recomeço. Uma Travessia deste mundo para outro.

Vivemos em uma realidade cíclica: nascimento, morte e renascimento. Você ainda encontrará Ana em algum momento desse ciclo, mas não é possível quebrá-lo trazendo alguém dos mortos antes que seja a hora da alma retornar.

— É o que está tentando fazer com seu irmão, pequena hipócrita — rebateu ela, ácida.

— Não. O meu irmão ainda está vivo, a alma dele foi *roubada*. Retiraram dele o direito de lutar por essa encarnação, e nós queremos devolver isso a ele.

— Eu não pedi a você que me desse uma aula sobre a nossa cultura, Jamila. — Ela se levantou em um rompante, fazendo a cadeira deslizar bruscamente para trás. Seus lábios pintados com um batom escuro tremiam e seus olhos faiscaram como fogo. — Vocês irão trazer a minha filha, ou quando voltarem de Mputu, eu os denunciarei para o ministério por viajar entre as dimensões. Eles vão adorar ter uma prova para culpá-la por todos os problemas atuais de Méroe.

Um clique soou pela sala, e em seguida a nossa conversa preencheu o ambiente. Ao me virar na direção do som, encontrei Lin com um gravador nas mãos, exibindo um sorriso vitorioso.

— Mas que grande cuzon... — começou Amina, revoltada, dando um passo em direção à garota. Eu a impedi estendendo uma mão a sua frente, enquanto Oyö agarrava a outra com mais força, tensa com a situação.

Virei-me na direção de Farisa novamente e disse:

— A conversa também envolve você. Vai nos incriminar junto com você?

— Eu tenho um acordo com a guarda real sobre o meu Depósito: os espíritos que servem a mim trazem do outro mundo algumas coisinhas que são do interesse deles, e em troca fazem vista grossa sobre o contrabando e qualquer outra coisa que realizo aqui dentro. Muitas vezes, eu também presto favores denunciando procurados super valiosos para eles, porque este é um lugar para onde eles sempre correm. — Ela olhou na direção de Niara e Tedros, em uma clara provocação ao passado deles.

Tedros cruzou os braços e fechou a cara, ao passo que Niara cerrou as mãos trêmulas. Ao meu lado, Mina lançava um olhar mortal para a tia, a amaldiçoando com dez nomes diferentes apenas com os olhos, ao passo que Oyö cravava as unhas no meu braço e se escondia atrás de mim. Eu me limitei apenas a suspirar, exausta daquele papo de maluco.

— Você não está me entendendo — tentei mais uma vez. — Salvar a alma de alguém que ainda está vivo, mesmo que apenas por um fio, é muito diferente de resgatar um espírito que fez a Travessia, que já não possui um corpo disponível no mundo físico.

— Dos detalhes cuido eu, Jamila. Você vai seguir o acordo ou deseja que eu já peça para Lin acionar a guarda?

Para ilustrar, ela abriu uma caixa transparente embutida no tampo da sua mesa, onde havia um botão dourado. Bufei irritada.

— Tá, tudo bem. Vamos trazer Ana também — respondi por fim, fazendo minhas irmãs e meus amigos me encararem incrédulos.

— Ótimo. Esse é o endereço em que encontrarão Obin. — Ela fez um sinal e Lin entregou um papel para mim. — Agora vão, e só voltem quando tiverem Ana com vocês.

Saímos do prédio com a ameaça pesando em nossos ombros. Logo que chegamos ao carro, com Lin ainda nos observando de longe, Amina soltou um suspiro aliviado.

— Ainda bem que essa figura não faz mais parte da família. Os almoços de domingo seriam um campo de guerra com ela presente.

A piada dissipou um pouco da tensão que se instalara e nós rimos do seu olhar indignado.

Estávamos prestes a entrar no carro quando uma sombra gigantesca se avultou sobre nós. Franzindo a testa, ergui o olhar e meu corpo gelou com o que vi: uma enorme figura alada com penas negras se empoleirava sobre a placa neon do depósito, fazendo com que a luz rosa iluminasse parcialmente seu rosto sinistro, no qual um pequeno sorriso perverso surgiu quando nossos olhos se encontraram. O rosto humano foi engolido por penas e um bico preto pontiagudo surgiu onde eram os lábios, completando a transformação de um humano em um pássaro sinistro de três metros.

— Entrem no carro! — ordenei, já abrindo uma das portas de trás. Empurrei Oyö para dentro e afivelei o cinto sobre seu peito.

— Mas o que... — dizia Tedros.

— Agora! — gritei, me sentando ao lado de Amina.

Sem pestanejar, Niara abriu a porta e ocupou o banco do motorista, jogando sua mochila no banco do passageiro. Ela ligou o veículo, que produziu um ronco potente. Em resposta, o impundulu soltou um grito estridente e estendeu as imensas asas negras, fazendo com que meus amigos finalmente o vissem.

— Vai, vai, Niara! — gritou Oyö, em desespero.

O carro saiu cantando pneu em alta velocidade pela rua estreita, ao mesmo tempo em que o monstro enorme alçou voo e passou a nos seguir, soltando mais um grito terrível, dessa vez mais longo. Arrisquei um olhar para trás, afastando as tranças que ricocheteavam em meu rosto. Soltei um palavrão quando vi pequenas figuras saírem dos becos escuros conforme o grito do impundulu se estendia pelo ar, fazendo-o vibrar com uma convocação aos seus amigos das trevas. Uma dezena de pequenos seres atarracados se uniram ao pássaro e nos perseguiram em uma velocidade assustadora.

— Pelos ancestrais, que bando de bichos feios são esses?! — gritou Amina, com os olhos arregalados e agarrada ao seu cinto de segurança.

— A única coisa que você deve saber agora é que a ave feia e gigantesca gosta de beber o sangue de suas vítimas, e os pestinhas cabeludos disseminam doença e caos — resumiu Tedros.

— Pelos ancestrais, a gente tá lascado! — foi a resposta brilhante da minha irmã. — Põe esse carro pra voar, Niara!

Nia puxou a alavanca que deveria retrair as rodas e elevar o carro para o céu, mas nada aconteceu. Ela tentou repetidas vezes, porém o automóvel não respondeu aos seus comandos.

— Gente... eu acho que não podemos voar.

Ah, droga.

Somos salvos por espíritos enraizados

O painel de controle do carro, onde ficava o volante e outros botões, piscava enlouquecido. Quando Nia voltou a puxar a alavanca, ao invés do carro voar, o teto se abriu e as janelas baixaram.

— Feche isso ou esse monstrengo vai arrancar as nossas cabeças! — berrou Amina, alternando o olhar entre o pássaro que nos sobrevoava e Niara no banco da frente, que socava com raiva o botão que deveria realizar essa função.

— Eu tô tentando, mas pelo jeito esse botão também não está a fim de funcionar.

— Eu pensei que a Fundação tinha carros melhores — cuspiu Mina, revoltada, se segurando em mim quando o carro deu um solavanco e a jogou para a frente.

O modelo do aerocarro era um conversível de última geração, um dos mais velozes de Méroe. Acontece que monstros espirituais poderosos como um impundulu possuíam o poder de danificar tecnologia com sua energia negativa. O maldito pássaro deveria ter sabotado o automóvel enquanto estávamos no Depósito. Sem o teto em nossas cabeças, ficamos expostos aos seus ataques pelo ar, porém, como a parte traseira era espaçosa — com dois bancos um de frente para o outro, e um espaço entre eles onde um adulto poderia esticar as pernas —, nos permitia ficar de pé e nos movimentar para a batalha iminente.

— Nia, foca em manter a velocidade e tentar nos tirar do chão — orientei, me levantando sem tirar os olhos dos inimigos. — Tedros e Mina, vamos dar cobertura a ela enquanto isso.

Em um movimento sincronizado, os dois ativaram seus braceletes, chocando seus pulsos. Suas mãos foram iluminadas pela energia verde do mundo físico, com fios que se desprendiam da sua magia e se conectavam com o ambiente ao nosso redor: o asfalto, as paredes dos prédios e os letreiros neon. Triângulos verdes brilhantes se formaram ao redor de suas mãos, se entrelaçando e girando ao redor delas.

Sem conseguir segurar minha preocupação, coloquei uma mão no ombro de Mina para chamar sua atenção e a orientei em um tom calmo:

— Sei que nosso pai te ensinou bem, mas ainda assim é um treinamento caseiro, não um profissional. Você ainda não foi treinada para batalha, Mina, então seja cuidadosa.

Ela assentiu determinada, mas estava tão concentrada em nossos perseguidores que duvidei que tivesse me ouvido. Na verdade, ela raramente me ouvia.

Mesmo sendo pequenos, os tokoloshe — era como chamavam os pequenos bichos bizarros — corriam em uma velocidade assustadora, utilizando as pernas e os braços longos para percorrer o asfalto e pular pelos prédios que ladeavam a rua. A pele deles era a mistura de um marrom escuro com um verde musgo, semelhante à lama do fundo de um rio lodoso, além de ser coberta por pelos. Tinham orelhas grandes e pontiagudas, olhos pequenos e diabólicos, e bocas enormes de onde saíam dentes afiados quando soltavam ruídos de ódio contra nós.

Sob um grito de comando da ave gigantesca que nos sobrevoava, a multidão de diabinhos se armou com pedras que retiraram dos trapos que usavam como cangas. Quando uma saraivada delas foi jogada em nossa direção, Oyö se encolheu no banco do carro e protegeu a cabeça, porém Tedros foi mais rápido e as transformou em pó, fazendo com que caíssem sobre a traseira do carro.

Fixando sua atenção no asfalto, Amina esticou as mãos na direção do chão e se concentrou. Elaborando movimentos rápidos e decididos, ela manipulou o estado da matéria e fez com que a rua perdesse sua solidez, fazendo-o ondular como um tapete traiçoeiro, jogando os tokoloshe para trás e impondo uma boa distância entre nós. Alguns se desviaram e pularam nas paredes dos prédios que ladeavam a rua, voltando para o chão logo que o asfalto retornou ao seu estado normal. Enquanto isso, Tedros continuou cuidando das pedras que eram jogadas em nossa direção, transformando-as em pó ou fazendo com que elas se tornassem intangíveis, atravessando nossos corpos e caindo no chão do carro.

— De onde esses bichos vieram? Por que estão atrás de nós? — perguntou Oyö.

— Os tokoloshe são criados por mulojis para realizarem serviços sujos contra seus inimigos. E o pássaro grandão é um impundulu. — Bati meus braceletes ao mesmo tempo em que explicava, ativando-os, sem desviar os olhos do animal de penas negras. — Ele é o familiar de um muloji, que devora os inimigos do seu mestre e bebe o seu sangue.

Oyö soltou um gemido aterrorizado e se encolheu ainda mais no banco.

— Se segurem! — gritou Nia, antes de fazer a curva em uma esquina, entrando em mais uma longa rua mal iluminada.

Me agarrei à lateral do carro, e Tedros segurou a gola da camiseta de Amina quando ela quase caiu para fora.

— Está tentando nos matar também, Niara? — berrou a pequena, tirando uma mecha de cabelo que fustigava o seu rosto devido ao vento.

— Se você reclamar mais uma vez, na próxima esquina eu te jogo para fora de propósito! — rebateu minha amiga, desviando de um grupo de pessoas que se escondiam nas sombras, trocando algo entre si furtivamente. Pela velocidade, não consegui enxergar direito, mas cenas como aquela eram comuns para o Bairro das Corujas.

Não demorou muito para os monstros perseguidores nos alcançarem. Mina e Tedros se ocuparam com os tokoloshe, ao passo que eu me concentrei no impundulu. Como não tinha nenhuma arma ao meu alcance, eu precisava usar toda a minha magia espiritual para desnorteá-lo e afastá-lo do carro. Assim, projetei parte da minha aura astral no mundo físico, fazendo com que meus braços fossem envolvidos pela minha energia espiritual, que se moldou a eles como uma armadura azul cintilante. Quando a ave mergulhou em nossa direção em um ataque, concentrei toda a minha força física e espiritual em meu braço direito, com o qual desferi um soco certeiro no meio de seus olhos. Atordoado, o pássaro soltou um grasnado estridente e se afastou por um momento, balançando a cabeça na tentativa de afastar a dor e a confusão.

Devido ao choque do impacto que percorreu o meu braço, cambaleei para trás e escorei minhas costas no banco para recuperar o equilíbrio e o fôlego. No mesmo instante, Amina soltou um berro indignado que chamou minha atenção para os tokoloshes restantes na perseguição. Os pestinhas retiravam pedras verde musgo das cangas e as engoliram, tornando-se invisíveis. No mesmo instante, Tedros encaixou seu óculos-que-tudo-vê atrás das orelhas, enquanto Amina teve que contar com a sorte.

— Niara, põe esse carro para voar ou a gente tá frito! O impundulu logo vai se recuperar e voltar com ainda mais raiva — gritei.

— Eu tô tentando! — gritou em resposta, brava.

Não demorou muito para que eu também me tornasse alvo dos tokoloshes. Agora que estavam invisíveis, eles conseguiam se aproximar do carro com facilidade. Conseguíamos perceber a sua presença apenas quando sentíamos seus toques gosmentos em nossos braços e pernas.

Uma saraivada de pedras veio em minha direção, jogadas por uma mão invisível. Expandi a armadura astral para todo o meu corpo, fazendo com que as pedras batessem nela e caíssem sobre o assoalho do carro. Mas as pestes estavam mais perto do que imaginei. Um deles conseguiu nos alcançar correndo pelas paredes e se jogando sobre a cabeça de Oyö, que, desesperada, começou a se debater ao sentir o ser invisível sobre seu cabelo. Niara fuçou com uma mão na mochila jogada no banco do passageiro, enquanto alternava o olhar entre o objeto e a rua. O carro deu uma guinada violenta para o lado quando ela tentou impedi-lo de bater na lateral de um prédio.

— A gente vai morrer com essa cientista louca dirigindo! — berrou Mina.

Nia a ignorou e finalmente conseguiu pescar algo dentro da bolsa. Pelo canto dos olhos, vi ela sacar seu blaster e mirar no bichano sobre Oyö, mas a caçula não parava de se debater.

— Que droga! — gritou a cientista desistindo, irritada.

Quando uma esquina apareceu, ela virou o aerocarro bruscamente, nos fazendo segurar com força nas laterais do carro novamente para não cairmos. O tokoloshe que atacava Oyö não teve tanta sorte e caiu para fora.

— Como se derrota essas pestes? — gritou Amina, exausta, sacudindo a perna direita para fora do carro na tentativa de se livrar de um pestinha invisível agarrado nela.

— Não vamos conseguir segurá-los para sempre! — berrou Tedros.

Eles tinham razão, e para piorar a situação, o impundulu se aproximava mais uma vez, dando bicadas insistentes sobre nossas cabeças na tentativa de arrancar alguma para devorar. Dessa vez, ele estava mais rápido, batendo as asas para longe do alcance do meu braço quando eu ameaçava desferir um novo soco.

Nesse momento, saímos do labirinto de ruas desertas do Bairro das Corujas para um lugar mais aberto, que logo identifiquei como uma praça arborizada. As pessoas que transitavam pelo local saíram correndo aos berros logo que viram os bichos que nos perseguiam, dificultando o trabalho de Nia, que tentava não atropelar ninguém.

Em meio ao caos, avistei a aura verde azulada dos Bassímbis brilhar no tronco das árvores e na bela fonte que jorrava água, e uma ideia se acendeu na minha cabeça.

— Niara, reduz a velocidade! — ordenei.

— O quê?! — gritaram ela e Oyö em uníssono.

— Agora!

Mesmo sem entender, Nia confiou em mim e obedeceu. Fechei os olhos e me concentrei em cada espírito da natureza que conseguia sentir ao meu redor, que estavam agitados com a presença profana dos tokoloshes e do impundulu se aproximando de sua morada sagrada.

Meu nome é Jamila Ambade e eu preciso da ajuda. Sei que vocês são espíritos que não gostam de agitação e muito menos violência, mas o seu habitat está sendo atacado. Eu preciso da ajuda de vocês, por favor!

Os espíritos vibraram em negação, resistindo ao meu contato. Ondas de irritação transbordaram deles e atingiram a minha aura, interferindo em nossa ligação. Cerrei os dentes devido ao esforço mental, mas continuei firme.

— Jamila, por todos os ancestrais! Seja o que estiver fazendo, faça logo, eles estão nos alcançando! — berrou Tedros.

Por favor! Precisamos de vocês!

Quando os tokoloshes invisíveis irromperam pelo parque gritando, berrando, pulando entre os galhos das árvores e sujando a fonte com seu toque maléfico, os Bassímbis ficaram em alerta, e foi nesse instante que meu plano começou a funcionar. Os Bassímbis eram espíritos benévolos que, diferentemente das outras classes, tinham sua essência vital ligada e fixada em lugares específicos da natureza como árvores, florestas, jardins, rios e fontes. Assim, naquele parque cheio de beleza natural, havia dezenas de espíritos que se assentaram ali ao longo dos séculos. Por esse motivo, eles eram chamados de "espíritos enraizados", que prezavam a paz e tranquilidade acima de tudo. Mas eu havia aprendido em minha carreira de agente que eles eram defensores ferrenhos de seus lares quando necessário, como acontecia naquele momento.

Com a ameaça pairando sobre sua casa, os espíritos aceitaram a ligação, nos tornando uma unidade que agia e pensava em sincronia. Abri os olhos, e agora minha aura brilhava em tons de verde e azul enquanto os espíritos irrompiam da fonte, dos canteiros e das árvores espalhadas pelo parque, feitos desses próprios elementos: terra, água, folhas e galhos. Eles se chocaram contra os tokoloshes, bradando furiosos em sua própria língua antiga. Alguns espíritos das árvores estenderam seus galhos em direção ao céu, agarrando o impundulu e o prendendo em uma gaiola de ramos. O pássaro bicou e grasnou irritado, mas não conseguiu se libertar.

Ao mesmo tempo em que eu coordenava o ataque sob o olhar incrédulo de minhas irmãs mais novas, Tedros gritou para Niara:

— Bota velocidade nesse carro, Nia!

Ele não precisou dizer duas vezes. Antes que os espíritos saíssem de vista, murmurei um agradecimento mental para eles e desfiz nossa ligação.

Com os nossos inimigos longe, suspirei de alívio e desabei de cansaço sobre o banco. Tedros pulou para o banco do passageiro e Niara tentou uma última vez acionar a alavanca de voo.

— Está mesmo quebrada — constatou, suspirando cansada. — Vamos ter que seguir por terra até o Bairro das Camélias, o que vai demorar um pouco mais.

Mina limpou o suor da testa com irritação e deitou a cabeça no encosto do banco.

— Por mim tudo bem, desde que não haja monstros assassinos na nossa cola.

— Descansem, vocês duas — disse às minhas irmãs, afagando a cabeça de Oyö quando ela deitou em meu colo.

Tedros se virou no banco e me lançou um olhar pensativo, dizendo:

— Parece que o feiticeiro não queria apenas incriminá-la na noite do acidente. Ele queria culpar uma Jamila *morta*, que não teria chance de se defender.

Inclinei a cabeça e considerei o que ele disse por alguns instantes, confusa.

— Como assim?

— Aquele familiar de feiticeiro só pode ser dele. Pensem comigo — continuou ele —, por que ele mandaria o próprio bichinho de estimação para te matar depois de você já ter dado o que ele queria?

— E porque ele deixou o cetro com você após o ritual? — emendou Nia, sem tirar os olhos da estrada. — Isso me deixou desconfiada. Ele poderia ter ficado com aquela arma rara e poderosa.

Uma lembrança do que mamãe me contou quando acordei foi evocada em minha mente: *Nos contaram que, quando chegaram no local do acidente, o cetro de Makaia estava com você.*

— Mas não levou. Porque ele queria me incriminar. — Isso eu já sabia, pois havia ficado bem claro quando tinha conversado com meus pais no hospital.

Meus amigos assentiram.

— Sim, mas incriminar uma emere morta, que não poderia se defender e contar o que realmente aconteceu. Ele acreditou que você não sobreviveria ao ritual — explicou Tedros —, e por isso deixou o cetro na cena do crime como uma peça para a cena falsa que tentou criar: uma traidora aliada a um matebo esquisito morreu ao ajudá-lo a executar um feitiço perigoso demais. Mas você sobreviveu e atrapalhou os planos dele.

— Agora ele está tentando te tirar da jogada, porque você sabe quem ele é e não vai descansar enquanto não encontrá-lo para acabar com a raça dele e achar o nosso irmão — concluiu Mina, que até o momento ouvia tudo com atenção em silêncio.

Cerrei os dentes e olhei para a paisagem que passava rápido ao nosso lado devido à alta velocidade do carro.

— Se aquele feiticeiro acredita que mandar os seus capangas para me matar irá me assustar, ele está muito enganado. Ele não sabe até onde eu sou capaz de ir para salvar a minha família.

Após essa breve conversa, passamos o resto do caminho em um silêncio reflexivo.

Bem-vinda à vida de celebridade, você vai odiar!

Enquanto percorremos o Bairro das Camélias, pude perceber a diferença gritante entre ele e o restante de Méroe. Havia pouquíssimos prédios com no máximo quatro andares, o restante eram casas simples, pintadas com símbolos e grafismos desbotados pelo tempo. A rua calçada com paralelepípedos também era pintada, resquícios dos festivais anuais comemorados pelos emeres. Não havia o tráfego caótico das ruas do centro, e os automóveis magnéticos que flutuavam por elas eram muito antigos, lentos e barulhentos, com a lataria encardida e gasta. Eram modelos movidos por tecnologia ultrapassada, sem o auxílio da milagrosa energia espiritual.

— Méroe é conhecida por ser o paraíso tecnológico de Natsimba — disse Nia, seus olhos perspicazes estudando o cenário. — Mas não para todos. Não para as linhagens mais baixas. Não para emeres.

No entanto, a simplicidade do lugar o coroava com uma atmosfera aconchegante e receptiva. Os muros do bairro foram pintados com cenas que contavam histórias que reconheci dos relatos de vó Zarina. Plantas mágicas se espreguiçavam nos parapeitos das janelas abertas, por onde a brisa refrescante entrava para aplacar o calor da noite. Algumas pessoas estavam sentadas em frente às suas casas em banquinhos de madeira, conversando animadas, tocando sambas e cantando em uníssono.

Ao observar as poucas pessoas que andavam pelas ruas ou estavam sentadas nas calçadas conversando, me perguntei se todas elas eram emeres. Pessoas como eu. Na verdade, não *exatamente* como eu. Elas pareciam... livres.

Bem consigo mesmas. Suas expressões eram suaves e despreocupadas, seus ombros não pareciam tensos devido ao peso de esconder um segredo tão antigo.

Porém, ao se depararem com a nossa chegada em um aerocarro que ostentava o símbolo da Fundação, as conversas, os risos e a música foram morrendo conforme avançávamos pela rua. Dezenas de olhares desconfiados se prenderam em nós, alguns tão sérios e afiados que me fizeram desviar o meu.

— Parece que eles não gostam muito de visitas — sussurrou Amina, em tom de deboche.

— Em especial de agentes de uma organização que expulsou seus antepassados após anos de serviço e lealdade — emendou Nia, com um olhar ansioso.

— Fiquem quietas, eles podem nos ouvir — disse eu. — Foquem em quem temos que encontrar.

Mesmo diante da aversão palpável que se alastrava pelo ar como um perigoso veneno, seguimos pelas ruas pedindo informações sobre o tal gênio Obin. Poucos respondiam, nos olhando desconfiados e se afastando com rapidez. Por fim, chegamos ao lugar indicado por um senhor, um prédio amarelo de dois andares, com duas janelas ao lado de uma porta dupla de madeira.

Quando entramos, fomos recebidos por uma lufada de ar quente, uma onda de vozes e música animada. O pequeno salão estava abarrotado de pessoas, que comiam e bebiam sentadas às mesas redondas ou dançavam sob o som do violão e do cavaquinho. Vestidos com roupas leves e coloridas, os emeres imergiam o salão em um mar de cores dançantes que eram realçadas pelas luzes do teto. Eles pareciam muito felizes, como se estivessem comemorando algo importante.

Procurei com o olhar algum espírito, mas não encontrei nenhum. O salão estava muito lotado, mal conseguimos dar alguns passos para longe da porta. Assim, decidi abordar um grupo de rapazes sentados à mesa mais próxima, com copos nas mãos e olhos desfocados que indicavam que eles estavam bebendo havia um bom tempo.

— Ah, olhem só! Gente nova! — exclamou um deles, logo que os cumprimentei. Ele era alto mesmo estando sentado, tinha cabelo crespo e volumoso, um nariz largo, pele acobreada e um sorriso que vinha fácil aos lábios.

— Bem-vindos! Não costumamos receber tantos visitantes. Vieram ver alguma parente?

— Ah, não — respondi. — Estou procurando por um gênio chamado Obin. Preciso da ajuda dele para uma missão.

O rapaz pareceu levemente surpreso com as minhas palavras, pois se virou aos amigos e disse:

— Ouviram essa, gente? Obin. Em uma missão.

Os outros garotos gargalharam alto.

— Querida, você sabe que ele...

— Foi rebaixado, eu sei. — Aquele "querida" e a condescendência em sua voz me irritaram. — Eu só preciso conversar com ele. Você sabe onde eu posso encontrá-lo ou não?

O cara arqueou uma sobrancelha e me estudou dos pés à cabeça, a curiosidade e a desconfiança brilhando em suas íris negras.

— Por que uma externa está tão interessada na ajuda de Obin a ponto de vir até o Reduto?

— Reduto? — repetiu Nia, confusa.

— Sim, é como chamamos o nosso lar. Reduto das Camélias, o primeiro bairro de Méroe. Aquele que resistiu ao Rei-Muloji no Regime de Ferro. Aquele que lutou para sobreviver depois da Guerra Emere. Vocês, forasteiros, são todos iguais. Nunca sabem nada sobre nós e o nosso lar — rebateu o rapaz, em um tom ácido. Em seguida, ele voltou sua atenção para mim novamente. — Como é o seu nome?

— Jamila Ambade — respondi em tom de afronta, aprumando os ombros.

Uma exclamação perplexa varreu a mesa, olhos se arregalaram e bocas se escancararam. O rapaz com quem eu falava se atrapalhou com o susto e derrubou o copo de bebida que segurava, atraindo alguns olhares curiosos das mesas próximas. Uma atendente que passava no momento ouviu o meu nome, deixou a bandeja cair e me encarou completamente em choque.

Uma garota do meu lado puxou as minhas mãos e as analisou com olhos arregalados, ostentando um olhar perplexo ao contemplar as marcas do julgamento do martelo em minhas palmas.

— É ela mesmo. Vejam, ela tem as marcas do santo martelo! — gritou, levantando uma das minhas mãos para que todo o salão visse.

O meu nome se alastrou pelo local de boca em boca, como fogo em uma trilha de gasolina. Aos poucos, os sons das conversas foram morrendo, os dançarinos interromperam a dança e a música parou conforme cabeças e olhos se voltavam em minha direção.

Assustada, puxei minha mão do aperto da garota e me afastei.

— Tudo bem, isso está ficando perturbador — murmurei, encarando todos aqueles rostos. — O que está acontecendo?

— Você é ela, a jovem que derrubou a barreira — disse um dos garotos da mesa.

— Foi você, não foi? — perguntou uma mulher, saindo da pista de dança e se aproximando de mim, me encarando com olhos brilhantes de admiração. — Que enfrentou o Rei-Muloji e derrubou a barreira que nos impedia de viajar.

— B-bom, não foi b-bem assim, mas... eu... derrubei a barreira.

Uma onda de vivas e palmas explodiu com a minha declaração, me sobressaltando. Todos começaram a falar ao mesmo tempo, se aglomerando ao meu redor.

— Ei! Não precisa chegar tão perto, ela... — tentou Nia, quando um grupo de pessoas passou empurrando ela e Mina.

— Ai, meu pé! — berrou a pequena, olhando feio para um grandalhão careca que nem se deu ao trabalho de abaixar a cabeça para olhá-la. — Olha por onde anda, cara!

Minhas irmãs e meus amigos tentaram se aproximar, estendendo as mãos sobre a massa de pessoas e as empurrando para longe.

— Deem espaço para ela! — gritou Tedros, irritado, segurando Oyö pela mão quando a multidão ameaçou arrastá-la para longe.

Porém, mais e mais pessoas chegavam, gritando e falando ao mesmo tempo.

— Você veio nos ensinar a magia esquecida?

— Pode me ensinar a viajar?

— Se você é a Unificadora, deve ter todo o conhecimento de Makaia para compartilhar conosco.

Senti-me pequena, sem ar, sem saída. Em uma explosão, gritei sobre todas as vozes em um rompante:

— Chega!

As vozes se extinguiram. Respirei fundo, tentando me acalmar antes de continuar.

— Eu sou emere como vocês, mas nunca fui treinada profissionalmente. Ninguém sabia antes de... toda essa tragédia. Eu não sou poderosa como pensam, ou uma heroína. Sou apenas... eu.

— Apenas você? E o que isso significa? — indagou o moço com quem eu havia conversado.

Encolhi-me diante da pergunta. Era uma questão complicada para a qual eu não tinha resposta.

— Eu não sei — murmurei.

— Mas já está na hora de descobrir isso — disse uma voz feminina, que ecoou por todas as direções do salão, dificultando saber a quem ela pertencia e de onde vinha.

Diante dela, todos se encolheram e se dispersaram pelo salão, finalmente me dando espaço e abrindo caminho para uma mulher idosa que andava com a ajuda de uma bengala. Ela tinha uma pele negra escura e cabelos brancos trançados em um coque no alto de sua cabeça, com alguns cachos emoldurando o rosto cheio de rugas que exalava determinação e sabedoria.

— Seja bem-vinda, Jamila Ambade. Já estava na hora de você nos fazer uma visita.

Pisquei e encarei a mulher baixinha por longos segundos, sem fazer ideia de como reagir diante da familiaridade com a qual ela me tratava.

— Quem é a senhora?

— Meu nome é Adanna. Sou aquela que vai te ajudar a trilhar o caminho até a sua verdade e o seu irmão. Venha comigo, tenho algumas coisas a lhe mostrar.

Ela me deu as costas e voltou andando pela mesma direção da qual viera.

Indecisa, busquei o olhar dos meus amigos. Niara deu de ombros, como se dissesse: "não temos uma opção melhor mesmo", ao passo que Tedros me encorajou com um aceno firme de cabeça.

Respirando fundo e me perguntando sobre o que o destino havia reservado para mim, segui sozinha a senhora misteriosa para fora do salão. Lancei um último olhar para minhas irmãs antes de entrar em um longo corredor mal iluminado.

— Eles ficarão bem, Jamila — disse a senhora, sem se virar para trás. — Meu povo pode ter sido um pouco inconveniente na sua chegada, mas são boas pessoas. Irão entretê-los enquanto conversamos.

Eu não estava muito segura sobre deixá-los com desconhecidos, mas Adanna parecia tão tranquila com isso que resolvi confiar em suas palavras.

Logo que o som alto das vozes foi deixado para trás, comecei a explicar o mal entendido:

— Senhora, eu não vim aqui para causar problemas. Desculpe decepcioná-los por não ser a heroína que esperavam. Apenas desejo falar com um gênio chamado Obin e fazer-lhe uma oferta para ser o meu guia. Ele é a única chance que tenho para salvar o meu irmão.

A anciã parou de andar e me encarou com um pequeno sorriso astucioso, arqueando uma sobrancelha sugestivamente.

— A única?

Soltei um suspiro e arriei os ombros.

— Eu não sei viajar, senhora. Não desenvolvi os meus poderes emeres.

Não houve uma mínima alteração em sua expressão diante da minha explicação, o que me fez cruzar os braços e bufar, exasperada.

— Tá, tudo bem. Antes de entrar na Fundação, eu treinava meu teletransporte escondida no quintal de casa. Eu me teleportava de três a cinco metros, mas nunca consegui fazer nada além disso.

— Uma grande conquista para alguém que nunca teve um mentor emere.

Dei de ombros.

— Bom, isso não importa. Minha avó e meus pais acabaram descobrindo que eu estava treinando e conversaram comigo sobre o perigo de expor os meus poderes. Claro que eles odiaram ter que fazer isso, mas foi necessário. Logo depois, eu entrei para a Fundação e... deixei tudo isso de lado.

— Por quê?

— Por quê? — repeti com um sorriso indignado e descrente. — A senhora também é emere?

A velha assentiu.

— Então sabe o porquê: ninguém gosta de pessoas como nós. Se eu não escondesse meus poderes, eu poderia me teleportar por acidente durante uma missão ou em algum treinamento. Todos iriam descobrir, e não seria apenas eu quem sofreria as consequências. A minha família seria mal vista e meus irmãos não teriam oportunidades que dariam a eles um bom futuro com uma irmã emere.

Adanna assentiu com um ar grave e voltou a andar devagar enquanto falava:

— Você acabou de descrever não só a sua vida, Jamila, mas a de todos os emeres. Nós vivemos com medo, excluídos e sem oportunidades, apenas por escolhermos não deixar que os outros decidam quem somos ou como vivemos. Por isso nos refugiamos nessa parte antiga e esquecida da cidade, a qual chamamos de Reduto, o único lugar em que temos paz e podemos viver com a nossa cultura. — Ela parou novamente para me olhar nos olhos. — Entende agora toda a desconfiança do meu povo? A vigilância extrema com qualquer pessoa que se aproxime de nós?

Assenti, e ela voltou a caminhar.

— Foram dezenas de gerações para construir e manter este lugar de pé. Não podemos nos dar ao luxo de sermos descuidados com quem entra e sai, por mais puras que pareçam as suas intenções. Mas eu acredito em você. Como meus irmãos já disseram, os ancestrais a julgaram inocente das acusações, e as palavras dos ancestrais é lei. Você quer viajar para o mundo ancestral, e Obin, se assim ele desejar, pode realmente guiá-la por Mputu. Mas você não pode querer viajar entre mundos e continuar fugindo dos seus poderes emeres.

Abri um sorriso despreocupado e fiz um aceno com a mão.

— Por que não? Eu fugi deles por anos.

— E olhe onde está agora: precisa dos seus poderes e não sabe utilizá-los — rebateu em um tom repreendedor. — Isso não é culpa sua, minha criança.

O mundo a impediu, eu sei. Mas pense, Jamila, quantas vezes você pensou em usá-lo, mas não soube como? Quantas vezes ele poderia tê-la ajudado?

Lembrei do dia do laboratório, quando a magia emere salvara a minha vida e a de Malik. Também me recordei do dia do acidente, quando eu não fora capaz de fazer nada para nos ajudar. E o presente momento me atingiu com força, porque eu ainda não sabia como viajar entre mundos quando mais precisava.

— Vê agora? Você não pode continuar fugindo, porque o destino sempre vai lembrá-la de sua verdadeira natureza. Está na hora de se libertar dos grilhões que lhe foram impostos, criança. Você fugiu da sua parte emere durante toda a sua vida, e ao se negar a aceitá-la, você também negou e se esqueceu de seus ancestrais.

Parei de andar e arregalei os olhos, indignada.

— O quê? Não, eu...

— Sim, Jamila. Ao rejeitar seu verdadeiro eu, você negou tudo o que seus ancestrais emeres foram e fizeram antes de você. Por isso, deixe-me refrescar a sua memória e fazê-la entender a importância dos seus atos na noite do ataque do Rei-Muloji.

Ela bateu palmas, fazendo com que as lâmpadas embutidas nas paredes ligassem, e só então observei com atenção o corredor longo e vazio, que parecia não ter um fim. Agora que estava iluminado, pude ver as ilustrações belíssimas em suas paredes feitas com centenas de azulejos coloridos. Elas contavam histórias de diversas gerações, sendo a primeira delas a imagem da Deusa criadora com os braços abertos, irradiando sua energia vital, que se desdobrava pelos níveis de realidade. O mais curioso era que na pintura não havia apenas dois níveis, mas quatro.

— No início dos tempos, a Deusa Única criou o universo a partir de sua própria energia sagrada. — começou Adanna, com os olhos presos na mesma imagem que eu. — Essa energia se desdobrou pelo universo e acabou gerando outras três, com as quais foram criados os níveis de realidade e os mundos que o constituem. Essas energias são as forças que movem e interligam os diferentes mundos, que habitam cada ser vivo e não vivo, cada partícula de ar e matéria que os formam.

— "O mundo é força. O ser é força" — recitei, recordando-me de um velho ditado natsimbiano.

A mulher assentiu e continuou andando até chegar a uma nova imagem. Observei na parede a criadora se debruçando sobre os níveis de realidade, interligados por um complexo emaranhado de fios coloridos que formavam uma gigantesca teia brilhante.

— Essas energias ligadas entre si formam a Grande Teia de Forças, a qual mantém os níveis de realidade unidos. Assim, não é possível que um fio dessa teia vibre sem fazer com que o restante da teia vibre também. Ou seja, o que acontece em um mundo, interfere nos outros. Foi exatamente isso o que ocorreu quando a primeira emere descobriu seu poder de viajante. Os mundos nunca mais foram os mesmos.

No mural ao lado, uma mulher negra com longos cabelos crespos cruzava o manto fino entre dois níveis de realidade. Eu reconheceria a minha ancestral em qualquer imagem.

— Makaia foi a primeira emere a viajar entre os planos de realidade, e a partir disso, a humanidade foi agraciada com muitas dádivas e prosperou com o conhecimento adquirido pelas viagens dela, como o desenvolvimento da manipulação das energias e o encontro dos metais dimensionais. Porém, a ambição de um outro humano transformou a dádiva em maldição. Ele também era um emere, mas, diferente de Makaia, sua esposa, ele utilizou suas viagens para reunir poder o suficiente para se opor a ela, conquistando reinos e instaurando o Regime de Ferro. Por anos, Nzinga e Makaia lutaram com a resistência, se unido a reis caídos, como Núbia, e aqueles corajosos o bastante para lutar contra o homem que ficou conhecido como o Rei-Muloji.

Paramos diante de uma imagem que qualquer meroano reconheceria: a Guerra dos Metais, na qual Makaia lutava contra o Rei-Muloji.

— A descoberta das viagens continuou reverberando pela Teia Sagrada por séculos, causando movimentos que interferiram não apenas no nosso mundo físico, mas também no espiritual. Nem todos os seres dos outros níveis simpatizavam com os viajantes, e séculos depois do fim do Regime de Ferro, outro emere colocou a Teia Sagrada em perigo.

Passamos por mais alguns desenhos da história natsimbiana, até chegar aos eventos onde um viajante, vestindo o tradicional traje branco da Fundação, erguia uma barreira mágica em meio a uma guerra sangrenta que envolvia emeres e bestas mágicas de outros mundos. Adanna continuou a narrar:

— Ninguém sabe exatamente o que nós fizemos de errado, no entanto, era fato que os ancestrais e os habitantes das outras dimensões não estavam felizes conosco duzentos anos atrás. Isso fez Aren e seus companheiros concluírem que nossa habilidade de viajar era muito perigosa e afetava demais a paz e a ordem entre os mundos. Eles defenderam a ideia de que as viagens teriam que terminar, provocando uma discórdia entre os viajantes, que se dividiram em opiniões divergentes. Batalhas foram travadas e o equilíbrio da Teia Sagrada foi quebrado. A Guerra Dimensional, como ficou conhecida, foi o maior desastre que aconteceu em nosso mundo desde o Regime de Ferro. Diante disso, para impedir o trânsito de humanos entre os mundos e acabar com a guerra, Aren decidiu levantar uma barreira, mas acabou morrendo no processo devido à grande quantidade de energia espiritual que o ritual exigiu. Após isso, nenhum humano jamais foi capaz de viajar novamente.

Adanna observou a pintura de Aren com profundo desgosto e ressentimento.

— Até hoje não sabemos o que de fato desencadeou o desentendimento entre as criaturas dos diferentes mundos, porém a atitude de Aren em decidir pelas vidas e pelas bênçãos de incontáveis seres foi muito irresponsável e egoísta. Sua visão deturpada sobre nossos poderes serviu apenas para nos dividir e causar uma guerra que nos marcou como abençoados incontroláveis e perigosos. Hoje, muitos de nós vivem sem nenhum contato com sua magia pela escolha *dele*. Nossa magia nos aproxima de nossos ancestrais e nos mantém em contato com a Teia Sagrada. Aren nos negou tudo isso quando impôs a barreira, enquanto você nos devolveu esse direito.

Um silêncio pesado recaiu sobre nós, carregado pela dor e pelo ódio que a emere ao meu lado nutria pelo homem da imagem que encarava na parede.

Respirei fundo e me virei para ela, perguntando:

— Se... eu quiser assumir os meus poderes emeres, o que preciso fazer?

— Será necessário que você se reconecte com a viajante dentro de si e com os seus ancestrais emeres. Todo viajante precisa encontrar os seus antecessores e estabelecer um elo para acessar a fonte do poder da viagem, pois é esse elo que alimenta a nossa habilidade de viajar, entende?

— Acho que sim. É como uma Teia Sagrada particular tecida entre os viajantes através do sangue e do laço familiar, a qual, ao acessarmos, nos dá o poder de transitar entre os mundos.

— Exato. O seu plano de usar uma ponte para acessar o mundo espiritual pode funcionar, mas como você pensa em trazer seu irmão de volta quando encontrá-lo no mundo espiritual? A chance de não ter uma ponte por perto no momento pode complicar as coisas.

Aquilo me fez parar para refletir. Eu estava tão preocupada com um meio de entrar em Mputu que ainda não havia pensado em uma maneira para voltar de lá.

— Você vai precisar de uma saída rápida — continuou Adanna. — E para isso, será necessário abrir uma porta. No entanto, não será o suficiente se você não tiver o elo com a fonte que alimenta o seu poder. O cetro de sua ancestral serviu como a fonte de energia para abrir aquela porta, mas agora você não o tem mais, e por isso precisa se reconectar com a fonte original.

Diante daquelas informações, Adanna me mostrou que não havia mais escapatória ou motivos para fugir dos meus poderes. Era um pouco assustador confrontar os meus ancestrais viajantes depois de ignorar a minha bênção por tanto tempo, porém, além de restabelecer a nossa ligação, eles poderiam me dar algumas dicas práticas para aprender a viajar.

— Tudo bem, eu vou fazer isso. Como eu contato eles?

— Pelo transe — disse a senhora, avançando em minha direção. Antes que eu pudesse ao menos tentar entender o que estava acontecendo, ela meteu a mão no bolso e assoprou um pó em meu rosto. — Boa viagem até o Limbo, Jamila Ambade.

O mundo entre mundos

Após os dias de medo e tensão do julgamento da minha mãe, continuei intrigada com o poder que havia descoberto. Sempre fui naturalmente curiosa, mas nas semanas que se seguiram, eu fiquei duas vezes mais. Vivia pela casa atormentando a todos e fazendo um milhão de perguntas sobre o que significava ser uma emere. Minha família fugia de mim, como se eu estivesse falando algo muito inapropriado. Quando perguntei a um dos meus vizinhos que brincavam comigo, a mãe dele me encarou como se eu tivesse uma doença transmissível. Nesse dia, vovó e meus pais me chamaram para ter uma conversa séria sobre o assunto.

— Por que eles ficaram tão assustados por... eu ter esses poderes?

— Porque eles temem o que você é, querida — respondeu vovó com dificuldade, escolhendo com cuidados as palavras. Mas não havia palavras que poderiam expressar com leveza ou delicadeza um comportamento tão preconceituoso e injusto.

— Mas por quê?! — rebati frustrada e indignada, no alto dos meus seis anos. — Por que esse medo? Por que é errado ser... eu?

Papai fechou os olhos e abaixou a cabeça, como se minhas palavras lhe causassem dor. Mamãe pegou minhas mãos e mirou bem fundo em meus olhos, dizendo:

— Pessoas como nós, meu amor, se chamam emeres. São pessoas que foram abençoadas com o poder de se teleportar por diferentes lugares e dimensões. Mas, infelizmente, hoje não possuímos mais o direito de viajar porque é proibido pela lei.

— Mas por que não temos esse direito? Para que os ancestrais nos deram bênçãos que não podem ser usadas?

— Não foram os ancestrais que decidiram isso, querida. Eles são sábios demais para cometer um erro como esse. Foram os próprios humanos — explicou papai. — Foi um direito que as gerações anteriores perderam há muito tempo por um erro que prejudicou não só os emeres, mas toda a nossa realidade. Por isso, viajar se tornou perigoso e é terminantemente proibido. Você entende, meu amor?

Eu não entendia, mas o peso daquela conversa me sugeria que eu não tinha outra opção. Por esse motivo, assenti e nunca mais toquei no assunto.

No entanto, como ainda me restavam algumas dúvidas, passei horas na biblioteca da cidade procurando por conteúdo sobre emeres, mas não encontrei nada. Era como se todo o conhecimento sobre os viajantes tivesse sido apagado ou, quem sabe, escondido de nós. As poucas coisas que os livros e os nkonti contavam eram sempre básicas, incompletas e sem profundidade.

Mas, um dia, descobri que minha mãe tivera as mesmas dúvidas que eu e acabara escondendo em casa um punhado de pergaminhos que ensinavam técnicas emeres para teleporte. Eu os encontrei em um dia das bênçãos, quando desenterramos todas as tralhas Ambade guardadas no porão para enfeitar a casa antes do festival. Eles eram muito antigos e deviam pertencer à família por gerações, desde antes da Guerra Emere.

É claro que os utilizei para treinar escondida no quintal de casa. Sem um mestre, progredi lentamente, mas com o passar de um mês, eu conseguia me teleportar por alguns metros. E acredito que teria continuado a progredir se meus pais não tivessem descoberto e dado um fim nos pergaminhos. Foi a primeira e única vez que me coloquei contra eles, gritei e briguei. A consequência: fiquei de castigo.

No entanto, em uma noite, quando eu andava pela casa silenciosa e escura, acabei ouvindo o choro da minha mãe vindo do seu escritório. Quando me aproximei da porta de mansinho e espiei, vi papai a abraçando e falando baixinho:

— Ela vai entender, amor.

— Como? — rebateu ela em meio ao choro, com um tom repleto de indignação. — Jami é apenas uma criança, Amir. Como podemos fazê-la entender que não pode ser ela mesma devido a uma lei injusta e opressora? Por conta daquele maldito julgamento que decretou que, se eu usasse meus poderes ou continuasse com minha pesquisa, ela seria tirada de nós? Como direi a ela que se tentar usar seus poderes de viajante, será condenada e humilhada perante toda a cidade como a mãe dela foi?

Aquelas palavras quebraram o meu coração e, ao mesmo tempo, despertaram um ódio profundo em mim. Naquele momento, eu entendi o quão terríveis haviam sido as consequências do seu julgamento e me senti culpada pela minha rebeldia. Por esse motivo, nos dias que se seguiram, não voltei a treinar e nunca mais utilizei meus poderes. Por medo de ser afastada da minha família, de colocar a minha mãe em mais problemas e acabar afetando negativamente meus irmãos. Enterrei a viajante nos recônditos da minha alma e me concentrei em desenvolver meus poderes de conjuradora espiritual.

Depois de tantos anos, eu não sabia mais o que era ser emere ou como era estar na presença de pessoas como eu. Por isso, quando acordei em um lugar desconhecido e me deparei com um grupo de bakulu que possuíam almas semelhantes a minha, fiquei estacada no lugar, sem saber como reagir.

O pó mágico de Adanna fez com que meu espírito e minha mente acessassem um calmo e extenso campo de juncos, envolvido por um céu brilhante e multicolorido, onde pessoas trajadas com vestes brancas se aproximavam de mim. Tinham sorrisos bondosos e olhos castanhos familiares e estavam envolvidas pela característica aura branca daqueles que já não habitavam mais entre os vivos.

Através da Visão, pude enxergar a energia espiritual dançando no interior de suas almas, que ondulavam em um movimento frenético. Diante disso, meu peito foi preenchido por uma adorável e calorosa sensação de reconhecimento, que se espalhou rapidamente pelo meu corpo. Observei com lentidão a semelhança que eles possuíam com meus parentes vivos, concluindo que eu estava na presença dos meus ancestrais emeres, viajantes dimensionais como eu.

Uma senhora alta, de pele negra escura e cabelos brancos presos em um coque frouxo, tomou a frente do grupo. Em saudação, ela cruzou os braços e bateu os braceletes tecnológicos em seus pulsos duas vezes, dizendo:

— Seja bem-vinda, Jamila Ambade. Que a bênção ancestral recaia sobre você.

Repeti o gesto, também batendo os meus braceletes, e respondi a saudação:

— Que ela também a acompanhe, senhora. Onde... eu estou?

— Você está no Limbo, um lugar que existe como uma linha tênue entre os níveis de realidade física e espiritual, para onde o seu espírito vem quando está em projeção astral — explicou ela. — Eu sou Zulaika, sua...

— Bisavó — completei. Um sorriso caloroso iluminou sua face enrugada, exatamente como minha mãe sempre havia descrito. — Minha mãe foi muito próxima da senhora. Ela conta histórias sobre você para mim e meus irmãos.

A ancestral me observou em silêncio por um longo momento, seus olhos se prenderam nos curativos que cobriam os ferimentos em minha pele. Quando os olhos de Zulaika voltaram para os meus, ela questionou em um tom calmo:

— O que aconteceu, minha criança?

Os olhos sábios da anciã pareciam guardar em sua infinitude segredos e conhecimentos de toda uma vida, me fazendo desconfiar que ela já sabia o motivo de eu estar ali.

— Eu vim pedir ajuda para salvar o meu irmão. O Rei-Muloji roubou a alma dele e a levou para o mundo espiritual. Para resgatá-lo do feiticeiro, preciso viajar entre os mundos.

— E para isso — emendou minha bisavó, andando a minha volta com os braços cruzados nas costas —, precisa se reconectar com a viajante adormecida dentro de si e com todos os ancestrais emeres que viveram antes de você.

Engoli em seco e assenti, hesitante.

— Sim. Me explicaram que a fonte para as viagens dimensionais que cada emere possui é alimentada pelo elo ancestral estabelecido com nossos antepassados — continuei. — Sem vocês, eu não poderei usar a minha bênção para trazer o meu irmão de volta.

Um senhor alto como Zulaika, mas com a pele de um marrom mais claro e uma expressão austera, tomou a palavra ao dizer com sua voz profunda:

— Depois de todos esses anos renegando a sua bênção, você está preparada para assumir o manto de viajante e as responsabilidades que virão com ele?

Respirei fundo e cerrei os punhos na tentativa de esconder meus dedos trêmulos, concentrando meu pensamento no meu irmão e na minha ânsia de resgatá-lo. Aprumei os ombros e joguei as minhas tranças para trás com um movimento de cabeça, tentando soar firme ao dizer:

— Eu preciso tentar.

— Isso não é o suficiente — ele contestou de imediato. — É preciso *querer*. É preciso ser uma emere. Por que teme tanto isso, Jamila?

A pergunta evocou memórias do que eu havia visto acontecer com os poucos emeres que se revelaram em Méroe nos últimos anos. E me recordei principalmente de minha mãe, que havia sido julgada e destituída de quase tudo o que mais amava por apenas lutar pelo direito de ser quem realmente era.

— Porque a única coisa que me ensinaram sobre ser emere é ter medo — rebati, com o olhar vago preso no horizonte. — É ser oprimida. Excluída. Amaldiçoada.

— Pois então eu te mostrarei a verdade sobre ser um emere — insistiu Zulaika, pondo fim na pouca distância entre nós com dois passos rápidos; seu rosto se tornando uma máscara de determinação. — Ser liberdade e o elo de ancestralidade que une os mundos. É isso o que você deseja ser?

Um sentimento bom floresceu em meu peito enquanto ela falava, enérgico e poderoso: esperança.

— Sim, é isso o que desejo — respondi, libertando um longo suspiro trêmulo, como se estivesse aguardando a minha vida toda para finalmente dizer aquelas palavras.

Um grande sorriso se delineou nos lábios finos da anciã.

— Então nós te abençoamos em sua jornada, Jamila Ambade — cantou ela, colocando dois dedos na minha testa.

Nossos olhos brilharam ao mesmo tempo e o símbolo dos viajantes se materializou em nossa fronte: uma intrincada teia de fios multicoloridos. O seu toque ativou algo que havia muito tempo adormecido dentro de mim, que se agitou e cresceu gradativamente até se tornar um frenesi insuportável e angustiante. Um zumbido alto soava em meus ouvidos e desorientava qualquer pensamento coerente que eu pudesse formar. Senti que estava prestes a me afogar no mar revolto de poder que despertava em meu íntimo, e temi explodir em pura energia.

Mas, para minha surpresa, a energia dentro de mim se estabilizou aos poucos, e quando a luz dos meus olhos se apagou, percebi que a agitação intensa causada em meu interior havia se tornado uma vibração suave, como o soar da corda de um instrumento afinado. Em um misto de assombro e deslumbramento, notei que a vibração produzida pela alma dos meus ancestrais se unia a minha em uma melodia perfeita, na qual os tons graves e suaves produzidos por nossos espíritos se entrelaçavam em harmonia. Era a música mais bela que eu tinha ouvido em toda a minha vida, produzida especialmente para os nossos ouvidos.

— O elo está estabelecido — anunciou Zulaika, com orgulho. — Use sua bênção com sabedoria, minha bisneta.

Cocei a cabeça um pouco sem jeito e disse em um sussurro:

— Se não fosse pedir demais, eu aceitaria alguns conselhos sobre como usá-la na prática. Tipo... abrir uma porta de verdade.

Eles abriram sorrisos divertidos diante do meu embaraço. Um ancião de cabelos brancos, que eu chutava ser irmão de vovó e meu tio-avô devido a semelhança, se aproximou e disse:

— Pode nos perguntar o que desejar, sobrinha, e nós responderemos com base no conhecimento que juntamos ao longo de nossa vida carnal. Mas, infelizmente, no quesito da prática de viajar, não poderemos contribuir muito.

— Como assim? — perguntei, franzindo a testa.

— Todos reunidos aqui viveram após a Guerra Emere — explicou ele. — Quando a barreira foi construída, nosso contato direto com os ancestrais mais antigos também foi cortado e todo o conhecimento que eles adquiriram com suas viagens foi perdido. Dessa forma, nem por meio do transe conseguimos conversar com um espírito que viveu antes desse período.

Soltei um suspiro pesaroso, passando os olhos pelo grupo de familiares.

— Nenhum de vocês possui uma informação concreta sobre isso?

Zulaika fez que não com a cabeça.

— Você terá que tentar para saber.

Ah, que ótimo.

Diante do meu desapontamento, a bakulu mais velha do grupo, que andava curvada com a ajuda de uma bengala, tocou o meu braço e fez eu me abaixar um bocado para ficar na sua altura e ouvir a sua voz fraca:

— O meu pai, o último viajante da família, me treinou por um breve período antes da barreira ser imposta, quando eu ainda era uma menina. — Meu cérebro entrou em parafuso quando tentei delinear uma árvore genealógica da família Ambade em minha cabeça para entender o grau do nosso parentesco. — Quando for abrir uma porta, não pense demais, Jamila. Apenas faça. Memorize o lugar para o qual você quer ir — ela levou a mão à cabeça —, depois sinta a energia da Teia Sagrada vibrar dentro de você — colocou a mão no peito — e, por fim, se teleporte. — E estalou os dedos.

Parecia fácil com ela dizendo, mas eu duvidava que seria na prática. Mesmo assim, agradeci com um sorriso nada convincente.

— Queríamos ter mais a compartilhar, mas Aren apagou todo o conhecimento que os emeres deixaram como herança no mundo material — emendou meu tio-avô. — Sobraram apenas nós e o livro branco.

— Livro branco?

— Sim, a maior relíquia emere, onde estão os únicos ensinamentos que foram salvos do esquecimento — disse outra ancestral mais jovem, que tinha uma voz suave e olhos doces. — Ele estava bem escondido no Reduto até meses atrás, quando foi roubado.

— Por quem?

— Não sabemos ainda. Mas, depois dos últimos acontecimentos, acredito que tenha sido o Rei-Muloji — palpitou Zulaika.

— Ou o ajudante dele — respondi. — Não creio que ele esteja agindo sozinho, ele precisa de um muloji vivo para servir como fonte de magia para sua horda de matebo.

— Muito bem pensado, Jamila — concordou meu tio-avô, pensativo. — Já é um fato para nós que eles estão com o livro, porque deve ter sido nele que eles encontraram o ritual das portas para derrubar a barreira. Por isso você deve ser cuidadosa. Aquele livro possui conhecimentos poderosos que são perigosos demais em mãos erradas, em especial agora que os mundos estão unidos novamente. Muitas coisas estão se dissolvendo, se quebrando e se transformando. Antigas barreiras enfraquecem, velhas paredes desabam — sua voz se tornou amarga. — Como as muralhas da prisão do Rei-Muloji.

E ali estava a deixa para a minha próxima pergunta.

— Onde ele foi preso? — indaguei, curiosa. — As histórias nunca especificaram isso. Hoje encontrei um detalhe que nunca tinha ouvido antes, sobre um metal especial com que foram feitas as correntes que o aprisionaram.

— Cítrio — respondeu outro bakulu. — Sim, nós já ouvimos sobre ele, mas também não sabemos muito. Quando a barreira foi construída, os arquivos sobre as viagens emeres foram destruídos. Muitas histórias, crenças e informações foram esquecidas. Mas existia um relato de que o Rei-Muloji foi aprisionado em um mundo além deste.

Franzi a testa.

— No mundo espiritual?

— Não. Alguns de nós acreditam que existem mais níveis de realidades além dos que já conhecemos — revelou Zulaika — e que o Rei-Muloji foi aprisionado em um deles. Isso explica a energia desconhecida que ele manipula agora e os matebos diferentes que você e seus amigos enfrentaram na ponte Mujambo.

— Quando eu encontrá-los, trarei o livro de volta para os seus donos. São os emeres do Reduto que merecem aprender a magia contida nele.

Os espíritos assentiram e murmuram em concordância. Decidi passar para a próxima pergunta:

— O Rei-Muloji me chamou por alguns nomes estranhos. Ele disse que eu era a "embaixadora de Makaia" e a...

— "Unificadora de Mundos" — completou minha bisa. — Você é aquela que uniu os mundos novamente, aquela abençoada poderosa o bastante para quebrar a barreira. Essa é uma profecia muito antiga, que sobreviveu ao tempo por meio dos relatos orais passados de geração para geração.

Deixei escapar uma risada amarga de descrença.

— Isso é impossível.

Meus antepassados abriram sorrisos divertidos diante da minha descrença.

— Não é, Jamila — disse o senhor baixinho. — Porque você já fez isso. Derrubou a barreira e abriu uma porta.

Engoli a risada em seco e refleti sobre o que ele havia dito, piscando pateticamente em silêncio, até concluir que ele tinha razão. Eu já tinha aberto uma porta medíocre por pura pressão no dia do acidente

A bakulu mais velha voltou a falar com sua voz rouca e vagarosa:

— A embaixadora de Makaia é aquela que deve trazer a magia dos emeres de volta, que vai lembrar a Fundação Ubuntu da sua outra função sagrada. — A anciã bateu a bengala três vezes e as flores miúdas dos juncos ao seu redor brilharam e se levantaram no ar, formando imagens cintilantes. — Além de proteger os reinos e as cidades de Natsimba, a Fundação também tinha outro papel: continuar as grandes missões que nossos ancestrais iniciaram há muito tempo, desbravando os níveis de realidade e formando alianças com outros povos, reunindo conhecimento extradimensional, sendo a ponte que mantém os diferentes mundos unidos. Mas, após a imposição da barreira e as leis contra viajantes, essa função foi esquecida pelos agentes. — Ela voltou seu olhar para mim, parecendo enxergar as profundezas do meu espírito. — Mas nós lembramos, e agora você também sabe disso. É o seu dever lembrá-los dessa missão para a qual foi feita a organização.

Aquela revelação havia sido profundamente intensa, e eu me sentia um pouco tonta. Além disso, a responsabilidade que ela me designava era desafiadora demais para uma pessoa.

— Devemos ainda tratar sobre a sua missão para Mputu em busca de seu irmão — disse Zulaika, com um olhar preocupado. — Seja cuidadosa em sua jornada, Jamila. Você é uma abençoada espiritual poderosa, mas ainda não aprendeu tudo o que precisa para ser capaz de enfrentar seus inimigos sozinha.

— É por isso que deve levar as suas irmãs com você — aconselhou a bakulu mais velha, batendo a bengala como se aquilo fosse um veredito.

Arregalei os olhos de descrença.

— Levar as minhas irmãs? Eu não posso fazer isso, é muito perigoso. Elas têm apenas treze e nove anos, nunca tiveram sequer um treinamento profissional.

Minha bisavó se aproximou e colocou sua mão leve como uma pluma em meu ombro.

— Se acalme, Jamila. Nós nunca as colocaríamos em perigo se esse não fosse o destino delas.

— Destino? — rebati indignada, sentindo minha garganta se fechar devido ao pânico. — Eu já estou quase perdendo o meu irmão. Como podem me pedir para colocar as outras duas em perigo também?

— Você ainda não confia em nós — constatou meu tio-avô, com um semblante sério. — Deveria ter mais fé em seus ancestrais. Nós queremos apenas te ajudar, Jamila, e estamos dizendo que essa não é uma missão para você desempenhar sozinha. Precisa da sua família.

— E quando dizemos família — continuou a bisa —, não nos referimos apenas às meninas, mas também a nós. Estaremos com você durante toda a viagem. Lembre-se disso.

De repente, a voz dela foi se tornando distante. Barulhos externos interferiram na dimensão astral e eu percebi que estava saindo do transe.

— Não, espere. Eu tenho tantas perguntas, tantas coisas para aprender e...

— E aprenderá — rebateu Zulaika, conforme tudo ficava difuso ao meu redor e sua mão quente deixava meu ombro — com o tempo. Não pense que esta será sua única viagem extradimensional, Jamila. É apenas o início de uma longa odisseia entre mundos.

Então, um vórtice envolveu minha mente e bagunçou os meus sentidos, me levando de volta ao mundo físico.

Um gênio difícil

Acordei quando senti um corpo se chocar contra o meu. Soltei um resmungo indignado e tentei me virar para o outro lado, na tentativa de me livrar do peso.

— Bom dia, irmã! Tá na hora de acordar!

Ao abrir os olhos lentamente, a primeira coisa que vi foi a carinha sorridente da caçula, que estava deitada sobre mim. Voltei a resmungar irritada.

— Oyö...

A porta do quarto se abriu e nós duas nos viramos para ver quem entrava.

— Bom dia, dorminhoca — disse Niara, colocando uma pequena pilha de roupas em uma cadeira ao lado da cama. — Encontramos o gênio enquanto você estava com a senhora misteriosa ontem à noite. Se vista e vamos descer.

"Ontem à noite?" Como assim? Já era de manhã?

Confusa, observei a única janela que havia no quarto, por onde entravam os primeiros raios do sol da manhã.

— Ele não parece um espírito fácil de ser convencido. É teimoso feito um quibungo — zombou Oyö, me libertando e se sentando na beirada da cama.

Niara resmungou irritada e cruzou os braços.

— É melhor você descer, antes que Amina tente quebrar toda a louça do bar na cabeça dele — disse.

Ainda um pouco perdida, me sentei na cama e observei o ambiente ao meu redor. Era um quarto pequeno e simples, com duas camas. Por conta da outra também estar desarrumada, palpitei que alguma das meninas devia ter dormido nela. Eu não conseguia me lembrar como havia chegado ali na noite anterior. Eu não me recordava nem mesmo do momento em que tinha voltado para o mundo físico.

— Você ficou horas em transe com a senhora Adanna — explicou Nia, diante da confusão estampada em meu rosto. — Nesse meio tempo, continuamos no bar com os outros emeres, que, depois de descobrirem sua verdadeira identidade, ficaram felizes em nos levar até Obin.

— Ele realmente estava aqui esse tempo todo? Como não o vimos ontem ao chegar? — questionei.

— Ele não costuma utilizar sua forma espiritual por aqui, porque trabalha no bar utilizando uma aparência humana.

— E vocês conseguiram falar com ele?

— Não. Ele nos ignorou a noite toda e foi muito rude. Quando vocês saíram do Limbo, Adanna nos aconselhou para que conversássemos com ele de manhã, já que você apagou de exaustão quando sua alma voltou para o corpo.

— Ela me avaliou dos pés à cabeça e arqueou uma sobrancelha. — Afinal, o que aconteceu lá?

Soltei um longo suspiro exausto.

— Um bocado de coisas estranhas. Conto depois, vamos logo ver esse tal Obin.

Tomei um banho rápido em um banheiro que havia próximo ao quarto e vesti as roupas que Nia trouxera. Assim que fiquei pronta, descemos as escadas em direção ao mesmo salão espaçoso da noite anterior. Logo que cheguei aos últimos degraus, escutei a voz alterada de Amina.

— Mas você não está entendendo, preci...

— É claro que estou, criança. Vocês querem que eu seja o guia para salvar uma alma em Mputu — dizia uma voz grossa em um irritante tom desdenhoso. — E eu já disse que *não quero*.

Por ainda serem as primeiras horas da manhã, o salão estava vazio, com as cadeiras viradas sobre as mesas e dois rapazes de avental limpando o balcão do bar. Encontrei Tedros e minha irmã sentados em uma mesa ao fundo, acompanhados por um homem negro que, mesmo sentado, aparentava ser muito alto. Seus olhos azuis, brilhantes e sobrenaturais denunciaram sua identidade imediatamente: ele era um gênio.

Os gênios tinham o poder da metamorfose, sendo capazes de adquirir a forma de seres de qualquer dimensão, desde que eles já os tivessem visto. O gênio em questão não estava em sua forma original — um espírito azul e esvoaçante —, mas, sim, com a aparência de um humano comum. A única coisa que o diferenciava eram as íris de um azul intenso e as formas espiraladas que marcavam sua pele escura como ônix. Fora isso, ele poderia se passar por um homem alto, musculoso e careca, com uma cara amarrada de quem odiava absolutamente tudo que existia no mundo.

Acompanhada por Nia e Oyö, desci os últimos degraus e parei no pé da escada, a fim de analisá-lo e decidir como iria proceder com a situação. O espírito ostentava um provocante olhar de desdém e uma postura ereta, como se quisesse demonstrar superioridade diante de Tedros e Amina. Era a imagem perfeita de um babaca.

— Por que você não quer? — rebateu meu amigo em um tom igualmente irritado ao do gênio.

— Porque é um covarde, sem dúvidas — respondeu Amina no mesmo instante. Ela estava de costas para mim, mas, devido ao seu tom insolente, eu apostava que dirigia um sorriso desafiador para Obin a fim de provocá-lo.

O espírito torceu os lábios grossos e semicerrou os olhos ameaçadoramente para a pequena Ambade. Em seguida, ele fitou Tedros com uma carranca frustrada e respondeu:

— Eu não faço mais viagens. Fui rebaixado do meu cargo e prefiro que continue assim. Jurei nunca mais me envolver nas missões dos abençoados da Fundação Ubuntu. Agentes como vocês apenas me trouxeram problemas, não preciso de mais confusão. Levar essa — ele olhou com evidente desprezo para o ambiente ao redor — vidinha calma aqui no Reduto já é castigo o bastante.

Diante da discussão, percebi que Obin não aceitaria nos ajudar tão facilmente. Considerei utilizar minha hipnose espiritual nele, uma tática que me permitia manipular os pensamentos e as ações de espíritos por um breve momento. Mas afastei a ideia rapidamente, porque eu precisava que Obin aceitasse me acompanhar em uma viagem *longa*, sem ter que ser hipnotizado a todo momento. Teimoso do jeito que aparentava ser, poderia ser difícil mantê-lo sob o controle da minha magia.

Concluí que eu teria que utilizar bem as palavras para convencê-lo, e ele tinha acabado de me fornecer uma caminho por onde começar.

— Certo, gênio, me escute — disse, me aproximando da mesa e cortando a discussão. Todas as cabeças se viraram para mim quando arrastei uma cadeira e me sentei bem em frente a Obin.

Niara e Tedros arregalaram os olhos diante do meu tom duro e arrogante, ao passo que o espírito tentou esconder a leve surpresa que minha chegada repentina havia lhe causado. Já Amina e Oyö trocaram um sorriso divertido e lançaram um olhar de sabe-tudo para os meus amigos.

— É o tom de irmã mais velha — ouvi Mina explicar em um sussurro para eles. — Ele não vai ter chance contra ela. Observem.

Ignorei a conversa paralela entre eles e não desviei o olhar de Obin, que me encarava com desinteresse.

— Eu sou Jamila Ambade, é um prazer conhecê-lo. — Ele abriu a boca para se apresentar também e, sem dúvidas, tentar me dissuadir do que estava prestes a fazer. No entanto, não lhe dei tempo de falar. — E você é Obin, eu sei. Antigo gênio mensageiro, servo dos ilustres ancestrais. É por isso que estou aqui.

O gênio permaneceu calado, e o desdém se tornou desconfiança diante da minha postura altiva.

— Como minha irmã e meu amigo já lhe disseram, estou em busca de alguém que me guie pelo mundo espiritual. Me disseram que você era o espírito *perfeito* para este papel. — O gênio se remexeu na cadeira e tentou lutar contra o sorriso satisfeito que surgia em seus lábios diante da palavra "perfeito". — Por isso, vim diretamente até você. Diga-me, Obin, essa é uma opinião equivocada?

— Bom... creio que não, Jamila. Mas não sou capaz de opinar sobre minhas próprias realizações.

Oyö escondeu o riso com a mão, ao passo que Amina revirou os olhos.

— Enfim, eu acho que a minha fonte tem razão, e quero você como meu guia. Como um gênio que já deve ter viajado por diferentes dimensões, deve saber que será uma missão difícil, mas que valerá a pena e...

— Se tudo der certo, valerá a pena para vocês, não para mim. O que eu ganharia com isso?

Desarmada diante do seu questionamento, fiquei alguns segundos com a boca aberta, encarando-o enquanto minha mente trabalhava a todo vapor em uma resposta. Niara e Tedros buscavam meu olhar, ansiosos, sabendo muito bem que, se eu não respondesse logo, estaríamos perdidos.

Mas então, eu estudei os olhos do gênio. Vazios. Frustrados. E me lembrei do olhar que ele havia lançado ao lugar minutos antes.

Respirei fundo e me preparei para continuar a barganha. Ter três irmãos teimosos havia me ensinado a não desistir facilmente de uma discussão ou um desafio.

— Pense comigo, Obin. Se você for na missão conosco e tivermos sucesso, vai se transformar em um herói perante os olhos dos ancestrais e de todos os outros espíritos existentes. Você vai ser aquele que ajudou a derrotar o Rei-Muloji, que trouxe de volta a ordem para a Teia Sagrada.

Um sorriso zombeteiro surgiu nos lábios de Amina, que logo compreendeu aonde eu queria chegar. Ela se debruçou sobre a mesa na direção do gênio e sussurrou:

— Imagine só, Obin. Você retornando como herói, com seu cargo reconquistado e a cidade inteira clamando o seu nome: Obin! Obin! Obin!

Os olhos dele brilharam com mais intensidade e seu olhar se tornou distante, relaxando a postura à medida que sua mente vagava por um futuro glorioso. No entanto, seus ombros ficaram tensos repentinamente e sua testa se franziu no segundo seguinte.

— Mas como posso ter certeza se isso vai funcionar? — questionou. — Não tenho garantia nenhuma do sucesso dessa missão. Além disso, ainda não sei os reais perigos que estarei enfrentando.

— Obin, você é o *melhor* no que faz — enfatizei, utilizando o melhor tom de puxa-saco possível. — Acredito que com a sua ajuda, as chances de falharmos são mínimas. Sobre os perigos, será você que nos manterá longe deles. Afinal, você é o guia. Contamos com sua experiência para nos levar por um caminho seguro.

Um silêncio perturbador se abateu sobre o grupo enquanto todos esperavam o gênio pensativo falar algo. Por fim, ele suspirou e pousou as mãos sobre a mesa.

— Tudo bem, eu vou ser o guia de vocês.

Todos nós comemoramos animados.

— Mas — continuou o espírito, elevando o tom de voz e interrompendo nosso gritos — devemos ir em um grupo pequeno, porque assim será mais fácil passarmos despercebidos. Aconselho somente dois de vocês a me acompanharem.

— Três — rebati de pronto. Tedros e Niara já abriam a boca para se prontificarem, pois eram as escolhas óbvias. — Vocês sem dúvidas seriam a minha escolha, mas... ontem, durante o transe, meus ancestrais frisaram que essa missão deve ser desempenhada por mim e minhas irmãs.

— O quê? — exclamou Tedros, debruçando-se sobre a mesa e arregalando os olhos. — Jamila, suas irmãs são apenas *crianças*. Amina nunca nem recebeu um treinamento profissional, e nem sabemos se Oyö possui poderes.

— E vocês três são apenas adolescentes, aprendizes da Fundação, considerando a idade de vocês — emendou Obin, analisando meus amigos com indiferença. — Se os ancestrais disseram que assim deve ser feito, assim será feito. Se me quiserem nessa missão, não vamos deixar de seguir o desejo deles. Não quero ter um motivo para eles piorarem a minha sentença.

Niara e Tedros suspiraram, tensos e preocupados.

— Mas há algo que vocês dois podem fazer enquanto estivermos no mundo espiritual: devem ficar de olho no corpo do meu irmão no hospital — orientei. — Não permitam que ninguém estranho se aproxime. Se Malik não tiver um corpo para retornar ao mundo material, a alma dele ficará para sempre no outro mundo.

Meus amigos assentiram, mesmo desgostosos com o rumo que a missão tomou.

— E quando vamos partir? — perguntou Amina, ansiosa.

— Hoje mesmo — respondi, olhando para Obin.

O espírito deu de ombros.

— Por mim, tudo bem, não tenho nada de muito interessante para fazer por aqui além de servir bebidas. Quando você estiver pronta para abrir uma porta, Jamila, podemos partir.

— Abrir uma por... — repeti alarmada. — Eu não sei abrir portas.

O espírito arqueou uma sobrancelha, confuso e indignado.

— Mas me disseram que você *já fez* isso.

— Foi por pura sorte e pressão — rebati.

O gênio soltou um longo suspiro e passou a mão pela careca.

— Pelos ancestrais. Tudo bem, se não temos uma porta, iremos pelo Porto das Almas.

— E onde fica isso? — perguntou Oyö.

— Vocês logo verão — rebateu ele, levantando-se da mesa. — Aconselho vocês a se arrumarem.

Nesse momento, Adanna entrou no salão apressada com sua bengala, carregando uma pilha de roupas de couro branco.

— Ah, graças à Deusa os encontrei antes de partirem. Tenho algo para vocês.

A anciã entregou as roupas nos braços de Niara, que as recebeu desajeitadamente. Em seguida, pegou uma delas e estendeu sobre a mesa, revelando ser um uniforme da Fundação, um pouco diferente daquele que eu conhecia.

— São da época da última viajante da minha família e foram feitos especialmente para protegerem corpos humanos em viagens dimensionais. São muito antigos, mas ainda funcionam muito bem. — Havia pontos em que o tecido estava gasto. Marcas e manchas escuras indicavam que sua antiga dona tinha entrado em diversas batalhas e aventuras com ele. — Eles também as protegerão de feitiços, são resistentes a ataques energéticos e a metais comuns. Nem mesmo dentes de monstros penetram o seu couro, apenas dízio.

Ela entregou um para mim e os outros dois para as minhas irmãs, que fitaram as roupas com evidente insegurança.

— Vão servir em vocês — disse Adanna, lendo em suas expressões o que as preocupava. — Eles se adequam ao tamanho da pessoa que os veste.

— Muito engenhoso — murmurei encantada, passando os dedos pelo couro branco.

Deixei-o sobre a mesa e virei para Adanna, me lembrando da conversa com meus ancestrais.

— Ontem, durante o transe, meus ancestrais me alertaram sobre o roubo de um livro branco que possui os únicos ensinamentos emeres registrados após a guerra da barreira.

— O livro dos viajantes. Sim, ele foi levado e ainda não sabemos por quem. Tememos que tenha sido obra do Rei-Muloji. Aquele livro em péssimas mãos pode causar efeitos catastróficos.

Pousei uma mão sobre os ombros curvados de Adanna e disse:

— Se o livro estiver com ele, o traremos de volta. E não o deixaremos mais guardado juntando pó, ele será a nossa fonte de conhecimento para desenvolver nossos poderes emeres.

Um sorriso orgulhoso se estendeu nos lábios da senhora.

— Estarei no aguardo desse dia glorioso.

Depois de vestirmos os uniformes no quarto, minhas irmãs e eu descemos ao salão novamente para nos despedir. Niara me envolveu em um abraço apertado e, quando me soltou, piscava rápido para afastar as lágrimas.

— Tomem cuidado, vamos segurar as pontas aqui até vocês voltarem.

— Avise os meus pais, por favor — pedi.

— Pode deixar. Eles vão ficar furiosos com você.

— Se eu pedir permissão antes, eles vão me trancar em casa e me deixar de castigo por meses — brinquei.

Niara se afastou e me encarou com um pequeno sorriso.

— Eu sei. Apenas não morram, tudo bem?

Sorri de volta.

— Vamos tentar.

Enquanto ela foi se despedir das meninas, Tedros se aproximou, evitando meu olhar e remexendo as mãos nos bolsos da calça.

— Não faça nenhuma bobagem sem mim, por favor.

Acabei rindo da sua falta de jeito e da preocupação em sua voz, que me acusava indiretamente das várias confusões em que eu já havia nos metido durante as missões. O som da minha risada atraiu sua atenção para o meu rosto, e o riso morreu em minha garganta ao me deparar com o brilho intenso que surgiu em suas íris quando seus olhos passearam pelo meu rosto, como se estivessem desesperados para gravar cada detalhe meu.

Eu achei que não seria capaz de ficar mais arrebatada e deslumbrada até ele abrir um enorme sorriso encantador e dizer, colocando uma trança atrás da minha orelha:

— Eu estarei aqui esperando você voltar.

Continuei em silêncio por um longo segundo, incapaz de articular uma sílaba sequer. Mas por algum milagre da Deusa, consegui responder ainda meio abobalhada:

— Eu voltarei. Prometo.

Pelos ancestrais, Tedros tinha um sorriso lindo. Eu já sabia disso sendo amiga dele por anos. Mas... pelos ancestrais, o que havia acabado de acontecer ali?

— Blá, blá, "cuidado", blá, blá, "não morram" — imitou Obin, revirando os olhos. — Dá pra irmos logo?

Dirigi um olhar zangado para o gênio, que já seguia para fora do salão. Lançando um último sorriso aos meus amigos, o segui rumo à maior aventura da minha vida.

O Porto das Almas

Adanna nos emprestou um aerocarro que juntava poeira na sua garagem. Era um modelo antigo e devagar, mas serviu para nos levar até o litoral, que ficava na parte oeste da cidade. De acordo com Obin, era onde se localizava o Porto das Almas mais próximo.

— Muito bem, prestem atenção — disse o gênio, logo depois de desligar o carro, quando chegamos à praia. Ele se virou para trás e apontou uma sacola no banco traseiro, ao lado de Amina. — Coloquem esses mantos e cubram as cabeças com os capuzes. Ninguém pode ver que vocês ainda estão vivas, ou não conseguiremos embarcar junto com os mortos.

Vestimos os mantos e descemos do carro. Logo que entramos na praia, Obin mudou de aparência, abandonando a forma humana e adotando a original: um espírito azul e esvoaçante. Agora ele possuía um corpo esguio e diáfano, com pernas longas que não tocavam o chão. Conforme ele flutuava ao nosso lado, uma névoa brilhante o acompanhava.

O sol se levantava preguiçosamente no horizonte, pintando o mar calmo com tons róseos e dourados. O ar frio da manhã tocava minhas bochechas com dedos gélidos e uma espessa neblina se espalhava pela praia.

— Onde está o porto? — replicou Mina, parando de andar e olhando para os lados, colocando as mãos na cintura.

Semicerrei os olhos quando, devagar, a luz do sol se infiltrou na neblina, permitindo que eu enxergasse um vulto passar por meio dela.

— Esperem. — Apertei mais os olhos. — Está ali — sussurrei assombrada, assistindo aos raios de sol se estenderem pela areia e descortinarem três navios etéreos atracados em um cais.

Minhas irmãs procuravam com olhos ávidos no horizonte, mas pareciam não ver nada além das ondas do mar.

— Usem os óculos que Tedros e Amina deram a vocês — orientei.

Mina tirou das costas a mochila que Nia havia trazido da Fundação e lhe entregado antes de partirmos do Reduto. A pestinha soltou um gritinho de empolgação quando tirou um blaster energético da bolsa. A fiz guardá-lo de novo imediatamente, ralhando:

— Não foi isso que eu disse para você pegar. Fique longe disso, ouviu? Serve apenas para espíritos, mas...

— "Não deve ficar nas mãos de crianças". Eu já sei, Jamila — rebateu, me imitando com um tom de voz fino e irritante.

Após colocarem os óculos e acionarem os visores, as duas ficaram boquiabertas. Obin deu um pequeno sorriso diante da reação delas e abriu os braços, dizendo:

— Bem-vindas ao Porto das Almas.

A luz do sol deslizando pela água e colorindo os navios de dourado tornava a visão deslumbrante. Centenas de espíritos aguardavam em filas quilométricas para embarcar ou andavam pela areia, refratando sob a luz do sol nascente um festival de cores emitidas pelo interior de suas almas cintilantes. Era como se eu estivesse entrando no quadro de um pintor excepcionalmente talentoso, capaz de criar tons que nenhum outro ser humano tivera o prazer de contemplar.

Havia também três enormes chacais guardando as entradas dos navios, com pergaminhos e canetas flutuando ao seu lado enquanto tomavam os nomes daqueles que embarcavam. Eu já tinha lido um pouco sobre eles na biblioteca da Fundação: eram espíritos zoomórficos que guiavam os mortos até Mputu. Possuíam esse nome devido a sua forma de animal, e de acordo com os registros, eram muito fortes e ferozes.

Obin começou a avançar na direção das embarcações e fez um sinal para que o seguíssemos.

— Vamos, temos que embarcar.

Nós corremos para alcançá-lo, pois em sua forma original ele se locomovia mais rápido do que quando possuía pernas humanas.

— E como iremos passar pelos chacais? — perguntei, tentando não soar tão aflita quanto eu estava. — Você não tem permissão para viajar e nós somos *humanas*.

— Exato. Mas você, além de humana, também é uma abençoada espiritual — replicou ele, me lançando um olhar significativo. — A única vantagem de se trabalhar em um bar é ficar sabendo sobre tudo o que acontece neste mundo e nos outros. Com todo tipo de ser espiritual frequentando o Reduto, fiquei sabendo algumas coisinhas sobre meus antigos parceiros gênios.

Eu não estava entendendo aonde ele queria chegar, até seus olhos vagarem na direção de um grupo próximo de gênios, reunidos em volta de um pequeno dispositivo redondo feito de kalun que projetava um mapa no ar. Um dos espíritos explicava algo para os outros, que o ouviam com atenção.

— Os bakulu nos encarregaram da missão de localizar o Rei-Muloji e levá-lo até eles para que seja julgado e preso novamente. Segundo os chacais da fronteira, ele foi visto nas proximidades do Reino de Kalunga e depois desapareceu. Por isso, vamos procurar nesta região primeiro. — O gênio apontou para o mapa, onde tinha diversos pontos vermelhos marcados. — Vamos nos dividir e nos encontrar em três dias.

Todos os gênios assentiram e receberam do líder dispositivos contendo o mapa. Depois, eles se espalharam pela praia, indo cada um para um píer diferente. Um deles passou próximo a nós, resmungando irritado sobre "caos", "desordem" e "meu trabalho é transmitir mensagens, não procurar fugitivos".

Voltei a olhar para Obin, que alternava seu olhar sugestivo entre mim e o gênio estressado. Suspirei, entendendo a sua linha de raciocínio e o fato de ele ter enfatizado o meu dom espiritual.

— Isso não é certo — resmunguei, contrariada.

— O *que* não é certo? — rebateu Oyö, desconfiada, alternando o olhar inquieto entre mim e o gênio.

— Esse é o *seu* poder, Jamila, e estará o usando para um bem maior, não para o seu próprio benefício — argumentou o gênio, em um tom firme. — Está fazendo isso pelo seu irmão.

Obin tinha razão. Eu tinha que fazer tudo ao meu alcance para salvar o meu irmão.

— Tudo bem, eu faço — decidi, soltando outro longo suspiro e me virando para a direção em que o gênio havia ido, aprumando os ombros e erguendo o queixo.

— Pelos ancestrais, você vai fazer *o que* exatamente? Parem de falar em códigos — irritou-se Mina.

— Apenas observe — rebati, correndo para alcançar o gênio que se afastava. — Com licença!

O espírito parou e se virou, curioso, procurando a voz que o chamou. Ao se deparar comigo, ele semicerrou os olhos azuis celestes sem íris com desconfiança e tentou ver por baixo do meu capuz. Em resposta, abaixei a cabeça e me escondi ainda mais nas sombras que o tecido produzia sobre meu rosto.

— Você é um gênio, certo?

— Sim, sou Adri — respondeu meio incerto, mantendo distância de mim. — Mas não estou entregando mensagens no momento, se é isso o que deseja.

— Não quero entregar nenhum recado. — Me aproximei mais dele, utilizando um tom de voz firme e claro. — Você vai fazer outra coisa por mim.

Os olhos do gênio se arregalaram e ele tentou dar alguns passos para trás, apontando um dedo acusador em minha direção.

— Eu sei o que você está fazendo. Você é... humana! Uma abençoada!

— Isso não importa, Adri — rebati, pronunciando seu nome com uma calma deliberada.

Me aproximei ainda mais e prendi o seu olhar no meu. Ele tentou resistir fechando os olhos, mas eu lhe dirigi um olhar tão intenso que ele foi incapaz de fazê-lo e, por fim, me encarou derrotado.

Agora ele era meu.

"Use um tom firme, que não deixe espaço para argumentos. Prenda-o com o olhar, Jamila. Quando você prendê-lo com o olhar, ele será seu", havia ensinado Gymbia.

— Você entendeu o que eu disse? — Fiquei cara a cara com o espírito, seu olhar perdido e vazio cravado no meu, seu corpo ereto e parado feito um robô. — Não importa que eu sou humana. Você vai se esquecer de mim.

Ele assentiu e repetiu:

— Eu vou me esquecer de você.

— Vai me dar o seu mapa e ir embora sem dizer a ninguém o que aconteceu aqui.

Ele assentiu e meu entregou o pequeno dispositivo.

— Agora, vá.

Como ordenado, ele se foi, caminhando pela praia até eu perdê-lo de vista.

Obin e as meninas se aproximaram. As pequenas estavam estupefatas, enquanto o gênio sustentava um sorriso satisfeito.

— Você não é tão ruinzinha quanto eu pensei — zombou ele, cruzando os braços.

Arqueei uma sobrancelha e lhe dirigi um olhar desdenhoso diante da provocação.

— Isso foi muito maneiro! Só funciona em espíritos? — exclamou Amina, com os olhos brilhantes, um sorriso gigante e as mãos inquietas. — Mas é claro que só funciona em espíritos! Se você pudesse fazer isso em humanos, sem dúvidas, já teria usado na gente.

— Se usou, sem dúvidas, não vamos nos lembrar. — Oyö riu, deixando Amina horrorizada e muito perturbada.

— Não funciona com humanos, Mina. Fica tranquila. — Em seguida, me virei para o gênio, que se divertia com a confusão. — Já temos o mapa, mas como vamos embarcar?

— Com um pouco de blefe e mais uma pitada de manipulação. Como era o nome do gênio?

— Adri.

Ele assentiu, e no mesmo instante sua forma começou a mudar, até se tornar uma cópia perfeita do gênio manipulado: uma forma diáfana azul com leves tons de lilás, rosto estreito e um corpo esguio com pernas longas.

— Prazer, Adri — debochou ele.

Nós o seguimos até o navio mais próximo, mantendo a cabeça abaixada. Contrariando o plano de não chamar a atenção, Obin cortou a fila descaradamente, pedindo desculpas esfarrapadas com um sorriso falso que estava irritando os mortos. Por sorte, chegamos inteiros à prancha de embarque, onde estava um gigantesco chacal, que mesmo sentado sobre as quatro patas, possuía dois aterrorizantes metros de altura. Ele observou o gênio de cima a baixo com um evidente olhar de tédio.

— Nome e cargo, espírito — rosnou, exibindo os dentes pontiagudos.

— Adri, gênio mensageiro dos espíritos antepassados.

Com uma paciência desmedida e repetindo sem parar "Adri, Adri, Adri", o espírito observou sua caneta mágica deslizar pelo pergaminho mágico à procura do nome. Aquilo me deixou ainda mais ansiosa e, sem conseguir me segurar, comecei a tamborilar os dedos em minhas pernas por baixo da capa. Amina soltou um longo suspiro impaciente, enquanto Oyö se manteve quieta, mesmo que o nervosismo pintasse seu espírito em tons intensos.

Por fim, a caneta parou e apontou um ponto específico da folha para o quadrúpede.

— Ah, aqui está. Adri. Gênio. Tudo bem, pode passar.

Obin lhe dirigiu mais um de seus sorrisos falsos e avançou para dentro do navio. No entanto, quando estávamos prontas para segui-lo, o espírito nos barrou, colocando uma das patas no caminho.

— Espere, quem são esses... — ele tentou ver por entre as sombras do capuz e farejou o ar à nossa volta, concluindo em um tom desconfiado — espíritos?

— Ah, essas são as almas que estou levando para o outro lado. Elas têm assuntos para tratar com os antepassados. — Ele se curvou perto do ouvido do guardião e continuou em um tom teatral: — Elas não foram boas pessoas em vida, sabe?

O chacal rosnou e lançou-lhe um olhar irritado, afastando-se.

— Eu sinto cheiro *humano*. Consigo sentir uma — ele aproximou a pata gigantesca do capuz de Amina, e seus olhos se arregalaram a ponto de pularem para fora da órbita — *respiração*.

Ah, droga.

Diante do desespero que me dominou, meu coração se acelerou e ameaçou sair pela boca. Porém, em um segundo eu estava observando alarmada o guardião formular a palavra "humanos!", estendendo a pata para agarrar o pescoço da minha irmã. Porém, no segundo seguinte, eu agi por puro instinto, me colocando à frente dela e encarando profundamente os olhos negros do chacal, dizendo em um tom baixo que só ele poderia ouvir:

— Me escute e repita comigo: não somos humanas. Somos almas que estão partindo para o além-vida.

Os olhos do chacal foram tomados por uma névoa de confusão e ele franziu a testa, como se procurasse a razão. Mas como não a encontrou, se rendeu ao meu controle e repetiu o que eu havia dito. Sua postura ameaçadora relaxou enquanto falava e sua pata caiu inerte ao lado do corpo. Minhas irmãs e eu usamos isso como uma deixa para entrar rapidamente no navio. Nos misturamos em meio à massa de espíritos a bordo no convés, até o chacal sumir de vista.

— Pelos ancestrais, essa foi por pouco! — disse Amina, ofegante devido ao medo e a correria.

— Isso foi apenas o começo — disse Obin, olhando para a imensidão do mar que se estendia no horizonte, tocado pelos dedos brilhantes e dourados do sol. — Mas, por ora, vamos apenas aproveitar o fenômeno deslumbrante que é a Travessia.

***

— Pelos ancestrais, eu odeio navegar — resmungou Amina, tentando segurar mais uma ânsia de vômito, com a mão espalmada na barriga enquanto evitava se aproximar da amurada. — Não há nada de deslumbrante em fazer a Travessia.

Oyö riu de leve e rebateu com calma:

— Faz apenas vinte minutos que estamos em alto mar, irmã. Além disso, é só a sua primeira vez.

Irritada, Mina conseguiu se livrar da cara de vômito por um segundo apenas para lançar um olhar enviesado à caçula.

— Primeira e última, se os ancestrais tiverem um pingo de consideração por mim. Estou quase botando todas as minhas tripas para fora.

Acabei rindo, entusiasmada com o mau humor dela.

— Isso é do feitio dos abençoados de Núbia, porque vocês são filhos da terra firme — disse Obin, retornando de uma rápida inspeção pelo barco. — Dei uma olhada pelo navio e está tudo certo. Ninguém desconfiou da gente.

Suspiramos aliviadas.

Procuramos um lugar para sentar longe dos espíritos e encontramos um próximo à proa do navio. Oyö deitou a cabeça encapuzada no meu colo e Amina encostou a sua em meu ombro. Elas dormiram em poucos minutos.

Com os pensamentos vagando para longe, observei o mar silencioso. Obin se aproximou flutuando silenciosamente, com um olhar vago e saudoso, como se a imensidão do mar evocasse memórias felizes, que agora retornavam com o movimento das ondas. Depois de um tempo quieto, ele me perguntou sem desviar os olhos do horizonte:

— O que você sabe sobre seus poderes emeres?

— Muito pouco.

— Mas o pouco que sabe faz com que você os tema.

Estudei-o por um longo momento, ressabiada pelo motivo dele abordar aquele assunto de forma tão repentina. Tentei encontrar a razão para aquela conversa em seus olhos, mas como não consegui, me restou apenas responder com um aceno afirmativo de cabeça.

Diante disso, ele soltou um longo suspiro cansado, que parecia exprimir uma carga de exaustão acumulada por séculos.

— Eu já vi outro emere poderoso reprimir os seus poderes por medo. Isso o fez cometer erros estúpidos que afetaram todos os mundos.

Semicerrei os olhos e o avaliei por um instante.

— Aonde você quer chegar com isso, Obin?

Ele respirou fundo e, por fim, se virou para olhar profundamente em meus olhos.

— Não adianta esconder os seus poderes por temer ferir alguém ou fazer algo que possa intervir na ordem dos mundos. Quem deve decidir como e para que a sua bênção será usada é você, Jamila, não o seu medo. Ele cega as pessoas e as torna uma bomba-relógio prestes a explodir e machucar todos ao seu redor.

Uma indignação profunda estava presente no tom de voz do gênio, que ainda tinha o olhar perdido no mar. Mágoas e arrependimentos do passado pareciam se materializar por meio de suas palavras intensas.

— Você ainda vai precisar muito dos seus poderes, Jamila Ambade. Quando chegar o momento, não pense demais. Apenas faça. Memorize o lugar para o qual você quer ir — ele levou a mão à cabeça —, depois sinta a energia da Teia Sagrada vibrar dentro de você — colocou a mão no peito — e, por fim, se teleporte. — E estalou os dedos.

Eu não sabia o que falar ou fazer. Já fazia tanto tempo que eu não tentava. Será que eu seria capaz? Além disso, onde Obin tinha ouvido aquelas palavras? Eram exatamente as mesmas que minha ancestral havia dito no Limbo.

— Não tenha medo de usar os seus poderes, eles foram dados a você por um motivo — continuou ele, sem me dar chance de falar, seus olhos tomados pela dor da perda se voltando para mim. — Eu faria qualquer coisa para ter os meus poderes de volta e ser capaz de viajar.

Depois dessa conversa estranha e reveladora, fiquei ainda mais reflexiva. Obin havia revelado muito de si, mas eu tinha a impressão de que ele não estava falando apenas de si. Se o gênio referia-se a outro emere, quem era essa pessoa? Será que fora ela quem o fizera ficar tão amargo?

No meio das minhas reflexões, uma ideia que rondava a minha cabeça desde a nossa conversa no Reduto voltou a imperar em meus pensamentos. Me voltei para o gênio e perguntei:

— Eu e meus amigos estávamos investigando a natureza dos matebos de cinzas e da nova energia que surgiu dias atrás. Chegamos a uma conclusão impossível. — Ri de nervoso. Obin apenas continuou a me fitar, impassível. — Levantamos a hipótese de que existem outros tipos de energia que desconhecemos. E se há outros tipos de energia, existem outros níveis de realidade.

Imediatamente, Obin desviou o olhar para o mar.

— Eu sei onde está querendo chegar, Jamila, mas...

— Você foi um mensageiro dos ancestrais e da Deusa Única por muito tempo. Se a nossa realidade é formada por mais dimensões além da física e da espiritual, você deve saber.

— Existem assuntos que nós, espíritos, não devemos tratar com os humanos. Ordens diretas da Deusa. Principalmente eu, um mensageiro rebaixado. Se vocês, mortais, não têm esse conhecimento, é porque ela e os ancestrais não permitiram por algum motivo. E assim deve ser, até que eles decidam o contrário.

Semicerrei os olhos e estudei sua face séria.

— Isso foi um *"sim, mas não posso falar sobre isso diretamente"*?

Obin bufou.

—— Não. Isso foi um *esse assunto não é da minha conta*. Como eu já disse, não irei descumprir nenhuma regra ancestral que possa piorar a minha relação com a Deusa e os bakulu.

— Ah, não. Imagina. Só vai ajudar quatro mortais a viajar entre mundos após um deles ter derrubado uma barreira poderosa que impedia as viagens extradimensionais — ironizei, abrindo um sorriso travesso.

Obin me lançou um olhar irritado e se levantou do banco, indo se debruçar sobre a amurada.

***

As horas se arrastaram, e eu perdi completamente a noção do tempo. Depois de tirar uma longa soneca, Oyö se debruçou na amurada a fim de tentar divisar alguns "bichinhos marinhos".

— Olhem! Olhem! — gritou ela alguns minutos depois, ficando nas pontas do pé para admirar algo nas águas do oceano. — O que são aquilo?

Quando corri até o seu lado e me debrucei sobre o parapeito, vi formas humanas emergindo da água e mergulhando novamente, como golfinhos felizes nadando ao lado do barco. As nuvens se abriram, permitindo que a luz do sol banhasse o mar, e assim pude ver que na verdade as criaturas eram metade humanas e metade peixes. Mulheres com a pele negra escura e caudas brilhantes como madrepérola.

Nós duas soltamos exclamações de surpresa e deleite, enquanto Amina ainda se mantinha distante, resmungando e de mau humor. Para a alegria de Oyö, uma delas acenou para ela antes de voltar a mergulhar apressada para alcançar as outras. Minha irmã arquejou chocada e deu pulinhos, extasiada.

— São Jengus. Há muitas delas no mar entre os mundos — explicou Obin em tom monótono, ostentando um ar entediado de quem já havia visto aqueles seres milhares de vezes. — Isso significa que deixamos as águas do mundo físico e entramos no mundo espiritual.

O gênio tinha razão sobre termos atravessado o véu entre mundos. Eu consegui sentir o exato momento em que fizemos a passagem, pois uma sensação familiar, que eu não me lembrava de ainda ter gravado em meu corpo, me percorreu dos pés à cabeça: a sensação de me teleportar. A energia espiritual vibrou intensamente por todos os meus membros e por cada pedacinho da minha alma quando senti que atravessava uma fina barreira invisível.

Alguns minutos depois, ou horas depois — não sabia dizer, porque o tempo havia se tornado ainda mais confuso depois da Travessia —, avistamos terra firme.

— Chegamos ao nosso destino — anunciou Obin, com animação.

No horizonte, uma névoa espessa se desfazia conforme nos aproximávamos, descortinando um mundo completamente novo à nossa frente. Ao longe, pude ver um porto, cadeias de montanhas e um céu cintilante e multicolorido de tirar o fôlego.

Havíamos chegado ao mundo dos espíritos.

ARQUIVO EMERE

CONFIDENCIAL

(LEITURA RESERVADA APENAS PARA MESTRES-FUNDADORES).

DADOS SOBRE A BÊNÇÃO DOS VIAJANTES:

Também chamados de emeres, os viajantes dimensionais possuem a habilidade de realizar "saltos" (viagens) para outros níveis de realidade que formam a Teia Sagrada. Existem diferentes meios de se realizar essas viagens:

Porta: é o meio convencional para se viajar entre os níveis de realidade. Um emere tem a capacidade de abrir uma "porta" (passagem) entre mundos por poucos segundos.

Pontes: são criações de emeres muito poderosos, que constroem passagens dimensionais capazes de ficarem abertas durante certo prazo, que varia de uma semana a um mês.

Portos: pontos de embarque para realizar a Travessia até o mundo espiritual, utilizados por almas desencarnadas, gênios e, às vezes, emeres. Existem desde o início do universo.

Bolo de cenoura, café e uma corrida maluca

Desembarcamos em um local que Obin chamou de "Estação para todos os caminhos", uma construção gigantesca parcialmente coberta, sustentada por uma estrutura alta e cheia de arcos que se perdia em meio às nuvens coloridas e salpicadas de partículas brilhantes do céu. Uma infinidade de pontes e passarelas interligava três andares apinhados de lojas, guichês para passagens, plataformas de trem e pequenos restaurantes. No térreo, palmeiras e canteiros com plantas florescentes sombreavam uma fonte suntuosa, onde a água que borbulhava do seu centro refletia a luz do sol que entrava pelo teto aberto.

A grandiosa estação me deixou encantada, mas o número incontável de almas que preenchiam o espaço me fez ficar estancada no lugar por vários minutos. Era um mar de cores que se perdia de vista, brilhando como um enorme e único ser vivo multicolorido. Além disso, percebi que elas vibravam como cordas de um violino em diferentes tons, do mais brando ao mais grave, entrelaçando-se em uma frequência harmônica e produzindo uma melodia perfeita. Eu nunca havia visto algo tão lindo.

Pelo canto dos olhos, vi Obin me observar com um ar de divertimento.

— Não é como eu esperava — revelei, sem desviar os olhos do caos maravilhoso ao nosso redor. — Se parece um pouco com o nosso mundo.

— O mundo espiritual é um espelho do mundo físico, por isso eles se parecem em alguns aspectos. Eles estão sobrepostos, unidos e caminhando juntos. Conforme o seu mundo se transforma com o passar do tempo, Mputu o acompanha — explicou o gênio.

Amina observou deslumbrada um trem passar de ponta-cabeça sobre nós, percorrendo os trilhos de uma das plataformas mais altas.

— Para onde vão esses trens? — perguntou ela.

Obin seguiu o olhar dela e respondeu:

— Para todos os cantos deste mundo. O mundo espiritual é vasto como o físico. Acredito que até mais.

Voltei a estudar o aglomerado de almas. A diversidade existente na multidão despertou um rebuliço de excitação em meu interior. Havia todas as classes de espíritos que eu conhecia: gênios, espíritos ancestrais e antepassados, espíritos zoomórficos; e outras dezenas de classes que eu desconhecia. Cada alma emanava uma vibração própria e sentimentos intensos que me deixavam cada vez mais zonza, pois eram muitas vozes e emoções para processar de uma vez só.

Minha cabeça girava e latejava dolorosamente. Fechei os olhos na tentativa de aplacar o meu tormento, mas a dor na cabeça persistiu e aumentou gradativamente.

— Jamila? — A voz preocupada de Oyö soou longínqua, mas atravessou minha cabeça como uma lâmina afiada.

— Não grite — gemi.

— Não estou gritando. O que... o que está acontecendo com ela? — indagou a caçula.

— São os efeitos da primeira viagem. Ela nunca esteve em um lugar com tantos espíritos e não está sabendo lidar — disse Obin, me fazendo ter vontade de gritar para ele calar a maldita boca. — Jamila, você tem que respirar fundo e se lembrar dos ensinamentos que recebeu. Lembre-se de como foi treinada.

Parecia fácil falar, mas eu estava apenas a um fio de perder a consciência. Não conseguia lembrar nem o meu nome. Mas então, de alguma forma, eu consegui encontrar a voz de uma das mulheres que haviam me treinado ao longo da minha vida:

"Não tente processar tudo de uma vez, Jamila. Foque no necessário, suprima todo o resto."

Era a minha avó.

Repeti a frase por alguns minutos, até que consegui abrir os olhos com calma. As almas deixaram de saltar diante dos meus olhos como pontos de luzes cegantes e suas emoções não me sufocavam. Respirei fundo, satisfeita.

— Muito bem — parabenizou Obin. — Agora precisamos ir a um lugar mais calmo para discutirmos o nosso plano. Assim que decidirmos para onde ir, compramos as passagens e embarcamos em um trem.

— Não sei como vamos encontrar um lugar calmo nessa feira de peixe espiritual. — Mina fez uma careta quando um grupo de espíritos passou próximo a nós falando alto, carregando várias sacolas de compras. — Mas, se pudermos encontrar um lugar onde possamos comer, eu agradeço.

Ela olhou ao redor à procura. Obin abriu a boca para lhe dizer algo.

— Amina, eu não acredi...

— Ali! — Ela cortou o gênio e apontou um pequeno café de fachada simples e convidativa, avançando no meio da multidão. — Eu preciso de algo para comer, e tenho certeza que a Jami precisa de um café. Ela é doida por café.

E sem esperar, correu entre o aglomerado de almas.

— Amina! — gritei, correndo para alcançá-la.

Obin soltou um resmungo irritado e sua aura tremulou de nervoso.

— Ela é sempre assim? Não ouve as pessoas? — O gênio abriu caminho aos empurrões, recebendo olhares feios dos espíritos, mas não dando a mínima para isso.

— Você ainda não viu nada — replicou Oyö, fazendo um beicinho de irritação.

— É por isso que odeio mini humanos — resmungou Obin.

Entramos no café. Era um espaço pequeno, com um total de seis mesas rodeadas por cadeiras estofadas. Três delas estavam ocupadas por espíritos, que conversavam e compartilhavam alimentos. Fiquei surpresa com a cena, porque eu nunca imaginaria que espíritos pudessem comer.

Amina estava próximo ao balcão falando com o atendente, tomando o cuidado de manter a cabeça baixa e coberta para não verem seu rosto humano.

— Amina... — tentou Obin mais uma vez.

— Fica tranquilo, Obin, só vou fazer o pedido e já podemos começar a discutir o plano. Por que vocês não procuram uma mesa?

Seja lá o que queria dizer a ela, ele desistiu depois de lançar um olhar furioso que minha irmã ignorou completamente.

— Depois não diga que eu não avisei — sussurrou entredentes. — Venham vocês duas, vamos sentar lá no fundo.

— Eu espero que você tenha dinheiro de espírito para pagar pela comida — disse Oyö, quando sentamos em uma mesa.

— Vocês verão que nem iremos precisar — rebateu ele, me fazendo franzir a testa. O que diabos ele queria dizer com aquilo?

Obin colocou o pequeno dispositivo sobre ela e projetou um mapa holográfico de Mputu. Os nomes de cada lugar flutuavam sobre eles, o que me ajudou a encontrar a estação. Quatro pontos vermelhos marcavam no mapa a estação, o Reino dos Condenados, o Vale Ancestral e as Minas de Fogo. O gênio apontou para eles e disse:

— Isso certamente indica onde o Muloji pode ter passado, e os gênios irão revirar cada um desses lugares atrás dele em uma busca cega. Temos que ser mais espertos e pensar qual deles seria mais benéfico para os planos do inimigo.

— Este é o problema: não temos ideia de qual é o plano do inimigo — rebati. — Não conheço o mundo espiritual e não faço ideia dos motivos para o Rei-Muloji escolher um desses quatro locais para se esconder.

Curiosa, voltei a estudar o mapa, quando os lugares mudaram de posição repentinamente. Encarei Obin à espera de uma explicação. Ele suspirou e esfregou a testa, resmungando:

— É cansativo ter que explicar tudo para vocês.

Provoquei-o com um sorriso irônico.

— Pois acostume-se, porque essa é a razão pela qual você é o nosso guia.

Obin me lançou um olhar mal-humorado.

— Os lugares de Mputu não são fixos como os do mundo material. Eles estão sempre em movimento, trocando de lugar no início de cada dia. Por isso precisamos de um mapa, porque eles mostram onde cada local estará após a mudança, e assim podemos viajar sem o risco de nos perdermos. Para onde decidirmos ir primeiro, temos que chegar antes de terminar a noite, pois no dia seguinte, ele vai estar em uma região diferente e teremos que recomeçar a viagem.

Amina se sentou na mesa com uma bandeja cheia de comida, contendo pedaços de bolo de cenoura, pão de queijo e xícaras de café. Ao ouvir a última parte da conversa, disse:

— Que ótimo. Tudo fica ainda "melhor". Por onde vamos começar?

— Como eu estava explicando às suas irmãs, para localizar o Rei-Muloji, temos que pensar por qual motivo ele se esconderia naquele lugar e por que precisa de um esconderijo. Ainda não sabemos exatamente qual é o plano do feiticeiro, mas ele não poderia ser visto pelos outros espíritos, pois seria reconhecido e chamaria atenção indesejada para si.

— Além disso, ele tem um aliado que está roubando almas — emendei.

— Deve ter um motivo para isso, e ele precisa de algum lugar para escondê-las.

Obin assentiu e continuou falando:

— Você tem razão. O rei Kalunga não tolera que passem por cima da sua soberania no mundo espiritual, e é isso que o Rei-Muloji está fazendo ao roubar almas que deveriam ser julgadas por ele no além-vida. Além disso, por causa dos ataques do Muloji, essas almas estão sendo retiradas dos corpos humanos antes da hora. Se Kalunga o pegar, é o fim dele.

Soltei um arquejo incrédulo.

— *O rei Kalunga? Ele é real?*

Ele me lançou um olhar irritado.

— Sim, *o* rei Kalunga. Existe outro por acaso?

— Na verdade, eu nem sabia que ele existia — retruquei.

— Bom, agora sabe — replicou, como se estivesse falando sobre algo banal como o clima. — Kalunga é uma entidade antiga encarregada de castigar a alma daqueles que foram condenados pelos ancestrais a pagarem erros terríveis que cometeram em vida. Após cumprirem suas penas, os espíritos absolvidos são livres para escolher se desejam viver no mundo espiritual ou retornar para a sua família em uma nova reencarnação.

— Se esse rei mítico é tão terrível como está dizendo, se eu fosse o Rei-Muloji, não me esconderia no reino dele — disse Mina, dividindo a comida entre nós.

— Eu me esconderia — contestou Oyö —, porque seria o último lugar em que me procurariam exatamente por esse motivo. Não pensariam que eu seria tão audaciosa.

Obin e eu concordamos com ela, mas a atenção do gênio foi atraída para Amina. Ela dava várias bocadas na comida e mastigava com avidez, arregalando os olhos e franzindo a testa cada vez mais. Obin estava a ponto de se desfazer em risos.

— Não tem gosto! Nadinha de nada — revoltou-se ela, abandonado o bolo no prato.

O gênio dirigiu um sorriso diabólico e vitorioso para minha irmã.

— Era isso que eu estava tentando te dizer, teimosa. Os espíritos se alimentam apenas da energia dos alimentos que são enviados para Mputu por meio das oferendas que os humanos fazem no mundo físico. — Obin puxou a travessa cheia e, sob o olhar incrédulo de Amina, sorveu a energia da comida, o que tornou a sua aura mais brilhante.

Amina estreitou os olhos e agarrou sua xícara com força, encarando o gênio com um olhar afiado. Ela estava prestes a iniciar uma discussão quando a porta da lanchonete se abriu e dois seres enormes entraram. Todas as almas à nossa volta se encolheram diante da presença deles e o ar se tornou tenso e quase palpável.

No lugar da cabeça, eles tinham uma profusão de chamas verdes com uma máscara ritualística de madeira flutuando em meio a elas. Trajavam um tipo de armadura preta e alaranjada, com bastões metálicos pendurados em cintos grossos. Pela cara fechada e a postura rígida, eu pensei que seriam guardiões da fronteira no primeiro instante, mas por não possuírem formas de animais, minha intuição dizia que eles eram problemas maiores.

— Não encare — sibilou Obin, se encolhendo no banco na tentativa de se esconder atrás de Oyö, que tinha apenas metade do seu tamanho.

— Quem são esses cabeças de fósforo? — perguntou Mina, torcendo o nariz.

Obin parecia aterrorizado demais para responder.

— *Quem são eles?* — repeti a pergunta em um sussurro tenso.

— São soldados do Rei Kalunga — respondeu em um murmúrio estrangulado. — Espíritos castigados a viverem em seu reino de dor e desespero, devendo obediência cega a ele para sempre. Não possuem mais o direito de reencarnar. São muito maldosos, já nem se lembram mais que foram humanos um dia.

— O que... — tentou Mina, fazendo menção de tirar um blaster da bolsa em seu colo.

Mas Obin se desesperou e segurou sua mão imediatamente.

— Não ouse pegar nessa arma ou vamos atrair a atenção deles e...

— Um gênio — exclamou um dos grandalhões, virando-se em nossa direção. Obin soltou outro gemido estrangulado e afundou ainda mais no banco, com um semblante pesaroso. — Está difícil ver um gênio por aqui, com toda essa pressão que os bakulu estão colocando sobre eles para encontrar o maldito Muloji.

— O que faz aqui, gênio? — questionou o outro. — Sentado de boa e comendo enquanto seus irmãos trabalham duro?

Obin estava com uma cara tão emburrada diante da comparação que temi que ele desse uma resposta mal educada como "não é da sua conta". Mas o medo contido em seus olhos foi maior que a rebeldia.

— Não fui designado para outra missão. Continuo fazendo o meu trabalho de entregar mensagens, almas e oferendas ao mundo espiritual.

— Ah, entendo — concordou o outro, em um tom de deboche de quem não entendia nada. — E no meio do caminho resolveu trazer essas almas para fazer um lanche? Isso não é muito comum para o protocolo dos gênios.

O amigo assentiu com um sorriso cruel que tomei como um mal presságio.

— Como é o seu nome, gênio?

— Adri.

— Certeza? — Obin assentiu e, para meu alívio, sustentou o personagem e não demonstrou um pingo de incerteza. Em resposta, o brutamonte tirou o bastão do seu cinto. — Então você não se importa se a gente der uma checada? Os espíritos da sua classe sempre devem ser checados devido ao seu truque de...

— Habilidade — retrucou Obin, tão ofendido que ousou olhar o guarda nos olhos.

Os buracos da máscara que eram seus olhos diminuíram, como se o guarda os cerrasse. Ele torceu a boca em irritação e as chamas verdes arderam com mais intensidade.

— Devido ao seu *truque* de tomar a aparência dos outros — insistiu o grandalhão. — Se o bastão não apitar, você está em sua verdadeira forma. Se apitar... bom... vocês já vão descobrir.

Ele apontou o bastão para Obin e apertou um botão para acioná-lo, fazendo com que uma luz laranja se acendesse em sua extremidade. Todos nós prendemos a respiração, enquanto os outros espíritos no estabelecimento observavam a conversa nervosos.

"Por favor, por favor, por favor, não apite", implorei mentalmente.

Mas é claro que meu pedido fervoroso não foi atendido e o bastão apitou. Para adicionar a cereja do bolo de desastre, o objeto pareceu interferir nos poderes de Obin, pois o seu disfarce se desfez e cedeu lugar a sua verdadeira aparência de gênio.

— Obin! — rosnou o espírito, com um prazer sombrio espalhando-se por sua expressão ao se adiantar para agarrar o meu guia.

Mas eu estava decidida a não perder o único gênio que conhecia para aquele soldadinho intrometido, pois ele era a minha única chance para encontrar Malik naquele mundo desconhecido. Eu *precisava* dele.

Levantei da cadeira e ativei meus braceletes, conjurando energia espiritual e fazendo com que as mandalas azuis brilhantes envolvessem minhas mãos. Estendi uma delas na direção do espírito, prendendo-o sob meu controle e impedindo que fizesse qualquer movimento.

— Pelo rei Kalunga, o que... — esbravejou surpreso, tentando se mover.

Na pressa para me levantar, o capuz do manto acabou caindo para trás, revelando minha face. As fendas da máscara que eram os seus olhos se expandiram em descrença, o que fez suas chamas se inflamarem com violência.

— UMA HUMANA! UMA HUMANA ABENÇOADA!

Uma exclamação de puro assombro varreu o ambiente. Vários espíritos se levantaram e flutuaram depressa para fora do estabelecimento, outros mais curiosos espicharam o pescoço para ver e o restante estava chocado demais para ter alguma reação.

— Vamos pegá-los! — gritou o outro espírito, já tirando seu bastão do cinto e se aproximando.

Nesse instante, Amina também se levantou e ativou os braceletes. Manipulando o chão sob os enormes pés do outro guarda, ela mudou o estado físico do piso para pastoso, fazendo os pés dele afundarem como em areia movediça. Com movimentos rápidos de sua mão, minha irmã fez com o que o chão retornasse ao estado físico, prendendo o inimigo.

— Vamos embora! — gritou ela, agarrando Oyö pelo braço.

— OBIN, VAMOS — berrei, quando o gênio não conseguiu se mexer.

Com um sobressalto, ele acordou aterrorizado do seu transe e me seguiu.

Soltei o guarda de Kalunga e corri atrás das minhas irmãs, desviando atrapalhada das mesas espalhadas pelo salão. Quando olhei para trás, um deles já corria em nossa direção, enquanto o outro havia ficado intangível para libertar seus pés afundados no piso.

— Meeerda! — gritei.

Joguei algumas mesas pelo caminho em uma tentativa falha de atrasá-los. Eles passaram por elas como se fossem folhas secas das árvores.

Amina, que estava mais à frente com Oyö ao seu lado, parou de correr e se virou para trás. A fim de nos dar cobertura, ela voltou a manipular os pisos, movendo-os como peças de um tabuleiro sob os pés dos nossos perseguidores e os afastando para longe. Isso deu tempo suficiente para que eu e Obin as alcançássemos, a porta de saída a poucos metros.

No entanto, ela se abriu de supetão e mais um soldado de Kalunga entrou, empunhando o mesmo bastão que seus outros amigos. Paramos de correr abruptamente, derrapando no processo. Sobressaltada com o recém-chegado inesperado, Oyö se chocou contra uma mesa antes que pudesse parar, derrubando duas xícaras de café no chão.

— Para onde você vai, gênio? — o guarda disse em um tom gutural, estampando um sorriso vitorioso.

Ele ativou seu bastão de ferro e um chicote feito com energia espiritual se desenrolou da ponta. Ele o brandiu na direção de Obin, enrolando-o em volta do seu corpo diáfano. Obin tentou se libertar, mas uma onda de choque percorreu seus membros e seu espírito piscou feito uma lâmpada com defeito. Pude sentir a dor percorrer sua alma.

— Pare com isso! — gritei irada, jogando minhas mãos na direção do espírito, na tentativa de controlá-lo.

Mas outro chicote foi brandido na direção das minhas costas, e com um puxão brusco, fui levada ao chão. Mina se voltou para o brutamonte que se erguia sobre mim, pronta para atacar. Porém, o terceiro guarda estava pronto dessa vez e também ativou seu bastão, projetando uma lâmina energética que encostou em meu pescoço.

— Eu não faria isso se fosse você, humana. Pelo bem da sua irmã.

Amina o fuzilou com os olhos, mas abaixou as mãos e as luzes de seus braceletes se apagaram.

— Você achou mesmo que um disfarcezinho desses iria enganar os soldados do senhor dod mortos? Nós enxergamos vocês, gênios, mesmo por baixo dos disfarces.

— E deixe-me refrescar a sua memória, Obin — continuou o guarda que tinha a lâmina em meu pescoço. — O senhor da morte não tolera espertinhos, principalmente os *traidores*.

— Que conversa é essa, hein? — perguntou Amina, irritada, alternando o olhar entre Obin e os soldados. — Tratam ele como se o conhecessem.

Os três soldados soltaram gargalhadas maldosas.

— Mas é claro que o conhecemos. Todos em Mputu o conhecem. O grande Obin, mensageiro de alta patente da própria Deusa, que caiu em desgraça ao perder os seus poderes e o seu prestígio diante dos ancestrais por ajudar um simples humano. — A máscara do espírito foi tomada por uma profunda expressão de nojo ao olhar para nós. — Um humano como *vocês*.

Ajudar outro humano? Que conversa era aquela?

Encarei Obin com um olhar inquisidor, mesmo sabendo que ele não poderia me responder naquele momento.

— Parece que o castigo dado pela Deusa Única não foi o bastante para você, porque ainda não aprendeu a lição — continuou o soldado.

— Talvez um castigo mais doloroso seja necessário — emendou o outro. — A Deusa foi boa demais com ele.

— O rei Kalunga não é tão bondoso assim. Ele vai saber dar um castigo mais doloroso.

Os três riram e continuaram caçoando de Obin.

Nas lendas, Kalunga sempre era descrito como um ser não misericordioso e muito vingativo com os heróis ou qualquer um que ousasse desafiá-lo. E agora ali, diante das palavras dos guardas, percebi que o rei mítico parecia ter uma memória *muito* longa e ainda ansiava por vingança devido a alguma traição do gênio.

Estávamos perdidas.

Desesperada, procurei Oyö enquanto eles estavam distraídos e a encontrei escondida sob uma das mesas caídas. A pequena estava pálida e batendo os dentes de medo, os olhos esbugalhados presos nos monstros. Ela fechou os olhos, e quando achei que iria desmaiar, minha irmã simplesmente sumiu diante dos meus olhos. Ofeguei e arregalei os olhos, estupefata, mas desviei o olhar assim que o guarda voltou sua atenção para mim.

— Que cara é essa?

— Nada — respondi rápido demais, negando com a cabeça.

— Vamos — disse ele, me levantando com brusquidão. — Vocês vão ser levados até o nosso rei.

O soldado que segurava Obin bateu com o pé duas vezes, fazendo as mesas chacoalharem e o chão se abrir, revelando uma passagem subterrânea. No mesmo instante, o soldado me empurrou na direção do buraco, e observei que uma escada de terra havia surgido para a descida.

Virei a cabeça para onde Oyö desapareceu e vi marcas de sapato surgirem na meleca de café que havia sido feita no chão, acompanhando nossos passos para o seio da terra. Me voltei para a frente para não levantar suspeitas e sorri discretamente, me permitindo ter esperanças. Parecia que, afinal, minha terrorzinha tinha poderes, e caberia a ela nos tirar daquela enrascada.

O (horroroso e tenebroso) Reino dos Condenados

— Pelos ancestrais, por quanto tempo vamos andar por esse túnel? — reclamou Amina, chutando uma pedrinha com raiva.

— Não sei, talvez eu mude de ideia e você nem chegue ao Reino — rosnou um dos guardas, à beira do limite da sua paciência. Amina não havia calado a boca desde que tínhamos entrado nas profundezas da terra, irritando os espíritos.

O túnel era escuro e úmido. O silêncio rompido apenas por nossos passos me deixava ansiosa. Alguns metros atrás, Oyö nos seguia. Eu não ousava olhar em sua direção, temendo que os guardas desconfiassem, mas andava atenta à presença do seu espírito e ao característico perfume doce que ele exalava.

A energia brilhante da cabeça dos espíritos iluminava o caminho, revelando os metais incrustados nas paredes de terra. Começou com pequenas veias esparsas, porém, quanto mais nos aproximávamos do reino de Kalunga, mais o número de metais nas paredes aumentava. Reconheci o dourado do kalun, o aço escuro do dízio e outros metais comuns. Havia alguns que eu não conseguia identificar, pois não era uma especialista em minérios como Malik. A curiosidade despertou um pensamento involuntário em minha mente: será que ali, no mundo espiritual, havia cítrio?

Decidi jogar um verde nos guardas para tentar obter uma resposta.

— O seu rei é muito sortudo por possuir tantos metais dimensionais ao alcance da mão.

Um dos soldados mordeu a isca no mesmo instante. A boca da máscara se expandiu em um sorriso convencido.

— O Reino dos Condenados é o lugar que possui mais metais

dimensionais no mundo espiritual. Apenas aqui e nas Minas de Fogo existem todos os tipos.

Todos os tipos.

Amina e eu trocamos um olhar astuto.

Entrando na encenação, minha irmã rebateu com o seu melhor e mais irritante tom desdenhoso:

— Duvido que tenha *todos* os tipos.

— Talvez no seu pobre e mísero mundo não, humana — rebateu outro soldado, irritado e ofendido por duvidarmos de sua palavra. — Mas aqui temos todos: kalun e dízio — ele apontou para pontos acobreados e cinzentos —, cítrio e até mantinium. — Seu dedo em riste se desviou para minérios pretos e brancos.

Se Malik estivesse ali, ele teria chorado com a visão. O guarda que explicava passou uma das mãos pela parede sem parar de andar, orgulhoso das posses de seu rei.

— Esses dois são os mais raros de todos, como vocês sabem.

Concordei com ele apenas para esconder a minha surpresa, e já estava pronta para fazer mais perguntas quando o líder interrompeu a conversa.

— Chega de papo furado com as prisioneiras. Chegamos.

Apenas naquele momento, notei que a saída do túnel estava próxima, por onde uma tímida luz cinzenta entrava. Amina e eu fomos empurradas bruscamente para fora, e quando me vi à beira de um precipício, soltei um grito de terror. Dei alguns passos desajeitados para trás, enquanto os espíritos imbecis gargalhavam.

Passado um pouco do choque, levantei a cabeça para observar a paisagem horrenda que se estendia à minha frente. O Reino de Kalunga era o lugar mais feio, lúgubre e sinistro que eu tive o desprazer de conhecer. Era uma imensa caverna subterrânea com penhascos, montes escarpados e montanhas íngremes que se estendiam pela escuridão até se perder de vista. Estalactites afiadas se projetavam das sombras sobre nossas cabeças, de um teto tão alto que não podíamos enxergá-lo. O silêncio tenso e assustador do reino subterrâneo era cortado apenas por um ocasional lamurio longínquo ou por gritos estridentes de dor que gelavam a espinha. Um nevoeiro espesso se movia devagar entre os penhascos e os montes, como uma longa serpente gasosa. Palácios, prisões, portas de cavernas e longas escadarias haviam sido esculpidos na pedra escura, unidos por pontes perigosamente estreitas.

    Os soldados nos guiaram por uma escadaria que serpenteava pelo monte em que estávamos, que a cada degrau nos levava cada vez mais para baixo. Passamos sob um arco de pedra e entramos em uma caverna que possuía uma rede labiríntica de corredores cheios de celas. Fomos empurradas para dentro de uma delas, mantendo apenas Obin fora. Antes de trancarem as grades, um dos guardas puxou o meu punho, fechando a mão imensa sobre o meu bracelete.

    — O que está fazendo? — perguntei, tentando me soltar do seu aperto.

    — Acha mesmo que vou te deixar com uma arma dessa nos pulsos? Agora fique quieta ou eu apago você e sua irmãzinha.

    Um ódio imenso se avolumou dentro de mim, mas fiz o que me foi ordenado. Impotente, observei-o retirar os meus braceletes e depois os de Amina, confiscando também sua mochila, o mapa e o dispositivo dos óculos encaixados em suas orelhas. Eles fecharam a porta com um estrondo ao sair.

    — Quando o rei decidir o que fará com vocês, viremos buscá-las — disse o líder.

    — O que farão com ele? — Fiz um movimento de cabeça na direção de Obin.

    — O destino dele está nas mãos de Kalunga.

    Dando gargalhadas altas, eles levaram Obin de volta pelo caminho que tínhamos vindo. Antes de sumir em uma das curvas, o gênio lançou um último olhar assustado que gritava "socorro" para mim e Amina. Depois que eles se foram, soltei um longo suspiro angustiado ao observar meus pulsos vazios. Era estranho estar sem eles. Eu os usava havia tanto tempo que tinham se tornado uma extensão do meu corpo.

    — Droga! — Sacudi as grades com raiva. — Temos que arranjar um jeito de salvá-lo antes que Kalunga acabe com nossa única chance de encontrar Malik.

    Amina assentiu, com a testa franzida de preocupação.

    — Mas você não acha que deveríamos estar um pouquinho mais

preocupadas com Oyö? De alguma maneira, ela conseguiu se safar dos brutamontes com cara de madeira, mas...

— Eu estou aqui, Amina — disse a voz da caçula, em algum lugar do lado de fora da cela.

Mina deu um berro e pulou um para trás, afastando-se das grades. Oyö e eu gargalhamos alto, enquanto nossa irmã olhava desesperada para todos os lados, coçando os olhos.

— Isso não tem graça nenhuma! O que está acontecendo?

— Não é você que vive fazendo brincadeiras como essa com a gente, Mina? Esse é o momento da minha vingança — rebateu a caçula, rindo.

— Pelos ancestrais, você está invisível! — exclamou a outra, finalmente entendendo. Ela voltou a se aproximar das grades, colocando um dos braços para fora na tentativa de alcançar Oyö. — Onde você está?

— Bem aqui — a voz soou mais perto.

Mina se sobressaltou de leve no momento em que Oyö devia tê-la tocado. A mais velha abriu um sorriso maravilhado que logo se transformou em uma gargalhada de pura alegria.

— Eu disse a Malik que você seria abençoada! Mas nunca vi um poder como esse antes. — Ela me encarou e inclinou a cabeça, intrigada. — Eu não sabia que abençoados espirituais tinham poder de invisibilidade.

— Não temos — rebati, franzindo o cenho.

— E nem nós materialistas — emendou Amina, observando intrigada o espaço vazio à sua frente onde deveria estar a nossa irmã.

— Então... qual é a minha bênção? — perguntou Oyö, aflita.

— Não se preocupe, nós vamos descobrir — respondi, tentando soar calma e segura, quando na verdade o meu espírito se agitava ansioso diante daquela novidade.

— Essas novas bênçãos podem estar ligadas aos minérios que o soldado de Kalunga nos mostrou — sugeriu Amina, arregalando os olhos. — Cítrio e mantinium. Como é mesmo aquela lei sagrada sobre a Teia que vovó nos ensinou?

— "Existe um metal dimensional para canalizar cada energia dimensional" — repeti as palavras de nossa avó, me recordando do primeiro ensinamento que havia recebido em meu treinamento. — O seu pensamento faz sentido, Mina. A lógica dessa lei é simples e clara: se há uma nova energia, também deve haver um metal dimensional ainda desconhecido em nosso mundo capaz de conduzi-la.

— E podem ser os metais que acabamos de ver no caminho para cá — concluiu Oyö.

Amina assentiu com um movimento de cabeça.

— Espero que eu não tenha sido abençoada com poderes como os do Muloji — rogou Oyö.

Senti o medo e a angústia se espalharem por seu espírito.

— Fique calma, Oyö. As energias dimensionais não foram criadas para serem boas ou más. É a gente que decide como vai usá-las. Se você foi abençoada com aquela energia, tenho certeza que vai descobrir uma boa maneira de utilizá-la.

Oyö suspirou, e senti que aos poucos a angústia e o medo em sua alma diminuíram. Eu estava prestes a dizer algo mais quando ouvimos outra voz, vinda da cela escura à nossa frente.

— Vocês são... humanas? — perguntou uma voz feminina, o tom incrédulo enfatizando a última palavra.

— Sim? — respondi meio hesitante, tentando enxergar em meio às sombras espessas do cubículo à frente.

— Nossa, humanos no mundo além-vida! Disseram que isso nunca mais aconteceria. — Uma risadinha baixa soou pela cela, seguida pelo som de uma pedra se chocando contra a parede e depois caindo no chão. — Eu não vejo humanos há muito tempo.

Depois de um longo e desconfortável silêncio, quebrado apenas pelo ruído das pedras que ela jogava na parede, resolvi me apresentar adequadamente:

— Prazer, sou Jamila Ambade. Quem é você?

Ouvi a prisioneira engasgar de surpresa. Então, mãos humanas — mas curiosamente azuis — saíram da sombra e agarraram as grades ao mesmo tempo em que ela exclamou, perplexa:

— Você é *Jamila Ambade*?

Meio hesitante, assenti com um movimento de cabeça. A desconhecida deu uma gargalhada melodiosa, cheia de incredulidade.

— Pelos ancestrais! A emere que derrubou a barreira de Aren.

— Como você sabe disso? — indagou Amina, desconfiada.

— Ora, pela Deusa, criança! Todos falam apenas sobre isso neste mundo e no outro. Os soldados deste reino são fofoqueiros incuráveis. Nem mesmo a fofoca mais recente, sobre o Rei-Muloji finalmente ter encontrado um ferreiro, sobrepujou a notícia da barreira ter caí...

— Espere. Que história é essa de ferreiro e Rei-Muloji? — indaguei, muito interessada.

— Ah, isso. — Ela fez um movimento desinteressado com a mão. — Como já devem saber, o Ditador de Ferro retornou das profundezas do inferno onde ele foi preso. Depois que a barreira caiu, um viajante misterioso do mundo físico realizou mais ataques furtivos aqui no reino em nome do Rei-Muloji, e ele sempre se saiu bem-sucedido.

— Se esse viajante é o mesmo aliado do muloji que o ajudou com os ataques ao mundo físico, ele não é apenas mais um feiticeiro, como pensávamos — disse em voz alta, manifestando as peças do quebra-cabeça que se juntava em minha mente. — Para conseguir transitar entre os mundos, ele também deve ser um emere.

— Mas por que ele estava atacando este reino? — questionou Mina.

— Para roubar as almas presas aqui e aquelas que acabavam de fazer a Travessia.

— Caraca, ele estava roubando almas do *rei da morte?* — admirou-se Amina.

— Sim. Segundo o que eu ouvi dos soldados, ele sugava essas almas para ficar mais poderoso, mas poupava a dos ferreiros. Esses espíritos, ele levava consigo.

— Para quê? — indaguei.

— Não sei. Os soldados diziam que ele raptava a alma de muitos ferreiros e procurava por um em especial, que não sabemos quem é. O viajante misterioso deixou o rei Kalunga mais irado do que eu o vi em todos esses séculos e...

Me desliguei do falatório da desconhecida conforme minha mente começou a trabalhar a todo vapor, unindo os pontos. Como eu suspeitava, era um aliado do Muloji que estava se alimentando das almas capturadas. E pelo jeito, não só no meu mundo, mas no espiritual também. Além disso, seu interesse em poupar a almas dos ferreiros indicava que ele precisava dos serviços deles para algo, e isso certamente envolvia a forja de metais ou a criação de alguma invenção perversa.

A necessidade de encontrar meu irmão se tornou ainda maior diante da possibilidade de ele estar sendo obrigado a trabalhar para eles. Mesmo sendo muito jovem, Malik era um dos inventores mais brilhantes de Méroe, e suas mãos habilidosas estarem à disposição do maior genocida da história não era nada bom. Eu precisava descobrir para onde ele havia sido levado.

Tentei me lembrar do mapa que havíamos roubado, mas a ansiedade me atrapalhava. Me voltei para Amina, que parecia zonza diante da falação desenfreada do espírito.

— Me ajudem a lembrar dos locais marcados no mapa — pedi às minhas irmãs. — Primeiro: a Estação para Todos os Caminhos. O Muloji não deve estar lá, é um lugar muito à vista de todos.

— O segundo era este lugar, o Reino dos Condenados. Mas não acredito que ele esteja aqui. Com a ira do tal Kalunga, os soldados deles já teriam os encontrado — disse Mina, coçando a sobrancelha, pensativa.

— O terceiro era um vale — disse Oyö.

— O Vale Ancestral — ajudou Mina.

— Isso — concordei.

— Ah, lá ele também não vai estar — intrometeu-se a voz do outro lado do corredor estreito, atenta a nossa conversa. — É a morada das almas boas e dos ancestrais divinizados. É um lugar sagrado e muito bem protegido. Entram apenas aqueles escolhidos pelos bakulu, e o Muloji nunca seria um deles.

— Então só nos resta as Minas de Fogo — disse Oyö.

— O que faz sentido — rebati, começando a andar enquanto raciocinava. — Se eles querem ferreiros, deve ser para que criem algo para eles.

— Sem dúvidas, algo que envolva metal e forjas — emendou a caçula.

— Isso! Você se lembra do que o soldado de Kalunga disse para a gente no caminho até aqui? — emendou Amina. — Nas Minas de Fogo é onde existem todos os metais dimensionais.

Ela passou a mão pelo rosto, o desespero crescendo em sua expressão.

— Você acha que eles estão construindo armas com metais dimensionais?

Parei de andar e a encarei, tensa.

— É uma terrível possibilidade, Mina.

— Estamos lascadas, Jami.

— É, vocês estão — concordou a desconhecida, voltando a jogar pedras contra a parede.

— Precisamos sair daqui. — Amina balançou as grades. — Mas como, sem nossos braceletes e o meu óculos?

— Ué, por que a emere não salta para fora da cela? — indagou a intrometida.

— Você não ouviu? — rebati irritada. — Não temos nossos condutores de energia dimensional.

— E quem disse que um emere precisa de qualquer tipo de condutor para viajar? — rebateu ela, como se fosse uma coisa óbvia. — O que os seus ancestrais te ensinaram sobre viajar?

— Nada muito claro.

Ela parou de jogar as pedras por um momento. Perplexa, repetiu:

— Nada muito claro?

— Todo o conhecimento emere que tínhamos no mundo físico foi perdido após Aren construir a barreira e extinguir as viagens. Você não sabia disso?

— Não. O meu reino tinha uma aliança com o seu mundo há muito tempo. Mas, depois da Guerra Emere, nunca mais tivemos qualquer contato ou notícia dos viajantes. — Ela voltou a tacar as pedras na parede, com desânimo. — Mas enfim, um emere não precisa de braceletes para viajar. Não conjuramos energia ao usarmos nossos poderes, como os outros abençoados. Nós e nossos ancestrais *somos* energia. Tente.

Fechei os olhos para me concentrar, tentando me recordar dos treinos caseiros no quintal da minha avó. Mentalizei o corredor entre as celas e desejei estar lá. Esperei o estalo, o movimento agitado da minha energia espiritual se intensificar dentro de mim.

Mas nada aconteceu.

Amina soltou um suspiro desanimado e se jogou no chão, murmurando:

— Ah, que ótimo. Isso vai demorar uma eternidade.

— Não é fácil, tá? — rebati irritada, abrindo os olhos.

— Eu posso dar uma espiada por aí e tentar encontrar algo que possa nos ajudar enquanto você tenta, Jami — disse Oyö. — Logo estarei de volta. Até lá, não desista.

Luto contra um crocodilo arrependido

— Desisto! — gritei irritada, chutando as grades depois de passar a última hora tentando me teleportar. — É impossível, não funciona!

Amina se levantou e se aproximou, suspirando cansada.

— Não é impossível, Jamila. Você já fez isso algumas vezes no quintal de casa. Por que está sendo tão difícil agora?

Porque eu demorei demais para aceitar quem sou. Porque agora, depois de tantos anos, não consigo sentir a minha parte emere viva dentro de mim. Porque, depois daquele maldito ritual, tenho ainda mais medo de usar os meus poderes.

No entanto, o que apenas murmurei em resposta foi:

— Eu não sei.

Nesse instante, ouvimos passos e uma respiração ofegante vindo correndo pelo corredor.

— Oyö? — indaguei.

— Sim, sou eu. Não achei nada que pudesse nos ajudar, e tenho péssimas notícias: os guardas estão vindo buscar vocês.

Ela se calou quando passos pesados entraram no corredor. Minutos depois, os espíritos apareceram à nossa frente com suas armaduras e máscaras flutuantes no lugar dos rostos.

— Ótimas notícias, humanas: vocês irão ver o rei.

— Ah, que honra — debochei quando saímos da cela.

Um guarda entregou o óculos-que-tudo-vê para Amina. Depois que ela colocou o dispositivo nas orelhas e o ativou, os soldados nos guiaram mais uma vez pela caverna até sairmos na rede confusa de escadarias e penhascos tomados pelo nevoeiro. Dessa vez, cruzamos pátios e pontes altíssimas, sempre subindo, até passarmos por uma porta minúscula que se abria para um imenso salão cavernoso.

Havia centenas de soldados aglomerados em uma bagunça de tons verde, cinza e preto. Estavam sentados em arquibancadas esculpidas na pedra das extremidades do salão ou pendurados nas imensas estalactites que desciam da escuridão do teto. Eles agitavam seus bastões e produziam gritos de guerra estridentes que faziam o ar vibrar diante de sua fúria.

No entanto, o que nos esperava sobre uma alta escadaria de pedra era o mais terrível.

Sentada em um trono imenso, a gigantesca entidade irradiava seu poder sinistro. Sua pele negra retinta, escura como o cintilante céu noturno, era pintada com complexos desenhos geométricos feitos com tinta branca. Possuía narinas largas e olhos desconfortavelmente astutos, que nos estudaram com extrema lentidão. Ele parecia ser capaz de enxergar através dos nossos corpos.

Ladeado por três guardas, o minúsculo Obin flutuava ao lado do trono de cabeça baixa, com a mochila de Amina e o nosso dispositivo sob os pés de um soldado.

Os três soldados se adiantaram para fazer uma reverência perante o trono, e nesse instante, senti Oyö se aproximar de mim.

— Jami, preciso que distraia ele. Eu vou pegar Obin e as nossas coisas.

— O quê?! — guinchei em pânico.

Antes que eu pudesse tentar impedi-la, os soldados voltaram a se aproximar e o perfume doce da alma de Oyö se afastou. Enquanto isso, os dois brutamontes forçaram Amina e eu a ajoelharmos perante o trono.

Devagar, a entidade se inclinou na nossa direção. A multidão de guardas se calou instantaneamente, fazendo com que um silêncio tenso e ansioso recaísse sobre a caverna. Mesmo com a cabeça baixa, eu sentia o peso do olhar do rei sinistro sobre mim.

— Então é verdade: humanas vivas em Mputu. Eu sabia que a quebra da barreira traria muitas mudanças para a dinâmica entre os mundos, mas não tão rápido. Quem são vocês e o que querem aqui?

Levantei a cabeça, mas me mantive de joelhos.

— Eu sou Jamila Ambade. — Os soldados se agitaram e murmuraram, nervosos. O rei apenas arqueou uma sobrancelha e uma chama de curiosidade brotou em seus olhos escuros. — Essa é minha irmã, Amina. É uma honra estarmos diante de vossa majestade. Estamos aqui para resgatar a alma do nosso irmão, que foi roubada pelo Rei-Muloji durante o ataque ao meu mundo.

Diante da menção ao nome do feiticeiro, os murmúrios se tornaram gritos e muitos soldados se levantaram furiosos de seus assentos nas arquibancadas. Kalunga, por sua vez, voltou a se recostar no trono com uma face ainda mais severa e um perigoso olhar de ódio.

— Não é só você que deseja colocar as mãos no Rei-Muloji, emere. Acredito que é isso o que você é, certo? — disse, os cantos de seus lábios curvando-se em um sorriso perspicaz. — Você é aquela que abriu a barreira, a Unificadora de Mundos.

Mordi os lábios para reprimir um sorriso desdenhoso diante do título. Respirei fundo e mantive meu olhar impassível ao responder:

— É o que estão dizendo, majestade.

— Você não acredita nisso? — rebateu com uma pitada de divertimento.

— Confesso que não. — Dei de ombros. A curiosidade contida em seus olhos aumentou, e percebi que ele esperava por uma explicação. — Bom, até alguns dias atrás, eu não ligava muito para a minha parte emere, majestade. Não vejo como uma viajante tão despreparada poderia se digna de um título tão importante.

— Mas isso foi profetizado há muitas décadas, Jamila Ambade — insistiu, em um tom profundo e sério. — Obin não lhe contou sobre a profecia? Foi ele o gênio que a recebeu dos ancestrais, depois de ajudar Aren a entrar no meu reino.

Semicerrei os olhos e encarei o gênio cabisbaixo, que fazia questão de evitar a minha atenção. Senti uma intensa onda de medo que emanar de seu espírito.

— Vamos, humana. Pergunte a ele sobre isso — desafiou Kalunga.

Eu sabia que, pelo seu tom provocador, ele estava armando algum jogo perverso e se divertindo às nossas custas. No entanto, a minha curiosidade era maior e acabei não resistindo.

— Sobre o que ele está falando, Obin?

O gênio continuou em silêncio, e o rei se irritou.

— Diga o sobrenome dele — ordenou Kalunga, mas Obin estava em pânico e não foi capaz. Ele tentou flutuar para trás, mas um soldado o impediu com seu cetro. Kalunga se inclinou no trono e insistiu em tom de ameaça: — *Diga*.

Obin fez uma tentativa patética de falar, que soou como o guincho de um animal desesperado. Mas, quando seu olhar encontrou o do rei, ele conseguiu articular, em um murmúrio assustado, o sobrenome que gelou os meus ossos.

— Am-ambade. Am-b-bade era o sobrenome dele.

Arregalei os olhos e deixei uma exclamação escapar dos meus lábios. O choque me deixou muda por um minuto inteiro, ao passo que Amina gargalhou alto de desdém e descrença e disse:

— Ah, pelos ancestrais. Se isso fosse verdade, não acham que nossa família saberia? É um podre cabeludo demais para ser escondido por tantas gerações.

— Mas f-foi — rebateu Obin, respirando fundo e soltando um suspiro trêmulo. — Aren d-deixou de utilizar esse sobrenome depois que nenhum membro da família aceitou ajudá-lo com o seu plano para extinguir a magia emere. Os s-seus ancestrais apagaram e destruíram qualquer tipo de r-rastro que ele poderia ter deixado como um Ambade depois que construiu a barreira entre mundos, como uma... forma de desvinculá-lo da família.

Puxei na minha memória todos os objetos herdados dos nossos antepassados na casa Ambade, tentando me recordar de um que pudesse ter sido do meu suposto ancestral emere traidor, mas não consegui. Mais de duzentos anos nos separavam da época na qual Aren vivera, tempo o suficiente para o seu apagamento se enraizar através das gerações.

Voltei a encarar Obin, e a nossa estranha conversa no barco durante a travessia emergiu em minha memória: *"Eu já vi outro emere poderoso reprimir os seus poderes por medo"*, dissera ele. *"Isso o fez cometer ações estúpidas que afetaram todos os mundos"*. Seria Aren o humano que Obin tentara ajudar e acabara perdendo seus poderes? Os crimes que Aren cometera contra os emeres eram motivo o suficiente para fazer um de seus aliados receber uma sentença tão severa como a do espírito mensageiro.

"Memorize o lugar para o qual você quer ir, depois sinta a energia da Teia Sagrada vibrar dentro de você e, por fim, se teleporte". A voz do gênio se misturou à da minha

ancestral me transmitindo o conhecimento aprendido com o seu pai, "o último emere da família a viajar". Seria Aren o *pai* a quem ela se referia?

Busquei as respostas nos olhos do gênio babaca e mentiroso, mas ele era covarde demais para sustentar o meu olhar repleto de perguntas. No entanto, Kalunga parecia disposto a me fornecê-las, e quando percebeu que Obin não o faria, ele disse:

— Quando Obin foi levado até os ancestrais, depois de ajudar o maldito emere, ele recebeu uma profecia, a última mensagem que disseminaria pelo mundo humano durante seu exílio: a profecia da linhagem Ambade. Ela dizia que um membro poderoso da linhagem de Makaia colocaria uma barreira entre mundos, a qual, duzentos e setenta e cinco anos depois, seria destruída por outro descendente seu que restauraria o equilíbrio da Teia Sagrada. Um Ambade causaria a bagunça, então a mesma linhagem deveria consertá-la.

— Isso não é justo — resmungou Amina.

— E a atitude do seu antepassado foi? — rebateu Kalunga com severidade, fazendo Amina se calar. — Ele privou milhares de pessoas de usarem suas bênçãos e provocou a morte de milhões com a guerra dimensional.

— Mas eu quebrei a barreira e já cumpri a profecia, certo? — perguntei, levantando-me e dando um passo à frente.

— Não exatamente, apenas uma parte dela. A barreira foi só o começo. Os emeres não sabem mais como viajar, as antigas pontes ainda estão destruídas, nossos povos já não possuem alianças. E não preciso nem falar da aversão que os humanos nutrem contra viajantes. Acha que isso tudo foi resolvido apenas com a queda do muro construído por seu ancestral? — Ele deu uma gargalhada alta. — Não seja estúpida, Jamila Ambade.

Meu sangue ferveu de raiva. Já estava cansada da atitude daquele rei idiota. Além disso, eu queria esganar Obin por esconder detalhes tão importantes de nós. Mas, respirei fundo e decidi que não era momento para confrontar o gênio. *Ainda.* Ele era a minha melhor chance de chegar até Malik, e o meu irmão era mais importante para mim naquele momento.

Voltei-me para o Kalunga, decidida a deixar aquele assunto para depois e focar em uma maneira para sair do Reino dos Condenados.

— Meu senhor, eu peço que nos liberte, por favor. Não estamos aqui para arranjar problemas como o meu ancestral, queremos apenas o nosso irmão de volta e, para isso, eu preciso que também liberte o meu guia. Eu sei que ele é um gênio mau caráter e mentiroso — pela primeira vez desde que eu havia entrado no salão, Obin olhou para mim, com olhos raivosos. Como se ele tivesse o direito de estar irritado —, mas ele é a melhor chance que temos.

O sorriso de Kalunga desmoronou e uma carranca cruel e sombria tomou forma. As chamas nos castiçais espalhados pelo salão tremularam, como se sentissem o humor da entidade mudar rapidamente.

— Este gênio não vai sair daqui. Ele me pertence. Os ancestrais não permitiram que eu me vingasse dele no passado, mas agora tenho a chance de fazer isso.

— Eu entendi que Obin cometeu um crime grave, mas ele já está pagando pelos seus erros e...

— Ele não recebeu o *meu* castigo — cortou o rei, sua voz subindo algumas oitavas. — É por isso que ele teve a audácia de retornar com mais heróis para o meu reino.

— Mas o senhor foi injusto no desafio que propôs a Aren — protestou o mensageiro. — Como sempre, ele foi cabeça-quente e impulsivo ao aceitar lutar contra você, que estava fazendo de tudo para causar a morte dele e ficar com a alma...

— Cale a boca, maldito! — urrou a entidade, fazendo o gênio se afastar do trono assustado. — Um humano não deve ter a audácia de pisar no meu reino e pedir favores sem merecer por eles. Se deseja algo de Kalunga, é necessário que faça por merecer. É preciso *conquistar* o meu favor. Se essas humanas desejam que eu abra mão do meu prisioneiro, devem aceitar o meu desafio, essas são as regras. Nada no Reino dos Condenados é dado de graça.

— Nada! Nada! Nada! — entoou a balbúrdia de guardas nas arquibancadas, gritando e pulando feito loucos.

— E qual seria o desafio? Lutar contra você? — questionei, sustentando seu olhar desafiador e dando mais um passo na direção do trono.

Diante da minha atitude, Obin soltou um suspiro desolado e implorou com o olhar para que eu parasse com o que estava fazendo. Mas eu não tinha outra alternativa.

— Lutar contra mim? — repetiu Kalunga, gargalhando alto. — Pela Deusa, é claro que não. Vocês nem são humanas adultas e não possuem o controle sobre sua magia como Aren tinha, um viajante com anos de experiência. Ele era um oponente digno, vocês não. São apenas crianças. Se querem mesmo libertar o gênio, terão que conquistar isso derrotando meu campeão. Senão — um sorriso perverso tomou a sua face maníaca —, serão condenadas a me servirem pela eternidade.

Troquei um breve olhar com Amina e por fim respondi:

— Nós aceitamos — disse, fazendo com que a face diáfana de Obin se contorcesse em um misto de raiva e desespero.

Kalunga ergueu a cabeça e gargalhou alto com um prazer mórbido, fazendo toda a estrutura da caverna estremecer. Os espíritos voltaram a pular e a fazer uma algazarra, com suas chamas ardendo intensamente. Alguns soldados ao redor do salão começaram a tocar tambores de guerra, aumentando a expectativa para a batalha.

— TRAGAM KAMBIJI! — ordenou o rei.

O nome me soou terrivelmente familiar, e em um lapso de memória me lembrei de ter lido sobre um espírito zoomórfico com esse nome no *Guia prático para agentes iniciantes*, mas essa foi toda a informação de que consegui me recordar.

Uma horda de soldados se dirigiu até uma das extremidades do salão, onde havia um imenso portão que eu não tinha percebido. Quando eles o abriram, pude ver com a parca iluminação produzida pelas chamas verdes dos soldados que o nível do solo descia até as margens de um escuro lago subterrâneo. Sua superfície se agitou, e sob os gritos entusiasmados da massa de espíritos, um crocodilo gigante emergiu, com a água lodosa escorrendo por seu corpo delgado. Ele parou na margem escura e, em meio às sombras, observou Amina e eu por um longo instante com olhos predadores.

Só então me lembrei de mais uma informação do Guia: nas lendas, Kambiji era um espírito zoomórfico que servia como um executor cruel de viajantes.

Que maravilha.

Diante da aparição do monstro, a plateia foi à loucura, e em face da cena, compreendi que Kalunga planejava aquilo desde quando havia pedido que seus guardas nos levassem até o salão. Aquele lugar não era apenas mais uma caverna do reino, era uma arena. A plateia de espíritos e o formato circular das arquibancadas eram as provas desse fato.

Um arrepio violento sacudiu o meu corpo. Virei o rosto na direção de Amina.

— Talvez esta não tenha sido uma boa ideia.

— Mas não temos outra opção, precisamos sair deste lugar horroroso. Venceremos esse bicho ou morreremos tentando — rebateu a minha irmã.

Com um estalo de seus dedos, Kalunga fez com que nossos braceletes aparecessem magicamente em nossos pulsos. No mesmo instante, o crocodilo deixou a margem, passou pelos portões e correu em nossa direção, implacável.

— Seja o que acontecer, não deixe que ele te arraste para a água — orientei a minha irmã. — Fique longe o máximo possível, mire nos olhos e na cabeça.

Amina fez um movimento positivo com a cabeça e, em seguida, corremos para direções opostas, fazendo com que a mandíbula do bicho abocanhasse o ar. Uma onda de gritos enérgicos soou pelo salão, e o crocodilo não pareceu gostar nem um pouco da nossa estratégia de mantê-lo dividido.

Decidida a manter a atenção dele em mim, gritei para o bicho:

— Ei, estou aqui!

Ele correu em minha direção. Ativei os braceletes e produzi uma esfera de energia que desferi contra o seu olho esquerdo. O crocodilo guinchou e recuou, mas quando se recuperou do meu ataque, viu Amina com seu único olho bom. Imediatamente, ele foi para cima dela com sede de vingança.

— Não! — gritei

Corri atrás dele e pulei sobre a cauda do bicho, me agarrando a ela. Lutei para não ser jogada longe quando ele a sacudiu na tentativa de livrar-se de mim. Kambiji continuou a correr, aproximando-se cada vez mais da minha irmã, que havia petrificado no lugar devido ao medo. Engatinhei pela sua cauda até chegar ao seu torso, onde consegui ficar de pé e correr por suas costas até chegar sobre a cabeça. Tomei impulso sobre o seu focinho e pulei para o chão, aterrissando no último segundo entre ele e Amina. Com as mãos envolvidas pelas mandalas brilhantes da minha magia, concentrei o meu poder no meu punho fechado e desferi um soco na mandíbula do animal. O impacto produziu uma onda de magia que levantou a poeira da arena e algumas pedras do chão.

    O crocodilo ficou atordoado, e me aproveitei desse breve momento para virar para trás.

    — Sai daqui! — gritei para Mina, que não pensou nem um segundo antes de dar no pé.

    Quando me voltei para Kambiji, ele já abria sua bocarra sobre mim, os dentes gigantes fechando sobre a minha cabeça. Não iria dar tempo de resistir, não iria dar tempo de correr.

    Mas daria tempo de me teleportar.

    Teria que dar certo agora. Era caso de vida ou morte.

    Nesse momento, senti uma presença às minhas costas, e em seguida, uma voz familiar e suave sussurrou em meu ouvido:

    — *Faça, Jamila.*

    Antes que eu pudesse sequer tentar descobrir quem era, fui envolvida pela presença quente e reconfortante de diversos espíritos. Eles sussurravam juntos em um coro e, ao mesmo tempo que suas vozes soavam ao meu redor, parecia que elas também brotavam do meu interior, como se fizessem parte de mim.

    — *Nós estamos aqui. Faça, Jamila, faça. Você é capaz. Feche os olhos e se concentre.*

    Mesmo diante do medo, fechei os olhos e me concentrei, tentando ignorar o bafo da morte que me envolvia. Isolei todo o barulho dos soldados ao meu redor, as gargalhadas cruéis de Kalunga e o rosnar furioso do crocodilo com a bocarra aberta à minha frente. Quando o mundo à minha volta se aquietou, pude ouvir o zumbido baixo e grave da energia dimensional correr pelas minhas veias e a voz da minha tataravó surgir dos recônditos da minha mente.

    "*Memorize o lugar para o qual você quer ir.*"

    Visualizei nitidamente o meio da arena, bem afastado de Kambiji.

    "*Depois, sinta a energia da Teia Sagrada vibrar dentro de você.*"

    Senti algo crescer em meu íntimo gradualmente, algo vivo e vibrante, que emanava do centro da minha alma e energizava todo o meu corpo.

"E por fim", o som do estalo dos dedos da minha ancestral ecoou pela minha mente ao mesmo tempo que um ruído mais alto soou à minha volta, *"se teleporte"*.

Abri os olhos diante de uma multidão incrédula. Eu estava no meio da arena, longe do alcance de Kambiji, que se virou para trás confuso, me procurando.

— Por todos os ancestrais, Jamila, você conseguiu! — gritou minha irmã, já correndo para o meu lado.

As mandalas brilhantes voltaram a aparecer em minhas mãos e eu adotei uma postura de batalha quando o bicho se virou para a nossa direção.

— Vamos acabar com isso logo.

Amina assentiu, decidida, e se pôs ao meu lado.

O crocodilo deu mais um bote. Amina correu para um lado e eu me teleportei para outro, atingindo-o com uma rajada de energia que não fez nem cócegas em seu couro duro, mas que foi o suficiente para atrair sua atenção.

Aproveitando a chance, Amina estendeu a mão na direção do lago e manipulou um grande chicote líquido até o seu alcance, desferindo-o na cabeça do monstro. Possesso, ele tirou os olhos de mim e se virou para ela. No entanto, ele estava perdido e já não sabia quem deveria matar primeiro, e era exatamente isso o que queríamos.

Ficamos nesse jogo por um tempo até cansá-lo. Eu o atingia e me teleportava com rapidez, enquanto Amina o atingia e eu voltava a atacá-lo. Ele parecia estar mais empenhado em me pegar, indignado com o meu poder de teleporte. Até que percebeu que seria mais fácil vencer Amina e ignorou meus ataques, correndo em sua direção antes que minha irmã pudesse fugir do seu alcance. Mina não foi rápida o suficiente. Kambiji prendeu sua perna entre dois dentes e começou a arrastá-la em direção à água.

— Jamila! — gritou desesperada, estendendo a mão na minha direção.

Me teleportei até ela e segurei seu braço, mas Amina gritou de dor quando fiz a menção de puxá-la da boca do crocodilo. Irado, o bicho a soltou e pulou em minha direção, ficando entre nós duas, a fim de defender sua presa e terminar de uma vez comigo. Eu me preparei para desferir mais um soco de energia, mesmo que aquele golpe me exigisse força demais. Estava exausta, mas não iria desistir. Poderia morrer de exaustão depois de utilizar tanta magia, mas eu *salvaria* a minha irmã. Gritei devido à dor que perfurou o meu pulso quando comecei a reunir magia. Meu bracelete vibrou furiosamente e esquentou conforme eu concentrei poder e me preparei para desferir o golpe final. Pulei na direção do monstro, decidida a dar tudo de mim naquele soco.

Porém, naquele momento, enquanto ele avançava sobre mim, seus olhos encontraram os meus e pude enxergar além da sua couraça. Pude ver *sua alma*, envolvida por uma aura inquieta e... e em constante movimento. Como a dos meus ancestrais emeres, como a *minha*.

E havia mais além disso.

Debaixo de toda a raiva, seu espírito estava aflito, tingido por tons de vermelho e laranja. Ele era tomado por um pulsar ansioso que fazia as cores se misturarem, se remoendo em completa agonia. Em completo... arrependimento. Era essa a emoção que exalava de todos os poros do seu corpo, mais do que a raiva que o cegava, mais do que o impulsivo desejo de matar. Por baixo daquela armadura de couro, garras e dentes, havia algo mais. Havia... *alguém*.

Desativei meus braceletes e deixei meus braços caírem ao longo do corpo. No meio do pulo que demos na direção um do outro, decididos a nos matar, me teleportei para longe, saindo de seu alcance. Kambiji aterrissou no chão, furioso por ter fugido dele. Logo que apareci ao seu lado, ele se virou para mim cheio de ódio e eu sustentei o olhar.

— O que você está fazendo, Jami? Não é hora para misericórdia, mate o bicho! — gritou Amina, ainda de bruços no chão, o uniforme branco imundo.

— Não — respondi com firmeza, sem desviar o olhar de Kambiji. — Ele não é um monstro. Ele é mais do que isso.

Respirei fundo, tomando coragem para o que estava prestes a fazer.

— Está tudo bem — sussurrei, levantando as mãos em sinal de rendição e dando um passo cauteloso em sua direção. — Não quero mais lutar, e sim te ajudar.

O crocodilo não se moveu e nem rosnou novamente, apenas me encarou com seu olhar flamejante. Tomei isso como um bom sinal e ousei ir mais adiante: levantei uma das mãos na direção do seu focinho alongado e fechei os olhos, procurando por baixo daquela couraça o seu verdadeiro espírito. O seu verdadeiro eu.

— O QUE ELA ESTÁ FAZENDO? — berrou Kalunga, sua voz irada estremecendo a estrutura cavernosa.

Ninguém respondeu, porque todos os espíritos estavam vidrados em mim e no crocodilo. Um silêncio pesado e cheio de expectativa se abateu sobre a caverna, tão denso que eu podia sentir sua pressão em minha pele enquanto tentava me conectar com o espírito de Kambiji. Ainda de olhos fechados, dei mais um passo em sua direção quando toquei o limiar de suas barreiras interiores, e senti algo poderoso se avolumar atrás delas. Uma alma poderosa e... em agonia, ansiando por liberdade. Mas eu ainda sentia uma parte de si resistir a minha investida.

Eu só quero ajudar, Kambiji, disse em sua mente. Eu sei que você consegue ver a minha alma também. Veja, eu não tenho nada a esconder, nenhuma armadilha. Estou sendo sincera.

Senti sua hesitação e esperei pacientemente. Gotas de suor brotaram em minha testa e meu braço estendido começou a tremer devido ao meu esforço para tentar estabelecer a conexão. Até que, finalmente, senti as barreiras de Kambiji relaxarem e me cederem espaço para entrar. Dei mais uma passo em sua direção e minhas mãos tocaram o seu focinho no mesmo instante em que minha alma se conectou a sua, estabelecendo a ligação.

Fui inundada por uma avassaladora torrente de emoções e imagens da história de Kambiji. Ele nem sempre fora um crocodilo gigante. Antes, ele era *humano*. Assisti a um jovem emere maravilhado ao descobrir seus poderes e logo depois entrar na Fundação. Seus treinos e suas missões vitoriosas passaram sob minhas pálpebras, nas quais ele liderava esquadrões em viagens por outras dimensões, enfrentando espíritos e monstros. Até que um dia, ele próprio se tornou um monstro, como aqueles que deveria combater.

Seus poderes emeres e o vasto conhecimento que havia reunido como agente e viajante o tornaram um homem soberbo. Observei-o liderar sua equipe em missões de conquista e repressão, quando, na verdade, deveriam prezar pela paz e firmar alianças com os povos extradimensionais. Testemunhei sua irresponsabilidade, os desastres que provocou em outros mundos e a dominação que empreendeu sobre diversas raças. Vi amigos e familiares o abandonarem, ao passo que um grande número de emeres lunáticos o seguiu, formando um extenso exército. Munidos com a sua bênção, eles espalharam violência e dor pelos mundos, até chegarem ao reino de Kalunga.

Aren não foi capaz de dobrar o rei dos condenados com facilidade, como tinha feito com tantos outros. Mesmo após ter conseguido invadir o reino com a ajuda de um gênio (o qual reconheci de imediato), o jovem Ambade não foi páreo para o poder de Kalunga. Além de humilhá-lo em uma batalha perante seus seguidores, o vingativo rei deu-lhe um castigo cruel. Sempre que Aren era tomado pela raiva, ele se transformava em um monstro: um enorme crocodilo, possuidor de uma força incomensurável.

Aren não era um homem que tinha poder sobre suas emoções. Ele se irritava com facilidade, e por esse motivo, transformava-se em Kambiji e destruía tudo o que tinha pela frente: vilas, reinos e cidades. Assim, nas lembranças de Kambiji, eu vi que, na verdade, Aren não havia libertado um monstro do reino espiritual, como diziam as lendas. Ele *próprio* era o monstro. Foi apenas depois de ser subjugado a um castigo tão cruel sob o qual não tinha controle que Aren percebeu como havia feito um mal uso de sua bênção e se desviado do caminho dos ancestrais. Envergonhado e arrependido, ele fitou através de seus olhos animalescos a destruição massiva que havia causado e temeu a si mesmo. Temeu a sua bênção que, a partir daquele momento terrível, se tornou uma *maldição*.

Essa constatação fez as palavras de Obin flutuarem em minha mente: *"O medo deixa as pessoas cegas e estúpidas, as torna uma bomba-relógio prestes a explodir e machucar todos ao seu redor".* Era o que havia acontecido com Aren. Obin realmente tinha visto outro emere ser comandado pelo medo.

Por um momento, eu me vi nele. Observei o medo de existir fazê-lo negar uma parte de si, vi esse medo crescer e se multiplicar a ponto dele enojar ser o que era, a ponto de fazê-lo chegar à conclusão de que viajar era um poder perigoso demais para estar em mãos humanas. Era um mal que não deveria existir. Assim, ele iniciou uma guerra que dividiu o seu povo. Em um último ato, colocou a barreira entre mundos, morrendo no processo devido ao imenso uso de magia.

Em Mputu, ele foi condenado a viver como uma fera das profundezas, pela destruição e dor que havia causado, pelas vidas que tinha tirado. Sua alma se afogou em dor, angústia, raiva e arrependimento durante séculos, e ao longo desse tempo, ele se esqueceu do que era ser humano. Assim, Aren foi deixando de existir e se transformando em Kambiji. Seu verdadeiro eu se perdeu sob o couro impenetrável que enclausurou sua alma. Aren não se importou com o seu triste fim porque sabia que o merecia. Ele havia errado demais com a humanidade, com seu próprio povo.

Mas tudo mudou com a quebra da barreira. Ele sentiu o momento em que ela ruiu, e pela primeira vez, permitiu-se ter *esperança*. Uma chance de ver os seus erros consertados. De ver o seu povo livre. Sim. Ele se lembrou do que era liberdade, e depois de tanto tempo, *ansiou* por ela.

E agora sua alma finalmente estava livre para partir.

Abri os olhos e assisti à carcaça do crocodilo se desfazer a partir do meu toque: primeiro o focinho, em seguida a cabeça, o tronco e, por fim, a cauda, até restar apenas uma alma humana luminosa.

— Não! Não! Não pode ser! — gritou Kalunga, irado, levantando-se do trono.

— Obrigada, Jamila Ambade — disse Aren, flutuando sobre mim, a voz como um eco longínquo. — Que você seja aquilo que não fui capaz de ser para o nosso povo: liberdade e verdade. Como seu ancestral, eu derramo sobre você todas as minhas bênçãos.

Abaixei a cabeça quando ele estendeu uma mão sobre mim e me banhou com sua luz.

— Não tema o que você é. Não cometa os mesmos erros que eu.

Sob os olhares chocados da multidão e do rei dos condenados, ele atravessou o teto escuro da caverna e sumiu de vista.

Logo depois de se recuperar do choque, Kalunga cravou seus olhos injetados com o mais puro ódio em mim.

— Como você ousa libertar uma alma que me pertence? Peguem ela!

Tudo aconteceu ao mesmo tempo. Ainda maravilhada com o que havia feito, não reagi rápido o bastante para me defender dos guardas que se aproximaram. Amina se levantou e se colocou à minha frente quando o raio de um bastão dos espíritos veio em minha direção.

— Não! — gritei, mas era tarde demais. O raio de energia atingiu minha irmã em cheio.

Aquilo afastou a névoa de confusão que se abatia sobre mim. O mesmo medo congelante do dia do acidente enrijeceu os meus ossos.

"Não, de novo não, de novo não."

Aquilo não poderia estar acontecendo novamente.

Corri até ela e me joguei de joelhos ao seu lado. Peguei-a em meus braços e a chamei desesperada:

— Amina, acorde, acorde!

Mas o seu corpo estava mole e seus olhos castanhos não se abriam para mim. Eu estava a ponto de ser consumida pelo desespero, com meus membros amortecidos pelo medo profundo. O cheiro de medicamentos e os sons dos aparelhos do hospital de Méroe infiltrados em minha mente traumatizada atrapalhavam meus pensamentos, e a imagem de Amina deitada em uma cama branca me causou o mais puro pavor.

— Mina, fale comigo, fale comigo!

Graças aos ancestrais, ela arregalou os olhos e buscou desesperadamente por ar, agarrando meus braços. Quase me desmanchei de tanto alívio. Ela se sentou, e eu continuei a analisando com o olhar e toques ávidos dos meus dedos trêmulos.

— Você está bem? Não quebrou nada? Sente dor?

— Não, Jamila, estou bem — sussurrou, tentando afastar minhas mãos.

— *Tem certeza?* Não está ferida? Não... você... é que...

Eu não conseguia parar. Não conseguia respirar. O pânico pressionava meu peito dolorosamente ao mesmo tempo em que mil possibilidades de ferimentos fatais emergiram em minha mente.

Amina franziu a testa e a preocupação tomou seus olhos. Ela desistiu de afastar as minhas mãos e, ao invés disso, aninhou-as entre as suas e levou ao peito, onde seu coração batia assustado.

— Irmã, eu estou bem. Estou bem — repetiu em um tom calmo e

carinhoso que acalmou as batidas de meu coração e me tirou do vórtice de desespero que me consumia.

Minha respiração se regularizou, e só então eu percebi que seus braceletes estavam fumegando.

— Eu desviei o raio de energia, olha. — Ela apontou para os guardas caídos e destruídos, corroídos pelo próprio poder. Toquei sua perna onde estavam as marcas dos dentes do crocodilo. — O uniforme me protegeu, como Zulaika disse. Os dentes de Kambiji não foram capazes de penetrá-lo.

Nesse instante, Kalunga soltou um grito engasgado de surpresa. Amina e eu olhamos em sua direção a tempo de ver Oyö voltar a ficar visível, agachada ao lado do trono e pronta para ajudar Obin. Surpresos com a presença inesperada de uma terceira Ambade, a caçula teve tempo para tirar seu manto, fazer um bolo com o tecido e jogá-lo com força na cara cheia de chamas de um deles, fazendo o tecido pegar fogo e o soldado cambalear para trás. Com um bote rápido, ela pegou o bastão do cinto dele e o utilizou no outro guarda que avançou para agarrá-la. A energia espiritual percorreu o corpo do brutamontes, fazendo-o se contorcer devido ao choque desferido pela arma.

Atrapalhados com a situação, o guarda restante foi socorrer os amigos. Aproveitando a chance, a caçula pegou a mochila de Amina e o mapa, e junto com Obin, correu em direção à saída do salão.

— Vamos! — Levantei Amina e segui os outros.

Sob um urro de raiva potente de Kalunga, passamos pelo arco de saída do salão, enquanto inumeráveis soldados desciam das arquibancadas para nos pegar.

— Me sigam! — gritou Obin, já enveredando por um túnel escuro. — Eu já fugi deste lugar uma vez, posso muito bem fazê-lo novamente!

Seguindo o gênio pelos corredores cavernosos, roguei aos meus ancestrais que eles guiassem a nossa fuga.

Uma antiga amiga

— Corram mais rápido! — berrou Obin à frente, flutuando em uma velocidade assustadora. Ele tinha a mão estendida, na qual o dispositivo do mapa estava ativado e ele o usava para se guiar.

— Se você não notou, estamos esgotadas depois de salvar o seu traseiro! — gritou Amina com raiva, colocando a mochila nas costas.

— Está nos levando para onde? — indaguei, olhando para trás mais uma vez.

Centenas de cabeças com chamas iluminavam a horda de soldados que nos perseguiam, correndo pelo chão de pedra ou escalando o teto e as paredes como aranhas sinistras.

— Para um lugar onde eles não podem nos seguir. — Ele parou bruscamente quando nos deparamos com uma bifurcação, fazendo nós três trombarmos umas nas outras.

— Para qual lado? — perguntou Amina com urgência, alternando o olhar entre os dois corredores e nossos perseguidores.

Obin rosnou irritado.

— Se você *calar a boca*, talvez eu me lembre!

Os sons dos urros e gritos de guerra dos soldados tornaram-se mais próximos e altos.

— Estão chegando! — gritou Oyö, assustada.

— Para o da direita! — gritou o gênio, por fim, já enveredando pelas sombras do corredor.

Logo que entrei no túnel, vi ao longe uma longa escadaria de terra, banhada pela luz, de onde emanava uma energia ancestral muito forte, boa e... pacífica. Eu não tinha ideia do que nos esperava à frente, mas sem dúvidas era um lugar muito melhor do que onde estávamos.

Olhei outra vez para trás e avistei os soldados ainda mais próximo do que antes. Em apenas alguns segundos poderíamos ser alcançados. Nesse momento, uma ideia louca surgiu na minha mente e agarrei a mão das minhas irmãs, que me olharam confusas.

— Segurem firme, estão me entendendo? Não soltem! — ordenei.

Mesmo sem entender, elas assentiram.

Sem parar de correr, olhei para o fim do corredor, visualizando-o bem. Uma vibração cresceu em meu íntimo e se espalhou pelo ar ao meu redor. Fechei os olhos e um estalo ressoou em meus ouvidos. Quando os abri novamente, estávamos diante da escadaria, sendo banhadas pela luz cegante provinda de uma abertura no topo.

— Pelos ancestrais! — Amina exclamou com a voz entrecortada, os cachos de seus cabelos arrepiados como se tivesse tomado choque. Ela se curvou sobre os joelhos e vomitou.

Depois de um breve momento de choque, Oyö sorriu e bateu palmas maravilhada.

— Vamos, Obin, vamos! — berrei, enquanto as meninas subiram os degraus às pressas e atravessaram a luz intensa.

Aumentando a velocidade, o espírito passou por mim gritando:

— Fechem o túnel!

Depois que atravessei o portal de luz e deixei a caverna subterrânea, Mina ativou seus braceletes e manipulou as rochas da entrada da caverna, fazendo-a desmoronar e interceptar a saída. Presos do outro lado, os espíritos berraram e arranharam as pedras com ódio, mas não foram capazes de atravessar a parede rochosa.

Oyö soltou um longo suspiro aliviado e se jogou na grama, cansada. Ofegante, Amina se virou na direção de Obin com os olhos faiscando de raiva.

— Você! — Ela se aproximou, apontando um dedo para a cara dele. — Seu gênio mentiroso! Como pôde vir com aquela conversinha mole de "não trabalho mais com humanos" depois de ajudar o nosso egoísta tataratara-algumacoisa a causar tanto sofrimento?! Eu te disse os nossos nomes, você sabia que éramos parentes dele!

— Foi por isso que eu não queria ajudá-las — rebateu Obin, com uma face séria e uma voz gélida.

Franzi a testa, confusa, e respondi impaciente:

— Então, por que resolveu ser nosso guia?

Ele me encarou pelo que pareceu um minuto eterno e, por fim, respondeu:

— Você, Jamila. Você foi o motivo pelo qual mudei de ideia.

— Eu?!

— Sim. Aren e eu éramos grandes amigos. Um laço forte como o da amizade é algo raro para um gênio, fadado a sempre estar transitando de um mundo para o outro, sem tempo para criar raízes. Uma vez ou outra, eu o ajudava em alguma missão ou lhe trazia uma informação importante para o trabalho. Até ele se tornar soberbo e não saber lidar com a glória de ser um emere poderoso. Eu tentei dissuadi-lo da ideia estúpida de conquistar todos os mundos, mas ele sempre foi cabeça-dura demais e me ignorou. Por isso, me afastei dele por anos. Até que um dia ele veio até mim.

Os olhos de Obin escureceram e ficaram enevoados.

— Ele estava diferente. Tranquilo, com o olhar suave, sem aquele brilho assustador que os loucos por poder possuem. Isso me fez pensar que ele tinha recobrado a razão, mas era tudo encenação, porque ele precisava da minha ajuda. Aren me contou que ia liderar sua equipe em uma missão em Kalunga, porque a Fundação estava tentando firmar aliança com o rei dos mortos. Fiquei confuso diante da informação, uma vez que a organização já havia tentado isso diversas vezes e tinha fracassado em todas, até desistir.

"Mas eu queria muito crer na mudança de Aren e me deixei enganar. Por ser um gênio, eu tinha passagem livre por todos os mundos e consegui levá-lo até Kalunga facilmente. E então fui traído. Aren não foi em uma missão de paz, mas, sim, de conquista. — O espírito bufou, profundamente irritado com a estupidez do meu antepassado. Sua forma diáfana tremulou violentamente e foi tingida por um tom forte de vermelho. — Acredito que Jamila conseguiu ver o resto dessa história durante a conexão que estabeleceu com Kambiji."

Assenti com um movimento de cabeça.

— Ele foi derrotado e amaldiçoado por Kalunga.

— Sim, e foi apenas depois desse castigo que ele percebeu a dor e a destruição que havia causado aos mundos com a sua bênção. Foi nesse momento que começou a sua queda — explicou Obin. — Enquanto ele causava mais guerras, dessa vez entre os próprios viajantes, eu fui julgado e condenado a viver no mundo humano, guardando uma profecia que julguei ser uma piada de mal gosto dos ancestrais. Porque, para mim, era impossível que alguém do mesmo sangue daquele traidor fosse capaz de fazer algo bom, ou tão importante e grandioso como restaurar o equilíbrio entre mundos.

"Foi a traição de Aren que fez com que eu evitasse desenvolver qualquer tipo de relação próxima com humanos. Se não fosse para ajudar na minha sobrevivência durante o exílio, eu os evitava a qualquer custo. Até a chegada de vocês. Depois que Amina se apresentou como uma Ambade naquele dia, não consegui acreditar no propósito de resgatar o irmão de vocês. Pensei que deveria existir algum plano sórdido escondido por trás dessa suposta missão de resgate, por isso tentei me manter irredutível na decisão de não ajudá-las.

"Até que você chegou, Jamila, e eu pude ver a sua alma. Não havia sequer um pingo de mentira ou más intenções nela, apenas uma... angústia, um desespero para encontrar algo que estava à procura. Foi nesse exato momento que eu soube que havia encontrado a pessoa a quem a profecia se referia, e entendi que não era apenas você que estava destinada a consertar os erros de Aren, mas eu também. Os ancestrais não nos uniram por acaso. Foi por isso que aceitei fazer parte da missão."

Após a confissão tão sincera do gênio, fui incapaz de segurar o sorriso que brotou em minha face.

Um pouco mais calma, Mina colocou as mãos na cintura e encenou uma expressão indignada, dizendo:

— Eu acho um absurdo você ter acreditado em Jami e em mim não.

O tom vermelho na alma do gênio se dissipou aos poucos, conforme abria um sorriso irônico e divertido que atingiu seus olhos.

— Eu tenho centenas de anos, Amina. Sei reconhecer uma boa mentirosa.

Esse seu olhar astuto não esconde a lábia inigualável que você possui para enganar os outros, como o seu antepassado.

Amina estava boquiaberta, decidindo se aquilo era uma afronta ou um elogio. Oyö e eu rimos alto e, por fim, ela não conseguiu segurar o riso também.

— Agora sabemos de onde veio esse seu dom, Mina — brincou a caçula, secando os olhos.

Depois que cessaram as risadas, perguntei a Obin:

— Ainda tem uma coisa que não entendo. Por que não nos contou sobre Aren mesmo após decidir nos ajudar?

— Porque você ainda não acreditava que podia ser uma emere diferente de Aren, mesmo sem saber que ele era seu ancestral. Eu temia que, ao descobrir isso, o seu medo e a sua insegurança se tornassem piores — revelou o gênio.

Suas palavras se infiltraram em meu cérebro e me fizeram refletir pela primeira vez sobre o fato de ser parente do pior emere que já havia existido. Talvez a antiga Jamila entraria em pânico. Mas, depois de tudo o que tinha visto e vivido no Reino dos Condenados, eu entendia que éramos pessoas muito diferentes.

Fui tirada dos meus devaneios pelas risadas das minhas irmãs, que admiravam o ambiente à nossa volta e conversavam entre si. Só então reparei que estávamos em um vale tranquilo e silencioso, rodeado por montanhas altas e banhado pela luz do sol. Ali as cores vibravam mais intensamente, como o azul do céu cheio de nuvens e o verde da grama, salpicado por variados tipos de flores perfumadas e plantas singulares. Baobás gigantescos forneciam sombras frescas para os animais que se espalhavam pela planície. Havia leões, zebras, onças, girafas, búfalos... tudo o que se poderia *imaginar*, assim como animais místicos que eu acreditava habitarem apenas em livros de lendas, como leopardos e onças-pintadas alados. Abadas, equinos que possuíam dois chifres mágicos com o poder de curar doenças e venenos, pastavam tranquilos às margens de um lago cristalino.

Um filhote de leopardo alado se aproximou de nós com cautela e curiosidade, batendo desajeitado as asinhas. Ele lambeu o rosto de Oyö, que ainda estava deitada na grama. Ela riu e seus olhos brilharam ao verem o bichinho. A caçula se sentou e o pegou em seu colo, afagando seu pelo preto com pintas roxas brilhantes.

— Olha que gatinho fofo, gente!

Obin lançou um olhar de desprezo para o pequeno animal e se afastou imediatamente.

— Ele é fofo *agora*, enquanto ainda é um filhote.

— Não seja ranzinza, Obin — rebateu Oyö, fazendo carinho na barriga do animal, encantada demais para levar as palavras do gênio a sério.

— Um linx pode se tornar grande e feroz, mas é sempre leal e amoroso a aqueles que ama — disse uma voz que fez os pelos da minha nuca se arrepiarem.

Nos viramos surpresos na direção da voz e encontramos uma pequena alma caminhando em nossa direção, tão brilhante que demorou um tempo para meus olhos distinguirem sua aparência com clareza. No entanto, o aroma de tinta e giz de cera que o espírito exalava denunciou imediatamente a sua identidade. E quando a vi, fiquei totalmente muda e paralisada.

Ela ainda tinha a mesma aparência de quando partira. A pele acobreada, os cabelos crespos presos em uma trança raiz e os olhos castanhos dos Ambade. Ela usava seu vestido preferido, que era verde com florzinhas brancas.

— É um bom espírito, certo? — perguntou Amina, nervosa diante da minha reação. Ela ativou e reativou os óculos diversas vezes na tentativa de enxergar a alma. — Não consigo vê-la.

Passado um pouco do choque, meu olhos marejaram e abri um sorriso emocionado. Me ajoelhei na frente do espírito e não desviei o olhar dele ao responder minhas irmãs:

— Sim, com certeza é um bom espírito.

A pequena me estudou com seus olhos transbordando carinho, observando cada pequena mudança em meu rosto. Por fim, ela me tocou com sua mão etérea, provocando um leve formigamento na minha bochecha. Inclinei o rosto na direção de sua mão e saudei:

— Oi, Ana.

— Oi, Jami. Eu esperei muito para vê-la novamente.

— Quem diabos é Ana? — cochichou Amina para Oyö.

Ansiosa, Oyö também mexeu em seu óculos-que-tudo-vê, mas o espírito finalmente se revelou para elas, permitindo que a vissem.

— Essas são minhas irmãs mais novas, Amina e Oyö, e aquele é o nosso guia, Obin. Meninas, essa é a Ana, a filha da nossa tia Farisa.

— Oi, meninas — saudou Ana, dando um aceno com a mão. Seu característico sorriso iluminado e contagiante surgiu em seu rosto. — É um prazer poder finalmente conhecê-las apropriadamente.

Minhas irmãs se entreolharam confusas.

— Como assim? — perguntou Oyö.

Ana soltou uma risada leve.

— Eu vou todos os anos ao outro mundo no festival das bênçãos. Vejo a vovó, vocês e toda a nossa família.

— Por que eu nunca vi você? — indaguei, incapaz de disfarçar o ressentimento em minha voz.

— Porque eu nunca quis que você me visse. Você não lidou bem com a minha morte, não achei que havia chegado o momento certo de nos reencontrar — respondeu ela, com uma simplicidade e uma sabedoria que me deixaram tonta. Ela notou minha surpresa. — Os ancestrais me ensinaram muitas coisas desde que fiz a Travessia e cheguei aqui. Espero que eles possam trazer clareza e sabedoria a vocês também.

— Afinal, onde nós estamos? — questionou Oyö, observando a paisagem ao nosso redor.

— No Vale dos Ancestrais, o lugar mais sagrado de toda Mputu — explicou Ana.

Meu olhar encontrou o de Obin, que observava o espaço ao redor com um olhar nostálgico. Só então eu entendi o quão inteligente ele tinha sido ao nos guiar até ali, pois o espírito misterioso havia nos contado no Reino dos Condenados que apenas os bons espíritos entravam no vale, o que não se aplicava aos soldados do rei Kalunga.

— Venham comigo, eles me pediram para levar vocês até eles. Não estão muito longe — disse Ana.

O filhote de leopardo grunhiu e bateu as asas. Ele deixou Oyö para se esgueirar entre as pernas de Ana, que sorriu e se abaixou para lhe dar um afago rápido.

— Eles quem? — perguntou Mina, desconfiada.

— Vocês verão.

Ela nos deu as costas e começou a caminhar na direção das montanhas, com o "gatinho" saltitando ao seu lado. Com apenas alguns passos das minhas pernas longas, me coloquei ao seu lado e fui seguida pelos outros.

— Quem vamos encontrar? Nossa família? — indaguei, quando passamos pelo lago.

— Ah, tem muitos Ambades por aqui, claro. Outros estão procurando por aventuras em outros lugares de Mputu, porque nem mesmo na morte conseguem parar quietos. — Ana deu uma risadinha suave. — Mas não é com eles que vocês vão conversar agora.

Passamos pelas montanhas através de um túnel estreito que havia no sopé entre duas delas, que se uniam como uma. Ele era iluminado por insetos fluorescentes, que andavam pelo teto e pelas paredes, zumbindo alto. Em poucos minutos, saímos em um extenso campo de juncos que me fez recordar do Limbo por um instante. Ele se estendia sem limites pelo horizonte, e uma brisa suave brincava entre as folhagens e carregava as pétalas de suas flores minúsculas.

Nos dirigimos a uma imensa tenda colorida armada em meio aos juncos, mas quando nos aproximamos da entrada, Ana parou e fez sinal para prosseguirmos.

— Você não vem? — perguntei.

— Não. O assunto dessa conversa não me diz respeito.

— Mas eu a verei de novo? Precisamos conversar sobre algo importante.

A pequena assentiu, e a sua postura séria me fez considerar que ela já sabia sobre o que eu desejava falar.

— Ainda nos veremos antes de partirem, fique tranquila.

Assenti e a olhei uma última vez antes de entrar na tenda, sendo seguida pelas meninas e o gênio.

Depois do que havia visto e vivido nos últimos dias, pensei que nada mais me surpreenderia. Como eu estava errada.

Terrivelmente errada.

Nada me preparou para o encontro com aqueles cinco espíritos.

Eles estavam sentados em catres, cadeiras e suntuosos tapetes, conversando amigavelmente e rindo. Depois de um longo momento de choque, Amina e eu nos ajoelhamos rapidamente, forçando Oyö a fazer o mesmo quando se manteve em pé, petrificada e de olhos esbugalhados.

— Meus ancestrais — saudei.

A conversa parou, e só então eles notaram nossa presença. Um silêncio tomou o ambiente, até que um deles se levantou e se aproximou de nós.

— Se levantem, minhas filhas.

Nós a obedecemos, mas não fui capaz de encará-la nos olhos. Seus dedos tocaram meu queixo e ergueram minha cabeça com delicadeza até meus olhos encararem os seus, o tilintar de suas pulseiras quebrando o silêncio. Diante do meu olhar assustado, Makaia, minha ancestral e abençoadora, sorriu para mim com seus lábios grossos.

Ela possuía uma poderosa aura dourada de imortalidade que apenas os espíritos antigos como ela emitiam. Sua pele marrom clara brilhava como a luz dourada do pôr do sol e sua alma exalava uma forte fragrância doce que preenchia minha alma de paz. Ela trajava uma longa túnica branca amarrada com cordões na cintura generosa, que eram dourados como os brincos grandes em suas orelhas e as pulseiras em seus pulsos. O volumoso cabelo negro como obsidiana coroava sua cabeça, enfeitado com uma bela tiara de pedras preciosas.

— Nós estávamos esperando por vocês — disse ela.

Makaia soltou o meu queixo, e assim pude contemplar os outros ancestrais. Diferentemente das outras classes de espíritos, eles não possuíam uma aparência branca, difusa ou diáfana. Tirando a aura dourada, mantinham a exata aparência de quando eram vivos.

Havia uma mulher pequena e magra, com longas tranças enfeitadas com anéis prateados. Ela possuía um sorriso zombeteiro, olhos sagazes e uma alma colorida por tons quentes e vivos de laranja e vermelho, sinalizando que era uma pessoa com sentimentos intensos. Seu espírito exalava o cheiro de ferro derretendo em uma forja, e imediatamente eu soube que aquela era Nzinga. A senhora dos inventores usava calças e botas escuras, além de uma jaqueta tecnológica de gola alta, com uma interface de comando embutida no pulso e ombreiras de metal.

Sentado ao seu lado com uma postura ereta e um ar sábio, estava Mujambo, com um moderno arco e flecha de kalun encostado no catre. Ele era careca, possuía uma barba espessa e, mesmo sentado, percebia-se que era um homem muito alto. Sua pele negra era escura como o céu noturno, contrastando perfeitamente com a túnica verde-água presa em seu ombro por um broche. Sua alma transmitia o frescor das sombras de uma mata selvagem, as quais, segundo as histórias, ele havia explorado profundamente.

O cheiro da terra e da grama ondulavam da mulher recostada no catre ao lado, que nos observava com lindos e perspicazes olhos âmbar. Ela usava um longo vestido feito de um tecido pesado e nobre, estampado com um padrão geométrico que expressava a cultura do povo ao qual pertencia, do povo que ela havia *liderado*. Os diversos tons de verde dos símbolos bordados na peça eram característicos do Reino de Matamba, o qual Núbia havia governado e elevado a uma grande nação. A antiga rainha era dona de uma beleza lendária, com lábios carnudos pintados de vermelho, um nariz largo, a pele negra escura de um tom frio e cabelos crespos que cascateavam por suas costas.

O quinto ancestral foi o único que não identifiquei. Tinha o cabelo castanho raspado bem baixinho, lábios finos e uma pele marrom de um tom claro e quente, como os raios do sol ao amanhecer. Usava uma calça branca por baixo de um elegante abadá branco que ia até abaixo dos joelhos, com a parte traseira mais longa quase tocando o chão, e sapatos baixos confortáveis.

O espírito misterioso tinha um olhar austero e autoritário, e eu conseguia sentir mesmo à distância que era um ser extremamente poderoso. Porém, diferente dos outros, eu não conseguia ver a sua alma, pois ele conseguia bloquear a minha Visão.

— Acredito que vocês precisem de nossa ajuda e tenham muitas perguntas. Estamos dispostos a respondê-las, por isso pedimos para Ana trazê-los até aqui — disse Makaia.

— Meus ancestrais, estou aqui para salvar o meu irmão — comecei, procurando as palavras certas. Umedeci os lábios e limpei as mãos suadas no meu uniforme encardido. — Mas, para isso, preciso entender melhor o meu inimigo e qual é o plano que ele está tramando. Necessito de... partes de histórias e conhecimentos antigos que se perderam há muito tempo para nós, humanos, mas que vocês, sendo espíritos atemporais, ainda possuem.

Makaia assentiu e me incentivou a prosseguir com seu olhar atento e paciente.

— Acredito que vocês já sabem dos ataques empreendidos pelo Rei-Muloji ao meu mundo, a fim de tomar o controle de Méroe e roubar almas de ferreiros e inventores. Não entendo como ele conseguiu voltar depois de tanto tempo, controlando uma energia que *não* conhecemos e manipulando matebos fortes o suficiente para interferir no nível físico. De onde vêm essa energia e esses espíritos?

Minha abençoadora trocou um olhar misterioso e cheio de significados com seus companheiros. Nzinga a respondeu com um aceno de cabeça firme.

Makaia tomou fôlego antes de revelar:

— Como vocês descobriram, existem outros níveis de realidade além do físico e do espiritual.

Um arrepio violento sacudiu o meu corpo e senti um choque de irrealidade amortecer todos os meus membros ao ter uma ancestral divinizada finalmente confirmando a nossa hipótese. A grandiosidade daquele fato me deixou fora dos eixos por um momento.

Após um longo instante, consegui assentir e abrir a boca para responder Makaia:

— Sim, um nível ligado à energia das cinzas.

— Na verdade, existem mais dois.

Arregalei os olhos.

— Dois? — repetimos eu e minhas irmãs, aumentando um pouco o tom de voz.

— Sim — disse o espírito misterioso, com uma voz grossa e grave. — O nível divino, lar dos espíritos ancestrais ilustres, das criaturas celestes e da Deusa Única. É o nível de origem, de onde a energia original provinda da criadora se desdobrou em outras três: a espiritual, a da matéria e a das cinzas.

Fiquei muda e boquiaberta com a revelação. Oyö arquejou e Amina teve a audácia de soltar um palavrão na presença dos nossos maiores antepassados. Dirigi-lhe um olhar repreendedor.

— Escapuliu — sussurrou ela, encolhendo os ombros.

— Desculpe, senhor, mas quem é você? — perguntou a caçula com delicadeza, o temor de ser levada a mal contido em sua voz. Vovó sempre nos recordava que alguns espíritos ancestrais eram sensíveis e tinham um temperamento difícil.

Mas o homem a respondeu em um tom calmo:

— Eu sou Zimbo, filho da Deusa Única e seu principal representante. Estou aqui, irmãs Ambade, a fim de transmitir uma mensagem dela para a humanidade.

Ficamos em completo silêncio, arrebatadas demais pelas milhares de informações para dizer qualquer coisa.

— Como já devem ter percebido, os tempos mudaram — seus olhos recaíram sobre as marcas brancas na pele de Oyö — com a quebra da barreira. Bênçãos que minha mãe há muito revogou voltaram a fluir nos corpos humanos. Como a bênção divina.

— É... essa a minha bênção? — sussurrou Oyö, maravilhada.

— Sim, você é uma celestial, minha abençoada.

Amina sorriu e Oyö buscou o meu olhar, feliz. Eu afaguei os seus cachos e a encarei com orgulho.

— Uma das primeiras depois de muito tempo — completou Makaia. — Antes da nossa guerra com Akin, no início dos tempos, existiam cinco bênçãos.

— Akin? — repetiu Amina, perdida.

— Esse foi o primeiro nome do Rei-Muloji — explicou Nzinga, falando pela primeira vez desde que havíamos chegado. — De quando ele ainda era nosso amigo e marido de Makaia.

— Nunca vou me acostumar com o fato de que vocês foram próximos dele — murmurou Amina.

Makaia soltou um longo suspiro desolado. Nzinga resmungava irritada, xingando o amigo traidor. Núbia e Mujambo se mantinham quietos, mas os olhares faiscavam de raiva. A expressão de Zimbo era a única que se mantinha impassível, tornando difícil saber o que ele pensava.

— Os mortais se esqueceram da nossa relação com Akin, como também o fato de termos descoberto o nível espiritual e sua energia juntos — explicou Makaia. — Fomos os primeiros a conjurá-la, mas percebemos que, para utilizá-la, não poderia ser de maneira direta, pois nossa constituição humana não era capaz de suportar tamanho poder. Ela causava graves feridas em nossa pele e ficávamos cansados demais, beirando a exaustão. Até que um dia, em uma de nossas viagens, conhecemos Zimbo. — Ela sorriu para o amigo, que retribuiu o carinho. — Ele havia sido enviado pela Deusa para nos guiar no uso das bênçãos. Zimbo nos contou sobre o dízio, o minério que poderia ser encontrado no seio da terra e serviria como um condutor para o uso das energias dimensionais. Porém, ainda havia um problema: precisávamos de alguém para forjá-lo. Através do meu dom da vidência, fui guiada até as forjas de uma garota muito jovem, mas forte, determinada e durona.

O olhar de Makaia se desviou para Nzinga, que deu de ombros e sorriu convencida.

— De início, ela não estava muito interessada em nos ajudar, porque não tínhamos dinheiro nenhum para pagá-la — continuou minha ancestral. — Mas acabou sendo convencida quando viu o minério misterioso que nenhum outro ferreiro havia conseguido moldar. Nzinga foi a primeira, e depois de muito trabalho, ela forjou os primeiros braceletes energéticos. Assim, Akin e eu conseguimos desenvolver nossos poderes e Nzinga passou a gerenciar a escavação e as forjas de dízio, além de ensinar a alguns poucos ferreiros o segredo para moldá-lo. Zimbo, meu ex-marido e eu ensinamos abençoados a utilizar a energia espiritual e divina, criando uma verdadeira utopia no início dos tempos. Éramos a ponte entre as diferentes realidades, mantínhamos a ordem e a comunicação entre eles.

Nesse instante, Nzinga soltou um suspiro pesaroso e continuou a história:

— Tudo estava maravilhoso, até Akin deixar o poder subir à cabeça. Ele começou a perder a sanidade, sempre atrás de mais poder, passando mais tempo aqui em Mputu do que no mundo físico. Quando o confrontamos, ele declarou que não deveríamos continuar dando poder ao povo, que na verdade deveríamos usá-los para controlar todos, como uma maneira de impedir possíveis desentendimentos e guerras entre os humanos.

— Eu disse a ele que sempre houve guerra e desavença, que não seria tirando o direito à magia que iríamos impedir futuros problemas, apenas criaríamos mais — emendou Makaia. — Mas ele não queria saber. Ele queria *controle*. Queria *tudo* para ele e do jeito *dele*.

— Foi assim que Akin reuniu um pequeno grupo de seguidores e começou a agir pelas nossas costas, tomando as minas na calada da noite — contou Núbia. — Quando descobrimos, uni as forças do meu reino com as de Nzinga e Makaia. Mesmo assim, ele conseguiu tomar todas as minas de kalun e dízio, monopolizando o minério e a tecnologia essencial para praticar magia. Todos os braceletes foram confiscados e aqueles que lutavam contra foram mortos imediatamente. Foi assim que começou o Regime de Ferro e o desequilíbrio da Teia Sagrada.

— Lutamos contra ele por décadas, até que Mujambo montou a estratégia perfeita para derrotá-lo, e eu, uma maneira de mantê-lo longe de todos pelo resto da eternidade — disse Nzinga. — Para isso, usamos pela primeira vez um metal dimensional pouco conhecido, que eu ainda estava estudando na época.

— Cítrio — palpitei.

A forjadora assentiu conforme continuava a contar:

— Isso mesmo, o minério condutor da energia das cinzas. Akin e Makaia haviam descoberto o nível das cinzas em uma de suas viagens, mas não tinham estudado-o muito, e por isso sabíamos pouco sobre ele.

— Descobrimos apenas que sua energia era muito volátil — explicou minha ancestral. — Ela corrompia as pessoas e afetava os sentidos humanos. Além disso, o nível das cinzas é o lar dos mais terríveis monstros do nosso universo, onde há reinos inteiros habitados por demônios e abismos profundos que alojam seres de maldade indescritível. Ele mexe com nossas mentes, tornando fácil ficar perdido e preso lá. Era um destino cruel, mas perfeito para nosso plano. E Nzinga conseguiu criar a arma ideal para prendê-lo.

— Eu tinha passado anos estudando o cítrio e estava avançando devagar.

Era um minério muito voluntarioso. Forjei correntes grossas com ele, e quando derrotamos o Rei-Muloji, nós o prendemos com elas e o jogamos nos confins da dimensão das cinzas — esclareceu Nzinga, comprovando a teoria que Lueji havia nos apresentado dias atrás na Fundação.

— Mas, pelo jeito, ainda não foi o suficiente, porque ele retornou — murmurou Mujambo, com um olhar profundamente sério —, depois de utilizar o próprio minério que o acorrentava para aprender a manipular a energia das cinzas e os espíritos daquela dimensão.

— Pela Deusa, ele conseguiu desenvolver um novo tipo de conjuração de energia no exílio? — exclamei. — Pensei que... sei lá, de alguma forma, ele havia quebrado as correntes.

Nzinga soltou mais alguns murmúrios irritados.

— E agora ele está raptando ferreiros para descobrirem o segredo do cítrio para ele — continuei nervosa, conforme o plano sórdido do Muloji se delineava na minha cabeça. — Sem dúvidas, ele espera ensinar a conjuração de energia da cinzas para outras pessoas que desejam segui-lo, e para isso elas precisarão de um condutor.

— Várias crianças e jovens receberam a bênção das cinzas depois do ritual — lembrou Oyö, aflita.

Minhas irmãs e eu trocamos olhares preocupados.

— Pensamos o mesmo que vocês. Ele vai tentar juntar seguidores para construir um exército — disse Nzinga,

Minha mente estava sobrecarregada com tanta informação. A história contada pela perspectiva deles havia me ajudado a entender diversos pontos que eram confusos nas lendas antigas. No entanto, ainda existiam detalhes que não tinham sido esclarecidos.

— Certo, agora entendi melhor de onde veio esse poder do Rei-Muloji e como ele o adquiriu. Mas ainda não compreendo como não sabíamos dessas outras dimensões. Se o Rei-Muloji estava preso em uma delas, deveríamos saber para assegurar que ele não se libertasse.

— Você tem razão, Jamila — disse Makaia. — Essa foi uma das missões que deixamos para nossos descendentes quando criamos a Fundação Ubuntu.

Ela deveria não só desbravar os mundos e reunir conhecimento, mas também protegê-los de possíveis ameaças e de desordens na Teia Sagrada. Mas esse conhecimento foi perdido durante a Guerra Emere.

— E por que vocês não interviram? — questionou Amina. — Poderiam ter ajudado os humanos já que são seres tão poderosos.

— Porque não cabe a nós corrigirmos todo erro da humanidade — rebateu Zimbo, em um tom de repreenda que fez Amina se encolher. — Essa e milhares de outras informações foram perdida pelos humanos há muitos séculos, após a destruição provocada pelas guerras que travaram entre si e contra outros povos dimensionais. Como castigo, a Deusa Única resolveu não interferir e impediu que qualquer ser o fizesse também. Vocês mesmos tinham que recuperar o que perderam.

— Nossa, ele pareceu a mamãe agora — sussurrou Mina, com um sorriso tenso.

Diante da fala de Zimbo, meu olhar vagou até Obin, estranhamente calado e encolhido no canto da tenda de cabeça baixa. Naquele momento, me recordei da nossa conversa durante a Travessia e finalmente entendi o porquê dele ter sido tão evasivo quando questionei sobre os níveis de realidade.

— Como ancestrais, sempre fazemos questão de manifestar nossa vontade através de videntes ou gênios mensageiros — explicou Makaia, em um tom mais suave que o de Zimbo, atraindo minha atenção para a conversa novamente —, mas a decisão de nos ouvir cabe somente a vocês. Nós, como os primeiros ancestrais divinizados, não podemos mandar uma mensagem a cada grande erro que os humanos cometem. É necessário que também aprendam com eles e procurem consertá-los.

— Esse momento é um exemplo de como tentamos ajudar a humanidade — acrescentou Núbia. — Fizemos o mesmo com Aren e outros emeres durante a Guerra Emere, e esperamos que vocês sejam mais sábias que eles.

Makaia me dirigiu um sorriso iluminado e encorajador, pousando a mão em meu ombro.

— Nós temos fé em vocês quatro. Acreditamos que são capazes de derrotar Akin.

Soltei um longo suspiro cansado, sentindo minha cabeça latejar de dor e meu corpo exausto pedir socorro após os últimos acontecimentos.

— Eu não tenho tanta certeza disso.

— Mas nós temos — insistiu Nzinga, resoluta, levantando-se do tapete onde estava sentada. — Amanhã, nós as preparemos para a batalha que virá. Está na hora de saberem um pouco mais sobre as bênçãos que demos a vocês. Irão precisar de todo o conhecimento disponível para libertar Malik.

Arqueei uma sobrancelha e encarei Makaia com uma pergunta silenciosa no olhar, mas ela apenas respondeu:

— Amanhã, Jamila. Vocês precisam descansar agora. Comam, bebam e durmam.

Makaia apontou a bandeja de frutas, pães e sucos no fundo da tenda, prometendo ser comida "de verdade". Oyö e Amina correram para a mesa, enquanto os ancestrais se levantaram e saíram da tenda.

Obin, que havia ficado terrivelmente quieto e distante desde que tínhamos entrado ali, parecia estar procurando um lugar para se esconder quando os espíritos passaram por ele ao saírem. O gênio estava prestes a soltar um suspiro aliviado quando Makaia enfiou a cabeça dentro da tenda novamente e disse:

— E você, Obin, venha comigo.

Ele soltou um gemido sofrido e lançou um último olhar desesperado a nós três antes de acompanhá-la.

— Venha comer, Jami — chamou Oyö, pegando uma bela maçã no cesto de frutas. — Não vamos salvar o Mali quase desmaiando de fome e cansaço. Além disso, ele odiaria saber que nos ofereceram esse banquete e não comemos nadinha.

Me juntei a elas, desejando fervorosamente que em um futuro próximo pudéssemos estar os quatro em volta de uma mesa, rindo e compartilhando uma refeição como sempre fazíamos em família.

GUIA PRÁTICO PARA AGENTES INICIANTES

e Jamila Ambade!! ← por <u>Nziki</u>, *gênio mensageiro da Deusa Única e aliado da F.U.*

CAPÍTULO 2: A TEIA SAGRADA E AS ENERGIAS DIMENSIONAIS

A nossa realidade é formada pela intrincada união de incontáveis fios energéticos que estão presentes em tudo o que existe, em seres vivos e não-vivos, formando uma grande teia. Esses fios e suas diferentes energias constituem os mundos do nosso universo, desde suas estruturas físicas e elementais (a terra, o ar, a água) até aqueles que a habitam (humanos, espíritos, animais, etc.). Assim, o universo e seus mundos são energia, que também é a nossa energia vital, chamada de "mooyo". Esses mundos encontram-se inteiramente interligados por essas energias, de modo que, como numa teia de aranha, um não pode vibrar um único fio sem gerar movimento em todos os outros. Ou seja, o que acontece em um mundo, interfere no outro. Também chamados de "níveis de realidade", a Teia é formada por ~~dois mundos:~~ *na verdade, quatro* ✌

1. **O mundo físico:** o nível da matéria, constituído pela energia verde.
2. **O mundo espiritual:** lar dos seres espirituais, constituído pela energia azul.

3. Mundo das cinzas: não fazemos ideia do que tem lá.
4. Mundo Divino: de acordo com os ancestrais, lar da Deusa Única.

Considerando que foi escolhido como prisão para o Rei-Muloji (o maior ditador da história), deve ser um lugar super-agradável!

Abrir portas não é tão simples quanto eu pensava

No dia seguinte, fomos acordadas bem cedo por dois espíritos que prepararam um banho quente em uma tina e nos deram sandálias e túnicas de um tecido leve para vestirmos. Em seguida, eles nos serviram uma bandeja cheia de comida e saíram, levando nossos uniformes para lavarem.

Quando ainda comíamos, Nzinga entrou na tenda com um sorriso gigantesco nos lábios finos, carregando uma caixa de madeira ornamentada.

— Bom dia, Ambades! — exclamou, sentando-se com nós no tapete ao redor da pequena mesa. — Que bom que já estão acordadas, eu tenho algo para Oyö.

A caçula parou de mastigar e desviou a atenção da comida, surpresa.

— Para mim?

Nzinga assentiu e abriu a caixa, revelando dois braceletes feitos de um minério branco reluzente, que havíamos visto nas cavernas do Reino dos Condenados.

Nós três ofegamos, encantadas.

— Mantinium — sussurrei.

— Pelas bênçãos ancestrais, eles são as coisas mais lindas que já vi! — exclamou Oyö, mal cabendo em si de alegria.

Nzinga sorriu ainda mais e deu de ombros com um ar convencido, dizendo em um tom brincalhão:

— Eu sei. Fui eu que fiz.

Amina e eu rimos. Oyö estava incrédula e emocionada demais para esboçar qualquer outra reação além de fitar os objetos, boquiaberta.

— São feitos de mantinium para abençoados celestiais como você, Oyö. — A ferreira retirou os braceletes da caixa e os colocou nos pulsos da minha irmã, nos quais se encaixaram perfeitamente com um clique suave. — Experimente.

Oyö buscou meu olhar. Eu a incentivei com um aceno firme de cabeça, e, ainda sem acreditar no que fazia, ela separou os braços e depois bateu os punhos, acionando os braceletes. Os objetos produziram um zunido metálico e o som de pequenas engrenagens em movimento, até se iluminarem com um brilho dourado.

— Uau — exclamou ela, maravilhada, os olhos tão brilhantes que pareciam duas estrelas.

Meu coração se aqueceu com a cena. Quantas vezes eu a havia encontrado brincando escondida com os meus braceletes ou com os de Amina? O momento em que recebíamos nossos primeiros braceletes sempre era mágico.

Oyö levantou-se em um rompante de felicidade e se atirou nos braços de Nzinga, envolvendo-a em um abraço eufórico. A ancestral, pega de surpresa, ficou sem saber como reagir, mas logo retribuiu o carinho.

— Obrigada — sussurrou a caçula, emocionada.

— É uma honra saber que, depois de séculos, uma abençoada tão especial como você está usando os primeiros braceletes de mantinium. — Nzinga deu um beijo carinhoso em meio aos cachinhos de Oyö. — Use-os com sabedoria.

— Malik vai simplesmente *surtar* quando ver esses braceletes e saber quem os fez — disse Mina, rindo. — Mal posso esperar para ver a cara de bobalhão dele.

Nzinga riu e se levantou, dizendo:

— Para isso, vocês devem descer para treinar com seus abençoadores primeiro.

— Treinar?! — exclamou Oyö com expectativa.

— Sim, treinar. Eles já estão no vale esperando vocês. Vamos.

***

— Eu desejava ter mais tempo para treiná-la, mas posso lhe ensinar um truque ou dois antes que partam hoje à noite — disse Makaia.

Estávamos de volta à parte ensolarada do vale, sob a sombra de um grande baobá. Diversos espíritos e animais se estiravam preguiçosos sob as sombras das árvores, enquanto outros brincavam no lago e aproveitavam a luz do sol.

— Hoje à noite? Por quê? — indaguei.

— Primeira regra da viagem dimensional para enraizados: permaneça no máximo três dias na realidade visitada, ou sofrerá graves consequências físicas e espirituais. Ou seja, suas irmãs possuem apenas mais hoje e amanhã para permanecerem em Mputu.

Arregalei os olhos e senti minha boca ficar seca no mesmo instante.

— Eu não sabia disso! — exclamei, com os ombros ficarem rígidos.

— Eu sei. Vocês têm muito o que aprender ainda, as viagens foram restabelecidas há pouco tempo.

— E o que são "enraizados"?

— É como chamamos aqueles que não são viajantes. O ideal é que eles utilizem uma kilembe para viajar entre os mundos, para não sofrerem as consequências físicas, mentais e espirituais ao permanecerem por mais de três dias em outra dimensão.

— O que é uma kilembe?

— Um objeto encantado por um Quimbanda e ligado à essência vital do não-viajante. Uma parte do objeto fica no mundo dos vivos, indicando se ele está vivo ou não. A outra permanece com a pessoa, protegendo o seu corpo físico e servindo como um teleportador no exato momento em que precisar voltar para casa. Mas isso é assunto para outra conversa. O fato é que suas irmãs não possuem uma. Assim, vocês têm apenas mais este dia e o próximo para impedir os planos de Akin e salvar Malik

Preocupada, meu olhar se desviou na direção das minhas irmãs. Oyö estava sentada sob uma árvore conversando com Zimbo, que gesticulava enquanto parecia explicar algo de extrema importância para ela. A pequena dividia sua atenção entre o ancestral e o filhote de leopardo alado em seu colo. Já Amina estava com Núbia próximo ao lago. Ela mostrava para a ancestral o que sabia fazer, manipulando terra e água como meu pai havia lhe ensinado, mudando o estado de cada elemento enquanto um grupo de espíritos batia palmas e elogiava cada truque dela. Eles não sabiam o perigo que estavam correndo ao alimentar o ego gigantesco daquela terrorzinha convencida.

— Vamos começar — Makaia anunciou, atraindo minha atenção para si novamente. — O que você sabe sobre os poderes emeres?

— Sei que temos o poder de viajar pelo espaço físico, fazendo pequenos saltos ou viagens dimensionais para os outros níveis de realidade através de portas ou pontes.

A ancestral assentiu, satisfeita.

— Muito bem, parece que você já leu sobre o assunto. Mas o que conseguiu *fazer*?

— Quando eu era criança, conseguia me teleportar por poucos metros. Ao ser aceita na Fundação, parei de treinar e perdi o jeito. Só voltei a fazer isso ontem, depois de muita dificuldade.

— Tudo bem. Isso é um grande avanço para quem nunca teve um mestre emere. Quero que mostre para mim.

Fiquei tensa com o pedido, mas respirei fundo e me concentrei em um ponto dois metros à frente, iluminado pelo sol. Mal tive tempo de fechar os olhos antes de ouvir o estalo e me locomover. Em seguida, me virei para a ancestral e disse:

— Parece ficar mais fácil a cada salto.

Makaia me presenteou com um sorriso orgulhoso e deixou a sombra da árvore, caminhando devagar até mim.

— Sim, a prática facilita tudo, por isso treinar com frequência é essencial. É muito perigoso saltar sem um treinamento, você pode deixar algum membro do corpo para trás. — Arregalei os olhos engoli em seco, e ela riu de leve. — Por isso é admirável você ter desenvolvido essa habilidade sozinha, sem sofrer efeitos colaterais severos. Mas... — ela cruzou os braços nas costas e começou a andar ao meu redor — saltar por alguns metros é uma coisa, e viajar entre mundos é outra. Abrir uma porta requer ainda mais poder e habilidade de um viajante.

Imediatamente, as lembranças do ritual invadiram a minha mente e um arrepio involuntário percorreu o meu corpo. Abrir a minha primeira porta quase havia me matado de exaustão.

— Não acho que quero abrir portas novamente — murmurei, retorcendo os dedos das mãos.

Makaia parou de andar e me observou em silêncio com seus olhos sábios por um longo momento.

— Você está com medo por causa do ritual que fez — constatou ela. — Aquele ritual era muito antigo e complexo, Jamila. Até mesmo para um emere experiente, ele é muito perigoso. Você *quebrou* a barreira entre mundos, isso é algo que exige muito de um abençoado. Inclusive, ela custou a vida de Aren quando ele a construiu. Para abrir uma porta, você não precisará quase morrer de exaustão. Confie em mim. Isso está no seu sangue e na sua *alma*.

Permaneci apenas a encarando em silêncio, ainda retorcendo os dedos e mordendo os lábios. Diante disso, Makaia suspirou e se aproximou mais, colocando uma mão em meu braço.

— Jamila, vocês irão precisar de um meio rápido para retornar ao seu mundo. Ou espera derrotar um dos maiores emeres que já existiram sem ter desenvolvido os seus poderes de viajante? Eu acredito que, com o treinamento e o tempo adequado, você e seus irmãos serão capazes de enfrentá-lo, mas não agora. O importante é tirar Malik de Mputu o mais rápido possível, antes que ele dê a Akin o segredo do cítrio, e para isso, vocês precisarão de uma porta.

Ela tinha razão. E conhecendo bem o meu irmão, ele nunca daria o segredo do cítrio ao Rei-Muloji. Eu nem queria imaginar o que o feiticeiro faria com ele se não chegássemos a tempo.

Respirei fundo e respondi:

— Tudo bem. Me ensine a abrir uma porta.

Ela assentiu satisfeita e se colocou à minha frente.

— Obin me contou ontem à noite que uma das minhas abençoadas emeres te ajudou a se reconectar com seus antepassados viajantes. — Confirmei com um aceno de cabeça. — Ótimo. No Reino dos Condenados, você se reconectou com sua parte emere e finalmente a aceitou. Isso libertou os seus poderes, permitindo até que você se teleporte com outras pessoas, como fez com suas irmãs. Agora, para abrir uma porta, será necessário que se conecte à Teia Sagrada do universo. Feche os olhos.

Acatei sua ordem e senti seus dedos repousarem na minha testa como Adanna havia feio naquela noite no Reduto. Os sons do ambiente ao nosso redor se tornaram distantes, até desaparecerem e restar apenas um silêncio reconfortante.

— Deixe sua consciência vagar livremente.

A voz calma e suave de Makaia embalou minha mente, que parecia estar a ponto de desprender-se do meu crânio e viajar para longe. Meu corpo tornou-se leve como uma pluma e o chão desapareceu sob meus pés.

— Sinta o movimento dos níveis de realidade, se encontrando e se entrelaçando em uma dança eterna, *vibrando* na mesma frequência, enredados em uma única e grandiosa canção ancestral.

Em um instante avassalador, perdi a noção do espaço ao meu redor quando me tornei ciente da extensão do nosso universo. Fui envolvida pela vibração de milhares de fios à minha volta e dentro de mim. Eu me conectei a eles e, a partir disso, acessei a vastidão da Teia Sagrada, sentindo incontáveis vidas se movimentando em seus diferentes níveis de realidade, com as energias dimensionais pulsando na mesma frequência em cada ser vivo, entoando uma canção divina.

Era como se eu tivesse ultrapassado uma cortina diáfana, que quebrou os limites da minha consciência. A canção entoada pela Teia Sagrada ressoava em minha alma, se alojando potente e inquietante em minhas mãos, que começaram a formigar.

— Está sentindo a vibração? Está ligada à totalidade da nossa realidade? — questionou a ancestral. Assenti devagar, profundamente arrebatada para conseguir formular uma simples palavra. — Então agora você vai dobrá-la ao seu favor. Abra os olhos e me ouça com atenção.

Makaia estendeu os braços para frente, com as mãos uma acima da outra, os dedos levemente flexionados como se segurassem uma bola entre elas. Devagar, ela começou a separar as mãos, como se estivesse esticando algo invisível entre elas.

— Sinta a grande teia se estender entre seus dedos e se expandir diante de seus comandos.

Eu a copiei, e realmente senti como se tivesse algo entre minhas mãos, surgindo, crescendo, se expandindo. Diante do meu olhar chocado, uma fissura branca surgiu entre meus dedos. A minha surpresa me atrapalhou por um instante e quase me fez perder o controle.

— Se acalme. Você está indo muito bem.

Assenti freneticamente, temendo que o mínimo movimento brusco pudesse desfazer o que eu estava criando.

— Continue, Jamila — Makaia orientou.

Afastei as mãos até a direita estar acima da minha cabeça, com um retângulo branco e brilhante se formando entre elas.

Makaia, que também tinha produzido um idêntico, juntou os braços e o empurrou para frente. Ele tremulou no ar e se expandiu mais, tornando-se uma porta branca e brilhante. Em seguida, ela olhou para mim com um olhar encorajador que dizia "tente", cheio de expectativa. Fiz os mesmos movimentos, mas quando empurrei o retângulo, ele piscou no ar e desapareceu.

Desanimada, bufei e deixei meus braços caírem ao lado do corpo.

— Ah, que fracasso.

— Não. Foi uma ótima primeira tentativa — corrigiu Makaia. — Vamos de novo.

Fizemos a mesma posição novamente, e a ancestral passou o dia todo repetindo ensinamentos e palavras encorajadoras enquanto eu tentava dezenas de vezes. Mesmo com o cansaço, passei horas a fio treinando, com o pensamento focado em Malik e no perigoso resgate que realizaríamos no dia seguinte.

***

No final da tarde, eu estava exausta, mas também feliz e satisfeita com o dia de treino. Havia conseguido abrir três portas e aperfeiçoado o teletransporte. E o melhor de tudo: eu me sentia mais confiante com meus poderes de viajante.

Quando me juntei às minhas irmãs, procuramos por Obin pelo vale para decidir os detalhes da partida e dos próximos passos. O encontramos sentado na grama conversando animadamente com Ana e o pequeno leopardo sobre suas aventuras de mensageiro. Somente quando a vi, me recordei da nossa conversa pendente. Eu ainda não sabia como proceder com essa situação.

Nos sentamos no chão, e o leopardo alado imediatamente se aconchegou no colo de Oyö.

— Como foi o treinamento, meninas? — perguntou Ana, animada.

— Ótimo! — respondeu a caçula, em êxtase.

Amina me lançou um olhar significativo, alternando o olhar entre mim e Ana. Eu fiz que não com a cabeça, mas minha irmã bufou impaciente e disse à nossa prima:

— Acho que agora é uma ótima hora para aquela conversa, Ana. Você se importa?

— Claro que não — respondeu com doçura, nos observando com um olhar curioso.

Soltei um suspiro derrotado. Tentei procurar as palavras certas para tratar daquele assunto tão desconfortável quanto um espinho, mas não tive muito sucesso.

— Bom... você disse que nos visitou durante esse tempo, então você deve ter visto que sua mãe... bem...

— Não aceitou bem a minha morte — murmurou Ana, abaixando a cabeça.

Meu coração se contorceu de pena. Alcancei sua mãozinha e a apertei, tentando lhe oferecer conforto.

— Se isso te deixa triste, podemos esquecer esse assunto e...

— Não! — Ela levantou a cabeça rapidamente e me lançou um olhar severo. — Eu quero saber. Vocês não falariam sobre isso se não fosse importante.

Observei sua postura resoluta por um longo minuto. Como ela não demonstrou declinar, continuei:

— Nós tivemos que encontrar a sua mãe para descobrir uma maneira de viajar para cá. Em troca da informação, ela disse que deveríamos levar a sua alma de volta ao mundo dos vivos, porque ela acredita ter uma forma de trazer você de volta.

Ana ficou um longo momento em silêncio, os olhos presos na grama e a testa franzida em uma expressão muito séria.

— Eu entendo que ela sente a minha falta, eu também sinto a dela todos os dias. Vocês não sabem como é difícil vê-la nessa situação, se perdendo por causa do luto. Eu sinto muito por tudo o que minha mãe fez a vocês e a nossa família.

— Você não tem culpa — rebati.

— Eu sei — sussurrou, ainda sem nos encarar. — Eu a amo muito, e por isso não posso ir com vocês. Mamãe precisa entender que eu parti e que está na hora dela encontrar um caminho melhor para que possamos estar juntas aqui, no além-vida.

— Jami tentou explicar a ela que não temos poder para reverter a morte de alguém, mas ela não ouve a razão — explicou Mina. — Seria ótimo se você pudesse nos ajudar de alguma forma. Farisa não vai acreditar na palavra de ninguém, apenas na sua.

Ana ficou visivelmente nervosa quando entendeu onde minha irmã queria chegar. Seu espírito tremulou e o medo tingiu a sua alma com tons de preto.

— Você nunca... tentou nenhum tipo de contato com a sua mãe depois que morreu? — perguntou Oyö, coçando a barriga do leopardo em seu colo.

Ana negou com a cabeça.

— Temi que tornasse tudo mais doloroso e complicado para ela. E... para mim.

Eu estava pronta para dizer que não seria necessário fazer isso se fosse tão difícil para ela, mas Ana não me deu chance e continuou:

— Mas eu posso tentar, para que minha mãe não faça alguma besteira contra vocês.

Eu não acreditava que minha tia desistiria mesmo que Ana pedisse. Eu temia que, com a visão da filha, Farisa ficasse ainda mais determinada em ressuscitá-la.

— Fiquem tranquilas, eu tentarei dissuadi-la. Farei o meu melhor. Mostrarei que estou bem aqui em Mputu.

— Espero que o seu melhor seja suficiente — sussurrei preocupada, não conseguindo esconder a frustração de não ser capaz de pensar em uma solução melhor.

Ana finalmente levantou o olhar e me presenteou com um sorriso gentil.

— Como sempre, você está querendo proteger e ajudar a todos, Jami. Às vezes, deixe que as pessoas tentem ajudá-la também.

Mesmo a contragosto, assenti em silêncio, não querendo prolongar uma discussão para a qual não tinha outra alternativa. A ideia de Ana era nossa única opção contra as ameaças da nossa tia.

Depois que a tensão da conversa foi se dissipando, Amina, Oyö e eu colhemos algumas frutas das árvores e voltamos para junto deles. Estávamos famintas depois do intenso dia de treinamento. Um lembrete que eu não poderia esquecer nas próximas viagens dimensionais: trazer comida de casa.

— Obin, você desapareceu depois que Makaia o chamou para conversar. Levou uma bronca? — provocou Mina, entre uma mordida e outra, em um tom esperançoso.

Obin a fuzilou com o olhar e respondeu com toda a calma que conseguiu reunir:

— Não, não levei uma bronca. Confesso que isso me deixou muito surpreso. Ela não condenou minhas ações do passado, disse que as achou muito... honrosas. Foi bem mais receptiva que a Deusa Única. — Ele deixou escapar um breve sorriso enviesado ao mencionar a entidade. — Enfim, Makaia confirmou que o Rei-Muloji está se escondendo nas Minas de Fogo, como vocês pensavam. Ela me deu instruções de qual caminho seguir quando entrarmos lá, já que conhece muito bem o lugar, pois foi ela quem o descobriu com Akin alguns séculos atrás.

Ele colocou o dispositivo do mapa sobre a grama e nos mostrou as atualizações que Nzinga tinha feito. Um mapa das minas havia sido incluído no objeto, com uma linha vermelha traçando o caminho que deveríamos seguir até as forjas.

— Durante todo esse tempo em que ficou sumido, você conversou com eles apenas sobre o nosso plano? — questionei, desconfiada.

— Makaia também falou sobre o meu destino como gênio e me deu duas escolhas.

— Quais escolhas? — questionou Oyö, tão ansiosa e curiosa quanto Amina, Ana e eu.

O gênio abriu a boca para responder e fechou diversas vezes, feito um peixe abobalhado. Por fim, ele desistiu do que iria dizer e murmurou:

— Eu não quero falar desse assunto agora. É complicado. Que tal a gente focar nos próximos passos da missão? Vamos partir daqui a algumas horas.

Troquei um olhar intrigado com Ana e minhas irmãs, mas elas estavam bem mais interessadas na comida do que no drama do gênio. A fim de não pressioná-lo, assenti em concordância. Aliviado, Obin começou a contar o que conhecia sobre as minas, seus perigos e rotas de entrada e saída, sob mais um pôr do sol esplêndido do Vale Ancestral.

Ilusões de cinzas

— Esperem só mais um minuto. Eu vou conseguir, vocês vão ver — repetiu Oyö pela quinta vez, fechando os olhos com força.

Depois de um longo minuto de silêncio, Amina suspirou e fechou os olhos por um instante, cruzando os braços.

— Oyö...

— Só mais um minutinho. — A caçula cerrou os punhos e pressionou os lábios.

Mina negou com a cabeça, irritada.

— Já estamos aqui há dez minutos te esperando e...

— Eu consigo! Consegui fazer à tarde com Zimbo.

Foi a vez de Obin suspirar.

— Isso não está dando certo. Vamos ser pegos e mortos.

— Fica invisível, fica invisível, *fica invisível* — murmurava Oyö, como se o seu poder fosse ativado pela voz, mais irritada a cada sentença.

— Deem um minuto a ela — ralhei, também já sem paciência. Não era nada confortável estar agachada daquele jeito. Além disso, os matebos estavam a poucos metros de distância e poderiam nos ouvir.

Havíamos deixado o vale no início da noite. Após uma longa caminhada, chegamos a um pântano sinistro e escuro, com um ar úmido e pegajoso que parecia se infiltrar pelos poros das nossas peles suadas. As árvores eram altas e esparsas, mas a vegetação emaranhada ao redor delas atrasou o nosso avanço, pois as plantas se prendiam em nossos cabelos e roupas, além de dificultar a nossa visão. Para piorar tudo, lamentos de almas perdidas rasgavam o silêncio como lâminas, unindo-se ao coro irritante dos sapos que coaxavam nas margens dos lagos fétidos. Nossos uniformes brancos e imaculados, lavados com tanto cuidado pelos espíritos do Vale, já estavam sujos novamente. Para nossa sorte, Obin mostrou-se um ótimo guia ao nos orientar na travessia do pântano por um caminho que nos levou diretamente às Minas de Fogo, as quais observávamos de longe naquele momento.

Me esforcei para lembrar das aulas que havia tido com os mestre forjadores da Fundação sobre mineração. Não era uma matéria obrigatória para abençoados espirituais, mas eu tinha ido a algumas por pura insistência de Malik. Em uma delas, mestre Foluke havia explicado que, devido à profundidade em que se encontravam os metais dimensionais, sua mineração ocorria em minas subterrâneas. Por esse motivo, as Minas de Fogo estavam localizadas no subsolo de um alto monte de pedras negras, rodeado por uma planície pedregosa e sem vida, onde não havia a presença de nenhuma vegetação. Assim, tivemos que aproveitar as sombras oferecidas pela noite para nos esgueirar pelo terreno irregular, nos escondendo atrás das rochas a cada avanço. Quando estávamos a quinze metros de distância da entrada cavernosa, guardada por dois matebos das cinzas, nos escondemos atrás de um rochedo gigantesco e bolamos uma maneira de entrar usando a invisibilidade de Oyö.

A qual não deu certo, já que Oyö não teve sucesso em acessar sua magia.

Obin e Amina começaram a discutir. Tentei fazê-los calar a boca sem fazer mais barulho, alternando o olhar entre eles e os matebos que ladeavam a única entrada da mina, mas eles estavam ocupados demais despejando xingamentos ofensivos um contra o outro para perceberem.

— Pelos ancestrais, calem a boca! — exaltou-se Oyö, nos surpreendendo. Ela se arrependeu no minuto seguinte, sua face zangada desmoronando enquanto abaixava a cabeça. — Desculpe.

Dei um afago carinhoso em seu ombro e sussurrei:

— Tudo bem, Oyö. Você acabou de receber a sua bênção. Terá tempo para treinar e aprimorar a sua magia.

— Como vamos passar por aqueles matebos? — questionou Obin.

— Deixa comigo — disse, espiando os espíritos cinzentos. — Eles podem ser noventa por cento corrompidos por energia das cinzas, mas ainda possuem energia espiritual como qualquer outra classe de espírito.

— Acha que consegue controlá-los? — perguntou Amina.

"Mais ou menos", pensei.

— Consigo — foi o que respondi. — Pegue o blaster na bolsa e me dê cobertura.

Os olhos de Amina se iluminaram e seus lábios se curvaram em um sorriso gigante.

— Tá falando sério?

Revirei os olhos e suspirei, exasperada.

— Pegue o maldito blaster antes que eu mude de ideia — resmunguei, enquanto ela já abria a mochila.

Fiquei de joelhos e ativei os braceletes. Estendi as mãos na direção dos matebos e flexionei os dedos, enredando-os sob meu controle. Os espíritos se surpreenderam com o repentino poder exercido sobre eles e tentaram lutar contra as minhas amarras, procurando desesperados com o olhar onde estava a origem da magia que os controlava. Eles eram mais fortes do que havia imaginado, e eu podia sentir a corrupção da energia cinzenta tentando me alcançar e se infiltrar em minha alma.

— Eles são muito resistentes — murmurei entredentes, devido ao esforço. — Temos que entrar rápido, antes que eles se soltem!

Todos se levantaram rapidamente e deixaram nosso esconderijo, correndo em direção à entrada. Ao nos ver, os matebos lutaram com mais empenho contra o meu controle e tentaram gritar, mas Amina foi mais rápida. Ela sacou o blaster, mirou e puxou o gatilho, fazendo com que a arma sugasse os espíritos para dentro do seu pequeno cilindro de vidro abençoado.

Admirada, Mina encarou o objeto em sua mão e, em seguida, ergueu os braços, exclamando eufórica:

— Isso foi demais!

— Comemore depois, vamos! — ralhei ao passar correndo por ela, arrastando comigo para dentro das minas.

Iluminadas pelo brilho suave da forma diáfana do gênio à nossa frente, entramos no corredor escuro e andamos por alguns metros até ele se abrir em uma câmara gigantesca com três níveis esculpidos no interior do monte, iluminados por centenas de tochas encaixadas em suportes. Do andar mais alto até o chão, havia almas tingidas por cores escuras e curvadas na direção das paredes, martelando-as com picaretas grandes demais para suas mãos, enquanto matebos cruéis gritavam com elas e supervisionavam o serviço. Ouvia-se apenas o som do metal contra as pedras, os berros dos matebos e os gemidos de dor dos pobres espíritos devido à exaustão. Suas emoções se propagavam em grandes ondas pelo ambiente, preenchendo o ar com um manto pesado de tristeza, angústia e dor.

— Isso é horrível — exclamei, observando a cena com angústia. — Temos que tirá-los daqui.

Obin negou com um aceno de cabeça, ativando o pequeno dispositivo com o mapa das minas que Nzinga havia adicionado no objeto.

— Não agora, podemos acabar chamando atenção. Primeiro, precisamos encontrar seu irmão. Acredito que ele não esteja aqui, deve estar nas forjas.

Obin flutuou para um corredor à direita, tomando cuidado para ficar rente às paredes em meio às sombras. Enveredamos por um complexo labirinto de túneis extensos, cavernas sinistras e câmaras enormes, entrando cada vez mais fundo no subterrâneo. Senti o exato momento em que estávamos nos aproximando das forjas, porque, a certa altura de um corredor muito parecido com todos os outros que havíamos visto, comecei a suar devido a um calor insuportável. Alguns metros à frente, ouvi o ruído de marteladas, o crepitar do fogo e o ranger dos metais, mas tudo isso foi silenciado quando o perfume da alma dele chegou até mim.

Estanquei no lugar, atônita, observando o brilho avermelhado que saía da caverna à frente.

— Ele está aqui! — exclamei.

Obin observou a entrada das forjas por um momento, desconfiado.

— Isso é muito estranho — ele desligou o dispositivo do mapa e guardou na mochila de Amina. — Onde estão os guardas? Está muito fácil.

Tomada pela urgência de rever meu irmão, ignorei os temores do gênio. Minhas pernas ganharam vontade própria, e quando percebi, já estava correndo. Os outros me seguiram chamando pelo meu nome, aflitos, mas eu não os ouvia, não ligava se alguém pudesse nos ver. Quando passei pela entrada, meus olhos foram atraídos para sua figura translúcida curvada sobre um longo balcão de ferro, onde trabalhava concentrado em um pequeno dispositivo cheio de fios e molas.

Antes que eu pudesse chamar pelo seu nome, alguém me alcançou e me puxou para fora da caverna. Dei uma cotovelada na pessoa e me afastei, virando rápido para trás, pronta para atacar. Porém, quando me deparei com uma figura conhecida e o aroma de limão e grama fresca me envolveu, exclamei surpresa:

— Daren?!

— Shiii! — pediu o príncipe, com o dedo sobre os lábios. — Ele vai ouvir você.

— O que está fazendo aqui? — perguntei, os olhos arregalados como se eu estivesse vendo uma miragem.

Ele me puxou para as sombras próximo da parede e abriu um grande sorriso.

— Você acreditou mesmo que eu a deixaria sozinha em um momento desses? Achei que iria precisar de uma ajudinha.

Sorri em resposta, com o coração aquecido.

— Mas como você conseguiu viajar pelos mundos? E como...

Nesse instante, o restante do grupo me alcançou. As meninas derraparam no chão da caverna quando quase trombaram com o príncipe, exclamando tão surpresas quanto eu:

— Daren?!

Ele passou a mão pelos cabelos e deixou escapar um suspiro exasperado.

— Alguém vai nos ouvir e seremos mortos se continuarem falando alto desse jeito.

— Um humano? — questionou Obin, estudando Daren de cima a baixo com um olhar ainda mais desconfiado. — Como chegou aqui?

— Eu estou muito ansioso para contar a vocês todas as minhas aventuras, mas não temos tempo para isso agora. O Muloji está aqui e pode nos ouvir de longe com sua audição aguçada. Temos que aproveitar o elemento surpresa a nosso favor.

Ele pediu silêncio mais uma vez e se aproximou cautelosamente da entrada da caverna, espiando lá dentro e fazendo um sinal para que fizéssemos o mesmo.

Dessa vez, observei o ambiente com mais calma e atenção. Atrás de Malik havia uma forja enorme onde o fogo ardia, pintando a alma do meu irmão com tons de vermelho e laranja. Diversos instrumentos estavam espalhados sobre o balcão, como braceletes de kalun e dízio, martelos e alicates de ferreiro. Fiquei intrigada com o fato da forja estar atulhada por diferentes tipos de invenções, o que fez eu me perguntar onde Akin havia conseguido toda aquela tecnologia.

Além do meu irmão, havia outra alma presente no recinto, martelando uma peça metálica sobre uma bigorna. Perplexa, reconheci o meu avô materno.

O que ele estava fazendo ali?!

Um movimento em meio às sombras no fundo da caverna chamou a minha atenção, longe da iluminação da forja. Semicerrei os olhos para tentar ver melhor e percebi que não era *algo*.

Era *alguém*.

— Está demorando demais, Malik. Eu sei que você desvendou o segredo e está tentando me enrolar. Você já deveria ter terminado esse bracelete.

O Rei-Muloji saiu das sombras e caminhou sob a luz da forja, em sua forma de matebo de cinzas. Ele segurava um livro grosso de capa branca nos braços, que deixou sobre a bancada ao se aproximar do meu irmão.

Irritado com a presença do feiticeiro, Malik suspirou e soltou as pequenas pinças que usava para trabalhar. Ele encarou o feiticeiro com desdém e rebateu em tom de deboche:

— Você é ferreiro? Não. *Eu* sou o ferreiro. Então, quando essa droga estiver pronta, eu aviso.

Mali fez menção de pegar as pinças novamente, mas o espírito das trevas perdeu a paciência e o agarrou pelo pescoço. Meu avô fez menção de ir ao seu socorro, mas o Muloji dirigiu-lhe um olhar ameaçador como aviso. Em seguida, ele voltou a dirigir sua atenção para o meu irmão.

— Você sabe que não está em posição de usar o seu sarcasmo, humano irritante. Durante esses dias, eu percebi que você gosta de usá-lo para mascarar alguns sentimentos, como desconforto ou medo. — O feiticeiro se aproximou mais, flexionando os dedos e aumentando a força do aperto. — E eu *sei* que está com medo. É bom que esteja. Porque o seu tempo está acabando.

A cena despertou em mim uma onda de raiva que eu nunca havia sentido antes. Ela se espalhou pelo corpo feito larva fervente, borbulhando e me queimando por dentro. Era como se um monstro tivesse acordado dentro de mim, rugindo furioso e pronto para atear fogo no mundo inteiro.

— E o seu terminou agora — rebati, entrando na caverna.

Ativei meus braceletes e apontei uma das mãos para ele, pronta para disparar uma rajada de energia diante de um mínimo movimento seu. Meus olhos faiscaram, perigosos, azul brilhante como a minha magia.

O Rei-Feiticeiro ficou surpreso com a minha presença, mas não tanto quanto eu esperava.

— Eu sabia que você viria. Mas esperava que fosse pega pelos meus matebos antes de chegar tão longe.

Abri um sorriso amarelo.

— Foi erro seu me subestimar.

Nesse momento, as meninas e o gênio entraram correndo. Amina e Obin se colocaram ao meu lado, em posição de batalha. Oyö não foi tão audaciosa e ficou próximo à saída, sem saber o que fazer. Daren permaneceu escondido do lado de fora da caverna.

Vovô ficou entre a surpresa e preocupação ao nos ver, enquanto o rosto diáfano de Malik se iluminou com um sorriso alegre e emocionado, espantando um pouco a tensão que tomou o meu corpo.

— Pelos ancestrais, eu nunca fiquei tão feliz em ver vocês! — exclamou. — Isso é uma coisa muito rara de acontecer, não se acostumem. Ele...

O Rei-Muloji estendeu a mão na direção dele e, com um simples movimento, fez com que Malik se calasse. Meu irmão tentou dizer algo, arranhando a própria garganta, mas nenhuma palavra saiu de sua boca.

— Estou farto da sua voz. Se não é para dizer aquilo que desejo, então fique de boca fechada.

— Liberte ele, Akin — exigi com raiva, dando mais um passo em sua direção.

Ele arqueou uma sobrancelha e inclinou a cabeça levemente, com um brilho de curiosidade surgindo em seu olhar.

— Parece que minha esposa contou algumas coisas a você. O que ela disse?

— O suficiente.

— "O suficiente" — repetiu com ironia. — Me pergunto se houve verdade contida em suas palavras.

— A verdade é que você foi derrotado e não deveria ter saído da sua prisão.

Ele me dirigiu um sorriso divertido, zombando da minha coragem em confrontá-lo.

— Eu realmente pensei que havia perdido e que permaneceria preso para sempre. Tentei me libertar das correntes de Nzinga por séculos, até finalmente entender que, na verdade, deveria usá-las como condutores de uma nova energia. Mas, mesmo com o cítrio servindo para isso, o meu corpo humano não resistiu. Afinal, eram correntes, e não braceletes. No entanto, tive tempo o suficiente para aprender a acessar a energia das cinzas antes de abandonar a vida carnal e me tornar um espírito, livre da necessidade de um metal dimensional para utilizar magia.

Akin levantou a mão, movimentando os dedos envolvidos pelas cinzas, exibindo seu novo poder. Antes que eu pudesse agir, ele reuniu um punhado de cinzas nas mãos e soprou no meus olhos.

Ouvi os gritos da minha família e de Obin, mas eles se tornaram distantes quando o mundo girou ao meu redor. A caverna se desconstruiu e se tornou um ambiente difuso, até as partículas de realidade se rearranjarem e construírem um novo lugar. Conforme a desorientação pela repentina mudança passava, percebi que eu estava no complexo Muxima.

Confusa, observei minha mãe flutuando no ar, tentando realizar o ritual das portas. Só então entendi que, de alguma forma, eu tinha retornado para a noite em que tudo havia começado. Um arrepio gelado percorreu a minha espinha e o medo se infiltrou em meus ossos como um veneno, ameaçando tomar o controle do meu corpo.

Ouvi passos vindo pelo corredor e Farisa entrou no complexo, caminhando calmamente com as mãos cruzadas para trás. No entanto, percebi que aquela não era de fato a minha tia. Seus olhos eram negros como um abismo profundo, e partículas de cinzas espiralavam em volta deles. O Rei-Muloji abriu um sorriso perverso quando nossos olhares se encontraram, e incapaz de encarar sua face demoníaca, desviei minha atenção para um ponto distante da sala.

— Você não gosta de relembrar o seu passado, Jamila Ambade. O que tanto teme?

— Saia da minha cabeça! — ordenei, sentindo sua presença cada vez mais próxima.

— Não gosta dessa lembrança? Que tal visitarmos outra?

Mais uma vez, tudo se desfez e se reconstruiu ao meu redor como peças de um jogo diabólico. Agora, eu estava sentada em um dos bancos do Ministério Ancestral, assistindo ao julgamento da minha mãe. Os olhos cinzas da juíza se desviaram da ré a sua frente e cravaram-se em mim, e ouvi a voz de Akin quando ela falou:

— Você acredita que depois de tudo o que você e sua família causaram, você seria a escolhida? A Embaixadora dos Mundos? — O feiticeiro deu uma gargalhada macabra que estremeceu a estrutura da sala. — Só porque a minha tola esposa disse isso, não significa que seja merecedora desse título.

Ele bateu o martelo de madeira sobre a mesa com força e tudo mudou, a nova cena se organizando em questão de segundos. Dessa vez, eu estava ajoelhada diante da cumbuca de água que os espíritos ancestrais me ofereciam no julgamento do martelo, mas quem me obrigava a beber a água era o Muloji. O líquido desceu fervendo pela minha garganta, me incinerando por dentro. Berrei de dor e desabei no chão, me contorcendo em agonia.

Akin se curvou sobre mim e sibilou feito uma cobra venenosa, dizendo:

— Você não foi forte o suficiente para lutar contra mim na primeira vez, e também não é agora. Não foi capaz de impedir que eu atropelasse seu irmão. Não foi capaz de proteger sua cidade.

A dor agoniante e a raiva diante de seus insultos nublaram meus sentidos e me deixaram à beira de um abismo escuro, no qual eu desejava saltar para me livrar daquele tormento. Suas palavras me perfuraram como adagas afiadas, me deixando exposta e vulnerável diante das minhas falhas.

O feiticeiro se ajoelhou ao lado do meu corpo e tocou em meus cabelos, dizendo:

— Você nem ao menos tem coragem para ser quem é de verdade. Você não é ninguém, Jamila Ambade. É apenas uma covarde.

O ódio superou a dor e eu me obriguei a encará-lo, berrando com todas as minhas forças:

— Eu já disse para você sair da minha cabeça!

Dessa vez, foi a força da minha voz que fez tudo desmoronar, e a figura do Rei-Muloji se desfez diante de mim como areia sendo levada por uma furiosa rajada de vento. A dor dentro de mim cessou, e quando percebi, estava sentada no meio de uma rodovia, iluminada pela luz prateada da lua. Ao longe, as luzes de Méroe cintilavam.

Passos se aproximaram de mim e eu fechei os olhos imediatamente. Eu não daria a ele o que desejava, não permitiria que dominasse os meus pensamentos. Os passos se interromperam quando chegaram ao meu lado, e atrás das minhas pálpebras, a luminosidade da lua foi substituída pela sombra daquele que se erguia sobre mim.

— Jamila?

A voz doce de Malik soou em meus ouvidos, fazendo uma lágrima involuntária molhar a minha face.

— Irmã, do que tem medo? Sou eu.

Trêmula, mordi os lábios e apertei meus olhos com mais força. Diante da minha resistência, ouvi o farfalhar de suas roupas e senti suas mãos quentes em meu rosto quando ele se ajoelhou à minha frente.

— Jami, sou eu. Seu irmão caçula. — *Não abra os olhos, não abra os olhos.* — O terrorzinho mais velho. — Senti um pouco da minha força se esvair e mais uma lágrima traidora escorreu pela minha bochecha. Me agarrando à última gota de força de vontade, continuei a repetir: *não abra os olhos, não abra os olhos.* — Você não imagina o quanto senti a sua falta.

Cansei de resistir e abri os olhos. Suas íris castanhas, livres de cinzas, capturaram o meu olhar. Ele fez carinho em meu rosto e disse com suavidade:

— Você já lutou demais, irmã. Está na hora de descansar seus braceletes.

— O quê? — balbuciei, perdida em seu olhar.

— Deixe que os outros a ajudem e cuidem de tudo agora. Você já fez o bastante.

— Os outros? — repeti pateticamente, tentando organizar os meus pensamentos, mas sem sucesso.

— Sim. Akin me mostrou durante esses dias que ele deseja o mesmo que nós, trazer equilíbrio ao mundo e liberdade aos emeres. Você poderá ser livre, Jamila. — Malik sorriu para mim e depositou um beijo em minha testa.

Eu estava confusa. Ele estava me pedindo para desistir? Eu não conseguia entender. Malik *nunca* desistia. Foi sempre ele quem quis lutar contra o nosso destino.

Aquele não era o meu irmão. Não poderia ser.

O Rei-Muloji percebeu a mudança em minha face, mas não foi rápido o bastante. Eu me afastei do seu toque e me levantei, encarando-o com asco, ajoelhado perante a mim.

— Agora que comecei a lutar, eu não vou parar. Agora que conquistei a minha liberdade, eu vou fazer de tudo para que aqueles como eu também a tenham. E eu sei exatamente quem sou: sou Jamila Ambade, filha de Dandara, neta de Zarina. Deixe-me falar quem você é, feiticeiro. — Me inclinei sobre sua face colérica, onde uma veia gigante saltava de sua testa e parecia prestes a estourar. — Você é apenas um matebo errante que acredita ser poderoso por causa de uma magia desconhecida. Mas eu sou uma conjuradora espiritual e posso controlar qualquer espírito que quiser. Inclusive *você*.

O rosto de Akin se transformou quando ele gritou em um rompante de fúria e avançou sobre mim. Seus olhos foram tomados pelas cinzas e dentes afiados surgiram em sua boca, tornando-o uma versão maligna do meu irmão. Ele reuniu uma esfera de energia das cinzas entre as mãos e a desferiu contra mim, mas eu cruzei os braços em frente ao peito bem a tempo de repelir o poder com o metal dos meus braceletes. A explosão destruiu a ilusão em mil pedaços, que se despedaçou e caiu ao nosso redor como milhares de cacos de vidros estilhaçados, revelando o mundo real ao nosso redor.

Antes que o Muloji investisse contra mim novamente, tive um rápido vislumbre de Oyö e meu avô acalmando Malik devido à perda de sua voz. Obin e Mina estavam próximo a mim, tentando me tirar do transe hipnótico de Akin. Eles se sobressaltaram quando acordei, e se afastaram quando o feiticeiro tentou me atingir com outra esfera.

— Saiam de perto! — gritei. — Ajudem Malik! Obin, vovô, vocês precisam sair daqui e libertar as outras almas presas!

Mesmo parecendo contrariados em me deixar, eles seguiram as minhas ordens com rapidez. O Muloji aproveitou a minha falta de atenção e investiu outra vez. Uma nova esfera de poder passou chiando perto da minha orelha, mas acabou acertando o balcão de ferro. A magia sinistra se alastrou pelo objeto e o corroeu em uma velocidade assustadora, desfazendo-o em um punhado de cinzas.

Diante daquela pequena demonstração do estrago que a energia das cinzas poderia fazer, concluí que eu não poderia dar chance de Akin chegar tão perto de me atingir novamente. Assim, antes que ele preparasse seu próximo golpe, estendi as mãos na sua direção e tentei alcançar sua essência espiritual. Ele percebeu a minha intenção e lutou contra o meu controle, gargalhando feito um louco desvairado, como se resistir ao meu poder fosse apenas uma brincadeira para ele. O feiticeiro era um matebo muito mais forte do que aqueles que eu havia manipulado na entrada das minas, o que dificultava minha tentativa de mantê-lo sob o meu poder. Meu braço estendido tremia devido ao esforço, ao passo que minhas forças se esvaíam com uma rapidez preocupante.

— Desista! Você não é forte o bastante para me deter sozinha! — berrou o espírito maligno.

Quando senti o meu fraco controle sobre ele se arrebentar como uma corda esticada até o limite, um vulto entrou correndo na caverna e se posicionou atrás da figura diáfana e cinzenta do Rei-Muloji, e uma voz conhecida o rebateu:

— Que bom que ela não está sozinha.

O alívio percorreu o meu corpo e renovou as minhas forças quando distingui o rosto de Daren através do véu cinzento que era a forma do feiticeiro. Porém, a minha alegria durou por míseros segundos, pois a situação, que já estava terrível o suficiente, se tornou ainda mais horripilante.

Os olhos do príncipe se tornaram escuros como a noite. Veias pretas e grossas surgiram em seu rosto. Ele abriu a boca, que foi crescendo até dobrar de tamanho, tornando-se assustadoramente gigantesca. Diante do olhar aterrorizado de todos os presentes, a alma do Rei-Muloji foi arrastada por uma força invisível na direção de Daren, que começou a sugá-la com a sua boca pavorosa.

Tão surpreso quanto nós, que assistíamos à cena em profundo estado de choque, o ditador de ferro se virou para Daren e o encarou com um ódio profundo, gritando ao reconhecê-lo:

— *Você*. Seu traidor! Como ousa depois de tudo o que lhe ensinei? Depois de tudo o que fiz por você?!

O espírito sombrio tentou voar para longe do seu capturador, berrando em completa agonia. O som estridente me deixou desnorteada e caí de joelhos, tampando os ouvidos. Incapazes de olhar para a cena aterrorizante, minhas irmãs esconderam o rosto no peito de Malik, até o Rei-Muloji desaparecer na garganta de Daren.

Quando a boca do príncipe voltou ao tamanho normal e ele a fechou, tudo se aquietou. Só então fui capaz de levantar os olhos para aquela figura profana que antes fora meu amigo, o observando lentamente com um profundo horror. As veias grossas pulsavam em seu pescoço, absorvendo a poderosa essência do espírito de Akin. Um rastro branco e brilhante de energia espiritual escorria do canto de sua boca e pingava no chão. Seus olhos negros se prenderam em mim e um arrepio involuntário percorreu a minha espinha.

O que diabos havia acabado de acontecer?

Mesmo que eu não quisesse aceitá-la, a verdade me atingiu em cheio: Daren era o muloji aliado de Akin, aquele que vinha devorando as almas de pessoas inocentes.

— Pelos ancestrais, Daren — disse em um sussurro assustado, incapaz de me mover. — O que você fez?

Um ex-amigo revela seu plano dentro de outro plano

Eu não conseguia acreditar no que tinha acabado de ver, pensei estar sendo enganada pelos meus sentidos. Se eu não estivesse tão desesperada para salvar o meu irmão, teria percebido que o característico perfume do seu espírito se misturava a um terrível fedor de... sangue. Só tinha um motivo para as almas carregarem aquele odor: a pessoa havia cometido um crime tão terrível contra outro ser vivo que o seu espírito ficava marcado para toda a eternidade, mesmo após reencarnar.

Daren saiu das sombras com um olhar sombrio. Seu traje dourado brilhava magnificamente sob o efeito da luz produzida pela forja e sua mão esquerda segurava com firmeza o cetro em seu cinto.

— Obrigada por me ajudar a vingar a morte da minha mãe, Jamila.

Levantei em um rompante de raiva, recuperada do choque momentâneo. Uma fúria ardente se inflamou dentro de mim.

— Te ajudar?! — repeti indignada.

— Sim. Eu nunca conseguiria derrotá-lo sozinho. Ele mereceu o destino que teve.

— Você me usou! — cuspi revoltada.

— Nós tínhamos um inimigo em comum e o derrotamos juntos — rebateu, com uma calma enervante.

— Juntos? — guinchou Malik com uma voz rouca, fazendo todos os olhares se voltarem para ele.

Surpreso por ter recuperado a voz após a derrota daquele que havia lhe imposto o feitiço, ele pousou a mão sobre a garganta e suspirou aliviado. Em seguida, encarou Daren por um momento, sua face diáfana se contorcendo de ódio.

— Juntos? — repetiu ele, aproximando-se. — Você esperou minha irmã fazer a parte difícil para atacar Akin pelas costas!

Daren tirou o cetro do cinto e o ativou. O objeto se estendeu até atingir um metro e ficar sob o queixo de Malik, sua ponta estalando com raios de choque. Meu irmão deu um passo para trás. Amina e Oyö fizeram menção de ajudá-lo, mas Daren dirigiu-lhes um aviso com um olhar ameaçador.

Os olhos do traidor pousaram em mim e, por um segundo, pensei ter visto o meu amigo e parceiro de equipe. No entanto, foi um vislumbre tão rápido que acreditei ter imaginado aquilo.

— Você sempre soube esconder bem sua verdadeira natureza, não é? Nunca fui capaz de ler sua alma com exatidão — disse, irritada e magoada. — Por quê, Daren? Por que ficou do lado dele? Eu não enten...

— Olhe para mim, Jamila — cortou ele, em um tom angustiado e desesperado. — *Olhe*. Desta vez, eu vou deixar que veja.

E eu olhei, enxergando sua alma com clareza. Pela primeira vez, não vi a habitual confusão de cores, não senti a costumeira confusão de sentimentos. Parecia que a natureza de seu espírito havia se definido. As cores escuras tinham engolido as claras, não havia mais a presença do luto. Agora, Daren era tomado por sentimentos intensos que o devoraram por dentro, uma mágoa profunda e antiga, ódio e uma ânsia excessiva por... *poder*. Mas percebi algo pior: sua alma não possuía a ondulação calma dos espíritos comuns, e sim aquele movimento ansioso e constante de uma alma....

— Emere. Pelos ancestrais, você é um emere — sussurrei desnorteada.

— Sim, sempre fui. Você estava tão ocupada em esconder a sua identidade de viajante que não percebeu outro bem ao seu lado. E desde muito cedo, minha mãe me ensinou como reprimir isso.

O príncipe soltou uma risada amarga e sombria, que demonstrou a origem da mágoa que guardava.

— Daren, eu entendo pelo que você passou. Eu também sou emere, mas aprendi a aceitar minhas...

— Não, você não entende! — explodiu ele, apontando o cetro elétrico para mim, seus olhos adquirindo um brilho perigoso e ameaçador. Meus irmãos avançaram na minha direção, tensos, mas eu fiz um sinal com a mão para que permanecessem quietos. — Não sabe o que é ter uma mãe controladora, Jamila, que não aceita seu verdadeiro eu. Você é uma Ambade. A família mais perfeita e unida de toda Méroe. É por isso que foi fácil enganar você, porque acredita nessas baboseiras que os seus parentes colocam na sua cabeça.

Encarei-o com puro ódio. Eu estava tentando não deixar a revolta pela traição me consumir antes de ouvi-lo, mas uma das coisas que eu mais abominava no mundo eram mentiras. O gosto amargo da traição subia pela minha garganta e se acumulava em minha boca. Meu corpo tremia e minha respiração estava tão alterada que produzia ruídos altos. Eu queria socá-lo com toda a minha força.

— O que Akin te ofereceu em troca para trair sua comunidade e sua família? Sua própria *mãe*? — perguntei em um tom indignado e acusatório.

— Poder, liberdade e conhecimento — respondeu com ênfase e sem titubear. — Poder para realizar as coisas como eu bem quisesse, mesmo não sendo a herdeira mulher de uma linhagem matrilinear. Liberdade para ser um emere. Conhecimento sobre os meus poderes, para que eu os desenvolvesse e me tornasse forte.

— Deixe-me adivinhar — disse Amina, em um tom irônico. — Depois de te oferecer tudo isso e te treinar como emere, ele ordenou que você fizesse alguns serviços sujos para ele.

Daren trincou os dentes e cerrou os punhos.

— Sim — confessou a contragosto. — Ele precisava de mim e eu dele. Eu estava cansado da vida medíocre. Depois de uma discussão com a minha mãe, fui até o Reduto, mesmo ela tendo me proibido. Fui bem recebido, os emeres ficaram honrados com a minha presença e de saberem sobre os meus verdadeiros poderes. Também me mostraram um livro com os ensinamentos para viajar, e eu vi naquele objeto uma chance de finalmente desenvolver os meus poderes.

— Foi você quem roubou o livro! — acusei, meus olhos vagando para o grosso volume que jazia entre as cinzas do que havia sido o balcão de ferro. Ele deveria ser protegido por uma magia poderosa para ter resistido à destruição causada pelo feiticeiro.

— Eu o roubei e não me arrependo. Foi por meio dele que aprendi muitas coisas, como, por exemplo, acessar poderes até então desconhecidos, como a projeção astral dimensional. Como a única forma de ultrapassar a barreira entre mundos era ser um espírito, aprendi a projetar o meu através dos níveis de realidade. Certa noite, quando tentava ir para o mundo espiritual, acabei indo parar na dimensão das cinzas por acidente, e lá conheci Akin. Ele já havia se libertado de suas correntes, mas ainda era perseguido pelos guardas de sua prisão e não tinha uma saída daquela dimensão. Assim, eu o ajudei a enfrentar os seus perseguidores e, em agradecimento, ele me nomeou seu aprendiz, dizendo que tinha um plano para mudar a hierarquia de poder da nossa realidade injusta. Mas, para que pudesse realizá-lo, era necessário ele ir até o mundo físico, e eu teria que desempenhar a primeira parte do plano para que isso desse certo: procurar aquela que estava destinada a derrubar a barreira e encontrar o melhor ferreiro de Méroe para forjar braceletes de cítrio para ele. Acabou que, por coincidência, você e seu irmão eram essas pessoas.

— Então... todo esse tempo que você se aproximou de nós na Fundação foi... uma farsa? — esbravejei, cerrando os punhos.

Ele se calou e engoliu em seco, tirando o cetro do meu peito. Mas eu estava possessa, e dei um passo à frente, empurrando-o com força.

— Responde, Daren!

— Sim! Sim, foi por isso, mas...

— Pelos ancestrais, você *fingiu* ser meu amigo!

— Sim... não! É que...

— ...se aproximou por interesse para depois me entregar para uma maluco assassino?

— Foi apenas no início, Jamila! — berrou ele. — Mesmo trabalhando para Akin, eu realmente gostava de estar com você e pretendia te contar. Eu pensei em desistir quando o Muloji me revelou que eu deveria te atrair até ele para derrubar a barreira. Porém, depois de passar mais uma noite inteira gastando energia com as minhas projeções astrais, eu saí para roubar algumas almas e recuperar minha energia. Minha mãe, que estava desconfiada de mim, me seguiu e viu tudo. Ela me tirou da Fundação e me impediu de sair do palácio. Eu tentei fazê-la perceber a grandiosidade dos planos do Rei-Muloji para Méroe e os emeres, mas, como sempre, ela não me entendeu. Então... Akin a enxergou como um grande empecilho para o nosso plano e, temendo que ela abrisse a boca ou agisse contra nós, ele...

— A matou — concluí em um sussurro horrorizado, levando as mãos à boca e dando alguns passos para trás.

Oyö deixou um soluço escapar antes de enterrar o rosto na camiseta de Mina, que estava congelada de surpresa com a boca escancarada. Malik parecia já saber da informação, porque seu semblante enfurecido não se alterou diante do que foi revelado.

— Você é um monstro! — berrou Mina.

Daren assentiu com a cabeça, concordando com as palavras dela. Ele abaixou o olhar e, evitando me encarar, continuou o seu relato:

— Mesmo estando a uma dimensão de distância, o Rei-Muloji conseguiu possuir o meu espírito por meio de um feitiço antigo contido no livro branco que entreguei a ele. Isso me fez perceber que Akin não era o salvador que eu esperava e, por isso, eu precisava assegurar que os emeres realmente tivessem o herói que mereciam, e eu teria que ser esse salvador. Mas eu ainda era um emere sem experiência e, infelizmente, Akin ainda tinha muito o que me ensinar. Assim, passei a fingir que concordava com seus planos enquanto aprendia suas técnicas e devorava o maior número de almas possíveis para ficar forte, esperando o momento de enfrentá-lo. Até o dia em que ele planejou usar o festival para atrair vocês dois, e o resto dessa história acredito que já saibam.

Uma luz se acendeu na minha cabeça nesse instante.

— Naquele dia no hospital, quando fingiu estar preocupado com aquele papo furado sobre encontrar o Muloji para salvar o meu irmão, Méroe e o reinado de Ayana da ruína, era tudo mentira. Você estava me enviando para uma armadilha na tentativa de me capturar depois que sobrevivi ao ritual. Como eu havia pensado, foi Akin quem enviou aquele impundulu e o bando de tokoloshes para nos atacar.

Ele confirmou com um aceno de cabeça.

— Si-sim. — Daren deu um passo na minha direção e estendeu as mãos trêmulas, tentando me tocar, mas eu me afastei com uma careta enojada. Ele suspirou e deixou os braços caírem ao lado do corpo. — Eu posso tê-la enganado diversas vezes, Jamila, mas, enquanto Akin tentou matá-la com o acidente e o ritual, e até mandou o familiar dele para tentar concluir o serviço, eu me preocupei com você a todo instante. Na verdade, ele me pediu para assegurar que você tivesse morrido depois daquela noite. Se eu a encontrasse viva, deveria terminar o serviço, mas não fui capaz.

Soltei uma gargalhada maldosa.

— O que espera que eu fale diante disso? Agradeça pela sua santa misericórdia?

Daren me dardejou com um olhar irritado.

— Depois que Akin falhou repetidas vezes ao tentar matá-la, consegui convencê-lo a esperar você vir resgatar Malik, porque tive medo que ele pudesse ter sucesso se fizesse uma nova tentativa.

— Preocupado comigo enquanto seguia os planos do meu maior inimigo? — vociferei, encarando-o sem acreditar no quanto seus pensamentos eram distorcidos. — Isso *não é* ser herói, Daren, é ser um *traidor* sujo!

— Você permitiu que um espírito maligno tomasse o seu corpo e matasse a sua própria mãe. Como espera ser um herói? — emendou Amina, indignada demais para permanecer quieta, mesmo com medo. — Você é *doente*.

Daren não ficou nem um pouco abalado com o profundo olhar enojado da minha irmã. Ao invés disso, ele abriu um pequeno sorriso e explicou com uma calma irritante:

— Você tem razão, foi um erro terrível. Mas eu terei a minha redenção depois de salvar o equilíbrio dos mundos e curar a Teia Sagrada. Reunirei seguidores e compartilharei o conhecimento do livro branco, e juntos, iremos estabelecer a ordem ao promover o retorno das viagens e firmar alianças entre os mundos. Foi por esse motivo que esperei pacientemente para derrotar Akin. E eu as agradeço por me ajudar nisso.

Diante do seu discurso paranoico, Malik riu com deboche e retrucou:

— "Aliança". Você não quer aliados, Daren, e sim súditos que o sigam cegamente. Você inveja a sua irmã e deseja ser rei no lugar dela. Governar e dominar possuem uma grande diferença, principezinho ridículo.

Daren, que estava se divertindo com a exaltação de Malik, rebateu:

— Governar, dominar... para mim não há diferença. O fato é que eu oferecerei a liberdade que sempre foi negada aos emeres, Malik. Sob o meu comando, eles poderão ser livres para usarem os seus poderes pela nossa verdadeira causa.

Era revoltante assistir a sua performance de maluco, sustentada pela sua postura altiva e o tom de voz firme. Ele realmente acreditava nas palavras que dizia, na realidade deturpada que havia criado, onde seus atos e pensamentos desprezíveis eram tidos como dignos de um salvador.

— "Nossa"? — repeti em um tom propositalmente sugestivo. — Sua, na verdade. Nosso mundo já conheceu antes emeres como você, que causaram muita dor e sofrimento. Vocês não são salvadores, são destruidores de mundos. Profanadores da Teia Sagrada.

Os lábios de Daren começaram a tremer levemente e a escuridão em seus olhos se tornou mais densa.

— "*Profanadores* da Teia Sagrada"? Eu pretendo curá-la de todo o mal que causaram a ela nos últimos séculos, depois que criaram aquela barreira estúpida! — rebateu o traidor, consternado, os olhos paranoicos saltados das órbitas. — Eu vejo agora que a grande missão dos viajantes é conquistar os povos dimensionais para mostrar a eles como deve ser a ordem entre os mundos! Foi por isso que recebemos esses poderes! — Ele se virou abruptamente para mim, tão perto que eu dei um salto para trás, perturbada com o brilho psicótico em seus olhos. — Faça parte disso, Jamila. Comigo. Como minha rainha.

— Nunca. Prefiro ser conhecida como aquela que derrotou o príncipe traidor de Méroe.

Sua boca se contorceu, e ele tentou agarrar o meu braço.

— Como você pode recus...

— Como eu posso?! — berrei de volta, afastando meu braço de sua mão com violência. — Você ousou me manipular, Daren! Ajudou um feiticeiro maldito a quase matar a mim e o meu irmão! Sabia onde ele estava se escondendo por todo esse tempo e não me contou! Você acha mesmo que eu irei ter *misericórdia* de você?! — Bati os braceletes com força e adotei postura de batalha. — Eu *não* terei.

O traidor teve a covardia de me olhar incrédulo.

— Quando nos conhecemos, eu me abri com você e disse o quanto me sentia sozinho. Você foi a primeira e única pessoa a me compreender. Você prometeu estar sempre ao meu lado. Achei que éramos amigos, Jamila.

— Eu também — rebati, já produzindo um raio de energia, ao passo que ele empunhava seu cetro.

Daren bateu a arma no chão e um tinido metálico se espalhou pela caverna. Seus olhos reviraram quando ele começou a murmurar um feitiço de convocação, erguendo as mãos no ar. Ouvi primeiro o grito estridente dos matebos antes deles irromperam pela entrada da caverna, atacando o meu grupo. Oyö refugiou-se sob uma mesa caída, Amina ativou seus braceletes e deu o blaster energético para Malik, preparando-se para a luta.

Enquanto isso, Daren me desafiou com um sorriso detestável e eu investi contra ele. As mandalas brilhantes giraram com mais ímpeto em minha mão quando desferi um raio de energia na direção de seu peito. Porém, ele foi rápido e se desviou, girando para o lado, afastando-se de uma máquina ainda em construção que se espatifou em milhares de pedaços.

Nesse momento, o cetro em sua mão zumbiu e diminuiu até se tornar o cabo da lâmina que projetou-se de sua extremidade, feita de pura energia espiritual. Em seguida, Daren atacou, girando seu cetro-espada com uma perícia invejável, ao mesmo tempo em que sua mão livre foi envolvida por magia espiritual. Ele estocava com a arma e eu procurava desviar de seu alcance, para no minuto seguinte lançar um raio de energia na minha direção. Ele era terrivelmente rápido.

— Desista, Jamila! Eu sempre fui um guerreiro melhor que você.

Quando ele voltou a estocar com o cetro, e no minuto seguinte lançou uma rajada de energia, me teleportei para o seu lado e o atingi com uma esfera de energia no ombro. Mesmo com a surpresa do meu teleporte, ele conseguiu girar o corpo com rapidez e rebater o meu poder com a sua arma. A partir desse momento, começamos a lutar nos teleportando pelo ambiente, aparecendo e desaparecendo em diferentes pontos da caverna, sobre a mesa e depois para o chão outra vez.

Ficamos nessa dança cansativa por um longo tempo, até Daren perceber que não conseguiria me derrotar e que eu não iria desistir. Mas então, um dos matebos das cinzas que Amina enfrentava a empurrou com violência contra uma mesa, sob a qual Oyö estava escondida. Assustada com o baque, a caçula soltou um berro que chamou a atenção do príncipe. Antes que eu pudesse perceber o seu plano, ele se teleportou até ela e a agarrou pelo braço. O maldito prendeu Oyö entre o seu corpo e a lâmina energética, que pressionava seu pescoço.

— NÃO!

O meu grito fez com que todos ficassem imóveis e interrompesse a batalha, percebendo a terrível reviravolta.

— Se fizerem um mínimo movimento, deem adeus à irmãzinha de vocês. — Daren pareceu satisfeito quando ninguém se mexeu, temendo até mesmo respirar muito alto. — Ótimo. Agora, vocês vão me deixar sair desta maldita mina. Mas, primeiro, Malik tem algo para me falar. — Ele se voltou para o ferreiro. — Quero o segredo do cítrio. Eu sei que você já o descobriu e está enrolando há semanas. Entregue-me, ou sua irmã vai sofrer as consequências.

— Não, Mal... — tentou dizer Oyö, mas o aperto se intensificou em sua garganta e ela engasgou.

Nós três fizemos menção de ir em seu socorro, mas Daren aumentou o aperto e gritou descontrolado:

— Vamos, faça a sua escolha!

Malik arriou os ombros e soltou um longo suspiro. Ele pegou um pequeno dispositivo quadrado escondido em um buraco na parede, próximo a forja, e entregou a Daren.

— Tudo o que eu e meu avô descobrimos está salvo nesse armazenador. Vídeos, anotações, áudios diários sobre nossos progressos e o passo a passo para a forja do ferro.

Daren guardou o dispositivo no bolso e sorriu vitorioso para Malik. Em seguida, para o nosso alívio, ele libertou Oyö, que correu para me abraçar, trêmula. Beijei o topo de sua cabeça e tentei acalmá-la.

— Está tudo bem, está tudo bem — murmurei em seus cabelos.

Mas não estava nada bem. As coisas ficaram piores em um ínfimo segundo.

— Eu disse ao maldito Akin que você era o maior ferreiro de Natsimba, mesmo sendo tão jovem — disse Daren. — Por isso, eu não posso permitir que você continue vivo possuindo esse conhecimento.

Dito isso, ele estendeu a mão na direção de Malik e começou a recitar o feitiço padrão que era utilizado para expurgar uma alma errante após ser capturada no mundo dos vivos, a fim de mandá-la de volta para Mputu. No entanto, no caso do meu irmão, que já estava no mundo espiritual, o feitiço faria com que ele permanecesse ali para sempre.

Oyö berrou aterrorizada e Obin ficou tão chocado que estancou no lugar. Porém, a raiva foi o combustível perfeito para fazer com que eu e Amina agíssemos rápido.

Extremamente possessa com a audácia do traidor sujo, minha irmã berrou furiosa e fechou a mão em punho, que foi envolvida por um escudo de magia verde. Reunindo toda a sua força, ela desferiu um soco no solo da caverna, fazendo uma grossa rachadura percorrer o chão até os pés de Daren e a estrutura do lugar estremecer. O príncipe cambaleou, tentando não perder o equilíbrio diante do repentino terremoto, interrompendo o feitiço por um instante.

Aquela distração me deu tempo o bastante para alcançá-los. Atingi Daren com uma rajada de energia e chutei sua canela direita com força, fazendo-o cair de joelhos diante de mim. Sem perder tempo, Malik flutuou para longe de seu alcance.

O príncipe arregalou os olhos para mim, e pela primeira vez vi medo neles.

— Está na hora de você devolver tudo o que roubou.

Espalmei a minha mão em sua testa e sua boca se abriu em um grito silencioso. Esferas coloridas saíram de sua boca, centenas de almas retornando para os seus devidos corpos, ou indo ao encontro do seu lugar no mundo espiritual, depois que seus corpos não resistiram ao roubo cruel e violento de sua essência. Era um show macabro de luzes, que assustou os matebos e os fez saírem voando em disparada da caverna.

Uma última alma, sem cor alguma, feita da mais pura maldade, se insinuou para fora da boca de Daren. Reconheci a essência do Rei-Muloji de imediato e interrompi o que fazia. O espírito voltou para dentro da garganta de Daren e seu corpo desacordado desabou no chão. Daquele mal eu não o libertaria. Ele merecia conviver com aquela alma sombria dentro dele.

Ofegando alto, me perguntei o que faria com o traidor agora. Por fim, decidi deixar que a justiça meroana julgasse o verdadeiro culpado pelas catástrofes dos últimos meses. Além disso, eu ainda precisava de uma prova para conquistar minha inocência definitivamente. Me abaixei e fucei em seus bolsos, pegando o pequeno dispositivo de Malik.

Meus irmãos correram em minha direção e me envolveram em um abraço reconfortante, que espantou um pouco da raiva, do medo e da exaustão.

Nesse instante, meu avô e Obin entraram na caverna com um olhar desesperado. Ao se depararem com a cena e o estrago feito na caverna, parte da tensão se foi.

— Vocês estão bem? — perguntou vovô. Assentimos, e o tom de cinza que manchava seu espírito se suavizou um pouco. — Todos os matebos da mina fugiram, e com a ajuda de alguns amigos espíritos, libertamos todas as almas aprisionadas.

— Onde está o Muloji? — questionou Obin, olhando em volta. Por um instante, seus olhos pousaram sobre o livro branco abandonado em meio às cinzas e ele se abaixou para pegá-lo.

Observei o corpo de Daren e respondi:

— Na pior prisão que ele poderia desejar.

O gênio sorriu ao seguir o meu olhar e compreender minhas palavras.

— Você realmente é neta da sua avó — disse vovô, em um tom de assombro. — Espero que, algum dia, vocês possam me contar tudo o que aconteceu com mais detalhes, mas, agora, vocês precisam ir para casa. Com a libertação deste lugar, seres de todos os reinos virão até aqui à procura do feiticeiro para se vingar depois pelas coisas que ele fez. Principalmente Kalunga.

O aviso de vovô fez com que o alerta de Makaia me viesse à mente, sobre o tempo limitado para as minhas irmãs permanecerem em Mputu. Precisávamos mesmo sair logo dali.

— Mas como? — perguntou Malik, aflito.

— Por meio de uma porta — respondi, e ele me encarou estupefato. — Preciso que tenham paciência e fiquem em silêncio.

Fechei os olhos e procurei me concentrar. Enredada pelo silêncio que tomou a caverna, me conectei à Teia Sagrada e senti sua vibração percorrer o meu corpo, renovando as minhas energias e fortalecendo a confiança avassaladora. As vozes de todos os meus ancestrais viajantes sussurraram em meus ouvidos os ensinamentos de Makaia.

Sinta a grande teia se estender entre seus dedos e se expandir diante de seus comandos.

Repeti os movimentos que me foram ensinados. A porta surgiu entre minhas mãos, e quando a empurrei o retângulo branco e luminoso para frente, ele não tremulou e desapareceu. Ele se firmou entre as rochas da caverna e se expandiu, abrindo-se para o lugar em que tudo havia começado: o Ministério Ancestral.

— Uau! — exclamou Malik, atônito com a minha criação. — Da última vez que nos vimos, você não fazia isso, irmã.

Abri um sorriso travesso e disse:

— Tive que fazer alguns upgrades durante a viagem até aqui.

— Podemos ir logo para casa, por favor? — pediu Oyö, observando a porta com um brilho ansioso no olhar.

Me despedi do meu avô e atravessei a porta, acompanhada por Obin e meus irmãos, arrastando o corpo inerte de Daren comigo.

De volta ao mundo dos vivos

No momento em que pisei no salão do ministério lotado de pessoas que assistiam atentamente ao debate acalorado entre dois advogados, um silêncio perplexo recaiu sobre o ambiente. Eu não sabia o que havia os surpreendido mais: a porta brilhante no meio do salão, a minha presença ou o fato de eu arrastar Daren como um trapo imundo.

Obin e minhas irmãs se colocaram na frente dos guardas que tentaram me interceptar quando andei em direção à juíza, sentada atônita em seu púlpito. Deixei Daren no chão a sua frente e ousei lhe dirigir um olhar enviesado antes de me virar para o público, dizendo em voz alta:

— Aqui está o responsável pelo ataque a Méroe no dia do Festival das Bênçãos, pela desordem dos mundos e pela morte da rainha Ima.

Uma onda de murmúrios chocados irrompeu da multidão.

— Como você ousa? — gritou uma pessoa.

— Ele é o príncipe de Méroe! — berrou outra, agitando o punho no ar.

— Um pouco de interrogatório vai fazê-lo abrir a boca — continuei, ignorando as afrontas. — Minha família e eu estamos à disposição para prestar depoimentos, se for necessário.

— E eu também — emendou Obin, me fazendo sorrir.

— E quem é você? — perguntou uma mulher, indignada, levantando-se do banco do réu.

— Eu sou Jamila Ambade — respondi de pronto, dando um passo à frente.

O reconhecimento tingiu a sua face e uma de suas sobrancelhas se arqueou quando um sorriso desdenhoso delineou seus lábios grossos.

— Ah, a emere que derrubou a barreira.

Seu olhar enojado e preconceituoso evocou a memória dos emeres esquecidos em seu Reduto. As minhas próprias lembranças passaram diante dos meus olhos, treinando escondida no quintal de casa, sempre com medo de ser descoberta na Fundação.

Endireitei as costas, empertiguei os ombros e joguei minhas tranças para trás, respondendo em um tom petulante que fez Amina sorrir com orgulho:

— Sou eu mesma. A emere que derrubou a barreira.

— E ainda tem a coragem de orgulhar-se com isso — rebateu a mulher.

— Tenho mesmo. Se fosse necessário, eu faria de novo.

A mulher calou-se. Um silêncio perturbador se abateu sobre o recinto, mas eu não me deixei abalar. Me virei uma última vez para a juíza.

— Você queria alguém para julgar pelos crimes cometidos semanas atrás, e aqui está o culpado. Julgue a pessoa certa desta vez.

E dizendo isso, dei as costas para ela, me juntando aos outros.

— Onde está o espírito do Mali? — questionou Oyö, enquanto descíamos as escadas da entrada do ministério.

Abri um sorriso feliz para a caçula e respondi:

— No lugar o qual ele pertence. Vamos para o hospital fazer uma visitinha a ele.

***

Quando entrei feito um vendaval impetuoso no quarto de Malik, encontrei a cena mais linda que havia visto em toda a minha vida: ele acordado, sorrindo, enquanto contava nossa aventura aos nossos pais. Os dois observavam com um misto de sentimentos: choque, orgulho e preocupação. Eles pareciam não saber se o repreendiam ou se o parabenizavam, se o abraçavam ou lhe davam uns tapas.

As pequenas entraram correndo no quarto e pularam sobre a cama, gritando eufóricas o nome do irmão. Perdidos e emocionados demais para raciocinar tudo o que estava acontecendo, nossos pais fitaram seus uniformes sujos e cheios de marcas de batalha.

Malik foi o primeiro a me ver chegar, seu olhar alegre vagando das meninas em seus braços para mim.

— Jami! As meninas estavam me contando o que aconteceu durante a viagem de vocês — começou ele, falando devagar e pausadamente devido à boca machucada e um pouco inchada pelas escoriações do acidente.

Me aproximei da sua cama, trêmula, incrédula e emocionada. Realmente havíamos conseguido, o trouxemos de volta para casa.

Diante do meu silêncio e das lágrimas que brotaram nos meus olhos, Mali franziu a testa com preocupação.

— O que foi? Está tudo bem? Algo deu erra...

Antes que ele pudesse terminar, eu o abracei desajeitada. E pelos ancestrais, como era bom poder abraçar novamente o meu irmão. Ele entendeu — como sempre — a tormenta que se passava dentro de mim e me apertou forte em seus braços, afagando meus cabelos.

Em sua forma humana alta e careca, ainda carregando o livro branco, Obin se aproximou da cama com hesitação e fitou Malik em seu corpo pela primeira vez, com um brilho de felicidade e satisfação nos olhos. Mamãe o estudou com assombro, acordando do estado de choque. Ela limpou o rosto molhado de lágrimas e apontou para o gênio.

— E quem é esse?

— Esse quem? — Papai olhou ao nosso redor, confuso.

— Obin está aqui? — indagou Mali.

— Sim, e está invisível por alguma razão que não entendo — respondi, achando graça da sua repentina timidez.

— Não quero atrapalhar um momento familiar — explicou o gênio, meio sem jeito.

— Você ajudou a salvar a minha família. Está mais do que convidado a participar. — Obin ainda hesitou por um momento, mas se tornou visível. — Pai, mãe, esse é Obin. Ele nos ajudou a salvar o Mali.

Mamãe e papai começaram a agradecê-lo no mesmo instante. Ele adorou toda a atenção, é claro, e segundos depois já estava radiante e com o peito estufado, cheio de si.

— O que aconteceu com Daren no ministério? — perguntou Mali.

— Daren? — exclamaram nossos pais, confusos.

Suspirei cansada.

— É uma longa história que podemos contar a vocês mais tarde. O importante é que eu o deixei no ministério para ser julgado pelos crimes que cometeu.

Malik assentiu, pensativo.

— É bom te ver bem, garoto, mas preciso ir até o Reduto devolver isso — Obin ergueu o livro que ainda segurava na mão. — Os emeres devem estar ansiosos para tê-lo de volta.

— Tudo bem. Nos encontramos mais tarde — Mali lhe dirigiu um sorriso agradecido.

O gênio se despediu e saiu do quarto. O observamos partir até que, por fim, Malik nos encarou com um olhar ansioso e cheio de expectativa ao implorar:

— Alguém pode, pelo amor de todos os ancestrais, me trazer comida de verdade?

Nós três gargalhamos alto, enquanto nossos pais trocaram mais olhares confusos. Admirei aquela cena leve e descontraída, e finalmente senti meu coração em paz. Eu estava em casa com as pessoas que amava e, por ora, era isso o que importava.

***

— Pare de se mexer tanto, Jamila. Vai desarrumar seu penteado — ralhou mamãe, arrumando alguns cachos que insistiam em se soltar das minhas tranças, que brilhavam sob a luz intensa do sol que entrava no cubículo apertado.

— Ela vai ter um treco até chegar a hora de subir no palco — zombou Mina, beliscando os petiscos que haviam sido trazidos para os aprendizes que lotavam o camarim.

Finalmente tinha chegado o dia da formação. Próximo a mim, Niara e Tedros conversavam animados e faziam planos para um futuro glorioso como agente. No palco, a rainha Ayana entregava um broche dourado e encaixava uma nova ombreira nos uniformes brancos dos graduados, simbolizando que o aprendiz havia se tornado um agente.

Muito coisa havia mudado em Méroe nas últimas duas semanas. A notícia da prisão de Daren se espalhou pela cidade e causou um choque gigantesco na população. Temendo que este fosse um golpe fatal para seu reinado, as linhagens nobres da cidade insistiram para que a traição do príncipe fosse escondida. Porém, Ayana preferiu contar a verdade ao povo em um pronunciamento público, que uniu pela primeira vez os meroanos abençoados e não abençoados aos emeres, que saíram da sua reclusão para ouvir a fala da rainha sobre Daren, as novas bênçãos e a nova lei de viagens dimensionais. Apenas a informação sobre a alma do Rei-Muloji estar em Daren foi ocultada.

De acordo com as recentes decisões da rainha, os emeres seriam aceitos na Fundação para iniciarem seu treinamento e as viagens seriam restabelecidas gradualmente, com cuidado e responsabilidade. As novas bênçãos seriam estudadas e desenvolvidas também na Fundação, e já havia sido iniciada a procura por cítrio e mantinium por toda Natsimba, para que a canalização das novas energias fosse segura. O complexo emere estava sendo restaurado na organização e a rainha havia anunciado que mais dois seriam inaugurados para atenderem as novas classes de abençoados, que foram chamados pela população de "cinzais" e "celestiais".

Aproveitando o espírito de mudança que havia se espalhado pela organização, também foi decidido que haveria uma pequena alteração nos uniformes. Como eu já havia imaginado, Malik e outros inventores ficaram maravilhados com as relíquias antigas que eram os uniformes de Adanna e se inspiraram em alguns detalhes deles para criarem os novos. Assim, além de ser branco, o novo traje tinha detalhes com a cor da bênção que o agente possuía, e também aparatos tecnológicos legais que seriam úteis em missões futuras.

Assim, naquele dia quente de verão, em um dos salões suntuosos da Fundação, onde todos os amigos e familiares se reuniram para a graduação dos novos agentes, eu estava trajando o meu novo uniforme enfeitado com detalhes azuis e um cinto prateado.

— Jamila Ambade — chamou a rainha.

— É você, vai, vai! — Minha mãe me empurrou em direção ao palco.

— Boa sorte! — disse Tedros apertando minha mão direita.

— Arrasa, Jami! — gritou Nia, mandando beijos.

Respirei fundo e entrei no palco sob o silêncio atento da multidão. Vi na plateia Oyö me encorajar com um sorriso bondoso e meu pai abrir um enorme sorriso alegre. Malik fez um joinha com a mão, apoiado em duas muletas e com o pé ferido imobilizado em um bota ortopédica.

Caminhei devagar até a rainha e a saudei com uma reverência.

— Jamila Ambade — anunciou ela com um sorriso orgulhoso, falando o meu nome como se fosse digno de ser celebrado. Ela pegou um broche dourado da travessa que mestra Gymbia segurava ao seu lado, piscando muito rápido para tentar afastar as lágrimas. A rainha colocou o broche em meu peito.

— Eu a consagro como agente da Fundação Ubuntu. Você promete honrar o compromisso com a sua cidade e os seus ancestrais?

— Nesta vida e na próxima, minha rainha — recitei.

Seu sorriso aumentou mais um pouco.

— Que a sua jornada seja abençoada neste mundo e nos outros — recitou, prendendo a ombreira em meu ombro direito.

Em seguida, me virei na direção do público, batendo os braceletes com os braços cruzados em frente ao peito enquanto todos clamavam:

— Neste mundo e nos outros! Neste mundo e nos outros!

Antes que eu pudesse deixar o palco, a rainha tocou meu braço levemente e sussurrou:

— Eu preciso que você e seus irmãos venham comigo até o ministério após a cerimônia. Fique tranquila, não é nada com que tenha que se preocupar.

Eu não fiquei nem um pouco tranquila, e uma inquietação terrível me corroeu internamente pelo resto do evento. Logo depois que a festa acabou, quando estávamos nos dirigindo para o carro, Tedros e Niara se juntaram a mim com seus broches dourados, curiosos com o que a rainha havia sussurrado.

— Hoje é dia de festejar! Espero que ela não venha com mais problemas, porque vocês merecem um descanso — indignou-se Nia, depois que contei o acontecido.

— Vamos descobrir isso quando chegarmos lá — rebateu mamãe, enquanto entrávamos no carro.

— Vamos com vocês — disse Tedros.

— Coloquem os cintos — pediu papai ao volante, colocando o carro para voar.

Chegamos em poucos minutos. Os guardas estavam à nossa espera e nos guiaram pelo prédio diretamente até a sala dos ancestrais. Eles pediram que meus pais, Tedros e Niara permanecessem do lado de fora enquanto eu entrei com meus irmãos.

O salão estava exatamente igual ao dia em que eu havia enfrentado o julgamento do martelo, mas, dessa vez, não eram apenas os espíritos antepassados que estavam ali. A atual rainha e minha avó estavam sentadas em pequenas almofadas flutuantes em uma das extremidades do salão.

— Elas precisam ouvir tudo o que será discutido aqui. É da alçada da rainha e da conselheira de nossa comunidade — explicou um bakulu.

— Bem-vindos, Ambades — saudou a falecida rainha. — Vocês estão aqui para receberem a absolvição de toda e qualquer acusação que recaiu sobre vocês e a sua família. Vocês salvaram a cidade e o equilíbrio dos mundos.

Levei uma mão ao peito e fiz uma reverência respeitosa.

— Muito obrigada, majestade.

— Há mais um motivo para estarem aqui hoje — continuou ela. — É necessário que testemunhem no julgamento do gênio exilado, Obin.

Nós quatro nos entreolhamos, surpresos. De um ponto escuro do salão, Obin se aproximou flutuando cabisbaixo e se colocou entre nós e os bakulu.

— Fomos encarregados pelos ancestrais de refazer o seu julgamento. Você cumpriu o seu exílio e, após os últimos acontecimentos, mostrou coragem e dedicação à Teia Sagrada — disse um dos espíritos, virando-se na nossa direção em seguida. — Vocês confirmam isso?

Nós quatro assentimos com um movimento de cabeça.

— Sim, senhor. Obin foi essencial para nossa missão — respondi, observando o gênio curvado em uma profunda reverência. — Foi ele quem nos guiou pelo mundo espiritual. Sem o seu conhecimento sobre viagens dimensionais, eu nem saberia por onde começar.

— Ele se acha demais, é claro. E sabe ser extremamente irritante às vezes

— acrescentou Mina, revirando os olhos. — Mas é um ótimo gênio. Seria burrice mantê-lo afastado do cargo.

Oyö e Malik seguraram a risada, ao passo que a aura de Obin tremulou. Irritação emanava da sua essência, mas também um leve sentimento de agradecimento.

— Ótimo. Os ancestrais lhe dariam uma nova chance se você ajudasse as crianças humanas contra o Rei-Muloji — explicou um bakulu. — Como você cumpriu a sua parte, agora você deve escolher entre receber de volta o seu cargo de mensageiro ou seguir uma vida diferente, sem o peso das suas antigas obrigações.

Obin ficou um momento em silêncio e se virou para nós. Seus olhos possuíam um brilho ansioso, mas em um contraste curioso, sua alma estava calma, como se ele tivesse decidido há muito tempo o que desejava fazer.

Ele se voltou novamente para os bakulu e disse:

— Eu agradeço a oferta para o cargo de mensageiro, mas já deixei de ser um há séculos. Os irmãos Ambade me ensinaram que um gênio pode ser algo além disso se desejar, e se eles me aceitarem — seu olhar recaiu sobre mim —, eu ficaria feliz em integrar a sua equipe na Fundação. Eu adoraria ser útil nas descobertas futuras que serão feitas com o restabelecimento das viagens.

Fiquei surpresa com o pedido, mas abri um sorriso enorme. A atenção de todos na sala se voltou para nós quatro, à espera da resposta.

— Sim, é claro que sim. Seria ótimo ter um gênio na equipe — respondi animada.

Os bakulu assentiram satisfeitos e disseram em coro antes de desaparecerem:

— Então assim será feito.

***

Enquanto nossos pais conversavam com a rainha e com vovó, meus irmãos, o gênio e eu saímos aliviados e muitos felizes do ministério. Logo que atravessamos as portas principais, Obin adquiriu novamente sua forma humana alta e careca. Niara e Tedros, que nos esperavam no carro, sentados sobre o capô, observando o pôr do sol, estavam ansiosos para saber o que havia acontecido, e expliquei rapidamente aos dois sobre o breve julgamento.

— Espero que continuemos na mesma esquadrão e que vocês aceitem Obin como nosso parceiro. — Eu retorcia as mãos enquanto observava com expectativa meus dois amigos. — Três agentes, um aprendiz — apontei para Malik sentado no banco do carro, mexendo no rádio — e um gênio.

Niara e Tedros se entreolharam e depois abriram um sorriso para mim.

— Mas é claro que vamos continuar juntos. O que seria de você sem a gente? — brincou a cientista.

— Vai ser ótimo ter um gênio no grupo — emendou Tedros. — Bem-vindo à Fundação, Obin.

— Oyö vai ser recruta este ano — expliquei, olhando orgulhosa para a pequena que tentava subir no capô também. Tedros a pegou no colo e a sentou ao seu lado. — Quem sabe logo ela não entra para o grupo também, após os seis meses de testes.

— Só para vocês saberem, eu seria uma ótima agente para a equipe. Consigo ficar invisível — contou toda cheia de si, nos fazendo rir.

— Sem dúvidas será, Oyö — disse Niara, lhe dando um beijo estalado na bochecha.

— Sabe, talvez eu me aliste para a Fundação também — murmurou Amina, chutando as pedrinhas do asfalto e evitando olhar em nossa direção.

Arregalei os olhos e virei a cabeça bruscamente na direção da minha irmã. Relutante, seus olhos se arrastaram na direção dos meus.

— Não precisa ficar tão surpresa — rebateu ela, fazendo uma careta e dando de ombros.

— Não pode me culpar pela minha reação — disse, rindo. — Você vem desprezando a Fundação desde que aprendeu a falar. E eu posso afirmar isso com bastante propriedade, eu estava lá quando ouvi suas primeiras palavras.

— Enfim — atalhou Mina, irritada. — Eu conheço Tedros e Niara há muito tempo, já que eles estão sempre lá em casa. Mas, depois que vi vocês em ação e... tão obstinados em ajudar as pessoas, eu entendi que era isso o que queria fazer.

Dei um sorriso gentil e orgulhoso, pousando a mão sobre a de Amina.

— Se é isso que você realmente deseja, então a apoiarei com toda a minha alma. Você será uma agente maravilhosa.

— Se passar pelos testes de admissão para recrutas — completou Malik, berrando de dentro do carro com um sorriso travesso.

— Cala a boca, Malik! — resmungou Mina, emburrada, cruzando os braços.

Nia fingiu um arrepio e brincou, dizendo:

— Pelos ancestrais, todos os Ambade no mesmo esquadrão. Estamos ferrados.

Rimos alto.

Amina franziu o nariz para Niara e disse, sorrindo:

— Depois que eu passar nos testes, serei uma péssima parceira de equipe para você, Niara. Faço questão.

Gargalhamos alto mais uma vez, mas engoli a risada em seco quando senti uma presença pacífica e o cheiro de rosas que me envolveu como um abraço aconchegante e se alojou em meu coração. Alheia às risadas e as piadas a minha volta, me desencostei do carro e observei a rua deserta em busca da alma que eu sabia a quem pertencia aquele perfume.

Oÿö me despertou do transe quando gritou:

— Gatinho!

Ela deslizou do capô e correu pela rua, pegando algo nos braços. Quando se aproximou, Amina e eu encaramos abismadas o leopardo alado do mundo espiritual em seus braços.

— Mas de onde isso veio?! — guinchou Obin, afastando-se rapidamente.

— Eu não sei, mas vou levá-lo para casa — respondeu Oÿö, fazendo carinho no animal, que ronronou manhoso.

Percebi um cartãozinho enganchado na coleira em seu pescoço. Quando o abri e vi a caligrafia familiar escrita nele, paralisei.

— O que é, Jami? — indagou Malik, saindo do banco de passageiro e se aproximando aos pulinhos com a muleta.

— É da... Ana.

Todos arregalaram os olhos e soltaram exclamações de surpresa.

— O que diz? — questionou Mina, ansiosa.

— Apenas duas palavras: "eu tentei".

Nos entreolhamos, preocupadas.

— O que isso significa? — perguntou Oyö.

— Que logo, logo, teremos mais uma treta familiar para resolver — respondeu Malik, bufando e batendo uma das muletas no chão.

Nesse momento, vovó, papai e mamãe saíram do ministério, rindo juntos de algo. Imediatamente, escondi o papel no bolso do uniforme.

— Vamos para casa? Preparei um jantar especial para a noite da graduação de vocês três — disse vovó, abrindo um sorriso amoroso para nós.

— Comida, finalmente! Vamos, gente, andem logo! — exclamou Malik, já mancando em direção ao carro, junto com os outros.

Mamãe notou minha inquietação e ficou para trás, estudando o meu rosto com atenção.

— Está tudo bem, querida?

Forcei um sorriso e respondi em um tom despreocupado:

— Sim, claro. Só estou com fome. Vamos para casa.

Ela pareceu pressentir que havia algo de errado, mas não insistiu.

Embarquei no carro da minha avó, já que não caberiam todos em apenas um, tentando ignorar a minha intuição que soava um alerta insistente em minha mente, decidida a aproveitar aquele dia de comemoração. Eu estava feliz pela minha graduação e pelo esquadrão que estava nascendo, com meus amigos e meus irmãos. Era bom não estar sozinha, ter com quem compartilhar o peso da vida e das missões. Além disso, minhas mãos comichavam para pegar um pincel e voltar a pintar.

Tudo parecia estar voltando ao normal, e por isso, ignorei minha intuição mais uma vez, quando, na verdade, eu deveria tê-la ouvido.

Epílogo

Farisa

Eu estava jogada em minha cadeira, sentindo que estava caindo em uma queda livre sem fim. Eu não sabia se era porque eu estava a girando ou porque tinha bebido demais. Poderia ser pelos dois motivos. Ou melhor: talvez fosse pela visita dolorosa que eu havia recebido da minha falecida filha.

"Maldita seja Jamila Ambade e toda a sua família. Maldita seja minha irmã traidora."

Eu estava há dias tentando planejar como me vingaria da minha adorável sobrinha. Mas, quando ela chegou invadindo a minha sala, eu ainda não tinha ideia do que poderia fazer. Eu não conseguia aceitar que a primeira visita de Ana do além-vida seria para me implorar que eu desistisse dela, alegando que eu estava errada em tentar salvá-la. Aquilo havia me destruído. Eu não conseguia entender a sua decisão. Apenas o fato dela ter sido envenenada contra mim pela sua prima maldita explicava isso.

— Você não pode entrar! — gritava Lin, quando a porta foi escancarada e ninguém menos que o príncipe de Méroe entrou aos tropeços.

Ele estava em uma situação ainda mais deplorável do que eu. Sujo, bagunçado e fétido, com veias negras saltando do pescoço.

— Eu tenho uma proposta para sua chefe, eu...

— Tire ele daqui — ordenei, voltando a me recostar na cadeira e já virando de costas.

— Não, não! — gritou ele, lutando contra Lin. — Eu posso te ajudar a trazer sua filha de volta!

Girei devagar para ele, com uma sobrancelha arqueada. Levantei uma mão, dispensando a minha funcionária, que saiu da sala imediatamente.

— Você não deveria estar apodrecendo na prisão, *príncipe* Daren?

— Sim, mas eu era o chefe da guarda real. Sei tudo sobre as prisões e os códigos das celas. Consegui fugir enquanto todos estavam ocupados com aquela graduação estúpida.

Observei-o por um longo instante, considerando se valia a pena ouvi-lo ou não.

— Eu não tenho muito tempo até me encontrarem.

— Fale — ordenei com brusquidão.

— Eu preciso da sua ajuda. — Ele colocou um pequeno dispositivo quadrado sobre a minha mesa. — Neste arquivo estão as comandas para o meu próximo plano e os locais para encontrar um ferro chamado cítrio. Também armazenei o arquivo de uma ferreira competente que irá produzir os braceletes e as armas listadas no dispositivo. Ela estará à espera do seu contato.

— Por que eu ajudaria o seu mestre? Olha só no que isso resultou para você.

Ele crispou os lábios e semicerrou os olhos, aproximando-se mais da mesa.

— Eu sou muito mais poderoso do que você pensa. E sobre o meu mestre, ele não pode nos atrapalhar, eu tenho pleno controle sobre tudo agora.

Diante de suas palavras, seus olhos se tornaram negros e, sobressaltada, afastei a cadeira para trás, mesmo tendo a mesa entre nós dois.

Ele tinha... *devorado* a alma do Rei-Muloji? Como? Ele tinha que ser realmente poderoso para ter feito isso.

— Com a alma dele dentro de mim, eu tenho acesso às memórias e ao seu conhecimento sobre a vida após a morte e outras dimensões — explicou o jovem, com uma satisfação mórbida. — Dessa forma, a única pessoa viva que sabe como trazer alguém de volta à vida sou eu.

Aquilo havia me interessado mais do que eu queria demonstrar.

— Como vocês poderiam fazer isso?

— Com energia das cinzas.

— E como você espera ter acesso a essa energia sem cítrio e braceletes?

Ele apontou para o dispositivo.

— É por isso que *você* irá prover os meios para forjar braceletes de cítrio e levá-los até mim. Assim, poderei conjurar a energia quando os ratos nojentos da Fundação e minha irmã forem pedir a nossa ajuda. E então, eu irei subjugar todos sob meu controle.

Ri alto da sua confiança estapafúrdia.

— Pedir a sua ajuda? Pela Deusa, por que eles fariam isso?

Ele pegou o controle da TV e a ligou, apontando para a tela onde o discurso da rainha estava sendo transmitido pela milésima vez pelo telejornal.

— *Nós estudaremos as novas bênçãos e procuraremos pelos novos minérios dimensionais para que seja possível treinar os novos abençoados. As informações sobre esses metais são escassas, mas iremos recorrer a toda fonte disponível para adquirir esse conhecimento e trazer paz para nossa sociedade. Por isso, peço um pouco de paciência e compreensão, pois este será um trabalho árduo e demorado.*

Metade da população bateu palmas e deu vivas à rainha, enquanto a outra a ovacionou com raiva, exigindo uma resolução imediata para o problema das novas magias incontroláveis nas mãos de crianças e adolescentes assustados.

Daren desligou a TV.

— Um novo mundo está nascendo, Farisa Ambade, e novamente os humanos estão prontos para desbravá-lo. Diga-me: minha irmã poderia ter ordenado à Zarina que expurgasse o Muloji de mim, mas ela não o fez. Por que você acha que elas decidiram isso?

Essa era uma das perguntas que ocupavam minha mente durante as minhas divagações bêbadas. Pensei que talvez minha mãe fosse covarde demais para fazer o serviço, mas eu odiava ter que admitir que ela era a mulher mais durona que eu conhecia. Em todo caso, aquilo que o principezinho insinuava fazia sentido. Descartar todo o conhecimento do Rei-Muloji era burrice.

Como seria burrice eu deixar de me aproveitar da situação para ganhar o que eu queria.

— Eles podem tentar encontrar o conhecimento necessário, mas não irão conseguir todas as informações que precisam para gerenciar esse caos causado pela queda da barreira — continuou ele. — Ayana e a Fundação irão precisar de mim, inclusive aquela estúpida da Jamila, que tem uma irmã com poderes desconhecidos ao seu lado.

Arqueei uma sobrancelha, curiosa, diante da menção à filha caçula de Dandara.

— O que tem a menina?

— Como os outros abençoados, Oyö tem poderes que ela e ninguém mais entendem. Uma bênção muito poderosa e especial, devo dizer. — Um sorriso cruel curvou os seus lábios e um brilho diabólico perpassou seus olhos negros. — Quando os outros dons da caçula emergirem, Jamila irá perceber que pode até ter salvado um irmão, mas que logo perderá a outra se não descobrir rapidamente como estabilizar a magia dela. Então, Jamila virá se arrastando de joelhos até mim, implorando pelo meu conhecimento, e eu a terei na palma da minha mão.

Nesse instante, o barulho dos soldados da tropa invadindo o clube chegou à sala. Tenso, Daren alternava o olhar entre mim e a porta fechada.

— Tudo bem, estou dentro — respondi por fim.

Minutos depois, quando os guardas invadiram a minha sala e encontraram apenas a mim, me virei na cadeira para encará-los.

— Boa tarde, senhores. O que procuram?

— O príncipe Daren foi visto entrando neste estabelecimento.

— O príncipe?! — exclamei, fingindo uma surpresa exagerada. — Vocês não acham que, se um membro da família real estivesse aqui, eu os avisaria na hora? Eu honro o nosso acordo, soldado.

Os guardas ficaram em silêncio, e quando terminaram de revirar a sala e não encontraram nada, desistiram.

— Ele não está aqui, e ela está bêbada demais para ajudar em uma possível fuga — murmurou um soldado para o chefe.

Por fim, eles se retiraram, carrancudos.

Lancei um olhar para a janela aberta por onde havia saído o príncipe fujão. Voltei a girar na cadeira, rodando o pequeno dispositivo em minha mão. Coloquei-o sobre a mesa e cliquei, fazendo com que vários arquivos holográficos fossem projetados no ar.

Pelos ancestrais, tudo aquilo era... grandiosamente terrível. Minha sobrinha não imaginava o que a esperava. A vingança bateria em sua porta mais cedo do que ela poderia esperar. E eu teria o que sempre quisera e ainda me vingaria daquelas que mais odiava.

— Lin! — gritei.

— Sim — respondeu a garota, entrando afobada.

— Despache todos e feche o clube. Nós vamos para Ismaris.

Esta obra foi composta em Arno Pro Light 13, para a Editora Malê,
e impressa em fevereiro de 2025 na gráfica Trio Digital, no Rio de Janeiro.